Henri Faber
LOCKED IN

HENRI FABER

LOCKED IN

THRILLER

dtv

Von Henri Faber
sind bei dtv außerdem erschienen:
Ausweglos
Kaltherz
Gestehe

Originalausgabe
© 2025 dtv Verlagsgesellschaft mbH & Co. KG
Tumblingerstraße 21, 80337 München
produktsicherheit@dtv.de
Das Werk ist urheberrechtlich geschützt.
Jede Verwertung ist nur mit Zustimmung des Verlages zulässig.
Das gilt insbesondere für Vervielfältigungen, Übersetzungen und
die Einspeicherung und Verarbeitung in elektronischen Systemen.
Umschlaggestaltung: Hauptmann & Kompanie Werbeagentur, Zürich
Umschlagmotive: shutterstock.com / Ensuper, Shariq Bukhari
Gesetzt aus der Minion
Satz: Fotosatz Amann, Memmingen
Druck und Bindung: GGP Media GmbH, Pößneck
Printed in Germany · ISBN 978-3-423-26423-5

Für Anna

Nach einer wahren Begebenheit

PROLOG

Die Welt steht kopf.

Ich schließe die Augen, öffne sie wieder, aber alles bleibt verkehrt. Der Nachthimmel mit seinem blank polierten Sternenstuck erstreckt sich unter meiner Nasenspitze, während das Gestrüpp des Waldbodens über mir hinweggleitet und durch mein Haar streicht.

Ungewöhnlich.

Es piept. Ständig. Dann schlägt etwas gegen meine Schläfe: eine Tür. Ich hänge kopfüber aus dem Fond eines Autos, und es piept. Sehr ungewöhnlich. Ich brauche drei Anläufe, bis es mir gelingt, mich aufzurichten und meinen kraftlosen Körper ins Gleichgewicht zu bringen. Ich habe kein Zeitgefühl, keine Orientierung, keinen blassen Schimmer, wem der Wagen gehört, aber ich hoffe, nicht mir, denn an der Decke klebt Blut. Neben mir liegen ein kaputter Regenschirm, eine Sporttasche und eine Pistole. Wie ferngesteuert greife ich nach ihr, wiege sie in der Hand. Ist das meine?

Ich recke den Hals, spähe in die Fahrerkabine. Niemand lenkt den Wagen. Fahrer und Beifahrer hängen verrenkt in den Gurten, überall ist Blut. Sind sie tot? Habe ich diese Männer erschossen?

Ungläubig starre ich die Waffe an. Ein beunruhigendes Gefühl brandet in mir auf, jedoch nicht in einem Ausmaß, das der Situation angemessen ist. Als wären meine Emotionen Treibholz, das in einer Bucht trudelt, aber nie das Ufer erreicht. Vielleicht liegt es an der Spritze, die aus meinem Oberschenkel ragt. Ich sitze mit einer Pistole und zwei Toten in einem Auto, das niemand lenkt, und es lässt mich kalt.

Ungewöhnlich. Sehr, sehr ungewöhnlich.

Ich will meine Stimme probieren, zucke zusammen. Vorsichtig tastet sich meine Zungenspitze an der Zahnreihe entlang, bis sie ins Leere fährt. Eine Lücke. Der Geschmack von Eisen. Blut. Was ist das nur für ein Piepen? Der Gurtalarm?

Mein Blick fällt auf den Rückspiegel. Er wirft ein Gesicht zurück, das unmöglich meins sein kann. Diese groteske Fratze wirkt nicht einmal menschlich. Da ist kein vertrauter Zug, nichts Bekanntes, nur blutverkrustete Hautlappen, die in Fetzen von meinem Schädel hängen.

Jetzt werde ich doch unruhig. Mein Atem geht schneller, ich glaube, mir wird schlecht. Ich will hinaus an die frische Luft, aber als ich es versuche, begreife ich, warum mir das Gestrüpp vorhin durchs Haar gefahren ist: Wir bewegen uns. Wir bewegen uns rückwärts.

Automatisch drehe ich mich zur Heckscheibe. Ich sitze mit einer Pistole und zwei Toten in einem Auto, das niemand lenkt, und wir rollen einen Waldweg entlang, der sich dort vorne in der Dunkelheit verliert.

Ungläubig schließe ich erneut die Augen, öffne sie, und alles bleibt beim Alten. Doch diesmal verstehe ich. Diesmal kommt mit der Welt die Erinnerung zurück, mit der Erinnerung kommt die Panik, und mit der Panik kommt das Adrenalin, das meine Adern durchströmt, den Nebel, die Lethargie, die Droge fortspült und mich der bitteren Realität überlässt: Ich weiß wieder, wer ich bin. Und ich weiß, was ich getan habe. Ich weiß, dass die beiden Männer da vorne um ihren letzten Atemzug kämpfen, und ich weiß, dass dieser Waldweg nicht in Dunkelheit endet. Er führt direkt auf eine steile Böschung zu, an deren Fuß Bahngleise verlaufen. Jeder in diesem Fahrzeug wird sterben. Aber vermutlich ist das besser so.

Wir haben nichts anderes verdient.

TEIL EINS

*»Hirnforschung vernachlässigt
Locked-in-Patienten.«*
welt.de | 11.12.2009

MAERTENS

Samstag, 18. Januar, 21:33 Uhr

Als ich das Polizeisiegel durchtrenne und die Wohnung betrete, steigt mir sofort ein vertrauter Geruch in die Nase. Cannabis und Räucherstäbchen.

Wann war ich das letzte Mal hier? Vor vier Monaten? Das süßlich-harzige Bouquet scheint sich förmlich in die Tapete gefressen zu haben. Damals erinnerte mich der Geruch an eine Razzia im Studentenwohnheim. Jetzt erinnert er mich an diesen Tatort. Und das ist gefährlich.

Erinnerungen sind Routine, und Routine macht blind. Der Geist ruht sich im Bekannten aus, übersieht Details. Eigentlich bräuchte ich einen frischen Blick von außen. Aber ich habe nur den Blick von Stefanie.

»Darf ich Sie etwas fragen?«

Fragen. Stefanie scheint nur daraus zu bestehen.

»Das ist der zweite Tatort, richtig?« Sie trottet mir hinterher und redet, ohne von der Fallakte aufzublicken. »Die Spurensicherung hat doch schon alles auf den Kopf gestellt. Warum sind wir dann hier?«

»Müssen etwas übersehen haben«, antworte ich knapp und zwänge meine Finger in die Einweghandschuhe.

»Okay. Und ... was genau suchen wir?«

Ich seufze. Zugegeben: Meine neue Kollegin hat es nicht leicht. Ich kenne ihre Akte: Mutterschutz, Elternzeit, Teilzeit, Mutterschutz, Elternzeit und dann wieder Teilzeit. Nach ihrer Laufbahnausbildung zur Kriminalkommissarin war Stefanie de facto *noch nie* Kriminalkommissarin. Und jetzt hat unser Direktor sie ausgerechnet in diesen Fall geworfen. Gestern. Das ist nicht leicht. Aber das ist nicht mein Problem. Mein Problem ist, dass in Heidelberg Menschen verschwinden. Und wenn uns nicht bald etwas einfällt, bleiben sie auch verschwunden. »Wir suchen ...«, setze ich an, komme nicht weit. Ihr Smartphone vibriert. Schon wieder. Ich tippe auf ...

»Gerd, ich hab dir doch gesagt, dass ich nicht ständig telefonieren kann.«

Der Ehemann.

»So schlimm? Wie klingt der Husten denn? Dann gib ihr ein Zäpfchen. Und lager sie höher.« Nach drei weiteren Anweisungen legt Stefanie auf und setzt ein verkrampftes Lächeln auf. »Tut mir leid, die Kleine hat starken ...« Ihre Stimme erstirbt im offensichtlichen Desinteresse meiner Mimik. Eines meiner größten Talente, wenn es nach den Kollegen geht.

»Suchen Sie Dinge, die nicht ins Bild passen«, trage ich ihr auf, denn es besteht ein klein wenig Hoffnung, dass ihr tatsächlich etwas auffallen könnte, was bisher unbemerkt geblieben ist. Stefanie ist zum ersten Mal in der Wohnung. »Dinge, die ungewöhnlich erscheinen. Jedes Detail zählt – und sei es noch so unbedeutend.«

Sie nickt eifrig und wird sofort fündig. »So wohnt der Manager eines Zementkonzerns?«

Ihre Worte gehen runter wie Öl. Brennendes Öl. »Ludwig Schuch war das *erste* Entführungsopfer«, presse ich neben der aufsteigenden Magensäure hervor. »Das ist die Wohnung des zweiten Entführungsopfers.«

»Sorry.« Bußfertig schlägt sie erneut die Fallakte auf und liest sich selbst daraus vor. »Larissa Koch. Dreiunddreißig. Ledig. Lehrerin am Helmholtz-Gymnasium. Erschien am 20. September letzten Jahres nicht an ihrem Arbeitsplatz … besorgter Kollege kam zur Wohnung … spurlos verschwunden.« Sie senkt die Mappe und wirft einen brüskierten Blick auf den Aschenbecher, aus dem ein halb gerauchter Joint ragt. »Lehrerin?«, wiederholt sie und lüpft eine Augenbraue. »Biologie?«

»Chemie und Physik.«

»Okay, und dass ihr Verschwinden etwas mit Ludwig Schuch zu tun haben muss, wissen wir wegen des Gases, richtig?«

»Nicht Gas. Aerosol. Ein Fentanylderivat. Spuren davon im Teppichboden und an den Jacken der Garderobe. Das gleiche Aerosol wie bei Schuch und das gleiche wie jetzt.« Ich schnaube aus. Dieses *Jetzt* ist der wahren Bedeutung des Wortes unwürdig. *Jetzt* bedeutet: just in diesem Moment. Aber dieses *Jetzt* war gestern, genauer gesagt: vor ungefähr zwanzig Stunden. So lange ist es her, dass Opfer Nummer drei verschwunden ist. André Fechtner, achtunddreißig, Hauswart und gute Seele in einem Pflegeheim, Vater zweier Kinder. Das gleiche Aerosol. Das gleiche Muster: einfach wie vom Erdboden verschluckt.

»Und es gibt keinen Zusammenhang zwischen den Opfern?«

»Nein.« *Natürlich nicht.* Die SOKO beißt sich seit Monaten die Zähne an diesem Fall aus. Gäbe es eine Verbindung, hätten wir eine Spur und könnten irgendwo ansetzen, aber wir haben rein gar nichts. Die Opfer kannten sich nicht, sind unterschiedlichen Alters, unterschiedlichen Geschlechts und stammen aus unterschiedlichen Milieus. Kurzum: Wir sind vollkommen blind, auch was den Entführer betrifft. Er ist in der Lage, einen Körper ein paar Meter über den Boden zu schleifen, und hat wohl irgendeine Art von chemischer Ausbildung absolviert. Das macht ihn statistisch gesehen männlich und studiert. Praktisch haben Frauen genauso Muckis, und mit ein bisschen Grips kann man heutzutage jeden Giftcocktail nach Anleitungen aus dem Internet selber mixen. Für die Inhaltsstoffe braucht man nur an den richtigen Ecken in Heidelberg mit einem Geldbündel zu winken.

Wir können das Täterprofil genauso gut würfeln. In meiner gesamten Laufbahn als Ermittler hatte ich noch nie so wenig in der Hand. Es ist, als jagten wir ein verdammtes Hirngespinst. Konzentrier dich, Paul, du musst etwas übersehen haben. Irgendetw-

»Gerd! Jetzt beruhig dich!«

Gerd. Na klar. Helfen wir erst mal Gerd.

»Hast du das Zäpf- Hallo? Gerd?« Stefanie reißt sich das Smartphone vom Ohr und starrt auf das schwarze Display. »Shit.« Ihr Blick springt zu mir. »Haben Sie vielleicht ein Ladekabel dabei? Oder könnte ich ... Es dauert wirklich nicht lange.«

Ich brauche einen Moment, um zu begreifen. Dann entsperre ich mein Smartphone und reiche es ihr wortlos.

»Ja, ich bin's. Ja, der Akku! Hör zu, beruhig dich. Das Zäpfchen braucht kurz, bis es wirkt.«

Na gut. Dann eben kein frischer Blick von Stefanie, nur der immer gleiche Blick von mir. Meine Augen haben den Tatort bestimmt ein Dutzend Mal gesehen, mein Kopf hat schon hundert Mal durchgespielt, wie alles abgelaufen sein könnte. Die einzige Hoffnung der Opfer beruht also darin, dass mir beim hundertundeinten Mal doch noch etwas auffällt, das mich zu ihnen führt. Tolle Aussichten.

Ratlos gleitet mein Blick durch die Wohnung, bleibt an einem gerahmten Foto hängen. Larissa Koch auf Klassenfahrt, umringt von feixenden Jugendlichen. Mit ihrer burschikosen Strubbelfrisur, dem Marvel-Hoodie und den Händen tief in den Taschen ihrer Cargo-Shorts vergraben hebt sie sich kaum von den Teenagern ab. Ihren Schülern zufolge war sie eher eine von ihnen als eine Lehrerin, ein waschechter Nerd, der die Grundregeln der Physik anhand von Superhelden erklärte. Spiderman und die Abenteuer der Zentripetalbeschleunigung, tss ...

Meine Finger trommeln ungeduldig auf den Oberschenkeln. Vielleicht ist das ein Ansatz: einer von ihnen werden. In die Haut der Opfer schlüpfen. Etwas anderes fällt mir ohnehin nicht ein.

Entschlossen marschiere ich an Stefanie vorbei, verlasse die Wohnung und betrete sie gleich darauf wieder. Ich schließe die Augen, hole tief Luft und lasse sie in einem lang gezogenen Atemzug entweichen. Als ich die Augen öffne, bin ich nicht länger Paul Maertens. Ich bin Larissa Koch.

Es ist der Abend des 19. September. Ich komme nach einem anstrengenden Arbeitstag nach Hause und habe nichts vor – zumindest habe ich keine Eintragungen in meinem Terminkalender. Ich komme zur Tür herein, streife die Collegejacke ab, lasse Tasche und Rucksack achtlos fallen – ich bin nicht gerade der ordentliche Typ. Jetzt ab in die Küche.

Laut Kassenbon habe ich schon während der Fahrt hierher zwei Snickers verdrückt, denn weder die Riegel noch die Verpackungen sind auffindbar. Ich schiebe mir ein Fertiggericht in die Mikro und öffne den Rotwein, den es im Sonderangebot gab. Dann gehe ich ins Bad, um die Kontaktlinsen herauszunehmen, ziehe mich nicht um – jedenfalls deutet die Faseranalyse des Teppichs darauf hin, dass ich in denselben Klamotten entführt werde, in denen man mich zuletzt gesehen hat, Jeans und Sweatshirt – und starte mit dem Ping der Mikrowelle in den wohlverdienten Feierabend: Couch, Fünf-Käse-Pasta, eine Flasche Sconto Rosso, ein Joint und … und … Unschlüssig betrachte ich den riesigen Flachbildfernseher an der Wand. Tierdokus? Sport? Was habe ich gesehen? Keine Ahnung. Das Gerät war bei der ersten Tatortbegehung im Standby-Modus.

Genervt wandert mein Blick zur Terrassentür. Dahinter liegt mein kleiner, verwilderter Garten, doch ich sehe bloß meine Spiegelung in den Scheiben und nicht, wer im Schutz der Dunkelheit lauert und mich beobachtet. Anhand der Aerosolspuren wissen wir, dass mich der Täter vorne an der Haustür überwältigt haben muss, aber er hat mich durch den Garten nach draußen geschleift und vermutlich in den Kofferraum seines Autos geladen. Der Dohlweg ist kaum beleuchtet, niemand sieht uns, niemand hört mich schreien, denn ich schreie nicht. Das Fentanylderivat ist tausendmal stärker als Morphium. Wirkung: beinahe sofortige Sedierung, Schmerzausschaltung, Atemdepression. Nebenwirkungen: Übelkeit, Erbrechen, Herzstillstand, Gedächtnisverlust und so weiter – eine Liste, die jeden Beipackzettel sprengt. Bei der Konzentration der Dosis sind sich die Labortechniker nicht einmal sicher, ob ich überhaupt in der Lage bin zu atmen.

Noch immer starre ich auf mein Spiegelbild. Ein abgekämpftes Wrack stiert matt und müde zurück. Auf dem Papier bin ich vielleicht dreißig, aber mein Gesicht sieht eher aus wie Mitte vierzig. Was mache ich mir eigentlich vor? Ich bin nicht Larissa Koch. Larissa Koch wurde vor vier Monaten entführt, Ludwig Schuch vor knapp einem Jahr. Sie sind tot. Und ich sitze hier und verplempere Zeit, bis auch für André Fechtner jede Rettung zu spät kommt.

»Wird der Husten weniger? Gut, dann leg dich zu ihr, ich komme bald.«

Kraftlos sinke ich auf der Couch zusammen und vergrabe mein Gesicht in den Handflächen. Hinlegen, das wär's. Hinlegen und nie wieder aufstehen.

»Ist das Nico im Hintergrund? Morgen ist Schule! Du kannst ihn nicht die ganze Nacht zocken lassen!«

Ich zögere, überlege, spähe zum Fernseher. *Zocken* … Hier fehlt doch etwas! Hastig springe ich auf, stürze zu Stefanie und reiße ihr mein Telefon aus der Hand. »Ab ins Bett mit dem Jungen!« Gerd Ende. Galerie-App. Scrollen, zig Fotos, alle ähnlich. Die Wohnung von Larissa Koch vor vier Monaten. Eingangsbereich, Küche, Treppenaufgang, Wohnzimmer, Aufnahmen mit Weitwinkelobjektiv, dann Details: Couch, Aschenbecher, der Fernseher, und ... Ich blicke auf. Tatsächlich! Sie fehlt!

Irritiert lasse ich das Smartphone sinken. Das Polizeisiegel war intakt – wie kann das sein? Mit einem Satz bin ich bei der Terrassentür, ziehe daran, sofort springt sie auf. Der Rahmen ist beschädigt. Jemand hat sie aufgehebelt. Einbrecher? Aber der Fernseher, die teure Soundanlage, die ganzen Smart-Home-Geräte, die hier herumstehen, alles noch da.

Ich trete hinaus in den Garten, mache ein paar Schritte in die eisige Nacht hinein, aktiviere die Taschenlampenfunktion meines Smartphones. Links, rechts, nach hinten hin – überall mannshohes, verwildertes Gestrüpp. Ein einziger Zugang über ein Gartentor ohne Schloss. Jeder kann hier rein. Aber wieso nur eine Sache stehlen? Das ergibt keinen Sinn. Der Lichtkegel gleitet über die Hecke, lässt etwas Rotes erstrahlen. Ein Faden. Abgeknickte Äste. Meine Gedanken rasen. Eine Idee keimt auf. *Das ergibt Sinn!*

Ein Zweig bohrt sich mir in die Wange, ein anderer in die Rippen. Hinter mir ertönt Stefanies Stimme, aber das Rascheln der Blätter ist so laut, dass ich sie nicht verstehe. Als mich die Hecke auf dem Nachbarsgrundstück wieder ausspuckt, stolpere ich über ein BMX-Bike. Hier bin ich richtig.

»Aufmachen! Polizei!« Meine Faust hämmert im Stakkato gegen die Scheibe der Terrassentür des benachbarten Reihenhauses.

Nach einer Weile wird der Vorhang dahinter zur Seite geschoben, und eine blasse Frau mit hochgezogenen Schultern und einem Kerzenständer in der Hand schaut mich ängstlich an. Die Befragung der Nachbarn ist schon zu lange her, als dass mir ihr Name präsent wäre, aber ein paar Informationsbrocken spucken die grauen Zellen noch aus: Zahnarzthelferin, zwei Kinder, Mann abgehauen.

»Machen Sie die Tür auf.« Ich drücke meinen Dienstausweis gegen die Scheibe. »Maertens, Kripo Heidelberg.«

Sie kneift die Augen zusammen und mustert den Ausweis, wirkt jedoch nicht sonderlich überzeugt. Erst als Stefanie hinter mir aus der Hecke taumelt, scheint sie ihre Zweifel abzulegen.

»Was wollen Sie denn zu dieser Uhrzeit ...«, beginnt sie verdattert, doch da bin ich längst an ihr vorbei. Mit großen Schritten marschiere ich durchs Wohnzimmer und haste die Treppe hoch. Bei Larissa Koch war das vierte Zimmer eine einzige Rumpelkammer. Hier ist es so etwas Ähnliches: das Kinderzimmer.

»Klopf, klopf«, sage ich und reiße die Tür auf, ohne anzuklopfen.

Zwei Jungs sitzen im Schneidersitz auf einem Etagenbett und schauen erschrocken vom Fernseher auf. Dass sie Brüder sind, erkenne ich sofort. Bei wem ich die Brechstange ansetzen muss, wird auch schnell klar.

»Polizei!«, herrsche ich den Zwerg an. Wie alt wird er sein? Elf? »Ihr seid verhaftet!« Er lässt den Videospiel-Controller der geklauten Konsole fallen, als würde er plötzlich glühen.

»Hey!«, fährt mich der ältere Bruder an und springt auf. »Wer sind Sie? Sie dürfen hier nicht rein!«

Ich beachte ihn gar nicht, widme mich ausschließlich dem Zwerg. »Weißt du, was man für Diebstahl bekommt? Fünf Jahre, mindestens!«

Die Augen des Kleinen werden glasig. Er rückt ganz nach hinten an die Wand.

»Wir haben nichts gemacht!«, protestiert der Ältere. »Sie können uns gar nichts, ich bin erst sechzehn! Timo ist elf und ...«

»... aber eurer Mutter!«, würge ich ihn ab und bohre meinen Blick weiter in Timos unschuldige kleine Seele. »Sie ist für euch haftbar, sie wandert in den Knast, und dann? Was passiert mit Kindern ohne Eltern? Sie kommen ins Heim!«

»Kevin! Timo! Was ist da los!«, hallt es aufgeregt durch den Flur.

Ich wirble herum, werfe die Tür hinter mir zu und schiebe einen Stuhl davor, sodass die Rückenlehne die Klinke blockiert.

Kurz darauf donnert eine Faust dagegen. »Hallo? Was soll das? Was machen Sie mit meinen Jungs?«

»Mama!«, schreit Kevin.

»Kevin!«, schreit seine Mutter.

»Herr Maertens! Machen Sie auf!«, plärrt Stefanie dazwischen, aber nichts dringt zu mir durch. Das Klopfen, das Stimmenwirrwarr, die ganze Hektik des Augenblicks verhallt. Es gibt nur mich und den kleinen Timo.

»Du hast nur eine Chance, Kleiner«, knurre ich ihn an. »Eine einzige! Was habt ihr gestohlen?«

Es dauert keine Sekunde, und alle Schleusen brechen. »Das war Kevins Idee!« Seine Stimme überschlägt sich. »Er hat die Tür aufgebrochen!« Mit Tränen in den Augen springt er vom Stockbett und wirbelt durchs Zimmer. »Wir haben uns das nur geborgt, bis Frau Koch wieder da ist.«

»Halt die Klappe!«, zischt ihn sein Bruder an, aber Timo ist nicht mehr zu bremsen. »Das sind alle Spiele! Star Wars, Call of Duty, Halo, Diablo und die zwei Controller. Und die X-Box. Und wir haben eine Packung Chips ausgeliehen, die ist schon weg. Und das haben wir noch geborgt. Und das.« Er reißt Schranktüren auf, durchwühlt Schubladen, holt aus allen möglichen Ritzen das Diebesgut hervor und sammelt es auf der Bettdecke. Ein Pez-Spender, ein Taschenmesser, ein kleiner, durchsichtiger Beutel mit etwas, das aussieht wie Haschisch, eine Spiderman-Action-Figur, ein brauner Umschlag, ein …

»Das Geld haben wir wirklich nicht genommen. Es war schon weg!«

»Welches Geld?«

Timo stürzt zum Bett und schüttelt ein Portmonee aus dem Umschlag. »Das war jemand anderer. Ehrlich!«

Ich nehme die Geldbörse an mich und betrachte das Batman-Emblem darauf. Sie gehört eindeutig Larissa Koch. Ihre Krankenkassenkarte, ihr Personalausweis, alles noch da. »Wo habt ihr die her?«

»Die war in dem Umschlag. Der lag im Flur vor dem Briefeinwurf. Aber es war wirklich nichts drinnen! Bitte sperren Sie meine Mama nicht ein, bitte, bitte, bitte!«

»Wann war das?«, frage ich mit heiserer Stimme und mustere den Absender. Securitec Sicherheitsdienst. »Wann seid ihr drüben eingebrochen?«

Timo reißt den Mund auf, klappt ihn wieder zu und starrt verzweifelt in Richtung seines Bruders.

»Letzte Woche Samstag«, murmelt Kevin kleinlaut, nur um gleich darauf den Starken zu markieren. »Aber das war kein Einbruch! Die Terrassentür war offen! Und das Hasch seh ich zum ersten Mal.«

Er redet weiter, ich höre nicht zu. Meine Finger fliegen über das Display meines Smartphones: Google-App, tippen, Treffer. Die Seite des Unternehmens baut sich auf. *Nummer, Nummer, ich brauche* – da! Es läutet. Zum Glück sind solche Firmen rund um die Uhr besetzt.

»Securitec Sicherheitsdienst und Objektschutz«, meldet sich eine verrauchte Frauenstimme. »Was kann ich …«

»Maertens, Kripo Heidelberg«, kürze ich die Sache ab. »Ich habe hier einen Umschlag mit einem Geldbeutel darin, Absender ist Ihre Firma. Die Börse hat ein Batman-Symbol, können Sie mir dazu etwas sagen?«

Einen Moment lang herrscht Stille in der Leitung. Dann: »Ach die! Ja, ich erinnere mich. Es kommt nicht oft vor, dass unsere Mitarbeiter eine Brieftasche finden, in der noch Geld ist.«

Mein Blick trifft Kevin, der schweigend zu Boden starrt.

»Wo wurde die Börse gefunden? Und wann?«

»Vor zwei Wochen vielleicht? Warten Sie.« Etwas knackt, dann ertönt das Geräusch einer Tastatur. »Herr Sahin hat die Geldbörse gemeldet, das muss auf der Südostroute gewesen sein, da haben wir einige Aufträge. Wir schicken natürlich nicht alle Fundsachen per Post, aber wenn der Perso drinnen ist … Ah, hier steht es ja! Das war bei unserem Objekt in der Michael-Gerber-Straße.«

»Michael-Gerber-Straße«, wiederhole ich und schüttle den Kopf. »Wo ist das?«

»Am Schneckenbuckel, in Neckargemünd.«

»Und was ist das für ein Gebäude?«

»Kommt drauf an«, schnarrt es aus dem Hörer. »Der Kümmelbacher Hof war schon vieles. Ein Kurhotel, eine Brauerei, eine Klinik. Zuletzt war er ein Forschungszentrum, soweit ich weiß, aber das ist lange her.«

Ein Kribbeln jagt über meinen Rücken. »Das Gebäude steht leer?«

»Seit Jahren.«

Das Kribbeln erfasst meinen gesamten Körper und entzündet genau den Funken Hoffnung in mir, nach dem ich schon so lange giere. Das ist er, ich spüre es: der entscheidende Hinweis. Drei Menschen sind verschwunden. Niemand hat je etwas gesehen, niemand hat etwas gehört, es gab nichts, was uns einen Schritt weitergebracht hätte. Und jetzt liegt sie einfach so vor mir, direkt in meinen Händen: die Spur, die uns auf den richtigen Weg führt.

Ein Lächeln legt sich auf meine Lippen, während ich mit dem Zeigefinger über das Fledermaus-Emblem der Geldbörse streiche. Wenn Larissa Koch noch lebt, wird sie vor Freude ausflippen. Ihr Retter ist kein Geringerer als Batman.

MAERTENS

Samstag, 18. Januar, 23:02 Uhr

Der Kümmelbacher Hof – warum sind wir da nicht eher draufgekommen? Eine abgelegene Ruine im Wald. Wir hätten den Hof längst durchsuchen sollen. Andererseits ... die Gegend bietet Hunderte von Möglichkeiten für Verstecke. Allein die stillgelegten Bergwerke und Stollen reichen aus, um halb Heidelberg verschwinden zu lassen.

»Hier ist Ortsgebiet!«

Ich blicke vom Smartphone auf, nehme den Fuß vom Gas und widme mich mit einem Auge wieder dem Wikipedia-Eintrag. Der Kümmelbacher Hof war eine Brauerei, dann ein Hotel, im Zweiten Weltkrieg wurde er zur Klinik umfunktioniert, danach kaufte die Kaufhaus AG das ...

»Rot!!«

Beherzt trete ich auf die Bremse. »Hab ich gesehen.« Ungeduldig trommle ich auf dem Lenkrad herum. Eigentlich war es nur dunkelorange.

»Wenn Sie mich schon nicht fahren lassen, könnten Sie dann wenigstens auf die Straße achten?«

»Ich komme aus dieser Gegend, ich kenn mich aus«, wiegle ich Stefanies Protest ab. Das Navi hat eine Fahrtzeit von dreißig Minuten berechnet. Mit ihr am Steuer würden wir bestimmt genau so lange brauchen. »Beim nächsten Mal.«

Die Ampel schaltet auf grün. Stefanie schaltet auf Konfrontationskurs. »Sie mögen mich nicht, oder?«

Oh nein, bitte nicht diese Nummer.

»Sie können es ruhig sagen, ich bin nicht beleidigt.«

Das behaupten sie alle. Dann sagt man etwas, und zack, wird man ins Präsidium zitiert und verbringt seine Zeit mit Supervisionsgesprächen und Teambuilding-Seminaren.

»Liegt es daran, dass ich nicht so viele Erfolge vorweisen kann wie Sie?«

Nicht darauf eingehen. Klappe halten und fahren.

»Oder weil ich eine Frau bin? Was stört Sie? Ich wüsste es einfach gerne!«

Ignorieren. Aussitzen. Mehr kann ich nicht tun. In ein paar Minuten sind wir da.

»Was kann ich anders machen, damit ...«

»Nichts!«, bricht es aus mir heraus. »Sie können nichts machen.« Verdammt noch mal, warum kann ich nicht einfach meine Klappe halten. Aber jetzt ist es ohnehin zu spät. »Sie sind, wie Sie sind.«

Stille.

Aus den Augenwinkeln beobachte ich, wie die vorbeiziehende Straßenbeleuchtung Stefanies Stirn in Schatten taucht. »Wie bin ich denn?«

»Normal.«

Die Schatten werden tiefer. »Und ... normal ist schlecht?«

»Normal ist normal«, entgegne ich knapp und werfe einen Blick auf das Navi, um die Abzweigung nicht zu verpassen. »Normal ist, wie alle sind. Verstehen Sie mich nicht falsch: Ich habe nichts gegen Menschen, die ihr Leben leben und denen Familie und Freizeit wichtig sind. Ich habe nur etwas dagegen, wenn sie sich den falschen Job dafür aussuchen.«

Die blaue Linie auf dem Display macht einen scharfen Knick. Ich setze den Blinker und folge ihr, biege in die von Einfamilienhäusern gesäumte Michael-Gerber-Straße und fahre durch, bis die Familienidylle endet. Die Straße wird enger, der Belag rissiger, und bald schon holpern wir über einen mit Schlaglöchern durchsetzten Weg, bis uns das Dickicht vollkommen verschluckt.

Als wir an eine Biegung kommen und die Scheinwerfer eine Sperre erfassen, bremse ich abrupt ab. »Können Sie die Schranke öffnen?«

Stefanie rührt sich nicht. Sie sitzt bloß da, das Gesicht von mir abgewandt und blickt in die Dunkelheit. Irgendwann: »In Ihrer Welt gibt es nicht viel Platz für Kinder und Familie, oder?«

Schweigen.

»Was wäre Ihre Alternative? Aussterben?«

»Vielleicht«, seufze ich und kratze mit dem Daumennagel imaginären Schmutz aus den Einkerbungen am Lenkrad. »Eigentlich keine schlechte Idee.«

»Und mit dieser Einstellung wollen Sie ein besserer Polizist sein als ich?« Sie wendet ihren Blick vom Fenster und mustert mich eine Zeitlang, so als erwartete sie tatsächlich eine Antwort. Aber was soll ich darauf schon entgegnen? Touché?

»Die Schranke«, wiederhole ich mit verkniffenem Lächeln. »Bitte.«

Kopfschüttelnd schwingt sie sich aus dem Wagen und spielt mir einen letzten Kommentar zu. »Der Apfel fällt nicht weit vom Stamm.« Dann knallt die Tür ins Schloss.

Gedankenverloren sehe ich ihr nach, beobachte, wie sie sich an der angerosteten Schranke zu schaffen macht, sie hochdrückt und zu Fuß den Hang hinaufstapft.

Der Apfel fällt nicht weit vom Stamm, hallen ihre Worte in mir wider. Stefanie ist nicht die Erste, die mir diesen Satz an den Kopf donnert, und sie wird auch nicht die Letzte gewesen sein. Der Fluch meines Namens verfolgt mich noch bis ins Grab.

Oben versperrt ein Bauzaun die Zufahrt. Ich parke, nehme die Taschenlampe aus dem Handschuhfach und will gerade die Nummer anrufen, die mir der Sicherheitsdienst gegeben hat, als im Rückspiegel zwei Scheinwerfer aufleuchten.

»Herr Sahin?«

Der Mann steigt aus seinem Kastenwagen und blinzelt gegen den Strahl meiner Taschenlampe an. »Ja! Was ist denn los? Die Zentrale hat angerufen, dass ich ...«

»Maertens, Kripo Heidelberg.« Ich schwenke den Lichtkegel die Auffahrt hinunter. »Die Dame, die sich den Weg hochquält, ist meine Kollegin Stefanie Krüger. Es geht um die Geldbörse, die Sie gefunden haben. Wo genau war das?«

»Das war auf dem Gelände. Vor dem Haupthaus.«

»Zeigen Sie es mir.«

»Jetzt?« Sahin schraubt die Augenbrauen hoch. »Mitten in der Nacht?« Abwechselnd sieht er zu mir und Stefanie, die jetzt schnaufend neben uns steht. Als keiner reagiert, zuckt er die Achseln, knipst seine Taschenlampe an und marschiert los. Kurz vor dem Gatter zieht er klimpernd einen massiven Schlüsselbund aus der Hosentasche und macht sich daran, das passende Gegenstück für das Vorhängeschloss zu finden.

Mein Blick gleitet den Zaun entlang, verfinstert sich augenblicklich. »Soll das ein Scherz sein?« Ich steige über eine große Pfütze hinweg, hebe mit einer Hand die Gitterkonstruktion aus dem Betonfuß und drücke sie auf. »Jeder Depp kommt auf das Gelände. Hier passt ein LKW durch!«

Sahin zuckt abermals die Achseln. »Wir haben schon lange gemeldet, dass die Verbindungsösen durchgerostet sind. Es kümmert niemanden, und wir werden bloß dafür bezahlt, das Grundstück zu bewachen.« Er lässt den Schlüsselbund wieder in seiner Tasche verschwinden und schreitet durch den offenen Bauzaun voran.

Stefanie und ich folgen.

Unter unseren Füßen knirscht der Unrat. Vor uns und um uns herum: Schwärze, so weit das Auge reicht. Nur die Lichtkegel der Taschenlampen ringen der Dunkelheit kleine Zugeständnisse ab. Schutt. Abfall. Rostige Stahlstäbe, die in kruden Winkeln aus Betonklumpen ragen, und überall Gestrüpp, das aus dem rissigen Asphalt sprießt wie die knochigen Finger von Untoten.

Sahin stolpert über eines der Büschel. »Man sieht ja die Hand vor Augen nicht«, mault er, und als hätte jemand da oben Mitleid mit ihm, schiebt der eisige Wind eine Wolkenwand zur Seite, sodass der fahle Schein des Mondes den Weg beleuchtet und das ganze Ausmaß des Verfalls offenbart.

Das Areal ist riesig, größer als ein Fußballfeld. Geschätzt siebentausend Quadratmeter voller Asphalt, Schrott und verwitterten Gebäuderesten.

»Dort drüben.« Sahin schlägt einen Haken und steuert den Eingangsbereich des größten Gebäudes an. »An dieser Stelle lag die Börse ... irgendwo.«

Vorsichtig trete ich näher und leuchte durch die leeren, bodentiefen Fensterrahmen ins Innere. Hier muss der Empfang gewesen sein. »Ist Ihnen in letzter Zeit etwas Ungewöhnliches aufgefallen?«

»Nein, sonst hätte ich es gemeldet.«

»Verstehe. Wie lautet der Name meiner Kollegin.«

»Wie bitte?«

»Der Name meiner Kollegin, wie lautet er?« Ich leuchte das Areal ab. Schlaglöcher, Unkraut, Schutt – der Weg über den Hof ist beschwerlich, aber nicht unpassierbar. »Und das Auto? Welches Auto fahre ich? Welche Marke war das?«

»Keine Ahnung ... Was sollen diese Fragen?«

»Ein Test«, murmle ich und gehe in die Knie. »Ich überprüfe, ob ich Ihrer Aussage Glauben schenken kann. Wenn Sie sagen,

Ihnen sei nichts Ungewöhnliches aufgefallen, muss ich wissen, ob Ihnen überhaupt etwas auffällt.« Tut es nicht, ergänze ich in Gedanken. Das könnte ein Reifenabdruck sein. Das hier Schleifspuren. Und das ...» Welche Schuhgröße haben Sie?«

»Dreiundvierzig.«

Der Lichtkegel meiner Taschenlampe verharrt auf der Stelle. Gezackte Rillen. Wabenstruktur. Vermutlich Wanderstiefel. Das Profil hat sich so deutlich in den Morast gedrückt, dass man sogar die Ziffern der Schuhgröße erkennen kann. Sechsundvierzig.

»Licht aus«, zische ich Sahin an. Als er nicht sofort reagiert, knöpfe ich ihm die Taschenlampe ab und fische mein Smartphone aus der Brusttasche. »Passen Sie jetzt gut auf: Sie gehen zurück zu Ihrem Auto. Rufen Sie von meinem Handy diesen Kontakt an – Kriminaldirektor Konrad Brachmann –, sagen Sie Ihren Namen, unseren Standort, und dass Kriminalhauptkommissar Paul Maertens Verstärkung braucht. Hier ist mein Dienstausweis, nennen Sie diese Nummer. Die sollen das Gelände weiträumig abriegeln und einen Einsatztrupp herschicken.«

»Einsatztrupp?«, wiederholt Sahin verdutzt. Mechanisch nimmt er die Sachen entgegen, starrt erst mich an, dann Stefanie. Und vermutlich ist das, was er in ihrem Blick erkennt, der zündende Funke, um zu begreifen, dass er schleunigst verschwinden sollte. Abrupt wendet er sich ab und eilt davon.

Als er halb über den Platz ist, dringt Stefanies brüchige Stimme an mein Ohr. »Denken Sie, der Entführer ist hier?«

»Der Abdruck ist frisch«, antworte ich leise und reiche ihr Sahins Taschenlampe. »Wir kontrollieren die Ausrüstung, dann nehmen Sie sich das Erdgeschoss vor, klar? Keine Geräusche, kein unnötiges Licht, nichts, das uns ankündigt.« Ich klemme mir den Stiel der Lampe zwischen die Zähne, ziehe die Heckler aus dem Holster und lasse das Magazin herausgleiten. Stefanie sollte es mir gleichtun. Doch sie zögert.

»Wollen wir nicht auf Verstärkung warten?«

Mit einem leisen Klick rastet mein Magazin ein. »Wollen Sie, dass der Dreckskerl entwischt?«

Sie presst die Lippen zu einem Strich und senkt den Kopf. Sekunden verstreichen. Dann checkt sie ihre Waffe. Ihre Hände zittern so stark, dass ihr Ehering gegen das Metall klackert.

Ich sollte etwas sagen, um ihr die Angst zu nehmen, ihr gut zureden, Mut machen. Die Worte dafür habe ich gelernt – lernen müssen – in den Teambuilding-Seminaren, in die sie mich gesteckt haben. Sie liegen mir auf der Zunge. Aber in dem Moment, als ich sie aussprechen will, fühlen sie sich unendlich falsch an, und ich mache den Fehler, mir neue Worte zurechtzulegen, die sich noch falscher anfühlen. Also sage ich nichts, starre Stefanie zähneknirschend an und warte darauf, dass sie mich aus dieser Situation entlässt. Die richtigen Worte liegen vermutlich nicht auf der Zunge, sondern im Bauch oder im Herzen. Aber dort suche ich seit Jahren für mich selbst. Es wurde nichts hinterlegt.

»Zielen Sie tief«, knurre ich mit heiserer Stimme. »Wir brauchen ihn lebend.«

Schweigend stehen wir uns gegenüber, beobachten die Atemwolken aus unseren Mündern, als wären sie Rauchzeichen. Irgendwo bricht ein Schwarm Vögel lärmend aus dem Unterholz. Als das Flattern der Flügel in der Ferne verstummt, ist Stefanie hinter einer Ecke verschwunden. Ich warte noch einen Augenblick, dann knipse ich die Taschenlampe an und leuchte mir den Weg in Richtung Untergeschoss.

Ich mache mir keine Sorgen um Stefanie, sie wird auf nichts stoßen. Der Entführer hat drei Menschen verschwinden lassen, ohne die kleinste Spur zu hinterlassen. Er ist clever genug, seine Beute im Keller zu verstecken. Hier kann er ungestört tun, was auch immer er diesen armen Seelen antut. Niemand sieht sie. Niemand kann ihnen helfen. Niemand hört ihre Schreie.

MAERTENS

Samstag, 18. Januar, 23:58 Uhr

Schweiß tritt aus meinen Poren, kriecht über meine Stirn bis zur Nasenspitze und verursacht dort einen Juckreiz, der mich schier in den Wahnsinn treibt. Doch ich traue mich nicht zu kratzen. Es wäre der Bruchteil einer Sekunde Unachtsamkeit. Und die kann hier unten den Tod bedeuten.

Ein Fuß vor den anderen. Mit Bedacht. Hier gibt es einiges, das mein Kommen verraten könnte. Umgekippte Regalstellagen, morsche Holzpaletten, verbogene Kleiderbügel, Rohre – die Trümmer stapeln sich in den engen Fluren, sodass jede meiner Bewegungen zum Drahtseilakt gerät. Zentimeter für Zentimeter arbeite ich mich voran. Mit Pistole und Taschenlampe im Anschlag und einer Schraubzwinge um die Brust, die das Hämmern meines Herzens nur noch deutlicher macht.

Das hier unten ist ein verdammtes Labyrinth. Der Lichtkegel meiner Lampe frisst sich immer nur ein paar Meter durchs Weltallschwarz, dann wartet die nächste Abzweigung, die nächste Ecke, ein Vorsprung, eine offen stehende Tür, irgendetwas, hinter dem der Entführer lauern könnte. Ich bin leise, aber nicht lautlos. Nur Geister sind lautlos.

Was war das?

Ich fahre herum. Irgendwo aus den Tiefen der Dunkelheit – etwas Metallisches, ein Quietschen, vielleicht eine Türangel. Meine Knie zittern. Jede Muskelfaser in mir ist bis zum Bersten gespannt, während ich mich vorwärts bewege. Erneut trifft der

Lichtkegel auf ein Hindernis. Eine Abzweigung. *Links oder rechts? Links oder rechts?*

Da! Wieder ein Quietschen, eindeutig von rechts.

In einer raschen Bewegung wirble ich um die Ecke, sondiere das Terrain und knipse dann die Lampe aus. Das muss reichen. Er darf mich nicht kommen sehen.

Mit angehaltenem Atem verharre ich in völliger Dunkelheit und rufe ab, was ich mir gerade eingeprägt habe. Ein schlauchförmiger Gang, links ein kleines Regal, nach ungefähr zehn Schritten ein Haufen Schutt, dann ein paar Meter weiter eine Stahltür, angelehnt. Dahinter könnte er sein. Dahinter könnten sie alle sein: André Fechtner, Larissa Koch, Ludwig Schuch. Lebend oder tot ...

Ein Frösteln huscht über meinen Rücken. Die Schweißperlen auf meiner Stirn scheinen zu Eiskristallen zu gefrieren. *Einatmen. Ausatmen. Los!* Leise, nicht gegen das Regal stoßen. Schritt für Schritt, acht, neun, zehn, stopp. Ich gehe in die Knie, taste mich durch die Dunkelheit, bis der Schutt unter meinen Fingern Gestalt annimmt. Das wird keine leichte Übung. Ich stütze mich an der Wand ab, strecke das Bein weit aus, führe es behutsam wieder nach unten, bis die Fußspitze den Boden berührt. Das zweite Bein folgt, schwebt über dem Schutt, platziert sich lautlos daneben. Erleichtert atme ich auf. Das Überraschungsmoment ist immer noch ... Knirschen. *Fuck!* Leise nur, aber hier unten laut wie ein Böller. *Fuck, fuck, fuck!* Ich beiße die Zähne zusammen, zähle die Sekunden, bete. Es könnte eine Ratte gewesen sein, eine Maus, irgendein Vieh!

In den Tiefen der Dunkelheit herrscht Stille. Nichts rührt sich. Weiter! Mit ausgestreckter Hand voran. Fünf Finger, die nach einer Tür tasten, aber genauso gut in die Schneide eines Messers greifen könnten. Weiter, immer weiter. Endlich – die Tür. Mein Daumen legt sich auf den Schalter der Taschenlampe, mein Zeigefinger auf den Abzug der Pistole. Jetzt gibt es kein Zurück mehr. Und kein Zurück mehr für mich bedeutet kein Entkommen für ihn.

Licht!

Mit einem Satz bin ich im Raum, schwenke die Lampe hin und her. Durchgehender Fliesenspiegel, keine Fenster, Schutt, Abfall – Dutzende Informationsbrocken prasseln auf mich ein. Doch von all diesen Eindrücken erzählt einer die Geschichte des Raumes am schnellsten: der Geruch. Ich mache ein paar Schritte, schicke den Lichtkegel auf Wanderschaft, bis er findet, was meine Nase bereits entdeckt hat. Sie liegt in der Ecke, zusammengekauert wie ein Säugling: Larissa Koch, umschwirrt von unzähligen Fliegen. Ich komme zu spät.

Viel zu spät.

Beklommen stehe ich da und starre auf den verwesten Körper. Ich weiß nicht, ob es die Fassungslosigkeit ist, die mich so lähmt, oder die unendliche Enttäuschung, versagt zu haben, aber ich kann mich nicht rühren, bin wie gebannt vom Anblick ihrer Leiche. Ein Moment der Trauer. Ein Moment des Schocks. Ein Moment, in dem ich vergesse, warum ich eigentlich hier bin. Ein kurzer Moment … und dennoch ausreichend. Der Bruchteil einer Sekunde der Unachtsamkeit kann den Tod bedeuten.

Hinter mir ertönt ein Knarren. Ich wirble herum, reiße die Pistole hoch, doch als ich den Schatten auf mich zuschnellen sehe, ist es bereits zu spät.

Scheppern, ohrenbetäubend.

Die Stellage kracht über mir zusammen, begräbt mich unter Dutzenden von Kanistern und Dosen. Die Welt verschwindet hinter einer Welle aus Schmerz, aber nur für die Dauer eines Atemzugs. Dann taucht sie wieder auf. Mit ihr ein bleischwerer Druck, der meine Brust abquetscht, das scharfe Stechen spitzer

Kanten, die mein Fleisch malträtieren, und die giftigen Dämpfe der Lackfarbe, die mir in den Haaren klebt. Ich fühle mich, als wäre ich in eine Müllpresse geworfen worden, aber wenigstens fühle ich noch etwas. Schmerz hilft. Er lässt mich die Zähne zusammenbeißen und die Stellage anheben, um darunter hervorzukriechen. Ich fühle, also bin ich. Und ich bin sauer. Richtig sauer.

Das Stakkato schneller Schritte hallt durch den Gang. Meine Rechte umfasst den Griff der Heckler, die Linke ist leer. Die Taschenlampe ... sie muss mir aus der Hand gerutscht sein. Fahrig taste ich über den Boden – nichts. Die Schritte werden leiser. Meine Wut lauter. Scheiß drauf.

Blind stürze ich los, stoße gegen Kanten und Ecken, finde irgendwie aus dem Raum heraus. Erinnerungen überschlagen sich. Ein Haufen Schutt, links ein kleines Regal, dann die Abzweigung. Meine Füße fliegen über den Unrat, berühren kaum den Boden, katapultieren mich alle paar Meter gegen Spitzes, Dumpfes, Hartes, aber ich halte nicht an, rase weiter durch die Schwärze, jage etwas, von dem ich mir einbilde, dass es sich immer deutlicher in der Ferne abzeichnet: ein Glühwürmchen. Der Kerl hat eine Taschenlampe. Das ist der Polarstern, der mich leitet. Und plötzlich bin ich wieder draußen.

Benommen vor Erschöpfung taumle ich aus dem Treppenhaus in die Helligkeit des Erdgeschosses. Das Mondlicht dringt durch die eingeschlagenen Fenster, taucht alles in diesen bleiweißen Schein, der selbst das blühendste Leben welk erscheinen lässt. Mühsam blinzle ich gegen den Schweiß und den Schwindel an, wirble herum auf der Suche nach dem Glühwürmchen, dem Polarstern, dem Arschloch, das Larissa Koch auf dem Gewissen hat. *Du entkommst mir nicht!*

Dumpfer Krach. Über mir. Die Treppe.

Aus dem Stand sprinte ich hoch in den ersten Stock, nehme

drei Stufen auf einmal, werde geleitet von dem Donnerschlag seiner Tritte. Ihm nach! Keine Pause, keine Orientierung, einfach ihm nach. Da vorne! Da ist er. Immer nur eine Andeutung, ein Schatten, der um die Ecke saust, aber er ist da. »Auch nur ein Mensch«, fauche ich atemlos. Ein Mensch wird müde. Ein Mensch macht Fehler. Weiter! Schneller! *Komm schon!*

Mein Herz rast. Meine Lunge brennt. Jeder Schritt ist nur noch ein Wegknicken, ein Wegbrechen, ein Schlingern und Taumeln. Mein Körper macht schlapp. Der Wichser hängt mich ab. Schon habe ich ihn wieder aus dem Blick verloren. Schon sind es bloß noch die Geräusche seiner Tritte, denen ich folge. Und dann … überschlägt sich die Welt. Der Abgrund ist der Himmel, und der Himmel stürzt auf mich herab, während ich falle und falle und falle und aus.

Keine Sekunde Pause …

Der metallische Geschmack von Blut breitet sich in meinem Mund aus, vermischt sich mit dem Gestank des Lacks, der sich in meine Haut gefressen hat. Wahrscheinlich sind die beißenden Dämpfe das Einzige, was mich bei Bewusstsein hält.

Rücklings liege ich da, starre zwischen all den gleißend hellen Punkten, die vor meinen Augen tanzen, auf das klaffende Loch in der Decke, durch das ich gefallen sein muss, als einer der Punkte aus der Reihe tanzt. Ich überstrecke den Kopf. Das Glühwürmchen! Der Polarstern! Wie ist er so schnell hier heruntergekommen? Er huscht draußen von Fenster zu Fenster. *Verfolg ihn*, drängt eine Stimme in mir. *Kann nicht*, hallt es aus tausend Kehlen wider. Und doch bewegen sich meine Glieder. Etwas in mir übernimmt. Etwas Altes. Etwas, das schon da war, bevor ich da war. Etwas, das die letzten Kräfte in mir mobilisiert, meine Hand führt und meinen Finger auf den Abzug legt. Nenn es Verzweiflung, nenn es Hass oder Rache, aber egal, was es ist: Es zögert keine Sekunde.

Ich drücke ab.

Der Schuss peitscht durch die Luft, verhallt im Gemäuer.

Angestrengt starre ich auf das letzte Fenster in der Reihe, wage kaum zu blinzeln.

Nichts passiert. Das Fenster bleibt leer.

Besinnung kriecht wieder in meine Zellen, übernimmt die Kontrolle. *Steh auf. Sieh nach. Sofort!* Ich tue, wie mir gesagt, zwinge mich aufzustehen, humple quer durch den Raum auf die Fenster zu, als draußen plötzlich doch ein Glühwürmchen im Rahmen erscheint.

Meine Waffe schnellt hoch.

»Nicht schießen! Ich bin's!«

Ich senke die Pistole wieder. Stefanie. Ich hatte sie vollkommen vergessen. »Geht es Ihnen gut?«, frage ich mit brüchiger Stimme, doch sie antwortet nicht, stiert bloß auf etwas, das vor ihr auf dem Boden liegt. *Das Glühwürmchen.*

Zögerlich trete ich ans Fenster und folge ihrem Blick.

Es ist nicht so, dass ich nicht ahnen würde, wer da liegt. Es ist vielmehr so, dass ich es nicht wahrhaben will. Ich will, dass es ein Trugbild ist, ein Streich, den mir meine Wahrnehmung spielt, hervorgerufen durch die giftigen Dämpfe des Lacks. Aber so viel Glück habe ich nicht. Was ich sehe, ist echt: der leblose Körper, die verrenkten Glieder, die teerschwarze Lache um seinen Kopf, die größer und größer wird. Das Glühwürmchen ist nicht mehr. Sein letztes Opfer ist immer noch da draußen, in irgendeinem Verlies. Und niemand weiß, wo es ist.

»Zielen Sie tief«, höre ich meine Stimme wie aus einem anderen Leben hallen. »Wir brauchen ihn lebend.«

IM VERLIES

Samstag, 18. Januar, 23:59 Uhr

Stille. Undurchdringlich, bedrohlich, fremd.

Dann Brennen. Es dringt aus meiner Brust hoch, quält sich durch meine staubtrockene Kehle, will entweichen, darf nicht. Meine Lippen kleben aneinander wie Klettstreifen. Keine Energie, um sie zu teilen. Kein Speichel, der sie befeuchtet. Das Brennen verebbt in meiner Mundhöhle, hinterlässt einen giftigen Geschmack auf der Zunge, zu intensiv für einen Albtraum. Es ist schlimmer als das: Es ist real.

Meine Lider flattern. Mir gelingt es zu schlucken, die Nase zu rümpfen. Das Leben kehrt zurück, mit ihm der Drang, sich zu bewegen, und mit der Bewegung kommt der Schmerz. Explosionsartig. Als wären meine Knochen aus Glas und meine Muskeln und Sehnen aus Stacheldraht. Was ist passiert? Was zur Hölle ist nur passiert?

Adrenalin schwemmt meine Blutbahnen, treibt mich an. Meine Lippen bersten auseinander. Mein Körper bäumt sich auf. Ich bin Innerstes nach außen gekehrt. Ich bin ein blank liegender Nerv. Ich bin eine pochende Wunde im Nichts, denn das ist alles, was ich sehe: rein gar nichts. Völlige Schwärze umgibt mich. Ich reiße meine Lider auf, weit, weiter als je zuvor, so als könnte ich der Dunkelheit das Weiß meiner Augen aufzwingen. Doch sie weicht nicht zurück. Es gibt nur den Schmerz und mich. Und in diesem Moment begreife ich noch etwas. Alles ist schwarz. Auch in mir.

Da ist kein Name, keine Erinnerung, da ist nichts. Wer bin ich?

Wie bin ich hierhergekommen? Ich weiß es nicht. Aber ich muss es wissen, irgendetwas muss es doch geben!

Meine Hände schwärmen aus, suchen Halt, Orientierung, krallen sich an alles, was sie zu fassen bekommen, doch keine Berührung scheint vertraut. Da ist kein Wecker, der sagt, du bist zu Hause. Kein steifer Kissenbezug, der sagt, du bist im Hotel. Kein Gesicht, das einen in Geborgenheit wähnt. Nur unbekannte Stücke und Bruchstücke, Kanten und Formen, die alles und nichts sein können. Und der Schmerz. Er ist mein einziger Begleiter. Mein Orientierungspunkt.

Atme ruhig. Versuche, dich zu beruhigen. Streng dich an: Was weißt du? Oben ist da, wo der Kopf ist. Unten ist da, wo die Füße sind. So muss es sein. Zitternd gehe ich in die Knie, taste mich von den Schuhspitzen ausgehend weiter. Der Boden ist da, wo er sein soll – sehr gut, das ist doch schon mal was. Bestimmt habe ich mich noch nie so über den Boden gefreut wie in diesem Moment. Ungelenk sacke ich auf alle Viere, lasse meine Handflächen weiterwandern. Kalte Glätte. Rillen in gleichmäßigen Abständen. Das sind Fliesen. Außerdem sind da Körner und Kiesel und Brocken, die zwischen meinen Fingern zerbröseln. Ich krieche durch Dreck. *Wo bin ich?*

Blind taste ich mich vorwärts, ecke immerzu an, gelange irgendwann zu einer Wand, an der ich mich aufrichte, dabei mit dem Schienbein gegen irgendein sperriges Teil stoße, dann über ein anderes Teil stolpere, zu Boden gehe, wieder aufstehe, meine Hände weiter entlang der Wand führe, bis da etwas ist, das sich davon abhebt. Ein kleines, viereckiges Gebilde. Meine Finger betasten es, erfühlen die Erhebung darauf, drücken sie nieder. Klack. Hinter mir ertönt ein Surren, dicht gefolgt von kalten Lichtblitzen, die unregelmäßig und wild zuckend mit der Dunkelheit um Vorherrschaft ringen.

Ich wirble herum, hebe die Hand vors Gesicht, um meine

Augen vor dem gleißenden Hell zu schützen, und spähe durch meine Finger hindurch in den Raum, der sich nach und nach vor mir zusammensetzt. Quadratisch oder rechteckig, vielleicht zwanzig Quadratmeter. Allerlei Gerümpel kreuz und quer verteilt. Keine Fenster. Gefliester Boden, gefliese Wände, eine unverputzte Betondecke, durch deren Mitte fünf Neonröhrenlampen verlaufen, von denen nur eine einzige halbwegs intakt zu sein scheint. Wo ist die Tür?, schießt es mir durch den Kopf. Instinktiv wende ich mich zum Lichtschalter – da! Ich stürze auf sie zu, rüttle daran, werfe mich dagegen, einmal, zweimal, klopfe, hämmere. Doch es ändert nichts. Sie bleibt verschlossen.

Erschöpft sinke ich auf den Boden, starre schwer atmend in mein Verlies. Ich kann kein Waschbecken ausmachen, keine Toilette, keine Leitungen, die Wasser führen. Meine Kehle ist rau wie Sandpapier. Ich habe Durst, so entsetzlich starken Durst …

Und plötzlich löst sich doch ein Fragment aus den Untiefen meines Gedächtnisses. Aber es ist keine Erinnerung, die etwas über meine Vergangenheit verrät. Es sind bloß ein paar Sekunden aus einem Fernsehbeitrag, den ich gesehen habe.

Vier Tage. So lange kann man ohne Wasser überleben.

Sechsundneunzig Stunden. Und die Uhr tickt.

LINDE

Samstag, 18. Januar, 03:11 Uhr

Ein Kollege an der Universität meinte einmal im Scherz zu mir, ich würde noch meinen Kopf vergessen, wenn er nicht angewachsen wäre. Das ist bestimmt schon zwanzig Jahre her, vielleicht länger. Es war nicht böse gemeint, ich weiß ja, dass ich ein Schussel bin. Dennoch ließ mein Stolz damals nichts anderes zu, als den Kollegen mehrere Wochen lang zu schneiden. Heute bin ich oft noch zerstreuter. Das macht das Alter. Und manchmal, wenn ich so aufwache wie jetzt, fällt mir dieser Spruch wieder ein: *Kopf vergessen.*

Es fühlt sich tatsächlich so an. Als hätte ich ihn irgendwo liegen lassen und wäre nur noch Körper ohne Geist. Eine Menschenkulisse quasi, ein sehender Blinder, der seine Umwelt erfasst, jedoch nicht erkennt. Als wäre meine Netzhaut mit Teflon beschichtet: Ich blicke, aber ich erblicke nicht. So wie jetzt.

Es ist Nacht. Da ist ein speckiger Ohrensessel – jemand sitzt darin, lehnt eine Gesichtshälfte an die Polsterung. Da ist eine Hand, die auf übereinandergeschlagenen Beinen ruht, zwei abgewetzte braune Budapester an den Füßen, darunter ein Orientteppich, der eine Reinigung vertragen könnte. Er hat einige Brandlöcher, vermutlich, weil er vor einem offenen Kamin ausgelegt wurde. Das Feuer darin ist längst erloschen. Übrig sind nur noch vereinzelte Glutnester, die in einem übergroßen Aschehaufen vor sich hin glimmen und kaum Wärme spenden. Jemand hat den Schürhaken derart achtlos neben die Feuerstelle gelehnt, dass er die Fransen des Teppichs angesengt hat. Es riecht sogar noch verbrannt, es riecht ...

Der Geruch!

Eau de Maison Linde. Natürlich.

Dreißig Millionen Nervenzellen auf fünf Quadratzentimetern Riechschleimhaut jagen die Geruchspartikel direkt ins limbische System. Emotionen, Erinnerungen, Triebe – hier sitzt, was uns ausmacht. Der Geruchssinn ist der unmittelbarste menschliche Sinn: Alle anderen Signale müssen erst in der Großhirnrinde verarbeitet werden, Gerüche wirken sofort. Sie bestimmen, wen wir mögen und wen nicht, ohne dass ein Wort gewechselt wurde. Sie warnen uns vor Gefahren, bevor wir sie sehen. Und sie erwecken Erinnerungen. *Eau de Maison Linde.* Der Geruch unseres Hauses. Der Geruch von Bahnschwellen.

Die Dielen, die Fensterläden, die Wandvertäfelung: Bahnschwellen. Als Leiter des hiesigen Reichsbahn-Ausbesserungswerkes hat mein Vater alle möglichen Dinge aus dem Bestand abgezweigt – ich denke, das ganze Haus war einmal eine Bahnstrecke. Zumindest riecht es danach, selbst nach all den Jahren. Ein unverwechselbarer Duft aus Eichenholz, gestocktem Maschinenöl und der herben Note des Steinkohlenteer-Destillats, mit dem das Holz imprägniert wurde. Der Geruch ist mir unendlich vertraut. Und sofort weiß ich wieder, wer und wo ich bin.

Ich bin ich. Und ich bin zu Hause.

Das sind mein speckiger Ohrensessel, meine eingeschlafenen Beine, meine schmutzigen Straßenschuhe, und ich war es auch, der den Schürhaken so achtlos drapiert hat. Natürlich hätte ich sofort wissen müssen, dass ich ich bin. Das ist mein Haus. Auf dem Kaminsims stehen gerahmte Fotos von mir – ich bekomme Preise verliehen, übergroße Schecks überreicht, die Hände geschüttelt –, das bin ich, ich, ich. Aber manchmal, so wie jetzt, weiß ich es nicht sofort. Es sind diese gewissen Momente nach dem Erwachen, in denen mein nächtliches Traum-Ich scheinbar sämtliche Übergabeprotokolle verloren hat und mein Tag-Ich ohne Informationen über sich selbst hilflos im Trüben fischt.

Mir gefällt dieses Bild des schusseligen Traum-Ichs, es könnte aus einem der Märchen stammen, die ich als Kind so geliebt habe. Ich habe diesen Gedanken nur einer einzigen Person anvertraut, keinem Kollegen, versteht sich. Man stelle sich vor: Der Neurowissenschaftler Professor Doktor Theo Linde und seine Ausführungen zum schusseligen Traum-Ich – die lachen sich schlapp an der Universität. Selbst Erstsemesterstudenten wissen, dass es sich lediglich um eine der harmloseren Parasomnien handelt: Elpenor-Syndrom, Schlaftrunkenheit, wie es im Volksmund so schön heißt. Das Gehirn ist in der Tiefschlafphase, die Hirnströme verlangsamen sich, nicht einmal Träume entstehen. Werden manche Menschen genau in dieser Phase aus dem Schlaf gerissen, sind sie wirr und desorientiert und haben kein Gefühl für Raum, Zeit und sich selbst. Bei schweren Fällen kann so etwas schon mal zehn oder zwanzig Minuten dauern. Bei mir dauert es höchstens ein paar Sekunden.

Die Frage ist nur: Was hat mich geweckt?

Wie spät ist es überhaupt? Es ist stockfinster. Blind greife ich nach der Zugkette der Messinglampe auf dem Beistelltisch, ziehe daran, stutze. Was ist das? Mit spitzen Fingern klaube ich eine Fotografie vom Boden und betrachte die Person darauf einige Augenblicke. Manchmal hält der Zustand der Schlaftrunkenheit doch länger an als ein paar Sekunden. Aber eins nach dem anderen. Erst mal ein Schl-

Motorengeräusche.

Ich blicke auf. Besuch? Mitten in der Nacht? Selbst tagsüber habe ich seit Jahren niemanden mehr im Haus empfangen. Ächzend stemme ich mich aus dem Ohrensessel, humple mit eingeschlafenem Bein zum Fenster und schiele durch die Balken hinaus auf den Hof.

Eine Sekunde später schießt ein grellgrünes Taxi die Einfahrt hoch und kommt mit quietschenden Bremsen zum Stehen. Wer ist das? Und warum steigt niemand aus? Der Motor knurrt, das Licht der Scheinwerferkegel bohrt sich durch die Lamellenschlitze und blendet mich, sodass ich kaum etwas erkennen kann. Immer noch rührt sich nichts. Nur die streunende Katze der Nachbarn huscht über die Veranda – wahrscheinlich hat sie mal wieder irgendein halb aufgefressenes Nagetier angeschleppt, das ich entsorgen darf.

Plötzlich tut sich doch etwas. Autotüren werden aufgerissen, das Licht blendet ab, links und rechts schälen sich zwei Hünen aus dem Fond und schauen sich mit grimmiger Miene um. Jetzt schwingt auch die Beifahrertür auf. Für einen kurzen Moment glimmt die Innenraumbeleuchtung auf. Der Fahrer trommelt mit den Fingern auf das Lenkrad, der Beifahrer ...

Der Beifahrer.

Mit einem Schlag fällt nun auch die restliche Schlaftrunkenheit von mir ab. Hastig eile ich durch das finstere Haus, durchstöbere die anderen Fotos – tatsächlich, er ist es. Die Aufnahme ist unscharf, und das halbe Gesicht ist verdeckt – man erkennt ihn kaum, aber er ist es eindeutig: Der Mann auf dem Beifahrersitz ist der Mann auf dem Foto ist der Mann, den ich suche. Die Tatsache, dass er hier aufgekreuzt, kann nur eines bedeuten: Er sucht mich ebenfalls. Und er hat mich gefunden.

»Professor!«, gellt seine Stimme über den Hof. »Professorchen!«

Ich zucke zusammen. Was jetzt? Was tun? Die Polizei rufen? Nein, das macht alles nur komplizierter. Mir bleibt nur verstecken, andere Alternativen habe ich nicht. Die Tür ist schwer, das Schloss stark, die Fensterläden sind geschlossen. Falls sie es doch ins Haus schaffen sollten, bleibt immer noch der Keller. In dem Chaos da unten findet niemand irgendetwas.

»Wir wissen, dass Sie da sind.«

Instinktiv kauere ich mich hinters Sofa, werde eins mit der Dunkelheit. Die Außenbeleuchtung aktiviert sich. Sie sind auf der Veranda.

»Wo sollten Sie denn sonst sein?«

Er rüttelt an der Tür, wirft sich dagegen, sie bewegt sich keinen Zentimeter. *Gute Tür. Starke Tür. Bahnschwellen!* Er versucht es an den Fensterläden.

Ich sauge Luft in meine Lungen, sperre sie in mir ein, zehre unendlich lange von ihr, während das Fenster zittert und ich zittere und mein Blick starr auf die Lamellenschlitze gerichtet ist, hinter denen die dumpfen Stimmen der Hünen ertönen.

Dann wird es still.

Einen Moment lang hoffe ich, dass sie wieder abgezogen sind, im nächsten sprießt eine schlanke Klinge im Spalt zwischen den Läden. Ich schlucke. Mein Herz hämmert gegen die Rippen, während sich das Messer höher schiebt, immer weiter, bis es auf den Metallhaken stößt, der die Läden geschlossen hält. Die Luft schwindet mir. Der Haken springt aus der Öse. Ein Lichtreflex huscht über die Klinge. *Licht?*

Panisch fährt mein Kopf herum. Die Messinglampe!

Meine Hand schnellt zur Zugkette.

Die Läden schwingen auf.

Das Licht erlischt.

Ich kneife die Lider zusammen, kämpfe gegen den Drang, nach Luft zu schnappen, verharre, während die Zeit den Moment zur Unendlichkeit gefriert. *Hat er mich gesehen?*

»Keiner da«, ertönt es gedämpft.

Heureka! Ich reiße die Augen auf, sauge mit einer unbändigen Gier Luft in meine Lungen, spähe zum Fenster.

Der Hüne lässt mit einer kunstvollen Bewegung die Klinge des Butterfly-Messers verschwinden und lugt durch seine hohlen Hände herein. »Ziemliches Chaos da drinnen«, erklärt er mit slawischem Zungenschlag. Er weicht zurück, nickt zum Fenster. »Sollen wir …?«

Einen Augenblick später tritt der Mann ins Licht, dem die Frage galt und der offensichtlich das Sagen hat. Der Beifahrer.

»Na, meine Kleine?«, säuselt er seltsam träumerisch.

Etwas rekelt sich auf seinem Arm. Die Katze! Dieses hinterhältige Biest kann ihre Mäusekadaver in Zukunft auf einer anderen Veranda zerteilen.

»Miez, miez.« Behutsam wiegt der Mann das Fellbündel hin und her, streichelt, tätschelt, krault das Köpfchen. »So eine Süße.«

»Sollen wir?«, wiederholt der Hüne, diesmal etwas lauter.

Der Mann lässt nur widerwillig von der Katze ab, hebt den Kopf und wendet sein Gesicht dem Fenster zu. Wir starren einander an, ohne uns zu sehen. Er ist es. Der Mann von dem unscharfen Foto. Es vergehen bestimmt drei Sekunden, bis mich die Erkenntnis trifft: Das ist die perfekte Gelegenheit.

Mein Blick springt zur Kamera, wieder zum Fenster und zurück. Wenn ich mich jetzt bewege, sieht er mich. Ich muss den richtigen Moment abpassen. Da! Die Katze lenkt ihn ab! Danke, du herzallerliebstes Tier! Ich bekomme den Riemen sofort zu fassen und reiße daran, sodass meine Spiegelreflex direkt in meine Arme hopst. Vorsichtig schraube ich den Schutzdeckel vom Objektiv, führe die Kamera ans Auge und hole mir den Kerl in den Sucher. Klick. Perfekt. Klick. Noch besser. Klick, klick, klick.

Zufrieden setze ich die Kamera wieder ab, wische mir den Schweiß von der Stirn. Auf der alten Aufnahme erkannte man ihn kaum, aber jetzt, aus diesem Winkel, illuminiert vom Schein der Verandaleuchten – mit den Abzügen könnte er sich Passfotos entwickeln lassen.

»Wir könnten das Fenster aufhebeln«, schlägt der Hüne draußen vor.

»Wozu?«, wendet der Mann ein, immer noch verzückt von der Katze. »Wenn keiner da ist, ist keiner da.«

Er blickt erneut auf, starrt durch die Scheiben, doch ganz anders als gerade eben. Dieser Ausdruck in seinem Gesicht ... Es ist, als ob er mich sehen könnte. Als wüsste er genau, dass ich hinter der Couch kauere und ihn beobachte. Seine Lippen teilen sich. »Könntest du dem Professor eine Botschaft ausrichten, Miezi?«

Gebannt verfolge ich, wie er die Katze an sich drückt und ihr etwas ins Ohr flüstert, während sein Blick eisern auf mich gerichtet bleibt. Dann wendet er sich abrupt ab und verschwindet aus meinem Blickfeld. Der Hüne zuckt mit den Achseln und trottet hinterher.

An ihren Schritten höre ich, dass sie sich Zeit lassen. Postieren sie sich etwa vor meinem Haus? Warten sie auf mich? Rauchen sie eine? Die Verandaplanken knarzen. Dann plattes Tappen schwerer Stiefel auf der Steintreppe, Knirschen, ein Motor wird gestartet. Sie hauen ab, endlich. Autotüren schlagen zu, Kies spritzt, und es wird still.

Es dauert noch eine kleine Ewigkeit, bis die Stille so durchdringend ist, dass sie mich überzeugt. Ich wage mich hervor und trete ans Fenster. Keiner mehr da. Nur ich und mein abgeschiedenes Häuschen am Rande von Dossenheim. Ich öffne das Fenster, tauche mein Haupt in die kalte Nacht, atme tief ein. Ist das gerade wirklich passiert? Jetzt, mit all der klaren Luft in den Lungen, erscheint mir die Szene geradezu absurd. Professor Doktor Theo Linde und die Kredithai-Schlägertruppe vor seinem Haus – das klingt doch irrwitzig.

Und während ich noch überlege, ob das alles tatsächlich nur ein böser Traum gewesen sein könnte, den mein schlaftrunkenes

Hirn aus den Untiefen meiner Angst gesponnen hat, schiebt sich die Antwort in meine Augenwinkel. Und schlagartig wird mir klar: Es war echt.

Die Katze wird nie wieder Mäuse auf meiner Veranda ausweiden. Sie wird mir auch keine Botschaft überbringen. Sie *ist* die Botschaft. Die Männer haben ihr den Schwanz ausgerissen, in Blut getränkt und neben ihrem aufgeschlitzten Körper zwei Wörter auf die Verandadielen geschmiert, die mir unmissverständlich klarmachen, wie echt das alles ist: *Vier Tage*. So lange habe ich Zeit. Dann kommen sie wieder. Und wenn sie nicht bekommen, was sie wollen, wird es mein Blut sein, das die Veranda tränkt.

Vier Tage.

MAERTENS

Sonntag, 19. Januar, 8:02 Uhr

Ich schaue dem Krankenwagen noch hinterher, als das Dunkel der Nacht bereits verblasst und jenem erdrückenden Asphaltgrau weicht, das selbst die kurzen Wintertage unendlich lang erscheinen lässt. Ich hasse diese Jahreszeit. Bären halten Winterschlaf, Igel ... Warum zum Teufel bin ich ein Mensch geworden?

Etwas Spitzes bohrt sich in meine Arschbacke, schon eine ganze Weile. Ich hocke immer noch auf demselben Fleck, auf den mich Stefanie verwiesen hat, nachdem ich offenbar nur im Weg rumstand. Ein Häufchen Elend auf einem Haufen Schutt.

Während ich vor mich hin kompostiere, ist der Kümmelbacher Hof zum Leben erwacht. Einsatzfahrzeuge rumpeln über den Vorplatz, Kollegen sichern die Zugänge, die Spusi-Truppe baut ihr provisorisches Zelt auf, verschwindet darin, und kurze Zeit später entschlüpfen daraus weiß vermummte Schutzanzügler und schwärmen aus in Richtung Keller. Feuerwehrmänner beäugen kritisch die windschiefen Wände. Drei Schutzpolizisten versuchen, der wachsenden Menschenmenge an der Einfahrt Herr zu werden, und üben sich im Sortieren: Kollegen durchwinken, Schaulustige und Pressefritzen abweisen.

Das alles spielt sich vor meinen Augen ab, aber ich sehe es nicht wirklich. Ich sitze hier auf meinem Stück Schrott und starre in die Vergangenheit. Sehe das Blut aus dem Kopf des Mannes quellen, den ich angeschossen habe. Sehe die Sanitäter, wie sie sich auf ihn stürzen und ihn an Geräte anschließen, die das Quäntchen Leben in seinem Körper in ein Knacken und Piepen übersetzen. Man muss kein Mediziner sein, um die Sprache der Maschinen zu verstehen: Es geht ihm beschissen.

Der Sanitäter drückt es anders aus. »Keine sicheren Todeszeichen«, ruft er seinem Kollegen zu und: »Larynxtubus, blauer Rucksack, Ampullarium!« Die Kommandos sind präzise, jeder Handgriff sitzt. Sie hieven den Mann auf ihre Trage und laden ihn in den Bauch des Rettungswagens, als die Maschine plötzlich ihren Signalton ändert. Kein Piepen mehr. Nur noch ein langer, durchgezogener Ton. »Suprarenin!« Einer der Sanitäter schwingt sich auf die Trage und beginnt mit einer Herzdruckmassage, der andere zieht eine Spritze auf. Sie kämpfen um sein Leben, tun alles, um ihn zurückzuholen. Doch der Signalton bleibt und durchfährt meinen Körper wie Strom. Ich höre ihn noch, als die Hecktür zugezogen wird, als der Motor aufheult und der Krankenwagen mit Blaulicht über den Hof rast. Ich höre ihn, als sie längst außer Sichtweite sind. Ich höre ihn sogar jetzt: den Ton des Todes.

»Nosferatu!«

Ich blinzle. Der Signalton ist weg, der Rettungswagen ist weg, mein ganzer Körper schmerzt, meine Klamotten sind in Lack getränkt, und vor mir steht Leoni Hirschfeld mit gezücktem Smartphone und schießt ein Foto von mir. Hat sie mich gerade ernsthaft »Nosferatu« genannt? »Was soll das?«

»Still«, zischt sie mir zu und kniet nieder. »Du verscheuchst sie noch.«

Mein Kopf kippt nach vorne. Es dauert einen Moment, aber als ich eine Bewegung an meiner Schuhspitze ausmache, begreife ich: Dr. Leoni Hirschfeld ist zwar Gerichtsmedizinerin, in der Regel interessiert sie sich jedoch mehr für Insekten als für Menschen. Ihre Begeisterung für Lebewesen wächst quasi proportional mit der Anzahl ihrer Beine. Da sie zudem sämtliche Avancen der Kollegen in den Wind schlägt, wird gemutmaßt, dass sie mit einem Tausendfüßler liiert ist.

»Eine absolute Rarität!«, kommentiert sie das Getier auf meinem Schuh und knipst weiter. »Die Nosferatu-Spinne lebt eigentlich im Mittelmeerraum, aber durch den Klimawandel hat sie es vereinzelt bis hierher geschafft.«

»Willkommen in Heidelberg«, murmle ich mit belegter Stimme, will aufstehen, schaffe es nicht. »Wärst du so freundlich?«

Ich strecke ihr meine Hand entgegen, doch sie beachtet mich nicht und mustert bloß ihr Display. »Hat dir eigentlich schon mal jemand gesagt, dass du aussiehst wie der Schauspieler in diesem Film mit den Bekloppten, die sich schlagen? Der hieß ... warte, gleich hab ich's ... Fight Club!«

»Du meinst wie Brad Pitt?«

»Nein, nicht der Hübsche. Der andere! Der, der so fertig aussieht, straßenköterblond und verquollen. Edward Norton – den mein ich.«

Meine Hand sackt zurück in den Schoß. Was habe ich erwartet: Hilfsbereitschaft und Trost sind für Leoni Fremdwörter. Dafür taucht Stefanie jetzt hinter ihr auf.

»Der Sicherheitsmann hat mir das hier gegeben«, sagt sie und wirft mir mein Smartphone in den Schoß. »Ich fahre mit einem Kollegen ins Krankenhaus, um mein Bein untersuchen zu lassen.«

»Was ist mit Ihrem Bein?«

»Gestürzt«, antwortet sie knapp. »Im Dunkeln. Irgendwas am Knöchel.«

Ich nicke. »Fahren Sie. Ich bleibe.«

Ohne ein weiteres Wort zu verlieren, humpelt sie davon. Irgendwie beschleicht mich das Gefühl, dass wir uns so schnell nicht wiedersehen werden.

»Ist das eine neue Kollegin?« Leoni lässt ihr Smartphone in

der Innentasche ihres Mantels verschwinden und blickt Stefanie interessiert hinterher. »Sieht nach einer Sprunggelenksdistorsion aus. So wie sie ihren Fuß aufsetzt, wird der Arzt sie für mindestens zwei Wochen vom Dienst freistellen.«

»Sie hätte sich so oder so krankgemeldet«, entgegne ich seufzend und kämpfe mich mangels helfender Hände aus eigener Kraft hoch.

»Hast du schon mal daran gedacht, dein Talent, andere zu vergraulen, gewinnbringend zu vermarkten? Firmen, denen ein Personalabbau bevorsteht, könnten dich einstellen, und das Problem erledigt sich von selbst. *Paul Maertens, die beste Quelle für Ihre Kündigungswelle!*«

»Sehr witzig. Was kann ich dafür, dass man mir nur Mimosen ans Bein bindet.«

»Und du bist der Bringer? Warum hampelst du dann jedes Jahr in einer anderen Abteilung herum und leitest nicht längst eine davon?«

»Erstens, mit meiner Vorgeschichte bekomme ich nie einen wichtigen Posten, zumindest nicht in Heidelberg, und zweitens setzt mich Brachmann als Springer ein, weil ich der Beste bin, den er hat, verstanden?«

»Der Beste?« Leoni zieht die rechte Braue hoch. »Ich dachte, niemand will dich in seiner Abteilung haben.«

»Leoni! Normalerweise schätze ich dein ausgeprägtes Taktgefühl, aber ein Vorschlag zur Güte: Du zügelst heute ausnahmsweise deinen Charme, und ich zertrete nicht dieses Spinnenvieh – Deal?«

Sie macht einen Gesichtsausdruck, als wäre sie tatsächlich unschlüssig. Schließlich entscheidet sie sich für die acht Beine.

Schweigend begeben wir uns in das Zelt der Spurensicherung, streifen Overalls, Masken und Latexhandschuhe über und gehen Richtung Keller. Kurz vor dem Treppenabgang bleibe ich stehen, muss mich am Geländer abstützen. Mein Atem geht schneller. Vielleicht hätte ich mit Stefanie ins Krankenhaus fahren sollen. Vielleicht sollte ich mich lieber wieder hinsetzen, durchatmen und die anderen machen lassen.

»Alles in Ordnung?«, höre ich Leonis Stimme wie durch Watte.

»Ladys first!«, knurre ich. Vielleicht sollte ich mich auch einfach nicht so anstellen.

Obwohl alle Schutzanzüge tragen, erkenne ich Lorenz schon von Weitem. Bei der Polizei gibt es nicht viele Zwei-Meter-Spargel, und nur ein einziger arbeitet bei der KTU. Als sich unsere Blicke treffen, lässt er gerade einen angerosteten Schlüssel in einen Beweismittelbeutel gleiten.

»Der steckte von außen«, kommentiert er seinen Fund. »Wir konnten einen Fingerabdruck darauf sicherstellen. Hast du die Tür aufgesperrt?«

»Nein, sie war angelehnt. Er muss kurz vor mir in den Raum gegangen sein, und dann habe ich ihn überrascht. Oder er mich.«

Lorenz streckt sein Kinn vor und deutet in Richtung der kleinen Glasaussparung in der Tür. »Konntest du ihn nicht durch die Scheibe sehen?«

»Es war stockdunkel. Ich wusste nicht einmal, dass es ein Sichtfenster gibt.«

»Dann gehören die nicht dir?« Lorenz zieht zwei Beweisbeutel mit jeweils einer Taschenlampe darin aus seinem Aluminiumkoffer und reicht sie mir.

»Die hier ist meine, aber die andere ...« Ich lege meinen Daumen auf den Schalter, drücke ihn hoch. »Leer«, stelle ich nüchtern fest. »Wo habt ihr sie gefunden?«

»Neben der Leiche. Das war wohl ihre einzige Lichtquelle.«

»Darf ich?« Leoni schiebt sich zwischen uns und will weiter, doch Lorenz hält sie zurück.

»Vorsicht! Nicht reintreten.«

Mein Blick sucht den Boden ab. »Was ist da?«

»Abgebrochene Fingernägel. Das Opfer hat wohl versucht, die Schrauben am Türschloss zu lockern.«

Mit einem großen Ausfallschritt steigen wir darüber hinweg und betreten den Raum, der jetzt von vier Akkustrahlern grell ausgeleuchtet wird. Ich erkläre der Truppe in knappen Worten, was passiert ist, welche Stellage der Täter auf mich gestoßen hat und was ich alles angefasst haben könnte, als ein verzücktes »Uh!« durch den Raum hallt. Offensichtlich hat etwas Leonis Interesse geweckt.

»Spektakulär«, trällert sie vergnügt und geht in die Hocke.

»Wann wurde sie entführt?«

»Vor vier Monaten.«

»Das hätte ich auch geschätzt, wenn ich mir den Verwesungsgrad ansehe. Aber der Schädel ... Er ist weitestgehend intakt!«

Ich trete einen Schritt näher. Tatsächlich: Larissa Kochs Gesicht wirkt, als wäre sie erst kürzlich verstorben, während das Fleisch an den freiliegenden Stellen ihres Körpers schon beinahe mumifiziert scheint. Diese Unstimmigkeit ist mir vorhin gar nicht aufgefallen. »Warum glänzt ihre Haut so?«, frage ich, obwohl die Antwort bloß einen halben Meter neben Larissa Koch liegt. »Holzschutz Plus«, lese ich vom Etikett ab.

»Lösungsmittelbasierte Imprägnierung für alle Holzarten«, ergänzt Leoni, kneift die Augen zusammen und springt zum Kleingedruckten. »Nässeschutz, Schimmelschutz, wetterfest. Scheint nicht nur bei Holz zu funktionieren.«

»Aber warum hat sie sich das Zeug über den Kopf geschüttet?«

Leoni zieht eine kleine Stieltaschenlampe aus einer Innentasche ihres Overalls, beugt sich über den Leichnam und richtet den Lichtstrahl auf den leicht offen stehenden Mund. »Ich glaube, sie hat es getrunken.«

Ein Schauder durchläuft meine Glieder. Larissa Koch war Chemie- und Physiklehrerin. Sie muss gewusst haben, was es bedeutet, Imprägniermittel zu trinken. Andererseits verursacht das Fentanylderivat Gedächtnisverlust und Verwirrtheit – vielleicht stand sie vollkommen neben sich.

»Paul?«

Ich hebe den Kopf, folge Lorenz' Blick und mustere die seltsame Konstruktion aus einer halben Plastikflasche und einem langen Stück Draht, der bis zur Decke reicht und dort wieder in einer aufgerissenen Plastikflasche mündet.

»Die Wand wirkt stellenweise feucht. Ich denke, sie wollte Wasser sammeln.«

»Sie ist verdurstet«, höre ich mich selbst schlussfolgern. »Sie hat das Mittel aus Verzweiflung in sich hineingeschüttet.«

»Das macht Sinn.« Leoni erhebt sich und begutachtet die Konstruktion mit anerkennender Miene. »Ohne Flüssigkeit wird das Gehirn nicht mehr ausreichend versorgt. Zuerst kommen Schwindel und Kopfschmerzen, dann fangen wir an zu halluzinieren, und wenn der Durst so richtig kickt, wirkt eine Dose Lack wie eine eiskalte Fanta.«

»Das heißt, er bringt sie hierher, sperrt sie ein und lässt sie dann qualvoll verrecken? Warum?«

Leoni und Lorenz sehen mich ratlos an, aber die Frage war eher an mich selbst gerichtet. Ich bin der Leiter der SOKO, ich bin der Kommissar, ich sollte eine Antwort haben. Doch ich habe keine. Dafür meldet sich jemand anderer zu Wort.

»Vielleicht, weil er ein krankes Arschloch ist?«

Ich muss mich nicht umdrehen, um zu wissen, wem die Stimme gehört. Diesen aufgesetzten Tonfall würde ich unter Tausenden erkennen. Benedetti – ausgerechnet Benedetti. Was zum Teufel macht der denn hier?

»Ich kann es mir richtig vorstellen: Er glotzt durch das Sicherheitsglas und wedelt sich einen von der Palme, während er ihr beim Sterben zusieht.« Benedetti kommt hinter der Tür hervor und tritt in den Raum. Natürlich trägt er keine Schutzmaske – warum auch? Sie würde bloß sein kantiges Grübchenkinn und die hohen Wangenknochen verdecken. Jammerschade. »Vielleicht ist er nekrophil?«, fährt er fort und hält auf mich zu. »Er will sich nicht die Finger schmutzig machen, der Durst erledigt den Job ohnehin, und wenn die Zeit reif ist, gönnt er es sich so richtig. Wir können ihn ja leider nicht befragen, weil unser Schützenkönig einen nervösen Abzugsfinger hat.«

Als er das Wort »Schützenkönig« ausspricht, graben meine Fingernägel Sicheln in mein Fleisch. »Gibt es hier gratis Brillantine, oder was führt dich hierher?«

»Liest du keine Mails?«, antwortet er übertrieben überrascht und klopft mir auf die Schulter. »Eure kleine SOKO ist gewachsen. Anordnung von oben.«

Mein Blick zieht sich weiter zu. Benedetti in meiner SOKO – das ist wie ein faules Ei in einem Omelett. Auch wenn es nur ein einziges ist, am Ende schmeckt alles zum Kotzen. Aber mir bleibt keine Wahl: »Oben« heißt Brachmann, und Brachmanns Wort ist wie das Wort Gottes, an den dieser engstirnige alte Knochen so sehr glaubt. »Willkommen im Team«, knurre ich halblaut. »Ich brauch mal frische Luft.«

Eine Minute später reiße ich mir die Maske vom Gesicht und schäle mich aus dem Overall. So eine verfluchte Scheiße! Als wäre der Tag nicht schon beschissen genug, muss ich mich jetzt auch noch mit Benedetti herumschlagen. Nekrophilie? Pah! Der Täter hat eine Frau und zwei Männer entführt: Wie hoch ist die Wahrscheinlichkeit für einen bisexuellen Nekrophilen? Ich wette alles darauf, dass bei der Autopsie keine Spuren einer Penetration gefunden werden. Die andere Theorie jedoch … zugegeben:

Das war auch mein erster Gedanke. Er liebt es, Menschen beim Sterben zuzusehen. Der Tod übt auf manche eine enorme Faszination aus. Sie wollen die Verzweiflung in den Augen ihrer Opfer sehen, den Todeskampf, das letzte Zucken auf dem letzten Weg. Durch die Türaussparung konnte er Larissa Koch gefahrlos beobachten – das war gut einen Zentimeter dickes Verbundsicherheitsglas, so etwas kriegt man nicht klein. Dieser verdammte Feigling.

»Das lässt du dir gefallen? Seit wann bist du denn so schüchtern?« Leoni. Sie muss mir gefolgt sein. »Schützenkönig«, spuckt sie verächtlich aus und streicht sich dabei eine ihrer Korkenzieherlocken aus der Stirn. »Es war doch ein Unfall. Du hast den Mann ja nicht absichtlich erschossen.«

»Dass er mich so nennt, hat nichts mit dem jetzigen Fall zu tun. Benedetti nennt mich seit Jahren so«, erkläre ich mit einem bitteren Lächeln auf den Lippen. »Schätze, so einen Spitznamen kriegt man, wenn man den eigenen Vater abknallt.«

Leoni blickt betreten zu Boden. »Du sagst das so, als hättest du damals eine andere Wahl gehabt.«

Ich will antworten, belasse es aber bei einem lang gezogenen Seufzen.

Schweigend starren wir in Richtung der Zufahrt zum Kümmelbacher Hof, wo immer mehr Journalisten auflaufen und ihre Teleobjektive auf uns richten, als es an meiner Brust zu vibrieren beginnt. Auf dem Display prangt eine unbekannte Nummer.

»Maertens, Kripo Heidelb-«

»Er lebt«, platzt Stefanies Stimme aus dem Hörer. »Sie konnten ihn reanimieren.«

Er lebt! Zwei simple Wörter und dennoch so mächtig, dass sie in mir eine Lawine lostreten, die alles, was war, alles, was schiefgelaufen ist, einfach alles unter sich begräbt und nur ein einziges Gefühl an der Oberfläche zurücklässt: Hoffnung.

»Die Ärzte bereiten ihn gerade für die OP vor. Was soll ich tun?«

»Bleiben Sie bei ihm. Haben Sie verstanden, Stefanie? Und lassen Sie den Mann keine Sekunde aus den Augen.«

LINDE

Sonntag, 19. Januar, 13:22 Uhr

Als ich auf das Grundstück biege, nickt mir der Gärtner freundlich zu. Ich sehe ihn oft hier, eigentlich fast immer. Und das wundert mich. Es ist zwar ein riesiges Anwesen, aber wie viel Pflege kann ein Garten im Januar brauchen? So bemüht langsam, wie er die Heckenschere führt, stellt er sich diese Frage wohl selbst. Die immergrünen Buchsbäume, die wie an einer Perlenkette aneinandergereiht die Auffahrt säumen, haben bereits die Akkuratesse eines britischen Königsparks. Aber wie heißt es so schön: Man kann sehr beschäftigt sein, ohne auch nur das Geringste zu tun.

Ich drücke den emaillierten Knopf der Klingel unter dem Familiennamen, als mein Blick auf das Ziffernblatt meiner Armbanduhr fällt. Ojemine, bin ich nicht letztens erst zu spät gekommen? So eine Schande. Aber während ich fieberhaft an einer Ausrede feile, schwingt bereits einer der Türflügel auf, und Elsa Seewalds Stimme begräbt jeden Gedanken unter ihrem schrillen Sopran.

»Herr Professor Linde! Wir haben Sie schon sehnlichst erwartet!«

Ich lächle verschmitzt, murmle zusammenhangloses Zeug und wundere mich über zwei Dinge. Erstens empfängt mich normalerweise ein Dienstmädchen und zweitens: Wer ist *wir*? Herr Seewald ist meistens geschäftlich unterwegs, und Lukas wartet bestimmt nicht sehnlich. Sein ganzes Leben besteht nur noch aus Warten.

»Der Verkehr ist fürchterlich geworden«, legt mir Frau Seewald betont laut eine Entschuldigung in den Mund. »Seit sie die Dossenheimer Straße aufgraben, ist die Situation unerträglich.« Sie mustert mich kritisch, schüttelt hastig meine Hand und beginnt wie selbstverständlich an mir herumzuzupfen. Krawattenknoten, Kragen, Fusseln vom Revers, selbst in meinen Haaren fuhrwerkt sie herum. »Kurt kommt auch ständig zu spät deswegen.« Mehr resigniert als zufrieden lässt sie von mir ab und zieht mich durch die Haupthalle in Richtung Salon. »Man fragt sich, wann endlich Schluss mit der Baustelle ist, nicht wahr, Mareike?«

Verdattert blicke ich auf und erfasse eine elegant gekleidete Dame um die vierzig, die steif und mit eng gefalteten Händen auf einem der Fauteuils sitzt, so als würde sie für ein Renaissancegemälde posieren. Jetzt erst begreife ich, was dieser Zirkus soll. Sie tut es schon wieder.

»Ach, meine Manieren!«, echauffiert sich Frau Seewald gekünstelt. »Darf ich vorstellen: Das ist Mareike Danmayer, wir sind seit einer halben Ewigkeit befreundet und gemeinsam im Kuratorium der Stiftung. Mareike, das ist der berühmte Herr Professor Doktor Theo Linde.«

Frau Danmayers Starrheit lockert sich etwas. »Sehr angenehm.«

»Ebenfalls«, entgegne ich kurz angebunden und bedenke die Gastgeberin mit einem bohrenden Blick. Sie kann es einfach nicht lassen. Für Frauen wie Elsa Seewald ist ein eingefleischter Junggeselle von knapp sechzig Jahren wie ich ein Ungläubiger, den es zu bekehren gilt. Das ist ihr dritter Verkupplungsversuch, mal mit einer Freundin aus dem Buchclub, mal aus dem Gymnastikkurs und jetzt: Mareike.

»Genau genommen sind wir uns schon einmal begegnet«, merkt sie scheu an. »Vor drei Jahren, nach Ihrem Vortrag bei der Spendengala im Stiftungsgebäude.«

Vortrag? Stiftung? »Ach, *die* Stiftung!« Und plötzlich weicht meine kühle Haltung einem gesellschaftsfähigen Salon-Tête-à-Tête. »Ja, natürlich sind wir uns schon begegnet!«, schütze ich eine Erinnerung vor und ringe mir sogar ein Lächeln ab. Immerhin hat die Zweite-Chance-Stiftung einen beträchtlichen Teil meiner Forschungsarbeit finanziert. Zwei hochgezogene Mundwinkel und ein wenig geblecktes Zahnweiß sollten da schon drin sein.

»Es war äußerst interessant. Vor allem Ihre Ausführungen zu Ihrer Erfindung, dem Neuro...nal...resonanz...«

»Der Neuroresonanz-Niedrigfrequenztomograf«, helfe ich bei der Wortfindung und winke ab. »Ich weiß, viel zu sperrig. Deswegen nenne ich den Apparat nur noch Neuro Hub, das geht schneller über die Lippen.« Beschwingt klopfe ich auf meinen silbernen Alukoffer und ernte Mareikes Verblüffung.

»Da passt er hinein? Bei Ihrem Vortrag damals war es ein klobiger Kasten.«

»Die Technik entwickelt sich rasant.«

»Faszinierend. Aber auch beängstigend. Dass alle Bewegungen und Gedanken in meinem Kopf ablesbar sind, noch bevor ich sie ausführe, und das nur mithilfe dieses kleinen Köfferchens. Das stimmt einen irgendwie nachdenklich.«

»Ich darf Sie beruhigen: Es ist ein äußerst aufwendiger Prozess, um Gedankenströme zu entschlüsseln. Die Entwicklung des Neuro Hub hat mich knapp neun Jahre gekostet, und bis Lukas darüber kommunizieren konnte, vergingen ebenfalls einige Monate. Außerdem sind die Antwortmöglichkeiten stark eingeschränkt.«

»Aber sie sind alles, was wir haben«, hakt Elsa Seewald in euphorischer Beseeltheit ein und legt mir von hinten ihre Hände auf die Schultern. »Ohne Professor Linde hätten wir unseren Lukas für immer an diese schreckliche Krankheit verloren. Ihr beide glaubt ja nicht an das Übersinnliche, aber ich bleibe dabei: Es war Schicksal, dass Lukas Ihren Kurs belegt hat.«

»Vermutlich«, murmle ich verlegen und drehe meinen Körper so, dass ihre Hände von meinen Schultern gleiten. Genug Geplänkel. Zeit, die Chose hier zu beenden. »Apropos, wollen wir nach dem Patienten sehen?«

Frau Seewald blickt bemüht lächelnd drein, doch ihr Lächeln wirkt eher wie eine alte Kriegsverletzung, die sich zurückmeldet. »Natürlich«, sagt sie mit leicht säuerlicher Stimme. »Mareike, du entschuldigst uns.«

»Es hat mich sehr gefreut«, verabschiede ich mich, ohne es zu meinen.

»Gleichfalls«, entgegnet Mareike, sichtlich enttäuscht.

So schnell, wie Frau Seewald aus dem Salon stakst, ist sie vom Verlauf des Gesprächs nicht sonderlich angetan – ich habe einige Mühe, ihr zu folgen. Kurz vor Lukas' Zimmer bittet sie mich wie immer, einen Moment zu warten, um vorher nach dem Rechten zu sehen, und ich nutze die Gelegenheit, um ihr und allen zukünftigen Mareikes derartige Enttäuschungen zu ersparen.

»Es ist wirklich sehr aufmerksam von Ihnen, mich in Ihren Kreisen bekannt zu machen«, taste ich mich an meine Bitte heran. »Aber ich denke, für solcherlei Abenteuer bin ich mit meinen knapp sechzig Jahren ein wenig zu alt.«

Frau Seewald seufzt und legt den Kopf schief. »Herr Professor, ich mache mir doch nur Sorgen. Sie leben allein, nur für die Arbeit, das ist nicht gesund.«

»Ich versichere Ihnen, mit meiner Gesundheit ist alles in bester Ordnung.«

Sie lässt einen Moment verstreichen und fasst dann etwas auf der Kommode ins Auge. »Wenn Sie schon keine Frau zum Heiraten wollen, sollten Sie wenigstens eine haben, die für Sie sorgt.« Sie zupft eine Karte und einen Kugelschreiber aus einem Etui hervor und notiert rasch ein paar Ziffern darauf. »Die Nummer unserer Hausfee. Swetlana. Ich teile sie nur ungern, aber für Sie mache ich eine Ausnahme.« Die Karte wird mir ungefragt in die Brusttasche gesteckt, und für einen kurzen Moment vergisst Frau Seewald sowohl ihre Manieren als auch ihre unendliche Dankbarkeit, die sie mir tausendfach versichert hat, ihre Fassade aus distinguierter Höflichkeit fällt, und ihrem sonst so gezügelten Mundwerk entgleitet ein Kommentar, der erst in Verbindung mit ihrem herablassenden Gesichtsausdruck die volle toxische Wirkung entfaltet. »Sie bügelt auch.« Drei Wörter. Ein Blick. Ein Urteil. Im nächsten Atemzug wird die Fassade mit einem Lächeln gekittet, und sie entschwindet in Lukas' Zimmer.

Ich bleibe zurück und mit mir mein komplementärer Zwilling, der genau so verdutzt und überfordert aus dem nussbaumumrahmten Wandspiegel glotzt, wie ich mich fühle. *Sie bügelt auch ...* Zögernd trete ich einen Schritt näher, der dünne Aufguss eines einst adretten Mannes tut es mir gleich. Der Anzug zerknittert, die Haare strubbelig – heute ist wahrlich nicht mein bester Tag. Gedankenverloren streichen wir uns über das schlecht rasierte Kinn, drücken den Rücken gerade, ziehen die Schultern zurück. Es wird nicht besser.

Zeit meines Lebens war ich mit einer robusten Physis und einem gesunden Stoffwechsel gesegnet – ich musste nie viel tun, um in einem Anzug eine gewisse Wirkung zu entfalten. Zusammen mit dem an mich durchgereichten Grübchenlächeln meines Vaters und den kastanienbraunen Augen mütterlicherseits war ich durchaus herzeigbar. Für die Titelblätter der Wissenschaftsmagazine hat es jedenfalls gereicht. Aber jetzt ... Das Alter hat mich zweifelsfrei eingeholt. Das Alter und der Unwille, meinem Äußeren ein Mindestmaß an Restaurationsarbeit zukommen zu lassen.

Das Silber meines zumindest noch vollen Haares erscheint leicht gelbstichig und matt, mein Teint ungesund grau. Der Anzug, einst meine schimmernde Rüstung in jeder Lebenslage, schlottert um meine eingefallene Hühnerbrust, wirkt speckig und zu oft getragen, und der weite Hosenbund wird vom Gürtel gestaucht, was unschöne Dellen auf den Stoff wirft. Ich habe an Statur und Gewicht verloren, das lässt sich schwer leugnen. Auch mein Esprit ist erloschen. Aber ihm nachzutrauern, entspricht nicht meinem Naturell. Aussehen war mir in keiner Phase meines Lebens wichtig. Mit einer Ausnahme.

»So, wir können«, reißt mich Elsa Seewalds Stimme aus den Gedanken. »Ich musste das Kinderzimmer nur kurz durchlüften.«

Andächtigen Schrittes folge ich ihr, wappne mich wie immer mit professioneller Reserviertheit und betrete das *Kinderzimmer*, wie Elsa es aus nostalgischer Sehnsucht nennt. Lukas war schon vor seinem Unglück bestenfalls im Herzen ein Kind, und jetzt … Kurz überschlage ich die Zeit, die verstrichen ist, komme auf erschreckende elf Jahre. Lukas ist mittlerweile siebenunddreißig, also längst kein Kind mehr. Auch der Raum erinnert weniger an ein Kinderzimmer als an ein Krankenhaus, trotz Elsas Mühen, die Sterilität der medizinischen Geräte zu kaschieren. Doch mit den Jahren und dem Fortschreiten der Krankheit kamen immer mehr Apparate hinzu. Spätestens mit Einzug des Beatmungsgeräts kann keine Holzvertäfelung darüber hinwegtäuschen, dass dies das Zimmer eines Patienten ist. Meines Patienten.

»Ich habe wieder einige Fragen gesammelt«, verkündet Frau Seewald stolz, so als hätte sie ihre Hausaufgaben mit Zierzeilen versehen. »Zum Beispiel, ob er diese schreckliche Sendung nicht langsam satt hat.«

Mein Blick fällt auf den Flachbildschirm an der Wand. *Die Simpsons*, Lukas' Lieblingsserie. Ich glaube, sie fragt ihn jetzt zum dritten Mal, ob er nicht lieber Dokumentationen sehen möchte.

»Brauchen Sie noch etwas?«

»Nein danke«, antworte ich, schwinge meinen Aktenkoffer auf

den Fenstersims, lasse die beiden Schlösser geräuschvoll aufschnappen und gebe mich so konzentriert wie möglich, während ich die Kabel verbinde. »Nur Ruhe und ein wenig Zeit zum Kalibrieren.«

In der Spiegelung der Fensterscheibe beobachte ich, wie Elsa Seewald an Lukas' Bett steht und ihrem Sohn eine Haarsträhne aus der Stirn streicht. Mag diese Frau auch aus vielen Knäueln gestrickt sein, manche rau wie Schurwolle, andere kühl und fein wie Seidengarn, aber die Liebe zu ihrem Sohn zieht sich wie ein roter, robuster und endloser Faden durch all ihre Wesenszüge.

»Dann gehe ich jetzt«, haucht sie gedankenverloren, schlägt noch die Decke zurück, schaltet den Fernseher aus und rückt Kleinigkeiten zurecht, sodass ich weiter so tun muss, als wäre das Verbinden von Kabeln Raketenwissenschaft.

Durch eine Bewegung gereizt, lässt mein Blick von ihr ab und geht durch die Fensterscheibe nach draußen. Der Gärtner ist weiterhin damit beschäftigt, die perfekt gerundeten Buchsbaumballen noch perfekter aussehen zu lassen. Er schnibbelt mal hier, mal da, wirkt dabei äußerst konzentriert. Er wahrt den Schein. Genau wie ich.

Hinter mir schließt sich die Tür. Frau Seewalds Schritte verhallen im Flur.

Wie auf Kommando beschleunigt sich mein Tun ums Zehnfache. Jeder Handgriff sitzt, jedes Kabel verbunden, die Kontakte der Kappe mit Elektrodengel versehen. Auch der Laptop ist im Nu hochgefahren, einzig die Kalibrierung bedarf tatsächlich einer gewissen Zeit. Die ersten Prototypen brauchten noch Stunden, um die Gehirnwellen korrekt zu erfassen. Mittlerweile ist der Neuro Hub viel schneller betriebsbereit – nicht erst nach einer halben Stunde, wie ich es Frau Seewald weismache. Es fällt mir nicht leicht, sie darüber anzulügen, aber ich habe keine andere Wahl. Ich brauche diese halbe Stunde. *Wir* brauchen sie.

Ich platziere den Laptop auf dem Beistelltisch, setze die Kappe auf Lukas' bares Haupt, schlucke. Auch nach all den Jahren löst sein Anblick immer aufs Neue einen Schock bei mir aus. Sein einst honigfarbener Teint ist einem teigigen Altweiß gewichen. Aus seinem Mund, der früher nie verstummen wollte, ragen jetzt Schläuche, die ihn am Leben halten. Und sein wallender blonder Haarschopf, den er stundenlang vor dem Spiegel hegen und pflegen konnte, ist raspelkurz geschoren. Letzteres hat er mir zu verdanken – es erleichtert den Kontakt mit dem Neuro Hub. Zu Lebzeiten hätte er mich wahrscheinlich gelyncht, wenn ich ihm die Haare ...

Beschämt presse ich die Lippen zu einem Strich. *Zu Lebzeiten* – wie kann ich nur so denken? Lukas lebt! Er ist da, gekettet an einen gelähmten Körper zwar, aber er lebt. Und solange wir nicht herausgefunden haben, was damals wirklich passiert ist, wird er weiterleben. Für mich. Für uns. Für die Gerechtigkeit.

Meine Ohren patrouillieren durchs Haus, vernehmen nichts als das ferne Geplapper der Hausdame und ihres Gastes. Niemand kommt.

Zögerlich trete ich an Lukas heran, streichle sanft seine Wange. Gefangen im Dornröschenschlaf. Ach, wäre das Leben bloß ein Märchen. In der Realität ist der Held nur ein Professor mit schlecht rasiertem Kinn, und nichts vermag den schlafenden Prinzen zu wecken, auch kein Kuss der wahren Liebe. Doch die Hoffnung stirbt erst mit dem Tod ...

Ein letzter prüfender Blick zur Tür, dann beuge ich mich zu Lukas hinab und senke meine Lippen in aller Zärtlichkeit auf seine Stirn. »Ich bin bei dir, mein schlafender Prinz. Ich bin bei dir.«

MAERTENS

Sonntag, 19. Januar, 13:26 Uhr

Vierzig Meter.

Ich habe gezählt: Von der Tür zur Intensivstation sind es dreißig Meter nach links und zehn nach rechts, bis der Flur endet. Wenn ich die Wand berühre, ist es meine achtundneunzigste Runde. Achtzig Meter mal achtundneunzig macht 7840 Meter, also knapp acht Kilometer, in denen ich auf ein Lebenszeichen hoffe. Wenn sie mich noch länger warten lassen, melde ich mich für den Heidelberger Halbmarathon an. Jede Minute, die ich keine Antwort bekomme, ist eine Minute weniger auf Andrè Fechtners Lebenskonto.

»Sind Sie der Herr von der Kripo?«

Ich wirble so schnell herum, dass das Quietschen meiner Sohlen sämtliche Patienten aus dem Tiefschlaf reißen muss. Ohne zu antworten, stürme ich auf den blassen Jungen im Krankenhauskittel zu – offenbar lassen sie jetzt schon ABC-Schützen operieren.

»Kann ich den Mann sehen?«

Er weicht einen Schritt zurück und mustert mich kritisch. »Haben Sie einen Ausweis dabei?«

»Hier!« Ich halte ihm das Teil unter die Nase. »Ist er stabil?«

»Ja, aber er hat ein schweres Schädel-Hirn-Trauma erlitten. Der Hirndruck ist nicht mehr lebensgefährlich, allerdings sind die Schäden erheblich. Intrazerebrale Blutungen und Hämatome im Bereich des Okzipitallappens und des Kleinhirns bis hin zum Hirnstamm. Die Kugel hat die Schädeldecke zwar nicht durchdrungen, dann wäre er sofort verstorben, aber von Glück kann man nicht gerade sprechen.«

»Wann wird er aus der Intensivstation entlassen?«

»Wenn sich keine Verschlechterung zeigt – morgen oder übermorgen.«

»So lange kann ich nicht warten«, protestiere ich energisch. »Ich muss den Mann so schnell wie möglich befragen.«

Der Arzt presst die Lippen zusammen, sodass sein Mund beinahe gänzlich verschwindet. »Ich denke, Sie haben nicht ganz verstanden. Der Patient ist nicht ansprechbar. Er liegt im Koma. Selbst wenn er daraus erwacht – es ist vollkommen unklar, ob er noch sprechen kann oder Erinnerungen haben wird.«

Ich höre die Worte, aber mein Geist stößt sie ab, als wären sie ein Virus, das es zu bekämpfen gilt. »Schwachsinn«, spucke ich aus. »Sind Sie der Operateur?«

»Ich bin der leitende Anästhesist.«

Genervt stöhne ich auf. Klar. Ich brauche den Zugführer, und sie schicken den zwölfjährigen Schlafwagenschaffner.

»Hey, was soll das«, höre ich seine dünne Fistelstimme hinter mir quieken, aber da bin ich längst mit seiner Chipkarte durch die Tür zur Intensivstation.

Wo ist er? Jeder Raum sieht gleich aus, überall piept und fiept es.

»Bleiben Sie stehen!«

Ich bleibe nicht stehen. In einem der Zimmer beratschlagen sich mehr blitzblaue Kittelschlümpfe als in den anderen. Ohne zu überlegen, stürme ich auf sie zu. »Maertens, Kripo Heidelberg«, platze ich heraus. »Wer hat hier das Sagen?«

Alle starren mich an. Alle bis auf einen. Ich erkenne ihn kaum – überall ragen Schläuche aus ihm heraus, und die Mullbinden, die sich um seinen Kopf schlingen, lassen bloß einen schmalen Schlitz um seine Nase frei. Dennoch weiß ich sofort, dass er es ist. Der Mann, den ich niedergeschossen habe. Der Entführer.

»Professor Doktor Gunther Amendt, Direktor der neurologischen Klinik«, tut sich einer der Ärzte hervor. Er klingt, als bestellte er selbst bei Mäckes mit vollem Titel. »Ich muss Sie auffordern, die Intensivstation sofort zu verlassen.«

»Haben Sie den Mann operiert?«

»Nein, das waren Doktor Bhambhani und sein Team, aber noch mal: Sie haben ...«

»Okay, Doktor Bambi«, sage ich, lasse den aufgeblasenen Gockel links liegen und wende mich an den Kittelschlumpf neben ihm. »Passen Sie auf: Pumpen Sie den Mann mit Adrenalin voll, geben Sie ihm Aufputschmittel, mir egal. Hauptsache, wir kriegen eine Antwort aus ihm raus.«

Der Arzt schüttelt irritiert den Kopf. »Aber ... das geht nicht.«

»Sagen Sie mir nicht, was nicht geht, sagen Sie mir, was geht!«

»Ich muss doch sehr bitten!«, flammt Amendts Stimme neben mir auf – jetzt ohne mondäne Zurückhaltung. »Der Patient hat eine schwere OP hinter sich, und Sie platzen hier einfach rein, bringen Keime in eine sterile Umgebung und gefährden Menschenleben!«

»Der Patient gefährdet Menschenleben!«, keife ich zurück, verdränge jeden Täterschutzparagrafen, jegliche ermittlungstechnische oder polizeiliche Bedenken und decke auf, was aufgedeckt gehört, um die größtmögliche Aufmerksamkeit zu erhalten. »Dieser Mann hat drei Menschen entführt! Eine Lehrerin: elendig krepiert. Ein Manager: mit ziemlicher Sicherheit tot. Aber sein jüngstes Opfer hat noch eine Chance, verstehen Sie! Es ist irgendwo da draußen versteckt, und wir haben nicht die geringste Ahnung, wo. Ich muss diesen Mann befragen, und zwar schnell!«

Stille, sekundenlang. Betretene Blicke wissen nicht, wohin mit sich, Münder klappen auf, doch bleiben stumm.

Dr. Bhambhani findet zuerst seine Stimme wieder, wenn auch nur Bruchstücke davon. »Ich ... also ... es tut mir leid«, stammelt er unbeholfen und betrachtet die Werte des Patienten. »Aber das ändert nichts. Die Kugel hat die Schädeldecke nicht durchdrungen, doch der Aufprall und die kinetische Energie haben erhebliche Hirngewebsverletzungen verursacht. Der Mann reagiert auf keine Reize, zeigt keinerlei Bewusstseinsaktivität – wir können noch nicht abschließend sagen, ob er sich im Koma oder im Wachkoma befindet, aber das ist für eine Befragung unerheblich. Sein Zustand ist rein vegetativ. Keine Substanz der Welt wird ihn zurückholen. Dazu sind die Schäden zu gro-«

»Also, eigentlich ...«, unterbricht Dr. Amendt seinen Kollegen. Er steht jetzt etwas abseits der Gruppe an einem Touchscreen, der seitlich über dem Patientenbett thront. »Sooo schlimm sieht es gar nicht aus.«

Dr. Bhambhani tritt an ihn heran und räuspert sich. »Im Bereich des Lobus frontalis gebe ich Ihnen recht, aber sehen Sie hier ... Die Erweichungsherde im Okzipitallappen? Starke Einblutungen hier und hier und eine hämorrhagische Nekrose hier.«

»Ich sehe es, Herr Kollege, ich sehe es. Die degenerativen Schäden sind jedoch eher im Bereich des Kleinhirns und der Hirnbrücke zu verorten, und das bringt einen auf Gedanken, finden Sie nicht?«

Selbst unter Mundschutz und OP-Haube kann man erkennen, dass sich in Dr. Bhambhanis Gesichtsfarbe eine leichte Zornesröte einschleicht.

Mein Blick pendelt zwischen den Ärzten hin und her. Was hat das jetzt zu bedeuten?

»Wie sieht das EEG aus?«

»Zeigt bloß Restaktivität.«

»Reflexe?«

»Unwillkürlich.«

»Okulomotorik-Test?«

»Keine Augenfolgebewegung feststellbar.«

»Nur Pendel oder auch vertikal?«

»Pendel. Aber ich verstehe nicht ... Auf was wollen Sie hinaus?«

Dr. Amendt schnalzt mit der Zunge und löst sich vom Bildschirm. »Sagt Ihnen der Name Rom Houben etwas?«, fragt er mit einem nicht zu überhörenden süffisanten Unterton und liefert die Antwort gleich hinterher. »Rom Houben ist der wohl bekannteste Fall eines Wachkoma-Patienten, der keiner war. Er galt dreiundzwanzig Jahre lang als leere Körperhülle, bis ein cleverer Neurologe herausfand, dass da doch noch Leben in ihm schlummerte.«

Er rupft zwei OP-Handschuhe aus einem Spender, streift sie über und zieht eine Diagnostikleuchte unter seinem Kittel hervor. »Houben ist kein Einzelfall. Der gewöhnliche Test einer Augenfolgebewegung erfolgt in einer Pendelbewegung. Es gibt aber einen Zustand, in denen Patienten dazu nicht mehr in der Lage sind. Sie sind bloß zu einer vertikalen Bewegung fähig, und selbst das nur bedingt. Mal sehen ...« Dr. Amendt beugt sich über den Patienten, zögert, dirigiert dann seinen Kollegen zum Bildschirm, um die EEG-Aktivitäten zu verfolgen und ...

»Ich?«, frage ich irritiert, als er mich zu sich winkt.

»Ja, kommen Sie, nehmen Sie die Diagnostikleuchte. Immer gleichmäßig von oben nach unten bewegen, ja? Ich sorge für Ausblick.« Vorsichtig drückt er mit einer Hand die Mullbinden zur Seite, schiebt mit der anderen die Augenlider des Mannes nach oben und redet laut auf ihn ein. »Sehen Sie das? Fokussieren Sie das Licht. Bewegen Sie Ihre Augen rauf und runter. Verstehen Sie? Rauf und runter.«

Ich tue, wie mir gesagt, führe die Leuchte auf und ab und starre gebannt in die leeren Augen des Mannes.

Nichts regt sich.

Als sich nach einigen Sekunden immer noch nichts tut, kann sich Dr. Bhambhani einen Kommentar nicht verkneifen. »Keine Auffälligkeiten im EEG, nur minimale Störartefakte.«

»Führen Sie die Leuchte näher ran, genau. Und nicht so schn- Da! Haben Sie gesehen?«

Ein Schauer läuft mir den Rücken hinunter. Haben sich die Augen tatsächlich bewegt? Es war fast nicht wahrnehmbar, eine minimale Regung nur, kaum mehr als ein Zucken, aber es war zu sehen. »Er hat reagiert«, antworte ich mit heiserer Stimme.

»Es tut mir leid.« Dr. Bhambhani scheint aus allen Wolken zu fallen. »Es war einfach noch nicht ausreichend Zeit, um den Patienten vollumfänglich zu beurteilen.«

Dr. Amendt lässt den Verband wieder über die Augen des Mannes gleiten und streift sich die OP-Handschuhe ab. »Machen Sie sich keine Vorwürfe, Herr Kollege. Sie sind noch jung und vor allem: Sie sind mit dieser Fehldiagnose nicht allein. Es gibt Schätzungen, dass gut vierzig Prozent aller Wachkoma-Patienten gar keine sind.«

»Was bedeutet das?«, bricht es aus mir heraus. »Ist er bei Bewusstsein?«

»Wir werden noch Tests veranlassen, aber so sieht es aus, ja. Wir sprechen hier vom Locked-in-Syndrom. Der Mann kann hören, denken – er ist bei vollem Bewusstsein. Ich befürchte nur, dass sich für Sie wenig ändert. Er ist vollständig gelähmt, quasi ein Gefangener in seinem eigenen Körper. Er kann keine Frage beantworten.«

»Aber … er hat die Augen bewegt! Es muss doch eine Möglichkeit geben, mit ihm zu kommunizieren.«

Dr. Amendt seufzt und zuckt mit den Schultern. »Es gibt graduelle Unterschiede dieses Zustands, doch ich fürchte, wir haben es mit einem sehr schweren Fall zu tun, dem sogenannten completely locked-in state. Selbst die Augenbewegung scheint recht arbiträr, fraglich, wie lange er dazu noch imstande sein wird. Eine Kommunikation halte ich für unmöglich.«

Entgeistert starre ich ihn an, kann meine Wut kaum verbergen. Koma, Wachkoma, ohne Bewusstsein, dann wieder mit vollem Bewusstsein – am liebsten würde ich diese Kurpfuscher in der Luft zerreißen, obwohl ich natürlich weiß, dass die Wut eigentlich mir selbst gilt. Ich habe den Mann in diesen Zustand befördert, ich habe abgedrückt, nur meinetwegen wird Andrè Fechtner elendig verrecken.

»Was ist mit Professor Linde?«

Ich reiße den Kopf herum. Die drei übrigen Kittelschlümpfe habe ich komplett vergessen. Sie stehen wie Komparsen im Hintergrund und warten auf Drehschluss. »Linde?«, wiederhole ich gereizt. »Wer ist das?«

Blicke werden gewechselt, so als hätte jemand einen verbotenen Namen ausgesprochen.

»Wer ist dieser Linde?«, wende ich mich an Amendt. Auch er scheint nicht sonderlich erfreut über die Wortmeldung.

»Professor Doktor Theo Linde ist ein Kollege und gilt als Koryphäe auf dem Gebiet der Hirnforschung.«

»Okay, und was kann er, was ihr nicht könnt?«

Amendt verzieht das Gesicht. »Nun, ich verfolge sein Schaffen nicht kontinuierlich, aber laut Medienberichten hat er wohl einige Fortschritte erzielen können, was die Kommunikation mit vollständig gelähmten Patienten betrifft.«

Ein Schwall Euphorie erfasst mich. »Das klingt nach meinem Mann! Holen Sie ihn her!«

»Er arbeitet nicht hier. Linde hat sich in den letzten Jahren aus dem Forschungsbetrieb zurückgezogen und ist auch nicht mehr an der Universität tätig.«

»Hat jemand seine Nummer? Adresse?« Mein Blick hangelt sich an den Gesichtern entlang, prallt ab wie Wassertropfen von einer Regenhaut. Die Euphorie beginnt zu versickern. »Was stimmt denn mit diesem Linde nicht? Warum tut hier jeder so, als wäre es Blasphemie, seinen Namen auszusprechen?«

Wieder erfüllt drückende Stille den Raum. Sie treibt mich schier in den Wahnsinn.

»Lindes Forschung gilt in den letzten Jahren als umstritten«, unterbricht Amendt endlich das Schweigen. »Seine Arbeit ist nicht ganz *lege artis*, könnte man sagen, eher experimenteller Natur. Im regulären Medizinbetrieb findet sie keine Anwendung.«

Meint er das ernst? »Ein Mann wurde entführt«, explodiere ich und rücke diesem Amendt-Fatzke unangenehm nahe. »Ein unschuldiger Familienvater! Er ist irgendwo da draußen. Wenn auch nur die geringste Chance besteht, aus diesem Dreckskerl da den Aufenthaltsort herauszupressen, dann müssen wir sie nutzen! Und zwar jetzt! Also: die Nummer! Bitte!«

Amendt mustert mich wie eine Ware, die er vor längerer Zeit online bestellt und vergessen hat, warum. Irgendwann lässt er sich doch zu einer Antwort herab. »Ich denke, Lindes Nummer befindet sich irgendwo in meinem Telefon«, säuselt er in einer Tonart, die so falsch ist wie sein Lächeln. »Es liegt in meinem Büro.« Er räuspert sich, nickt in die Runde und geht ab, dicht gefolgt von den restlichen Blaukittelschlümpfen.

Ich will hinterher, zögere. Mit geballten Fäusten werfe ich einen letzten Blick auf den Mann, von dem alles abhängt und der für mich doch unerreichbar ist. Wegen all der Mullbinden erkenne ich nicht einmal sein Gesicht. Er ist komplett verhüllt, nur sein linker Arm ragt unter der Decke hervor … Ist das ein Tattoo? Ich trete ans Bett. Tatsächlich! Bloß ein einziges Wort in verschnörkelter Schrift, quer über den Unterarm gezogen. Sieht so aus, als hätte ich doch einen Hinweis, du Dreckskerl.

Nero.

LINDE

Sonntag, 19. Januar, 14:33 Uhr

Die offizielle Geschichte lautet so: Das tragische Schicksal des bei einem Sportunfall verunglückten Studenten Lukas Seewald hat den weltweit anerkannten Hirnforscher Professor Doktor Theo Linde im Innersten bewegt, aber auch fachlich zutiefst schockiert. Wie ist es möglich, dass die Neurologie es jahrzehntelang versäumt hat, Locked-in-Patienten zu helfen? Wie kann es sein, dass es keinerlei Instrumentarium gibt, um Menschen, die bei vollem Bewusstsein in ihrem eigenen Körper gefangen sind, eine Stimme zu geben? Ein unhaltbarer Zustand, beschämend für die Ärzteschaft und traumatisierend für die Opfer und ihre Angehörigen. Jemand musste handeln. Doktor Theo Linde war dieser Jemand. *Ich* war dieser Jemand.

Warum auch nicht? Es passte ins Bild. Mein Schwerpunkt lag schon immer auf der Erforschung neurologischer Erkrankungen. 2014 hatte ich gerade den Lars-Leksell-Preis für herausragende Leistungen im Bereich der psychosomatischen Forschung erhalten, ich war Präsident der European Association for OCD-Therapy und galt weltweit als führend auf dem Gebiet der experimentellen radiochirurgischen Behandlung von Zwangsstörungen. Die Beschäftigung mit dem Locked-in-Syndrom lag also durchaus nahe. Für Außenstehende überraschend war nur, mit welchem Eifer ich mich in die Arbeit gestürzt habe.

Von jetzt auf gleich, vorbei an den langsam mahlenden Mühlen der auf Sicherheit und Sorgsamkeit bedachten Wissenschaftsgemeinde, ohne Gelder aus den Fördertöpfen behäbiger Behörden. Keine wissenschaftlichen Publikationen mehr, keine Peer-Review-Prozesse, nichts. Ich habe damals alle Gepflogenheiten der akademischen Welt links liegen lassen, um mich auf den Neuro Hub zu konzentrieren. Im Gegenzug hat mich die akademische Welt nach und nach fallen lassen. Aus meiner Professur an der Universität wurde eine Gastprofessur, und aus der Gastprofessur wurde ein einziges Seminar.

Ich war schon immer als eigenwillig verschrien, aber als ich all meine Energie auf ein scheinbar unlösbares Problem konzentrierte, galt ich innerhalb der Kollegenschaft gänzlich als schrulliger Kauz. Bis ... das unlösbare Problem lösbar wurde. Bis der Neuro Hub geboren ward. Bis die ersten Kommunikationsversuche offenbarten, dass Lukas *Simpsons* sehen will und nicht Naturdokus. Bis die Medien darauf aufmerksam wurden und mich als Gedankenleser, als Genie, als »Herrn der Hirne« gefeiert haben, der den Sprachlosen eine Stimme gibt und den Angehörigen Hoffnung. Ich kann nicht mehr zählen, wie viele Professuren mir seither angeboten wurden – ich habe sie alle abgelehnt. Die akademische Intelligenzija kann mir gestohlen bleiben. Mein Interesse gilt allein Lukas.

Mein schlafender Prinz. Meine erste und einzige wahre Liebe. Wir waren füreinander geschaffen, aber nicht füreinander bestimmt. Schon der Altersunterschied von zweiundzwanzig Jahren hätte genügt, um unsere Liaison unter einem Berg von Vorurteilen zu begraben. Dazu war er noch mein Student – man hätte mich gelyncht. Der alte Lüstling, der in den Auditorien nach liebestollen Knaben wildert, hätten sie gerufen. Feuert ihn, teert und federt ihn, jagt ihn zum Teufel! Ich sehe heute noch Bürger mit Fackeln und Mistgabeln vor meinem Haus aufmarschieren, wenn ich daran denke.

Lukas ging es ähnlich. Der Gedanke, dass Elsa und Kurt Seewald … Nein, absolut ausgeschlossen. Mama, Papa, das ist Theo, mein Freund. Er könnte zwar mein Vater sein und ist mein Professor an der Uni, aber wo die Liebe hinfällt, nicht wahr? Eine geradezu lächerliche Vorstellung. Sein Vater hätte ihn auf der Stelle aus dem Haus geworfen, enterbt und sämtliche Zahlungen eingestellt, auf die Lukas angewiesen war. Sein amüsiergetriebenes Lotterleben verbrannte mehr Geld, als er je mit einem Studentenjob hätte verdienen können.

Wir waren beide gefangen in der Alternativlosigkeit: Märchenhaft glücklich in jeder Minute einsamer Zweisamkeit, die wir füreinander einrichten konnten, aber verdammt zu Lüge und Schmerz in all den anderen, unsäglichen Minuten, in denen wir nichts voneinander wissen durften. Es waren die schönsten Qualen meines sonst so eintönigen Lebens. Bis der Unfall uns alles genommen hat. Dieser unmögliche, unglaubliche Unfall.

Beim Joggen »gestolpert« – pah. Den Hang »hinabgestürzt«, dass ich nicht lache. Lukas war ein Läufer, er kannte die Strecke genau so gut wie ich, wir sind sie sogar zusammen gelaufen, damals, als ich meinen Körper noch einigermaßen fit halten wollte. Er war natürlich immer schneller als ich, hatte keine Mühen, die Steigung beim alten Dossenheimer Steinbruch hinaufzukommen – er lief sogar voraus und kam schelmisch grinsend wieder zurück, um mich zu triezen. Und nie habe ich ihn stolpern sehen, kein einziges Mal, und er wusste, dass er nicht zu nah an der Abbruchkante laufen durfte. Es steht nicht zur Debatte: Es war kein Unfall. Ich weiß es. Lukas weiß es. Und es gibt eine weitere Person, die es ebenfalls weiß: der Dreckskerl, der es wie einen Unfall aussehen ließ.

Er ist da draußen, genießt sein Leben, Tag für Tag, während Lukas an seinen gebrochenen Körper gefesselt ist. Diese himmelschreiende Ungerechtigkeit – ich ertrage sie nicht. Ich muss wissen, was damals passiert ist. Ich muss wissen, wer ihm das angetan hat und warum. Ich muss einfach! Wenn ich Lukas schon nicht heilen kann, werde ich zumindest dafür sorgen, dass diese Tat nicht ungestraft bleibt.

Ein Geräusch ertönt.

Die Kalibrierung ist abgeschlossen. Ängstlich schaue ich zur Tür. Niemand darf sehen, was ich hier treibe. Wenn die Seewalds herausfinden, dass ich mit ihrem Sohn … Sie würden mich sofort des Grundstücks verweisen. Vielleicht hätte Elsa noch ein Ohr für meine Beweggründe, aber ihr werter Gatte würde mir mit Anwälten und Verschwiegenheitserklärungen drohen. Kurt Seewald ist alter Immobilienadel, stockkonservativ und kein Mann großer Gefühle. Er ist meistens geschäftlich unterwegs, aber in den seltenen Gelegenheiten, in denen sich unsere Wege kreuzten, gab er mir deutlich zu verstehen, dass er diesen ganzen Neuro-Firlefanz nur seiner Frau zuliebe duldet.

Ich halte den Atem an und lausche ins Haus hinein. Als sich nichts rührt, ziehe ich die entwickelten Fotos aus der Innentasche meines Sakkos und erstarre für einen kurzen Moment. Allein der Anblick des Mannes lässt meinen Puls hochschnellen. Diesmal habe ich den Richtigen, ich spüre es! Er muss es sein.

»Du kennst das Spiel«, sage ich mit gedämpfter Stimme und halte das Foto direkt vor Lukas' Gesicht. »Sieh ihn dir genau an. Gehe in deinen Gedanken zurück. Erkennst du ihn?«

Mein Blick pendelt zwischen Lukas und dem Bildschirm des Laptops. Ich weiß, dass der Algorithmus eine Weile braucht, um die Hirnströme umzurechnen, manchmal minutenlang. Ich weiß, dass Lukas nicht mal mehr den kleinsten Muskel bewegen kann. Und dennoch suche ich jedes Mal in seinem Gesicht nach Regungen, die nicht da sein können. Die Hoffnung stirbt erst mit dem Tod … Der Computer rechnet immer noch. »Hat er dich den Hang hinuntergestoßen? War es dieser Mann? Konzentrier dich, steck deine ganze Gedankenkraft in die Antwort: ja oder nein?«

Piep. Piep.

Zwei Töne. Eine Antwort. Er ist es nicht. Einmal Piepen ja, zweimal Piepen nein. Das gibt es nicht! »Sieh genau hin! Schau ihn dir an! Das sind noch andere Aufnahmen von ihm! Er ist leicht unscharf, aber vielleicht erkennst du ihn so besser!«

Der Computer rechnet. Die Zeit läuft. Frau Seewald kann jeden Moment zurückkommen.

Piep. Piep.

»Was ist mit dem hier?«, japse ich atemlos und ziehe weitere Fotos hervor, die ich von den anderen Schlägervisagen geknipst habe. »War es einer von den beiden? Bitte, Lukas, konzentrier dich! Ja oder nein? War es einer von ...«

Piep. Piep.

Entgeistert starre ich Lukas an. Kein Treffer. Schon wieder nicht. Wieder eine Sackgasse. Wieder ein Irrweg. Alles falsch, alles auf Anfang, alles neu. Zweimal Piep. Und die ganze Suche geht von vorne los.

Wie lange schon stochere ich blind in Lukas' Vergangenheit herum und klopfe selbst die kleinste Spur auf ihre Tauglichkeit ab? Jeden, den er irgendwann nebenbei erwähnt hat, dem er Geld geschuldet hat, mit dem er auf irgendeiner wilden Party war, den er verärgert haben könnte, dem er etwas andrehen wollte ... Ich habe jeden noch so kleinen Erinnerungsfetzen auf links gedreht und durchleuchtet. Oft waren es bloß Lappalien. Belangloses Geplauder in den langen Stunden, in denen wir einfach nur nebeneinanderlagen, Hand in Hand, eng aneinandergekuschelt. Wir merken uns viel zu wenig aus unserem Leben. All die kleinen Sätze und Nebensätze, die Anekdoten und Nebensächlichkeiten, die in den Strudel des Vergessens geraten und im Gedächtnishorizont verglühen. Dieses Glühen ist alles, was ich noch habe. Winzige Erinnerungsfragmente. Damals haben sie mir nicht mehr bedeutet als ein bisschen Zeit an Lukas' Seite. Jetzt bedeuten sie alles.

»Professor?«

Erschrocken zucke ich zusammen.

Elsa Seewald steht in der Tür und mustert mich mit zusammengezogenen Augenbrauen. »Was machen Sie da?«

»Ich … eine neuartige Methode … schnellere Kalibrierung«, stolpern die erstbesten Gedankenbrocken über meine Lippen, während ich hektisch die Fotos in die Innentasche meiner Anzugjacke stopfe. »Ich bin noch nicht fertig. Was wollen Sie denn?« Meine Tonlage gerät ungewohnt schroff, was Elsa Seewald zusätzlich irritiert.

»Entschuldigen Sie die Störung«, entgegnet sie sichtlich konsterniert, »aber Ihr Handy vibriert ständig! Sie haben es in Ihrem Mantel vergessen, ich wollte es Ihnen bloß …« Sie verliert den Faden, scheint von etwas abgelenkt. »Herrschaftszeiten, was ist denn heute los?« Gereizt marschiert sie zum Fenster und drückt mir mein Telefon in die Hand.

Sechsundzwanzig Anrufe in Abwesenheit, alle von derselben Nummer. Gerade als ich die Anruftaste drücken will, vibriert es erneut.

»Linde?«

»Kripo Heidelberg«, bellt eine aufgebrachte Stimme in den Hörer. »Spreche ich mit Professor Theo Linde?«

Kripo? Das Wort schießt wie ein elektrischer Impuls in meinen Körper.

»Hallo? Sind Sie noch dran?«

»Ja«, antworte ich mit einer Stimme bar jeden Klanges. »Bin ich.«

»Wir brauchen Ihre Hilfe, Herr Professor. Sofort.«

»Hilfe?« Tausend Fragezeichen ploppen gleichzeitig in meinem Kopf auf. »Bei was könnte ich denn der Poli-«

»Sie müssen zur Uniklinik kommen. Jetzt sofort.«

»Äh, also … Das geht nicht«, antworte ich verdattert und

schirme mit der Hand mein linkes Ohr gegen das immer lauter werdende Geschnatter von Frau Seewald ab, die jetzt aufgebracht aus dem Zimmer stürmt. »Ich bin bei einem Patienten.«

»Es handelt sich um eine wirklich dringende Angelegenheit, Herr Professor. Ich muss Sie bitten, alles liegen und stehen zu lassen und den Kollegen zu folgen.«

Ich stocke. »Kollegen?«, wiederhole ich irritiert, als mein Blick auf die blau schimmernde Fensterscheibe fällt. Zögerlich trete ich zum Fenster. Der Gärtner stutzt nun nicht mehr Luft, sondern gafft in Richtung des Einsatzwagens, der mit eingeschaltetem Blaulicht vor der Villa parkt. »Aber wie haben Sie ...«, beginne ich fassungslos.

»Es handelt sich um eine äußerst dringliche Angelegenheit. Wir konnten Sie nicht erreichen und haben Ihr Handy orten lassen.«

Unten im Hof schälen sich zwei Streifenpolizisten aus dem Einsatzwagen und werden sofort von Frau Seewald in Beschlag genommen. Ich kann nicht hören, was sie sagt, aber ich kann es mir denken.

»Die Beamten sollten mittlerweile bei Ihnen sein.«

»Sind sie«, antworte ich mit heiserer Stimme. »Sie sind kaum zu übersehen.«

MAERTENS

Sonntag, 19. Januar, 17:03 Uhr

Schablonen im Kopf.

Jeder hat sie, jeder kennt sie, und meistens erweisen sie sich als falsch, aber manchmal begegnet man Typen, die exakt so sind, wie es das Klischee diktiert. Linde ist so jemand. Denke ich an einen Professor, denke ich an diesen Mann. Leicht angestaubt, verhuscht, verplant – seine ganze Erscheinung wirkt wie eine schludrige Skizze. Doch unter seinem ergrauten Haupt arbeitet ein messerscharfer Verstand, zumindest wenn man Google Glauben schenken darf. Preise, Ehrendoktortitel, eine Auszeichnung reiht sich an die nächste. Man findet auch unzählige lobhudelnde Artikel – selbst der ›SPIEGEL‹ hat etwas über ihn gebracht: »Der Gedankenleser« lautete die Schlagzeile.

Ist mir alles entgangen, wahrscheinlich wie den meisten. Kein Mensch kennt Wissenschaftler, nicht mal Nobelpreisträger, aber sobald irgendein Torschützenkönig das Runde ins Eckige zimmert, feiert ihn das halbe Land wie einen Halbgott. Mit Brot und Spielen in den Untergang – wir haben nichts anderes verdient.

Mein Smartphone vibriert an meiner Brust, gefühlt zum hundertsten Mal. Ich muss nicht hinsehen, um zu wissen, wer mich mit Anrufen bombardiert. Die Szenen vom Kümmelbacher Hof flimmern über alle Nachrichtenkanäle – sie hat bestimmt mein Gesicht gesehen, und mein Gesicht steht für Hoffnung. Aber solange die beiden Genies da drinnen keine Antwort für mich haben, werde ich den Teufel tun und abheben. Wenigstens hat sich Linde nicht sonderlich gesträubt, nachdem ich ihm die Situation erklärt habe. Aber wieso dauert das denn so lange? Sie haben mich aus dem Patientenzimmer verbannt. Jetzt stehe ich auf dem Flur und glotze durch die Scheibe auf zwei Professoren, die auf Unterlagen und Messwerte glotzen.

»Ich wüsste zu gerne, was die beiden reden«, vertont plötzlich eine Stimme meine Gedanken.

Mein Blick springt zur Seite, erkennt einen der blauen Kittelschlümpfe von vorhin – es ist derjenige, der Linde ins Spiel gebracht hat. Er starrt ebenso gebannt wie ich in den Raum, allerdings deutet das Glitzern in seinen Augen auf andere Beweggründe hin.

»Kennen Sie Professor Linde?«, frage ich und trete einen Schritt näher.

»Ich habe mein halbes Studium mit ihm verbracht, bin ihm aber nie begegnet«, entgegnet er entrückt und schält sich dabei aus seiner Schutzkleidung. Als ich nach einer Weile immer noch nicht antworte, begreift er, dass ich keinen Schimmer habe, wovon er redet. »Da drinnen stehen zwei Pioniere der Psychoneurochirurgie! Ihre letzte Studie war *die* Referenz für meine Doktorarbeit. Ich habe sie so oft zitiert, dass ich den Titel bis an mein Lebensende auswendig aufsagen kann. Linde, Theo & Amendt, Gunther, 2014: Gamma ventral capsulotomy for obsessive-compulsive disorder.«

Die Worte rauschen durch meinen Kopf, ohne sich einzunisten. Hängen bleibt nur eine Aussage. »Linde und Amendt haben zusammengearbeitet?«

Mein Gegenüber hebt eine Augenbraue und betrachtet mich, als hätte ich einen Schrein entweiht. »Ja, natürlich! Jahrelang. Ihre Studie am KBZ war damals bahnbrechend auf dem Gebiet der Radiochirurgie.«

Ich zucke mit den Achseln. »Vorhin klang es nicht so, als würde Amendt viel von Linde halten.«

»Ach«, winkt er ab und stopft seine Schutzkleidung in einen Plastiksack. »Linde galt schon früher als unkonventionell und wurde es immer mehr. Doktor Amendt hält nicht viel von Lindes Alleingang in der Locked-in-Forschung, das tun die wenigsten Kollegen. Wer an den langwierigen Prozessen des Wissenschaftsbetriebs vorbeiarbeitet, gilt eben als Sonderling.«

»Und was halten Sie von ihm?«

Nachdenklich streift er seine OP-Haube ab und faltet sie so sorgsam in seinen Händen, als würde er daraus einen Origamivogel basteln wollen. Schließlich: »Verstehen Sie mich nicht falsch, es gibt einen Grund für all die Reviews und Kreuzgutachten und Doppelblindgutachten und wie sie alle heißen. Wo, wenn nicht in der Wissenschaft braucht es eine rigorose Qualitätssicherung? Aber all die Standards und Prozesse sind natürlich sehr zeitintensiv und aufwendig. Manchmal muss man vielleicht einfach … machen.«

»Und Linde ist so ein Macher?«

Er zuckt die Achseln. »Wenn jemand so eine Maschine entwickeln kann, dann er. Er ist einer der führenden Köpfe in unserem Bereich. Ob Hamburg, Florenz, Kapstadt oder Chicago, der Name Linde hat auf Neurochirurgie-Symposien weltweit Bedeutung. Sein Ruf eilt ihm voraus, aber das kennen Sie ja sicher.«

Meine Miene verfinstert sich. »Wie meinen Sie das?«

»Na ja, wegen Metzel-Maertens«, entgegnet er belustigt, doch meine Zornesfalten bescheren seiner guten Laune ein jähes Ende. Übrig bleibt verunsichertes Herumgedrucke. »Ich dachte … ähm … Oder ist das eine zufällige Namensgleichheit?«

»Ist es nicht«, entgegne ich mit zusammengebissenen Zähnen.

Im nächsten Moment fällt dem Kittelschlumpf ein dringender Termin ein, und er entschwindet ins hektische Treiben der Intensivstation.

Ich bleibe zurück. Mit Wut im Bauch, einem dauervibrierenden Smartphone an der Brust und dem unguten Gefühl, dass die zwei Professoren da drinnen seelenruhig in Anekdoten schwelgen, statt mir Antworten zu liefern.

»Was ist jetzt?«, platze ich in ihre Konversation. »Ist er bei Bewusstsein?«

Linde blickt von einer Aktenmappe auf, scheint kurz zu überlegen und nickt dann schwach. »So, wie ich das sehe, liegt der Kollege Amendt mit seiner Diagnose richtig: Locked-in-Syndrom in einem stark ausgeprägten Stadium.«

»Okay, dann lassen Sie uns keine Zeit verlieren. Schließen Sie den Mann an Ihren Neuro-Dings an, ich brauche Antworten!«

»So einfach ist das nicht«, seufzt der Professor. »Maschine und Mensch müssen sich aneinander gewöhnen, ich arbeite teilweise Wochen bis Monate mit meinen Patienten, bis sie zu einer validen Kommunikation in der Lage sind.«

»Wochen?«, wiederhole ich spitz. »Monate? Ich habe Ihnen doch gesagt: Jede Sekunde zählt!«

»Ich weiß, aber so funktioniert das nicht.«

»Versuchen Sie es.«

»Es ist zwecklos.«

»Versuchen Sie es trotzdem!«

»Hören Sie, es bringt nich-«

»Was haben Sie zu verlieren?«, fahre ich ihm ins Wort. »Ihren Ruf, wenn es nicht funktioniert? Oder Geld? Geht es um Geld? Wir haben Sonderbudgets für solche Angelegenheiten, nennen Sie mir eine Summe.«

Lindes Gesicht verschattet sich zusehends. Er spürt meine Verzweiflung, ich erkenne es an seinem mitleidigen Blick. »Es geht nicht ums Geld«, entgegnet er schließlich mit einer Sanftmut in der Stimme, mit der man sogar Selbstmörder kurz vor dem Sprung einlullen könnte. »Es geht um Zeit. Es geht immer um Zeit. Meine Patienten hängen an Beatmungsgeräten, an Ernährungssonden, sie sind nur eine Sekunde von ihrer letzten entfernt. Was Sie von mir verlangen, ist nicht machbar. Es ist verschwendete Zeit, in der ich anderen nicht helfen kann. Und so, wie ich das verstehe, ist es auch Zeit, die Sie verschwenden, um diese arme Seele da draußen zu finden. Es tut mir wirklich leid. Ich wünschte, ich könnte mehr tun.«

Linde wirft noch einmal einen prüfenden Blick in Richtung Nero, so als erhoffte er sich dadurch neue Erkenntnisse. Doch alles bleibt, wie es ist. Als er das Zimmer verlässt, schwindet auch die einzig verbleibende Hoffnung, meinen fatalen Fehler ungeschehen zu machen. Nero nimmt den Aufenthalt seines letzten Opfers mit ins Grab seines eigenen Körpers. Und ich … nehme mein Smartphone in die Hand.

Vierundvierzig Anrufe in Abwesenheit, alle von derselben Nummer: Nina Fechtner. Mutter zweier Kinder und Frau von André Fechtner, der vermutlich gerade in seinem Verlies elendig krepiert. Wegen mir.

Es dauert keine zehn Sekunden, dann vibriert es erneut.

Manchmal hasse ich meinen Job, obwohl er das Einzige ist, was mich am Leben hält.

IM VERLIES

Sonntag, 19. Januar, 18:08 Uhr

»WACH AUF!«

Das kann nicht sein, kann alles nicht sein, alles nicht wahr, nicht echt, ich muss aufwachen.

»WACH ENDLICH AUF!« Meine Stimme hallt von den gekachelten Wänden wider, verglimmt im Nichts. Dann herrscht Stille. Niemand ist hier. Nur ich und mein Wimmern.

Das kann alles nicht wahr sein: Ich weiß nicht, wo ich bin. Ich weiß nicht, wer ich bin. Ich weiß nichts – so etwas passiert doch nicht im echten Leben? Mein Schädel fühlt sich an, als wäre er von innen ausgeschabt worden. Meine Lippen, mein Mund, so trocken – ich werde verrecken, und ich weiß nicht einmal, warum. Womit habe ich das verdient? Wer tut mir das an?

Mein Magen knurrt. Wie lange bin ich schon hier? Ich weiß es nicht. Kein Zeitgefühl, kein Gefühl für mich selbst, keine Orientierung, nur die immergleichen Kacheln, die immergleichen Kanten und Ecken und rostigen Teile, über die meine Finger streichen, während ich in meiner Zelle rotiere wie ein Tier im Zoo. Die Viecher haben wenigstens Tageslicht. Mir bleibt nur diese Stroboskophölle da oben: Das Flackern dieser verdammten Leuchtstoffröhre treibt mich noch in den Wahnsinn, aber wenn ich sie abschalte, könnte sie nie wieder angehen. Dann sitze ich im Dunkeln.

»Hilfe!« Meine Faust hämmert gegen die Tür. »Hallo!«

Meine Stimme ist heiser geworden, das Hämmern schwächer.

Keine Kraft mehr … Ich werde sterben. Begraben im Schrott. Mein Grabstein ist diese verdammte Tür. Und es steht geschrieben: *Hier ruht einer, der nichts wusste.* Obwohl … das stimmt nicht. Ich weiß viel. Ich weiß, dass der Himmel blau ist, dass die Erde eine Kugel ist, dass man morgens Aronal und abends Elmex verwenden soll. Ich weiß, wie sich der salzige Film des Meeres auf der Haut anfühlt, und ich weiß, dass in der dunkelsten Dunkelheit die Sterne am hellsten leuchten, denn ich habe es gesehen. Aber ich weiß nicht, wer *ich* ist. Die Verbindung zu mir selbst fehlt, da ist kein Gesicht, kein Gefühl, nur diese unsagbare Wut auf alles und jeden und das, was mit mir passiert ist.

»Hört mich keiner?«

Ein letztes Aufbäumen. Ein letzter Hilferuf. Dann sinke ich zu Boden. So sitze ich da. Benommen. Taub. Mit pochendem Schädel und klaffender Erinnerung. Dieses verdammte zuckende Licht. Selbst wenn ich die Augen schließe, dringt das Flackern durch meine Lider. Es frisst sich in mich hinein, leuchtet in mein Innerstes, stellt mich bloß: Du bist leer, mein Freund. Leer wie der Weltraum. Im Weltraum hört dich niemand schreien – haha, sogar Filmzitate fallen mir ein. Alles ist weg, aber der Schrott ist noch da. In meinem Hirn und um mich herum. Schrott, so weit das Auge reicht.

Etwas blitzt. Da hinten, irgendwo zwischen den Trümmern. Auf allen vieren krabble ich über die dreckverschmierten Fliesen darauf zu, greife nach dem glitzernden Ding, halte mein Gesicht davor. Eine Scherbe. Nur ein kleiner Splitter eines Spiegels, keine fünfzehn Zentimeter lang und höchstens drei Finger breit, stumpf, zerkratzt, dreckig, aber sie birgt mehr Informationen über mich, als ich in den letzten Stunden herausgefunden habe.

Gierig sauge ich die Details auf. Bartstoppeln, grau meliert. Große Nase, grobe Poren, Dellen tüpfeln meine Wangen – vielleicht hatte ich Akne? Jedenfalls habe ich deutlich sichtbare

Nasenhaare. Meine Augenfarbe liegt irgendwo zwischen Graugrünblau oder Blaugraugrün mit ein bisschen Gelb. Meine Brauen sind buschig. Haare schütter, strähnig, fettig, nicht lang, nicht kurz, irgendetwas dazwischen. Mein Spiegelbild wirkt ungepflegt. Wirkt, als wäre ich schon ewig hier unten. Aber vor allem: Es wirkt komplett unbekannt. Jeder Blick ist wie fischen im Trüben, jedes weitere Detail wie das Einholen eines leeren Schleppernetzes. Wie kann das sein? Das bin ich! Diese Augen müssen dieses Gesicht ihr Leben lang betrachtet haben, und dennoch ist es nur *ein* Gesicht, nicht meins. Ich bin mir selbst fremd.

Wütend umklammere ich die Scherbe. Im nächsten Moment fällt sie zu Boden und zerspringt in zwei Teile. »Drecksteil!« Blut quillt aus meiner Faust. Wie von Sinnen reiße ich irgendwelche Trümmer aus dem Schrott, schleudere sie durch den Raum, prügle auf die Wände ein, auf die Tür, auf mich selbst, auf den Kopf, immer wieder auf den Kopf, dieses nutzlose Ding. »Erinnere dich, verdammt!«, schreie ich aus voller Kehle, dann zwingt mich der Schwindel in die Knie.

Kraftlos sinke ich zu Boden, fühle das Blut aus meiner wund geschlagenen Stirn sickern, schmecke es bald. Salzig süß, wie metallener Honig.

Das Licht zuckt. Ich hebe den Kopf, fixiere eine der Scherben, nehme sie erneut in die Hand. Das muss ein Albtraum sein, muss einfach. Wie wache ich daraus auf? Sterben! Das ist es. Wiedergeburt! Mit zitternder Hand schoppe ich den linken Ärmel meines Pullovers hoch, setze die Scherbe an mein Handgelenk, drücke zu, bis mein Puls unter der Schneide bebt. Ich werde diesem Albtraum entkommen. Alles wird so sein wie früher. Ich werde wieder *ich* sein, werde wissen, wer ich bin, werde …

doof

Irritiert blinzle ich das Wort in der Spiegelscherbe an, lasse meinen Blick den Arm hochwandern. Tatsächlich: Da steht *doof*.

Ich schoppe den Pulloverärmel höher, stocke. *Papa ist doof.* Da steht *Papa ist doof* in krakeliger, windschiefer Kleinkinderschrift.

Ich bin Vater.

Die Scherbe fällt zu Boden.

Ich habe Familie. Ich werde gebraucht.

Mein Blick geht zur Tür.

Ich muss nicht wiedergeboren werden. Ich muss hier raus.

LINDE

Sonntag, 19. Januar, 18:53 Uhr

Zurück bei den Seewalds ist der Gärtner weg. Auch der gescheiterte Verkupplungsversuch ist gegangen, nur die Dame des Hauses ist da und bedenkt mich mit vorwurfsvollen Blicken.

»So einen Trubel hatten wir hier noch nie«, sagt sie und meint eigentlich, ich solle mich in Grund und Boden schämen, die Polizei ins Haus geholt zu haben. »Die Nachbarn hatten ihre helle Freude.« Die Nachbarn werden sich das Maul zerreißen. »Mareike war ganz durch den Wind.« Mareike kommt nie wieder. »Jetzt erzählen Sie schon: Was wollte die Polizei so Dringendes von Ihnen?«

»Es tut mir leid, dazu darf ich nichts sagen«, behaupte ich, obwohl weder dieser Kommissar noch sonst jemand mein Schweigen eingefordert hat. Aber mein moralischer Kompass tendiert eindeutig in Richtung Diskretion.

Wie die Polizei wohl auf mich gekommen ist? Durch die Zeitungsartikel? Gunther Amendt hat sie bestimmt nicht zu mir geschickt. Ginge es nach meinem alten Kollegen, könnte ich meine Patienten mit einem Ouija-Brett befragen, es käme aufs Gleiche raus. Kleingläubiger Schubladengeist.

»Wie auch immer«, quasselt Frau Seewald unbeirrt weiter. »Mareike wird sich so schnell nicht mehr hertrauen.«

Ich nicke artig ihre Worte ab, höre jedoch alles bloß durch den Nebel meiner geistigen Abwesenheit. In Wahrheit bin ich mit den Gedanken bei dieser bedauernswerten Seele, die in irgendeinem Loch festgehalten wird. Aber ich kann nicht helfen. Es hat Monate gedauert, bis der Neuro Hub Lukas' Antworten korrekt zuordnen konnte, auch meine anderen Patienten mussten lange und intensiv trainieren. Es wäre verschwendete Zeit. Zeit, die ich nicht habe. »Wollen wir zu Lukas?«, unterbreche ich Frau Seewalds Geschnatter.

Sie wirft einen Blick auf ihre Armbanduhr und erschrickt, so als säße eine Spinne auf ihrem Handgelenk. »Also ... ich denke, wir sollten das auf ein andermal verschieben. Es ist schon so spät geworden.«

Es ist gerade mal sieben. Vorhin wollte sie Lukas noch tausend Fragen stellen. »Wie Sie meinen«, antworte ich zögerlich und erhebe mich vom Sofa, als die Spinne plötzlich von ihrem Handgelenk verschwunden und zehnmal so groß hinter mir aufgetaucht sein muss.

»Kurt«, ruft Elsa spitz. »Du bist schon hier?«

Ich drehe mich um.

Kurt Seewald steht in der Eingangshalle. Wahrscheinlich sind wir beide davon überrascht, wie überrascht Elsa über die Heimkehr ihres Gatten scheint. Ihre Stimme klingt, als hätte er uns bei einem Schäferstündchen ertappt.

»Herr Professor«, nimmt er meine Anwesenheit mit einer schlichten Feststellung zur Kenntnis und wendet sich dann seiner Frau zu. »Du hast mir nicht gesagt, dass ihr heute eine Sitzung macht.«

»Es muss mir entfallen sein«, entschuldigt sich Elsa rasch, legt ihre Hand auf meinen Rücken und bugsiert mich mit sanftem Druck in Richtung Ausgang. »Der Professor wollte ohnehin gerade gehen.«

Ich wollte nicht. Aber scheinbar wird es gewollt. Tatsächlich ist die Anwesenheit des Hausherren ein guter Grund, das Weite zu suchen: Kurt Seewald ist einer jener Männer, die man bis auf den blanken Kern ihrer Seele entblättern könnte und dennoch bloß die vollen Seiten seines Terminkalenders fände – zumindest erweckt er diesen Eindruck. Und er bestätigt ihn immer aufs Neue.

»Habt ihr Lukas gefragt?«

»Nein«, antwortet Elsa eilig und schubst mich weiter. »Es gab eine Unterbrechung, es lief nicht so gut heute.«

»Dann fragen wir ihn jetzt.«

Elsas Fingerspitzen bohren sich zwischen meine Schulterblätter. »Es ist doch schon so spät, und ...«

»Papperlapapp«, unterbricht Kurt Seewald seine Gattin und sieht mich unverwandt an. »Oder haben Sie noch Termine?«

»Nein«, entgegne ich halblaut. »Aber ... welche Frage denn?«

Kurt Seewald wechselt einen finsteren Blick mit seiner Frau. Offenbar steht hier etwas im Raum, das längere Schatten wirft als die Entscheidung zwischen *Simpsons* und Naturdokus. »Wir wollen Lukas fragen, ob er weiterhin an lebenserhaltende Maschinen angeschlossen sein möchte.«

Ich beginne zu zittern.

Der Satz verhallt, aber nur im Raum. In mir bleibt er stehen, entzündet sich, entfaltet eine zerstörerische, alles zersetzende Kraft, die mich in jene Panik versetzt, die sonst nur in den qualvollsten Stunden meiner Nächte auf mich wartet: der Albtraum eines Lebens ohne Lukas. Doch dies ist kein Traum. Ich bin wach. Und Kurt Seewald will eine Antwort. »Das haben Sie Lukas schon gefragt«, bringe ich mit brüchiger Stimme hervor. »Er wollte leben.«

»Das war vor einem halben Jahr«, entgegnet er nüchtern. »Ich denke, es ist Zeit, dass mein Sohn erneut über sein Schicksal entscheiden darf.« Er nickt entschlossen, dann geht er voraus Richtung Lukas' Zimmer.

Elsa bleibt noch einen Moment. Unsere Blicke treffen sich, suchen nach Hilfe, nach Antworten, nach Lösungen, doch keiner traut sich, etwas zu sagen. Wir wissen beide, dass es sinnlos wäre. Hier gilt nur *ein* Wort. Und das wurde gesprochen.

In Lukas' Zimmer lässt mich Kurt Seewald keine Sekunde allein. Mit starrem Ausdruck verfolgt er jeden meiner Handgriffe, beobachtet, wie ich Lukas an den Neuro Hub anschließe und das Programm mit der Konfiguration beginnt. Es dauert natürlich keine halbe Stunde, wie ich Elsa glauben ließ, aber sie zeigt sich nicht überrascht. Sie zeigt gar keine Reaktion. Sie wirkt, als wäre sie gar nicht mehr auf dieser Welt.

Ein Signal ertönt. Die Kalibrierung ist abgeschlossen.

»Lukas?«, beginne ich mit schwacher Stimme. »Hörst du mich?«

Das Programm rechnet. Nach einer knappen Minute wissen wir: Er ist wach.

Kurt Seewald tritt ans Bett seines Sohnes und setzt sich an den Rand. Einen Augenblick lang scheint er nachzudenken. Dann: »Lukas, ich werde dir jetzt eine sehr wichtige Frage stellen. Ich weiß, wir hatten das Thema bereits, aber deine Mutter und ich haben das Gefühl, dass es an der Zeit ist, erneut darüber zu entscheiden. Du musst nicht gleich antworten, du kannst natürlich überlegen. Willst du, dass die Maschinen dich weiter am Leben erhalten?«

Mein Atem stockt. Das Programm rechnet. Digitalrote Amplituden strahlen aus dem Display heraus und brennen sich in das Hellblau meiner Hoffnung. Die wohlorchestrierte Geräuschkulisse von Beatmungsmaschine, Infusionspumpen und sonstigen Apparaten gerät durcheinander, vereint sich mit all den anderen Sinneseindrücken zu einem konstanten Rauschen, das zwischen meinen Schläfen nistet. Zuerst ist es nur das Murmeln eines Baches, doch es schwillt an, wird zum reißenden Fluss, der alles verschluckt. Bis ein einziges Geräusch hindurchbricht.

Piep. Piep.

Nein. Lukas sagt nein. *Nein.*

Ich bekomme noch mit, dass Kurt Seewald seinem Sohn durchs Haar streicht. Alles danach ist wie hinter Nebel. Elsa Seewald, die schluchzend aus dem Zimmer stürmt. Kurt, der ihr schweigend folgt. Meine Tränen, die ich so lange zurückhalten musste und die jetzt umso salziger und heißer fließen und das Aquarell meiner Trauer auf Lukas' Decke zeichnen.

Mein schlafender Prinz will nicht mehr schlafen. Er will sterben.

Ich hatte nicht damit gerechnet, habe keinen Gedanken daran verschwendet, nicht einen einzigen. Ich war im Tunnel, hatte nur die gerechte Strafe im Blick und nicht den Preis, den sie Lukas abverlangt: ein Leben in einer Zelle aus Fleisch und Blut. Wahrscheinlich hätte er längst seinen Frieden gefunden, wenn ich ihm nicht meine verrückte Idee in den Kopf gesetzt hätte. Als ob es mir wirklich gelungen wäre, denjenigen zu finden, der ihm das angetan hat. Wer bin ich schon? Ein Theoretiker. Ein Wissenschaftler. Ein verblendeter Idiot, der dachte, er könnte den strahlenden Helden spielen. Dabei bin ich nur ein verschrobener alter Kauz, dessen ergraute Fittiche nicht mehr vermögen, als dem ewigen Schweigen ein paar Zugeständnisse abzuringen. Zehn Jahre schläfst du nun schon, mein Prinz. Und noch immer habe ich nicht die geringste Ahnung, wer hinter deinem Leid steckt. Zehn Jahre. Du hast es verdient zu gehen.

Aber was mache ich nur ohne dich? Wie soll ich mich verabschieden? Was soll ich sagen? Es ist nicht so, dass ich nie darüber nachgedacht hätte, wie meine letzten Worte an dich lauten könnten – das Damoklesschwert schwebt schon so lange über deinem Haupt. Aber allein der Gedanke daran hat mich grenzenlos überfordert – ich weiß einfach nicht, was ich sagen soll.

»Ich verstehe deine Entscheidung«, schluchze ich los. »Ich verstehe sie wirklich. Aber es kommt so unvorbereitet ... Was mache ich denn ohne dich? Ich habe nur noch für dich gelebt, gearbeitet, habe ...« Ich breche ab. So will ich mich verabschieden? Wie ein Häufchen Elend? »Es tut mir leid«, seufze ich schließlich und nehme Lukas' Hand in meine. Was zum Teufel soll ich nur sagen? Apathisch beobachte ich, wie mein Daumen über Lukas' Handrücken zirkelt. Und irgendwann begreife ich, dass es keine richtigen Worte gibt.

»Kannst du dich erinnern, dieses eine Ostern vor zwölf Jahren?«, spült es eine Erinnerung aus den Tiefen unserer Vergangenheit hoch. »Wir waren bei mir, und im Fernsehen lief irgendein Gottesdienst. Du hast gesagt, dass du nicht verstehen kannst, wie man heutzutage gläubig sein kann, und ich habe dir beigepflichtet – weißt du noch? Nun ... ich war nicht ehrlich zu dir. Ich glaube an keinen Gott im Sinne der Weltreligionen, aber ich bin kein Ungläubiger, kein Atheist. Ich glaube an eine Art übergeordnete Entität. Ein kosmisches Bewusstsein, von dem alles ausgeht und zu dem alles zurückgeht in einer ewig währenden Balance. Nichts und niemand geht für immer. Keine Energie wird verschwendet. Und in der Unendlichkeit gibt es immer ein Wiedersehen, verstehst du? Eines Tages bekommen wir eine zweite Chance. In welcher Form auch immer.«

Die letzten Worte ersticken in Tränen, können sich kaum noch über Rotz und Wasser halten, aber ich darf nicht aufhören zu reden, denn schweigen bedeutet das Ende des Gesprächs. Schweigen bedeutet, dass ich gehen muss, und Gehen bedeutet, dass ich Lukas vielleicht nie wiedersehen werde. Also rede ich, egal, was, Hauptsache, ich kann bleiben. Sollen sie mich doch aus dem Zimmer zerren.

»So schlecht, wie ich mich in letzter Zeit ernähre, komme ich dir sowieso bald hinterher«, beginne ich zu scherzen, und ein helles Glucksen mischt sich unter all das Schniefen und Wimmern. »Ein bisschen pfusche ich hier noch herum, helfe, wo ich kann ... Du wirst nie erraten, warum ich heute fortmusste. Die Polizei wollte mit dem Neuro Hub einen Locked-in-Patienten verhören – einen Verbrecher, einen richtigen Psychopathen, ist das zu fassen? Er hat drei Menschen entführt, einer davon lebt möglicherweise noch, aber sie wissen nicht, wo, sie wissen gar nichts, nur, dass der Entführer vielleicht Nero heißt, ansonsten tappen sie im Dunkeln. Ich wünschte, ich könnte helf-«

Piep.

Irritiert schaue ich zum Laptop. Ja? »Was meinst du mit *Ja*?«, frage ich mehr mich selbst als Lukas. Angestrengt gehe ich meine letzten Sätze durch – ich habe doch gar keine Frage gestellt, sondern bloß erzählt von diesem ... Mein Herz setzt für einen Schlag aus. »Nero«, wiederhole ich den Namen atemlos. »Hat Nero etwas mit dem Anschlag auf dich zu tun?« Mein Blick heftet sich an den Bildschirm.

Ich weiß nicht mehr, wie lange ich den Schatten der Vergangenheit schon nachjage, wie viele Menschen ich fotografiert und Lukas gezeigt habe, aber die Antwort war immer gleich: nein. Nein, er war es nicht. Nein, er hat nichts mit dem Unfall zu tun. Jedes Mal habe ich den Rückschlag hingenommen, die Antennen neu ausgerichtet und von vorne angefangen. Bin in Kreise vorgedrungen, von denen ich nicht einmal wusste, dass es sie in Heidelberg überhaupt gibt: Betrüger, Schläger, Dealer. Ich habe sogar Schulden bei Kredithaien aufgenommen, nur damit sie ihre Geldeintreiber schicken und ich sie vor die Linse kriege. Und nie war auch nur *ein* Treffer dabei. Kein einziger.

Bis jetzt.

Piep.

MAERTENS

Montag, 20. Januar, 11:10 Uhr

Ocean Breeze.
Als die Kripo vor zwei Jahren umgezogen ist, konnte ich bei der Einweihungsfeier ein Gespräch zwischen der Finanzstaatssekretärin und dem Innenarchitekten aufschnappen, in dem dieser Begriff ungefähr zehnmal fiel. Es ging um den Bodenbelag im Neubau. »Ocean Breeze, ein gischtblau marmoriertes Performance-Linoleum mit antistatischer Beschichtung und Komfort-Trittgefühl.« Die Schwärmerei des Ausstatters kommt mir jedes Mal in den Sinn, wenn ich über den Flur stiefle und jeder Schritt klingt, als würden meine Sneaker einen feuchten Furz rausdrücken. Von wegen Ocean Breeze: Ocean Quietsch!

Der Einsatzraum der SOKO befindet sich am Ende des Ganges. Die Tür steht sperrangelweit offen. Schon von Weitem sehe ich, dass der Raum brechend voll ist. Unser Besenkammerbüro ist zu klein für so viele Leute, was der Historie dieses Falls geschuldet ist: Als Ludwig Schuch verschwand, war es zunächst nur ein Vermisstenfall. Ein heikler zwar, denn die Schuch Zement AG ist einer der größten Arbeitgeber hier in der Gegend und Ludwig der einzige Sohn des Firmenpatriarchen, aber selbst der ging anfangs nicht von einer Entführung aus. »Der Nichtsnutz hat sich bloß das Hirn weggekokst und versteckt sich bei irgendeinem Flittchen« – Zitat: sein eigener Vater. Die Fentanyl-Spuren gaben seiner Theorie sogar Futter.

Die Wochen vergingen, Ludwig blieb verschwunden, und in

der Vermisstenabteilung begann das große Achselzucken. Erst als Larissa Koch verschwand und man die gleichen Fentanyl-Spuren am Tatort fand, wurde die Sache heiß. Jetzt war es kein Einzelfall mehr, es war der Beginn einer Serie. Die SOKO Fenta ward geboren: ich, zwei Kollegen der Schutzpolizei, Lorenz Bischoff von der KTU und seit kurzem Stefanie, die jetzt für drei Wochen krankgeschrieben wurde – ein Mini-Team.

»Nicht mini, agil!«, meinte Brachmann damals. In Wahrheit herrscht Personalmangel, so wie überall. Wir haben zu wenig Leute, und selbst wenn mal eine Ressource frei wird – die andere Sondereinheit verschlingt sie sofort. Keine Ahnung, wie lange es die SOKO Balkan schon gibt, aber gefühlt wird der Eić-Clan, den sie zerschlagen soll, immer mächtiger. Zwanzig Ermittler beißen sich die Zähne an dieser Verbrecherfamilie aus, und sie wissen noch nicht einmal, wer der Anführer des Clans ist. Wird Zeit, dass Brachmann mir die Leitung anvertraut. Andererseits habe ich gerade einen Hauptverdächtigen angeschossen. Vermutlich lässt er mich in Zukunft die Asservatenkammer fegen.

Als ich den Raum betrete, steht Brachmann mit dem Rücken zu mir und spult im Schnelldurchgang die Vorstellungsrunde herunter. Wie immer sieht er aus wie ein Pfarrer: schwarz in schwarz. Nur der Altar und die Choräle fehlen.

»... Mischa Goos von der Verkehrsraumüberwachung, daneben sitzt der Kollege Benedetti aus der Kriminalinspektion 4, auf dem Bildschirm ist unsere Rechtsmedizinerin zugeschaltet, Frau Doktor Leoni Hirschfeld, und zu guter Letzt unser Gast aus Stuttgart, der uns in diesem Fall unterstützen soll: Simon Löwenthal von der Dienststelle für Operative Fallanalyse beim LKA. Mich sollte jeder kennen, aber für Herrn Löwenthal: Conrad Brachmann, Kriminaldirektor hier im Heidelberger Präsidium. Okay, dann wollen wir mal.«

Ich räuspere mich.

Brachmann fährt herum, legt den Kopf schief. »Ja? Kann ich Ihnen helfen?«

Alles klar: Er ist eingeschnappt.

»Sie erinnern mich an jemanden«, sagt er und streicht sich dabei übers Kinn. »Wir hatten mal einen Kriminalhauptkommissar – Paul Maertens, kennen Sie den? Sie sehen ihm verdammt ähnlich. Er war der ehemalige Leiter dieser SOKO, aber er ist vermutlich tot. Er muss tot sein, sonst hätte er nicht die unzähligen Anrufe seines Vorgesetzten ignoriert und sich den gestrigen Tag mal blicken lassen.«

»Sorry«, versuche ich die Sache runterzuspielen. »Passiert nie wieder.«

»Sorry? Wo waren Sie, verdammt?«

»Im Krankenhaus.«

»Bei dem Kerl, den Sie niedergeschossen haben? Ich dachte, der ist nicht ansprechbar?«

Ich will zu einer Erklärung ansetzen, verwerfe den Gedanken wieder. Amendt, Linde, der Neuro Hub – nichts davon hat etwas geändert.

»Was haben Sie die ganze Zeit über gemacht? Ihm das Händchen gehalten?«

»Das ist eine lange Geschichte.«

»Das ist eine lange Geschichte«, wiederholt Brachmann belustigt. Im nächsten Moment verschwindet sein Lächeln. »Setzen!«

Meine Stirn wirft sich in Falten. »Soll ich nicht weitermachen?«

»Hören Sie schlecht? Ich sagte *ehemaliger* Leiter! Ich übernehme die SOKO. Dachten Sie ernsthaft, Sie können einen Mann umnieten, und wir tun so, als wäre nichts passiert? Seien Sie froh, dass ich Sie nicht die Asservatenkammer fegen lasse.«

Als hätte ich es nicht geahnt. Aber dass er selbst übernimmt ... Brachmann ist seit Ewigkeiten nicht mehr im operativen Dienst tätig. Wie alt wird er wohl sein? Vierundsechzig? Wahrscheinlich wurden bei den letzten Ermittlungen, die er geleitet hat, gerade Personal-Computer eingeführt.

»Also, weiter im Protokoll.« Er wendet sich wieder an die Runde. »Ich nehme an, alle haben den Bericht gelesen und sind über den aktuellen Ermittlungsstand im Bilde. Larissa Koch ist tot, Ludwig Schuch weiterhin verschwunden – wir müssen jedoch davon ausgehen, dass er ebenfalls tot ist. Wenn ich den Obduktionsbericht allerdings richtig verstehe, dann haben wir noch eine Chance, dass André Fechtner lebt, oder, Frau Kollegin?«

Alle Blicke richten sich auf den riesigen Bildschirm an der Wand. Leonis Gesicht prangt darauf so groß wie ein Plakat. Ihr Stirnrunzeln ist daher kaum zu übersehen. »Wie meinen Sie das?«, fragt sie irritiert.

»Wenn wir davon ausgehen, dass der Täter wie bei Larissa Koch vorgegangen ist – das meine ich.«

Ein sprödes Räuspern zieht alle Aufmerksamkeit auf sich. »Könnte mich da jemand abholen?«, meldet sich Löwenthal zu Wort. »Auf der Fahrt hierher konnte ich mich noch nicht gänzlich einlesen.«

Leoni kneift die Augen zusammen. Vermutlich sucht sie auf ihrem Bildschirm nach demjenigen, der die Frage gestellt hat, aber es wirkt, als hätte sie plötzlich furchtbare Kopfschmerzen. »Das Opfer ist mit ziemlicher Sicherheit an einem Multiorganversagen gestorben«, erklärt ein fünfundsechzig Zoll großes, verpixeltes Migränegesicht. »Sie hat Imprägniermittel getrunken, was zu gravierenden organischen Schäden führte, aber das war nur das Sahnehäubchen auf dem Giftcocktail, der sie getötet hat. Wir konnten eine extrem hohe Kaliumkonzentration nachweisen und Harnsäurewerte, die man bei Menschen findet, die verdurstet sind. Nach drei bis vier Tagen ohne Wasser beginnen unsere Nieren zu streiken. Sie koppeln sich vom restlichen Organismus ab, und der Körper vergiftet sich selbst. Das Blut wird dick, der Kreislauf sackt ab – in der Regel fallen die Leute ins Koma, und es kommt zum Herzstillstand. Der fortgeschrittene Verwesungsgrad erschwert die Bestimmung des genauen Todeszeitpunktes, aber ich würde sagen, sie ist vier bis sechs Tage nach ihrer Entführung gestorben.«

»Und sonst?«, hakt Stuttgart nach. »Gibt es irgendwelche Anzeichen von Gewalteinwirkung?«

»Auch hier schränkt der Zustand der Leiche unsere Möglichkeiten ein, aber zumindest können wir schwerwiegende Verletzungen ausschließen.«

»Missbrauchsanzeichen?«

»Sperma und andere Sekrete wurden nicht gefunden. Kohabitationsverletzungen wie Läsionen im Bereich des Scheideneingangs oder des Scheidengewölbes können nicht mehr geklärt werden.«

»Und wenn wir den Leichnam von einem Spezialisten begutachten lassen?«

Leonis Migränegesicht zieht sich zu einer sauren Miene zusammen, als hätte sie in eine Zitrone gebissen. Diesmal braucht sie nicht lange, um die Wortmeldung zuzuordnen. Ihr Blick durchbohrt Benedetti wie ein Pfeil. Dann verschwindet sie plötzlich vom Bildschirm. Das Bild wackelt – sie geht irgendwo hin, nimmt den Laptop mit sich. »Sie können gerne einen externen Kollegen hinzuziehen«, hört man ihre Stimme aus dem Off. Verpixelte Artefakte rauschen über das Display, man erkennt rein gar nichts. »Aber ich denke, er wird Ähnliches feststellen.«

Die Achterbahnfahrt stoppt. Die Kamera fokussiert, und irgendetwas Schmutziges, Unförmiges erstreckt sich über den gesamten Bildschirm. Wie ledrige Bandagen, nur … Oh mein Gott, Leoni! Das hast du nicht getan! Ich wende den Blick ab. Es dauert noch eine Sekunde, bis der Rest begreift, worauf wir da schauen. Dann geht ein angewidertes Raunen durch den Raum.

»Wie Sie sehen, ist der Verwesungsprozess im Genitalbereich des Opfers so wie beim restlichen Korpus stark fortgeschritten«, erklärt Leoni seelenruhig im Hintergrund. »Die gallertartige Substanz hier ist das verweste Fleisch, und das, was so zerknittert herunterhängt, ist die Haut. In diesem Zustand sind Penetrationsverletzungen nicht mehr ...«

»Schluss jetzt«, herrscht Brachmann den Bildschirm an, schnappt sich die Fernbedienung und beendet die Gruselshow. »Wir haben keine Zeit für solche Albernheiten. Wenn der Täter nach einem konstanten Modus operandi vorgeht, dann bleiben uns allerhöchstens drei Tage, bis André Fechtners Überlebenschancen gen null gehen. Also: Wo stehen wir? Haben wir Fingerabdrücke von unserem Hauptverdächtigen?«

»Hat die Kollegin Stefanie Krüger noch vor Ort abgenommen«, schaltet sich Lorenz ein und schiebt sein limettengrünes Brillengestell den Nasenrücken hoch. »Es gibt übereinstimmende Abdrücke in unmittelbarer Nähe der Leiche und auch auf dem Schlüssel zur Tür, aber kein Treffer in unserer Datenbank.«

»DNA-Abgleich?«

»Noch in Arbeit.«

Brachmann schnaubt aus. »Hatte er denn nichts bei sich? Irgendetwas, das ihn identifizieren könnte?«

»Es war nichts in seinen Taschen außer zwei Karabiner, ein Taschenmesser, ein paar lose Kaugummis und ein kleiner Schlüssel für ein Vorhängeschloss – sieht nach einem Standardmodell aus, aber da sind wir dran.« Lorenz' Stimme verklingt im Raum. Als er nach zwei Sekunden immer noch nicht weiterredet, wird klar, dass die Ausbeute tatsächlich so mager ist.

»Das war's?«, fragt Brachmann entgeistert. »Portmonee, Handy – nichts?«

»Er hatte noch eine Stirnlampe auf. Aber die ist kaputt.«

Brachmann seufzt und lässt sich schwerfällig auf den Stuhl

fallen. »Das heißt, wir haben nichts«, resümiert er leise. »Gar nichts.«

Schweigen. Sekundenlang. Verstohlene Blicke suchen nach Hinweisen, wie es weitergehen soll. Brachmann trommelt bloß mit den Fingern Morsecodes auf die Tischplatte. Niemand meldet sich zu Wort. Wenn Ratlosigkeit ein Gemälde wäre – so sähe es aus.

»Er hat ein Tattoo«, trage ich meine zwei Cent bei, wohlwissend, dass uns auch diese Information nicht weiterhelfen wird. »Auf seinem Unterarm. Nero. Könnte sein Name sein oder sein Spitzname. Allerdings frage ich mich, wer sich seinen eigenen Namen tätowieren lassen würde.«

»Marco Reus, der Fußballer«, meldet sich Stuttgart schmunzelnd zu Wort. »Ein Mittelfeldspieler von Bayern München hat sogar ein ganzes Porträt von sich auf dem Rücken. Serienmörder, Superstars, Spitzensportler – unter Narzissten ist so etwas gar nicht so unüblich. Unser Entführer könnte von sich und seinen Taten sehr überzeugt sein.«

»Verstehe«, murmelt Brachmann und nickt in meine Richtung. »Am besten, wir lassen alle Neros in der Gegend überprüfen, aber ich befürchte, dass er es uns nicht so leicht machen wird. War ihr Krankenhausaufenthalt zu sonst etwas nütze? Haben Sie ein Foto von diesem Nero? Für eine Öffentlichkeitsfahndung?«

»Ich ... nein, das war nicht möglich. Sein Gesicht ist einbandagiert.«

»Natürlich. War ja klar.« Brachmann klopft das letzte Stakkato aufs Holz, stößt sich schwungvoll von der Tischplatte in die Aufrechte und klatscht in die Hände. »Was soll's, wir müssen weitermachen. Also: Rupert, Liesendahl, sammeln Sie alle verfügbaren Kollegen ein – Sie nehmen sich den Kümmelbacher Hof noch mal vor, und zwar genauestens. Vielleicht hat der Typ bei der Flucht etwas verloren. Lorenz: Nicht nur den Schlüssel, schauen Sie sich auch die Klamotten an. Hersteller, Modell ...«

Während Brachmann die Aufgaben verteilt, schweifen meine Gedanken ab. Es wird genau so ablaufen, wie es die ganze Zeit schon läuft. Wir schieben verzweifelt Puzzleteile zusammen, warten darauf, dass sich ein schlüssiges Bild ergibt, aber am Ende haben wir nur einen losen Haufen bedruckter Pappschnitzel, und André Fechtner ist tot. Selbst wenn wir sämtliche Polizisten der Stadt ausschwärmen lassen, um ihn zu suchen: wo anfangen? Die Gegend um Heidelberg bietet Hunderte Möglichkeiten, jemanden zu verstecken. Wir konnten Ludwig Schuch nicht retten. Wir konnten Larissa Koch nicht retten. Wir werden …

»Linde?«

Der Name katapultiert mich augenblicklich zurück ins Hier und Jetzt.

»Sagt mir nichts«, schnauzt Brachmann in Richtung Benedetti, der sein Handy ans Ohr gepresst hält. »Wer soll das sein?«

Benedetti zuckt die Achseln. »Keine Ahnung, aber der Krankenhaussicherheitsdienst fragt, ob wir ihn kennen. Er behandelt diesen Nero und behauptet, die Polizei wisse Bescheid.«

Euphorie wallt in mir auf. Wenn Linde es probieren will, bedeutet das, dass er eine Chance sieht, zu Nero durchzudringen. Und das bedeutet, dass wir ihn befragen können. Vielleicht ist doch noch nicht alle Hoffnung verloren. Vielleicht finden wir André Fechtner rechtzeitig. Vielleicht können wir ihn retten.

»Benedetti«, schießt es aus mir heraus. »Sie sollen Linde arbeiten lassen.«

Zwei Paar Augenbrauen ziehen sich gleichzeitig zusammen.

»Maertens!« Brachmann funkelt mich an wie ein wildes Tier, das zum Sprung ansetzt. »Wer ist dieser Linde?«

»Ich sagte ja, das ist eine lange Geschichte«, entgegne ich trocken. »Aber ich denke, das Ende wurde gerade zu unseren Gunsten umgeschrieben.«

MAERTENS

Montag, 20. Januar, 12:33 Uhr

»Und keine Sperenzchen mit diesem Neuro-Quatsch!«, ruft mir Brachmann hinterher. »Nur das Foto! Dann kümmern Sie sich um die Fahndung, klar?«

Auf meiner Zunge liegen gut ein Dutzend bissige Antworten, aber ich schlucke jede einzelne runter und marschiere zum Aufzug. Alles klar, sonnenklar: Wir folgen Schema F, lassen alles beim Alten und hoffen, dass es diesmal anders läuft. Ich habe Brachmann immer für einen konservativen Kerzenschlucker gehalten, doch wenn er glaubt, dass wir Fechtner so retten können, ist er ein Idiot. Dass ihm Linde nicht ganz geheuer ist – okay, aber dass er der Sache nicht einmal eine Chance geben will, ist fahrlässig. Er bräuchte mich ja nur machen zu lassen. Stattdessen darf ich Fotos von Nero knipsen und die Behörden und Redaktionen abklappern, damit sie mit seinem Abbild die Stadt fluten. Reine Zeit- und Ressourcenverschwendung!

Die letzte Öffentlichkeitsfahndung hat sechs Kollegen tagelang ans Telefon gefesselt, und was kam dabei rum? Nichts. Bei dem Konzept »Mithilfe der Bevölkerung« engagiert sich ausschließlich der Teil der Bürgerschaft, der vollkommen ballaballa ist. »Der Gesuchte wohnt in meiner Wand und flüstert nachts unanständige Dinge.« – »Der Mann ist mein verstorbener Gatte, bringen Sie mir meinen Egon wieder« Neunzig Prozent der Anrufer müsste man an die Seelsorge durchstellen, und der Rest führt meistens auch nur in Sackgassen.

Die Fahrstuhltüren schließen sich. In letzter Sekunde springt der Fatzke aus Stuttgart dazwischen und stellt sich erneut bei mir vor. »Simon Löwenthal, Abteilung Operative Fallanalyse beim LKA.«

»Hab ich schon beim ersten Mal mitbekommen, danke.«

Der Aufzug setzt sich in Bewegung. Stuttgart glotzt mich an, als wäre ich aus purem Gold. Was hat den denn geritten?

»Sind Sie ... *der* Paul Maertens? Der Sohn von Lars Maertens?«

Auch das noch. Warum wandere ich nicht einfach aus? »Ja«, knurre ich und schiele auf die Stockwerkanzeige. »Irgendwelche Probleme damit?«

»Nein, ich bin ein Fan! Okay, das klingt komisch. Ich bin fasziniert!« Er stottert wie ein Schuljunge, den man unvorbereitet zur Tafel ruft. Wie lange braucht dieser Fahrstuhl denn? »Ich hab den Fall Maertens intensiv studiert. Akut psychotische Filizide sind in Deutschland äußerst ungewöhnlich, besonders in dieser Konstellation. Ich wusste, dass Sie damals frisch den Dienst angetreten haben, aber nicht, dass Sie immer noch Polizist sind. Sie haben ja Karriere gemacht.«

Der Aufzug hält. Meine Laune schießt weiter in den Abgrund. So ist das also: In Stuttgart sezieren die kriminologischen Intellektuellen begeistert mein Schicksal und vermuten ... was? Dass ich in einer Anstalt hocke? Dass ich mit meinen kaputten Kumpels in der Gruppentherapie bespreche, warum ich mein inneres Kind in Schwarz gemalt habe? Dass ich ... Ach, was rege ich mich überhaupt auf? Mein Name ist eben ein Brandmal.

Maertens steht für Mörder wie Tempo für Taschentücher. Der Name ist eine Marke, die man nicht vergisst, dafür hat mein Vater gesorgt. Wenn er etwas geschafft hat in seinem Leben, dann das.

Akut psychotischer Filizid. Hochtrabende Worte für eine so niederträchtige Tat.

Mein Vater hat im Blutrausch seine Familie ausgelöscht. Meine Mutter – tot. Meine zwölfjährige Schwester Lisa – tot. Mein siebenjähriger kleiner Bruder Emil – tot. Alle abgeschlachtet wie Vieh. Und warum? Weil er ein Maertens war, darum. Ein stadtbekannter Taugenichts, einer, der gerne mal einen über den Durst trank, der nichts auf die Reihe bekam, der gehörig einen an der Klatsche hatte und dem man das Psychopathische, das Wahnsinnige, das abgrundtief Böse schon von Weitem ansehen konnte, wenn es nach den Leuten ging, die nachher über ihn befragt wurden. Alle wollten es schon immer gewusst haben: Eines Tages wird Lars Maertens durchdrehen. Und dann ist es passiert. Einfach so. Und weil da nichts Abgründiges war in seiner Vergangenheit, kein Krieg, keine Misshandlung, keine Folter, haben sie es damit erklärt, dass er das Böse im Blut hatte. Das mörderische Maertens-Blut; es fließt auch in mir.

Der wehrhafte Sohn, der seinen Vater niedergestreckt hat. Schuss in die Brust aus nächster Nähe, sofort tödlich. Ich kam damals mit meiner Freundin nach Hause, wollte feiern – es war mein erster Dienst, mein erster Tag in Uniform. Seht her, Schutzpolizist Paul Maertens geht jetzt auf Streife, das Schmuddelkind aus der Schmuddelfamilie hat es geschafft, nicht in der Gosse zu landen. Es sollte ein besonderer Tag werden. Es wurde auch ein besonderer Tag. Einer, den ich bis an mein Lebensende nicht vergessen werde.

Der 23. Januar 2014. Meine Schicht beginnt erst abends, aber ich fahre zur Wache und lege die komplette Ausrüstung an, denn ich kann es kaum erwarten. Dann kaufe ich im Supermarkt Emils Lieblingstiefkühltorte und ein paar Plunderteilchen, hole meine Freundin Thea ab, und wir fahren zu meiner Familie – theoretisch, um auf mich und meinen ersten Dienst anzustoßen. Praktisch, um mit meinen Geschwistern herumzualbern, während

Mutter über Lars herzieht und Thea die Ohren abkaut, dass sie einen Besseren als mich haben könnte. Sie hat recht. Thea spielt in der ersten Liga, aber sie scheint ein Herz für die Kreisklasse zu haben. Und sie steht auf meine Uniform.

Auf der Hinfahrt halten wir am Straßenrand und treiben es auf der Rückbank meines Opel Corsa. Als ich danach in unsere Straße biege, ist die Benjamin-Blümchen-Torte fast aufgetaut. Im Innenhof der Maertens-Müllkippe – so nennen die Nachbarn unser Haus – wartet wie immer ein stummer Chor an kaputten Elektrogeräten auf ihren großen Einsatz. Lars hat ständig irgendwelchen Schrott angeschleppt, den er reparieren und zu Geld machen wollte. Im Flur fallen mir sofort seine Schuhe ins Auge. Lars war wieder mal tagelang abgetaucht, nachdem er und meine Mutter sich wegen irgendwas gezofft hatten. Dass er da war, bedeutete in der Regel, dass er nirgendwo anders hinkonnte. Aber warum zum Teufel ist es so still?

Thea geht voraus, deutet mit einem verschmitzten Lächeln an, dass ich mein Hemd in die Hose stecken soll. Im nächsten Moment gefriert ihr Lächeln. Mit offenem Mund starrt sie in die Küche. Ich trete neben sie.

Ab diesem Zeitpunkt werden meine Erinnerungen unpräzise. Alles ist schemenhaft wie milchweiße Polaroidabzüge, die einfach nicht aufklaren wollen. Nur für den Bruchteil einer Sekunde flackern sie auf: die Bilder. Glasklar, tausendnadelspitz und benzinscharf. Es sind immer dieselben Eindrücke, wieder und wieder.

Mutters verdrehter Körper quer über dem Küchentisch gestreckt, das Gesicht mit klebrigen Haarsträhnen überzogen. Ihr Kleid, ihre Brust, alles zerschlissen, alles offen. Lisa lag auf der Treppe, kopfüber, die Augen weit aufgerissen, unter ihr ein purpurroter Bach aus Blut, der Stufe um Stufe um Stufe die Dielen durchtränkt. Und Emil. Mein kleiner, schwächlicher, rotsprossiger Bruder Emil. Die Nervensäge. Das Plappermaul. Die Klette, die ich immer und überallhin mitschleppen musste, weil niemand Zeit und Lust hatte, sich um den Nachzügler zu kümmern. Dem ich Schwimmen beigebracht habe. Schlittenfahren. Kaugummi-Blasen-Machen. Dem ich die erste Windel gewechselt habe. Sein Kopf hing leblos herab, seine Augen waren in den Höhlen verschwunden, sodass nur das stumpfe Weiß zu sehen war. Er lag blutüberströmt in den Armen unseres Erzeugers, der gerade das Messer aus seiner Brust zog, um es dann gegen mich zu richten.

Das sind meine letzten Erinnerungen an meine Familie.

Niemand wollte wirklich wissen, warum ich Lars nicht bloß bewegungsunfähig geschossen habe. Die Antwort lag allen auf der Zunge und ergab sich aus den Indizien: Schusswaffengebrauch als einziges Mittel zur Abwehr einer Gefahr für Leib und Leben. Entwaffnung durch Zielen auf Extremitäten stressbedingt und aufgrund Dienstunerfahrenheit nicht gegeben. Das Projektil touchierte die linke Herzkammer, zerfetzte die Aortenklappe und blieb nahe der Wirbelsäule stecken. Blutdruck innerhalb von Sekunden auf Null. Rettung ausgeschlossen. Das Monster erfuhr seine gerechte Strafe, gerichtet von seiner eigenen Brut: Paul Maertens. Ich, der ich von ihm abstamme, der ich aus ihm hervorgegangen bin, in dessen Adern dasselbe Blut fliest. *Der Apfel fällt nicht weit vom Stamm.*

Bessere Familien pflanzen zur Geburt ihres Nachwuchses einen Lebensbaum ein, der mit dem Sprössling gedeiht, wächst und Früchte trägt. Mein Vater dagegen hat eine andere Saat gesät. Die Saat der Zwietracht. Ein seltsames Korn, aus dem nichts Festes entwächst, nichts Greifbares sprießt, keine Früchte das Licht der Welt erblicken, nein. Es wächst nur ein unendlich großer Schatten, der knochenfingergleich aus dem Erdboden ragt – und was ich auch tue, er greift nach mir, hält mich fest, schnürt mir die Luft ab. Und alle können ihn sehen.

Maertens. Ein Name. Ein Brandmal. Jeder Wutausbruch – der Apfel fällt nicht weit vom Stamm. Jeder falsche Blick – der Apfel fällt nicht weit vom Stamm. Jeder Disput mit einem Kollegen – der Apfel fällt nicht weit vom Stamm. Jede versehrte Nische meiner selbst, die sich dunkel färbt – der Apfel fällt nicht weit vom Stamm. Und wenn etwas passiert, werden sie es alle wieder vorher gewusst haben: Paul Maertens? War ja klar! Mit verseuchtem Blut in den Adern und einem Schandfleck auf der Seele – wohin sollte es mit ihm schon gehen, wenn nicht abwärts? Was soll aus so einem werden?

Aus ihm wurde einer der besten Ermittler, den es in dieser Gegend gibt. Aber Klugscheißer wie dieser Löwenthal sähen mich lieber in einem geschützten Therapiezentrum beim Aschenbechertöpfern.

Die Fahrstuhltüren schieben sich zur Seite. Wortlos stürme ich hinaus.

»Warten Sie!«, höre ich mein Anhängsel hinter mir japsen. »Darf ich Sie noch etwas fragen?«

»Sie tun nichts anderes.«

»Ich weiß, das liegt alles hinter Ihnen, und ich will keine alten Wunden aufreißen, aber ich habe diesen Fall so lange studiert – es gibt einfach ein paar Dinge, die mir unter den Nägeln brennen. Sie würden mir wirklich einen Riesengefallen ...«

»Es gibt keine alten Wunden!« Ich stoppe so abrupt ab, dass er gegen meinen Rücken kracht. »Alles ist verheilt, und ich habe schlicht und einfach keine Lust, über diese alte Geschichte zu reden, kapiert?«

Dieser Fatzke. Er kann sich seine Fragen in den ... Ich zögere. Irgendetwas keimt in mir auf, bringt meine Gedanken durcheinander, setzt sie neu zusammen, und plötzlich steht ein anderer Mensch vor mir. Immer noch ein Fatzke. Aber ein nützlicher Fatzke. »Andererseits könnten wir einen Deal aushandeln«, wechsle ich in eine bekömmliche Dur-Tonart und verringere den Abstand zwischen uns. »Sie haben das doch gerade mitbekommen, die Diskussion mit Brachmann.«

Löwenthal reibt sich die Nase. »Wegen Professor Linde?«

»Kennen Sie Linde?«

»Ich glaube, ich habe mal eine Studie über Zwangsstörungen von ihm gelesen.«

»Dann wissen Sie ja, dass er nicht irgendein Spinner ist. Aber Brachmann weiß das nicht. Er misstraut generell allem, was nicht im Polizeihandbuch zu finden ist.«

»Und was soll ich daran ändern?«

»Reden Sie mit Brachmann. Überzeugen Sie ihn, dass Linde uns vielleicht weiterhelfen kann.«

»Und dann beantworten Sie meine Fragen?« Er lacht erstickt auf. »Ist das nicht etwas kindisch?«

Wortlos starren wir uns an. Natürlich ist das kindisch. Aber wer schon einmal die schiere Verzweiflung in den Augen einer Mutter gesehen hat, deren Balg den halben Supermarkt zusammenschreit, weil es keine M&M's haben darf, der weiß: Kinder gewinnen verdammt oft.

»Na gut«, seufzt Löwenthal. »Ich rede mit Brachmann.«

»Danke.« Ruckartig wende ich mich ab und stürme aus dem Polizeigebäude. »Sie haben drei Fragen frei.«

»Drei? So war das nicht abgemacht, jetzt warten Sie doch.«

Unbeeindruckt haste ich weiter über den Parkplatz zu meinem Auto.

»Gab es wirklich keinerlei psychiatrische Aufzeichnungen über Ihren Vater? Hat er sich nie behandeln lassen, nie einen Therapeuten aufgesucht?«

»Lars war Baujahr 1975, Arbeiterschicht. Seine Therapeuten hießen Doktor Underberg und Fernet Branca, andere sind mir nicht bekannt. Nächste Frage.«

»War er gläubig?«

Ich will die Fahrertür aufreißen, halte inne. »Gläubig? Lars? Wie kommen Sie denn darauf?«

Löwenthal zuckt mit den Schultern. »Es gab nie ein klares Motiv. Die meisten Filizide werden dadurch ausgelöst, dass der Täter der Familie Leid ersparen will. Ihr Vater hatte zwar Schulden, aber den Akten nach hatte er schon immer finanzielle Probleme. Es gab keine akute Bedrohung, bleibt also nur eine imaginäre. Ein psychotisches Delir rührt oft daher, dass Menschen aufgehetzt werden, von Sekten zum Beispiel oder religiösen Hardlinern. Besser die Familie erlösen, bevor die Schande zu groß ist – solche Geschichten. Sie haben damals zu Protokoll gegeben, das er in seinen letzten Worten gebetet hat.«

Jetzt ist es an mir zu lachen. »Mein Vater hat mich als Kind oft in die Kirche mitgenommen, bis er Hausverbot bekam, weil er die Finger nicht vom Klingelbeutel lassen konnte – so religiös war er. In seinen letzten Worten wollte er einen Arzt. Nicht, um seine Frau oder seine Kinder zu retten, sondern sich selbst. Als er erkannte, dass ihm kein Doktor der Welt helfen konnte, hat er noch ein schnelles Amen herausgepresst, weil am Ende alle zu Gott finden, bevor sie zur Hölle fahren. Letzte Frage.«

Löwenthal mustert mich über das Autodach hinweg. Sein Blick bekommt etwas Mitleidiges. »Hat er Sie …« Er bricht ab, presst die Lippen zu einem Strich und setzt von Neuem an. »Wie war er in Ihrer Kindheit?«

Ich reiße die Fahrertür auf. Der abgestandene Geruch koffeindurchtränkter Sitzbezüge steigt mir in die Nase. Ich wusste, dass diese Frage kommt. Sie kommt jedes Mal: Was hat das arme kleine Paulchen früher durchleben müssen? Was hat ihm der Mistkerl angetan? Schläge? Oder Schlimmeres? Es ist immer dieselbe Frage, die alle so furchtbar interessant finden, obwohl die Antwort darauf bereits mitschwingt. Niemand spricht sie je aus, aber das ist auch nicht nötig. Sie steht ihnen ins Gesicht geschrieben. »Muss ich das wirklich erklären?«, entgegne ich trocken. Zwei schweigsame Sekunden vergehen. Dann steige ich in den Wagen, setze zurück und brettere über den Parkplatz.

Fatzke.

Auf der Hälfte des Weges zur Uniklinik umklammere ich das Lenkrad immer noch so fest, dass meine Handknöchel wie die beinernen Stachel eines gekrümmten Tierskeletts aus meiner Faust ragen. *Wie war er in Ihrer Kindheit?* Als ob irgendjemand etwas anderes annehmen würde als das Schlimmste. Ein Monster ist ein Monster und war es schon immer. An mir hat es seine Krallen gewetzt, um später die Familie auszuweiden – so muss es gewesen sein, alles andere wäre pure Verklärung der Tatsachen. Jeder denkt so, ich weiß es genau, und ich habe dem nie widersprochen.

Lars war ein Arschloch. Ein Verrückter! Der Fluch meines Lebens. Ich hasse ihn für das, was er getan hat – abgrundtief und mit jeder Facette meines Seins. Es ist ein alles umfassender, alles durchdringender, unendlicher Hass. Er liegt jenseits der Vorstellungskraft, und niemand, der so empfindet, wird je darüber reden noch über die Polarität, die ihn nährt. Denn dieser Hass entsteht nicht in der Finsternis. Er entsteht in glühend heller Wärme.

Kein Schatten ohne Licht. Kein Böse ohne Gut.

Hass ist, wenn dir deine Liebsten genommen werden. Alle! Auf einen Schlag. Sie liegen tot vor dir, aufgeschlitzt, ausgeblutet, völlig entstellt, aller Würde und Menschlichkeit beraubt. Hass ist, was in dir aufsteigt, wenn du ihre kalten Körper unter deinen Fingern spürst. Hass ist, was du empfindest, wenn du ihren Mörder siehst. Aber was dann kommt, ist kein Hass. Es gibt kein Wort für das, was du fühlst, wenn derjenige, der dir deine Lieben genommen hat, selbst einer von ihnen ist.

Ich habe meinen Vater geliebt.

Er war kein richtiger Vater für mich, eher ein großer, dummer, ungeschickter Bruder. Ein schlechtes Vorbild, ein Klotz am Bein, ein durchgeknallter Chaot, aber ich habe ihn geliebt, trotz all seiner Fehler. Und in den dunkelsten Momenten, in denen jede Faser meines Körpers danach schreit, dass ich mir meine verdammte Heckler ins Maul schieben und mir endlich das Hirn wegblasen soll, ist es nicht der Hass auf ihn, der mich auffrisst. Es ist die unendlich große Bürde der Liebe, die ich immer noch für ihn empfinde. Eine Liebe, die sich anfühlt, als würde man bei lebendigem Leibe auf einem Scheiterhaufen verbrennen, den man selbst entzündet hat.

So fühlt es sich an, ich zu sein.

So lebe ich.

Tag für Tag für Tag.

MAERTENS

Montag, 20. Januar, 14:23 Uhr

Nero wurde in einen Privatzimmertrakt der neurologischen Klinik verlegt – mein Kopfschmerz dankt. Dieses ständige Gepiepe auf der Intensivstation raubte einem den letzten Nerv. Hier herrscht auch viel besseres Licht.

»Bitte recht freundlich.«

Linde blickt von seinem Laptop auf und mustert mich mit abschätziger Miene. »Sie wissen, dass er Sie hören kann, richtig?«

Ich antworte nicht, knipse ein paar Fotos von Nero und leite sie dann weiter an die Kollegen. Das Pflegeteam konnte das Verbandsmaterial so weit reduzieren, dass zumindest sein Gesicht erkennbar ist. Vielleicht habe ich Glück, und irgendein Bürohengst fühlt sich dazu berufen, die Behördengänge einzuleiten.

»Sind Sie fertig? Kann ich sie wieder aufsetzen?«

Schweigend trete ich zurück und beobachte, wie Linde eine verdrahtete Kopfbedeckung auf Neros Haupt platziert. »Es passt gerade so«, murmelt er, während er mit spitzen Fingern an den Kabeln zupft. »Ich muss mit den Kontakten tricksen, aber es sollte funktionieren.«

Sein Blick springt zwischen Bildschirm und Kappe hin und her, es scheint nicht einfach, das Gerät unter diesen Bedingungen zum Laufen zu bringen. Linde wirkt generell gestresst, sieht etwas mitgenommen aus. Außerdem trägt er dieselben Sachen wie gestern. Eigentlich wollte ich nicht nachfragen, aber ...

»Woher kommt Ihr Sinneswandel? Bei unserem letzten Gespräch waren Sie überzeugt, dass dieses Unterfangen zwecklos ist.«

Wieder ernte ich einen abfälligen Blick. »Ich bin nach wie vor der Meinung, dass Sie bloß Ihre Zeit vergeuden; Sie werden keine schnellen Antworten bekommen. Aber wenn wir den Kontakt herstellen, haben die Hinterbliebenen wenigstens die Chance, ihren Liebsten zu Grabe zu tragen, vorausgesetzt, der Mann gibt den Standort preis.«

Ich nicke stumm, schiele auf mein Smartphone, das nicht mehr aufhört zu vibrieren. Mails von Brachmann, in kurzen Abständen hintereinander: *Ab damit zum Rhein-Neckar-Fernsehen!* und *Stadtrat Rothbach hat Hut auf bei Werbeflächenkoordination: Das Gesicht soll auf jedes City-Light-Board der Stadt!* und *Busse + Straßenbahnen! Keine Ahnung, wer da zuständig ist bei Rhein-Neckar-Verkehrsverbund. Finden Sie es raus!*

Das klingt nach viel Arbeit und wenig Zeit, die mir bleibt, hier auf Antworten zu warten. Eigentlich müsste ich sofort los.

»Wann kann ich Nero denn befragen?«, bohre ich nach und leite alles an Stefanie weiter, mit der Bitte, dass sie sich darum kümmert. Abwesenheitsnotiz. Ach ja, da war ja was.

»So einfach ist das nicht. Sowohl Maschine als auch Mensch müssen sich aneinander gewöhnen, ich arbeite teilweise Wochen bis Monate mit meinen Patienten, bis sie zu einer Antwort ...«

»Ja, ja«, unterbreche ich ihn forsch und stopfe das Smartphone zurück in meine Manteltasche. »Das hatten Sie mir schon erklärt, aber ich habe doch nur eine einzige Frage: Wo ist das Versteck?«

Linde holt tief Luft und schüttelt den Kopf. »Hören Sie mir überhaupt zu? Erstens können die Patienten nur Ja-/Nein-Fragen beantworten, und zweitens: Solange Computer und Mensch nicht aufeinander abgestimmt sind, funktioniert gar nichts.« Er tritt einen Schritt zurück und deutet zu seinem Laptop, auf dessen Bildschirm kryptische Balken und Ziffern tanzen. »Sehen Sie das? Ich habe Nero vorhin eine Frage zur Kalibrierung gestellt und ihn gebeten, sich ganz stark auf die richtige Antwort zu konzentrieren. Der Neuro Hub versucht, diesen Hirnstrom entsprechend zuzuordnen. Aber Gedankengänge sind komplex, nicht leicht zu entschlüsseln und von Mensch zu Mensch verschieden. Der Algorithmus muss Nero erst kennenlernen und herausfinden, wie Ja und Nein in seiner Gedankenwelt aussehen, daher brauche ich auch mehr Informationen über ihn.«

»Wir haben aber keine. Das Tattoo ist unser einziger Anhaltspunkt, und selbst da ist fraglich, ob Nero sein richtiger Name ist.«

Linde stemmt die Hände in die Hüften und scheint zu überlegen. »Was ist mit den Opfern? Details zu seinem Vorgehen, den Entführungen, die Namen der Menschen – irgendwelche gesicherten Fakten eben.«

»Also … das wird schwierig.«

»Ohne Infos ist dieses ganze Unterfangen zwecklos.«

Nachdenklich kratze ich mich am Kinn und überschlage, wie viele Regeln und Gesetze ich mit der Herausgabe der Daten brechen würde. Datenschutz der Opfer, der Hinterbliebenen, Weitergabe von Dienstinterna an eine Privatperson – Brachmann würde mich umbringen. Es muss einen anderen Weg geben. »Sie brauchen Fragen, die Nero mit Ja oder Nein beantworten kann und von denen wir absolut sicher wissen, welche der beiden Optionen korrekt ist, richtig?«

Linde nickt.

»Dann fragen Sie ihn, ob der Himmel blau ist. Oder die Sonne heiß.«

Der Professor verdreht die Augen. »Das reicht nicht. Solche universellen Fakten werden in anderen Hirnarealen verarbeitet als Erinnerungen und Persönlichkeitsmerkmale. Wenn der Algorithmus nur darauf trainiert wird, erreichen wir höchstens eine

Treffsicherheit von sechzig Prozent. Die Antworten wären wertlos, reiner Zufa-«

Piep.

Linde reißt den Kopf herum und starrt entgeistert auf das Display.

»Was ist?«

Er antwortet nicht, stürzt zum Laptop und murmelt kaum verständliches Zeug. »Das gibt es nicht. Alpha ist bei fünfundachtzig Prozent, unfassbar. Vielleicht weil es so frisch ist? So ein kurzer Abstand? Signifikanzniveau liegt bei ...«

»Was?«, bohre ich weiter. »Was ist denn los?«

»Es hat geklappt. Die Fehlerwahrscheinlichkeit ist noch beträchtlich, aber es funktioniert. Nero hat geantwortet.«

»Ich habe doch gar nichts gefragt.«

»Die Kalibrierungsfrage! Die hat er beantwortet.«

»Haben Sie nicht gerade erklärt, dass die Antworten wertlos sind, weil wir nichts über ihn wissen?«

Lindes Blick löst sich vom Bildschirm. »Deswegen habe ich die einzige gesicherte Information abgefragt, die ich über ihn hatte. Ich habe gefragt, ob er jemanden entführt hat.«

Ich schlucke. »Und wie lautet die Antwort?«

»Ja. Ein mit fünfundachtzigprozentiger Wahrscheinlichkeit korrektes Ja.«

Mit geballten Fäusten starre ich auf den Mann im Bett. Du wirst André Fechtner nicht mit ins Grab nehmen, koste es, was es wolle. »Sie bekommen die Informationen«, sage ich halblaut. »Die Fallakte ist im Auto, ich hole sie hoch, Sie machen weiter. Sobald Sie zuverlässige Antworten aus ihm herausbekommen, rufen Sie mich. Ich muss derweil telefonieren.«

Linde nickt sachte, scheint aber mit etwas zu hadern. »Und wenn er nicht helfen will?«

Ohne zu antworten, gehe ich zur Tür, halte inne. Auf dem Flur sitzt ein Streifenpolizist, den Brachmann offensichtlich zur Bewachung abgestellt hat. Als er mich durch den Lichtausschnitt sieht, nickt er mir kurz zu und widmet sich dann wieder seinem Smartphone. Meine Hand legt sich auf die Klinke. »Spüren Locked-in-Patienten Schmerz?«

Ich höre, wie Linde scharf einatmet. »Ja, aber ...« Sein Protest erstirbt. Stille durchschneidet den Raum. Ich werfe noch einen letzten Blick auf Nero. Dann gehe ich ab.

Koste es, was es wolle.

IM VERLIES

Montag, 20. Januar, 14:55 Uhr

Das Licht der Neonröhre flackert, mein Schädel dröhnt, aber ich sortiere weiter den Schrott. Ich muss dem Chaos Herr werden. Ich muss hier raus.

Papa ist doof. Das klingt nach einem Jungen, ganz bestimmt. Ich habe einen frechen Dreikäsehoch als Sohn. Vielleicht habe ich sogar mehrere Kinder mit meiner Frau, eine richtige kleine Familie. *Meine* Familie. Sie braucht mich. Und ich brauche eine Brechstange.

Eine Brechstange oder einen großen Schraubenzieher – irgendetwas Flaches, Massives, mit dem ich diese verdammte Tür aufhebeln kann. Mit spitzen Fingern hebe ich ein Teil vom Boden auf, begutachte es schnaubend. Ein abgerissener Brauseschlauch. Toll. Wenn der Schlauch etwas länger wäre, könnte ich mich wenigstens daran aufhängen.

»Nein! Hör auf! Du hast ein Kind, Verantwortung! Mach weiter. Gib nicht auf.« Nicht aufgeben – das sagt sich leichter, als es ist. Dieses verdammte Pochen in meinem Schädel bringt mich noch um den Verstand. Ich habe fast den ganzen Raum auf den Kopf gestellt, alles sortiert und nichts gefunden, das mir helfen könnte, die Tür aufzubekommen. Aber Jammern hilft nicht. Also weiter.

Niedergeschlagen trotte ich zu einem meiner Haufen, ich habe mehrere davon angelegt: ein Haufen mit unnützen Dingen aus Metall, unnützen Dingen aus Plastik, unnützen sperrigen Dingen, unnützem Kleinkram und unnützen Großgeräten. Jeder Haufen hat seine Highlights. Bei den unnützen Großgeräten ist es eindeutig das Dingsgerät. Ich weiß nicht, was es ist, doch es sieht teuer aus. Es hat einen Bildschirm und viele Knöpfe und ist schwer. Wenn etwas viel wiegt, ist es viel wert. Aber nicht hier. Hier ist es einfach nur ein nutzloses Trumm. Trotzdem ist es spektakulärer als der kaputte Kühlschrank oder der alte eiserne Wasserhahn.

Die meisten Highlights hat der Kleinkramhaufen. Münzen, mit denen ich Schrauben aufdrehen könnte, ein Stabfeuerzeug, das allerdings kaum noch funktioniert, und natürlich die Packung Lucky Strike. Es ist bloß eine einzige, krumme Zigarette darin, aber meinen Gelüsten und der Farbe meiner Zähne zufolge muss ich Raucher sein. Doch ich hebe sie auf. Für den feierlichen Moment, wenn ich dieses Stück Scheiße finde, das mich eingesperrt hat. Ich kann seinen Hals förmlich unter meinen Fingern spüren, wie die Wirbel darin knacken, sobald ich zudrücke. Aber noch ist es nicht so weit. Noch muss ich erst einmal hier raus.

Der Schlauch landet auf dem Metallhaufen. Jetzt bleiben lediglich ein paar Trümmer übrig. Schwankend bewege ich mich darauf zu, muss mich an der Wand abstützen. Mittlerweile ist es nicht mehr der pochende Schmerz in meinem Schädel, sondern Durst und Hunger, die mir am meisten zu schaffen machen. Ich fühle mich wie erschlagen. Bleierne Glieder, Schwindel, lähmende Müdigkeit und diese Leere, diese unendliche, brennende Leere in mir, die sich mit jeder Regung wie ein Stachel in meine Eingeweide frisst und mich daran erinnert, dass mein Magen gerade dabei ist, sich selbst zu zersetzen. Ich muss mich beeilen. Bald wird die Verzweiflung den letzten Rest meines Verstandes verschlingen, und übrig bleibt nur ein ausgemergeltes Gerippe mit ein wenig Fleisch, Sehnen und Muskeln daran. So weit darf es nicht kommen. *Papa ist doof.* So doof bin ich nicht.

Da ist noch eine ausgehängte Tür, sie lehnt an der Wand. Mit zitternden Beinen tapse ich darauf zu, befühle sie. Ein schweres Trumm. Eisen? Was kann ich damit anstellen? Sie als Rammbock benutzen? Ich gehe in die Knie, versuche, sie anzuheben, lasse sofort wieder von ihr ab. Vielleicht kann ich sie nicht heben, aber sie packen und gegen die andere Tür donnern? Schaffe ich nicht. Zu schwer. Zu sperrig. Zu …

Was ist das? Da ist ein gelber Kasten hinter der Tür. Mit den Fingerspitzen fische ich ihn hervor, wische den Dreck ab. Darunter kommt ein Symbol zum Vorschein: ein Herz mit einem Blitz in der Mitte. *Heartstart?* Ein Defibrillator. Ich lasse die Verschlüsse aufschnappen, reiße den Deckel hoch, zucke zurück.

»Achtung!«, schnarrt mir eine mechanische Frauenstimme entgegen. »Folgen Sie den Anweisungen des Gerätes!«

Er funktioniert! Die Batterie ist noch geladen! Unentschlossen starre ich das Ding an, schließe den Deckel schnell wieder – der Strom darf nicht verschwendet werden. Damit kann ich … ich kann … Denk nach, denk nach, das ist Strom, Strom ist kostbar! Strom ist … »Nutzlos, verdammte Scheiße!«, schreie ich den Koffer an. »Komplett nutzlos!«

Wütend schleudere ich das Ding von mir und donnere meine Fäuste gegen die Wand. »Alles hier ist nutzlos! Der beschissene Defi, der beschissene Schlauch, dieser ganze beschissene Schrott.« Blind vor Wut zerre ich das Regal vom Haufen und schmettere es gegen die verschlossene Tür! »Geh auf!«

Metall kracht auf Metall, wieder und wieder, nichts rührt sich. Ich brauche Anlauf! Brachiale Gewalt ist das Einzige, was hilft. Fahrig reiße ich eine Strebe aus dem verbogenen Regalgestell, klemme mir das Ding wie eine Lanze unter den Arm und ramme es in den Spalt zwischen Tür und Wand – vergeblich. Sie steckt bloß fest, mehr nicht. Die Strebe ist nicht stabil genug. Damit kann ich die Tür nicht aufhebeln, und irgendwo tief in mir drinnen ist mir das auch bewusst. Aber die Information ist überlagert von zentimeterdicker Wut. Die Tobsucht beherrscht mich, ich bestehe nur noch aus ihr. Sie lässt mich durch den Raum springen wie ein Wilder, lässt mich wieder Anlauf nehmen, wuchtet mein Bein hoch, will gegen die Strebe treten, doch ich verfehle das Ziel. Mein Fuß tritt ins Leere. Die scharfe Bruchkante des Metalls schlitzt meine Wade auf. Und der Schmerz ist unsäglich.

Wieder fließt Blut. Wieder liege ich auf dem Boden und starre an die Decke, ins zuckende Licht der Neonröhre. Mein Schädel explodiert. Mein rechtes Bein pocht.

Papa ist doof ist die Untertreibung des Jahrhunderts. Papa ist ein riesiger Vollidiot.

Papa verliert den Verstand.

LINDE

Montag, 20. Januar, 15:55 Uhr

Das muss es sein!

Lukas litt schon seit Jahren am Locked-in-Syndrom, bevor ich den Neuro Hub an ihm ausprobieren konnte, auch alle anderen Probanden waren Langzeitpatienten. Neros Gehirn und sein Körper haben noch bis gestern normal funktioniert – daran muss es liegen, anders kann ich es mir nicht erklären, warum er sich so schnell mit dem Neuro Hub verbinden konnte. Unglaublich …

Ich stocke. Was soll das? »Normal gearbeitet« hat dieses kranke Hirn bestimmt nie. Vor mir liegt der Mann, der Lukas' Leben zerstört hat, und ich finde ihn »unglaublich«? Wutentbrannt ersticke ich jegliche Euphorie im Keim. *Reiß dich zusammen, Theo. Konzentrier dich: Lukas hat auf Nero reagiert! Er muss etwas mit dem Anschlag zu tun haben, deshalb bin ich hier.*

Die Tür fliegt auf. Der Kommissar stürmt herein, in der einen Hand sein Smartphone, in der anderen eine dicke Akte, die er achtlos auf Neros Bauch ablegt, als wäre er Krankenhausmobiliar. »Ja! Überall, in der ganzen Stadt.«

Irritiert blinzle ich ihn an.

»Mir egal, welche Werbepartner da gebucht haben«, schnauzt er und dreht sich kurz ins Profil. Jetzt erst begreife ich, dass er über Headset telefoniert. »Das ist ein Notfall!« Während er weiter in den Hörer bellt, schlägt er die Akte auf und tippt mit dem Fingern auf ein Foto. »Larissa Koch! Das tote Opfer! Fragen Sie ihn nach ihr.«

Mein Blick fällt auf das Bild. Eine burschikose Frau lächelt mir verschmitzt entgegen. Irgendwie kommt sie mir bekannt vor ...

»Brachmann wird es Ihnen bestätigen«, ist das Letzte, was ich von Maertens höre. Dann verschwindet er zur Tür hinaus und tigert vor dem Zimmer auf und ab.

Entschlossen ziehe ich die Akte zu mir, überfliege den Steckbrief und checke das Elektroenzephalogramm. Keine Theta-Wellen. Das bedeutet, Nero ist wach. »Haben Sie Larissa Koch entführt?«

Mit Argusaugen beobachte ich den Bildschirm. Der Algorithmus beginnt mit der Arbeit, sehr gut. Es wird eine Zeitlang dauern, bis die Berechnung abgeschlossen ist. Zeit, um dich besser kennenzulernen, Nero.

Sorgsam blättere ich mich durch den Ordner, studiere die Unterlagen. Mein Forscherhirn heftet sich sofort an die Laborbefunde.

KTU-Analyse Beweismittel #UKD22/4. Fundort: Kehler Weg 2, 69126 Heidelberg, Wohnsitz Larissa Koch; Teppichfaser, Raum 1, Quadrant 19c. Auswertung via HPLC-MS; Inhaltsstoffe Aerosol: 4-[(1-Oxopropyl)-phenylamino]-1-(2-phenylethyl)-Carbonsäuremethylester || 3-{4-Methoxycarbonyl-4-[(1-oxopropyl) phenyl-amino]-1-piperidin}propansäure-Methylester;

Widerwillig bedenke ich Nero mit einem anerkennenden Blick. Entweder ist er ein Kollege oder ein experimentierfreudiger Autodidakt. Dieses Aerosol ist eine Mischung aus Remifentanil und Carfentanyl, wenn ich nicht irre. Zwei hochwirksame Opioide. Mit Carfentanyl betäubt man Wildtiere, ich habe es selbst in einer Studie mit Primaten eingesetzt, aber man könnte damit auch problemlos ein ganzes Löwenrudel in den Dornröschenschlaf schicken. In Kombination mit dem anderen Wirkstoff ist das Schachmattsetzen auf Kasparow-Niveau: Eigentlich müssten die Opfer sofort erstickt sein.

Piep.

Ich blicke auf. Er gibt also zu, die Frau entführt zu haben. Gedankenverloren betrachte ich den Bildschirm, überlege die nächste Frage, um den Algorithmus zu füttern. »Haben Sie Larissa Koch mit einem Fentanylderivat betäubt?«

Der Computer rechnet, ich blättere weiter zu dem pathologischen Befund. Sie hat noch eine ganze Woche nach ihrer Entführung gelebt, sprich: Entweder er hat das Opfer mechanisch beatmet oder einen Opioid-Antagonisten verwendet – Naloxon vermutlich –, ansonsten wäre sie einem Atemstillstand erlegen. Er muss irgendeine wissenschaftliche Ausbildung absolviert haben, aber er sieht so jung aus ... Bist du ein begabter Student? Besteht darin die Verbindung zu Lukas? Warst du an der Uni, hast du vielleicht sogar eine meiner Vorlesungen besucht?

Piep.

Alpha bei neunundachtzig Prozent. Es macht keinen Sinn, ihn jetzt schon mit Lukas zu konfrontieren, die Fehlerwahrscheinlichkeit der Antworten ist zu hoch. »Haben Sie ein Tattoo mit der Aufschrift Caligula?«, frage ich, um den Algorithmus auch mit Negativantworten zu füttern. Mein Blick fliegt zur Tür. Wie lange der Kommissar wohl noch am Telefon hängt? Wie lange Kurt Seewalds Anwälte benötigen, um beim Amtsgericht die Abschaltung der Maschinen bewilligen zu lassen? Ich muss mich beeilen! Ich brauche Antworten, bevor Lukas endgültig ...

Piep. Piep

Ungläubig mustere ich den Bildschirm. Das gibt es nicht: Alpha bei 99,9 Prozent. Kalibrierung abgeschlossen. *Der Neuro Hub ist bereit.* Wie auch immer das möglich ist. Ich zögere keinen Augenblick.

»Lukas Seewald«, platzt es aus mir heraus. »Sagt Ihnen der Name etwas?«

Mach hin, rechne! Schneller! Maertens könnte jeden Moment hereinplatzen. Dreißig Sekunden, sechzig, bald geht es in die Minuten. Draußen bellt der Kommissar. Drinnen schlägt mir das Herz bis zum Hals.

Piep.

Endlich: Ich habe ihn gefunden. »Haben Sie einen Anschlag auf Lukas verübt?« Eine jahrelange Suche findet ihr Ende. Ich habe Dutzende Theorien aufgestellt und wieder verworfen, unzählige Leute verdächtigt und stundenlang in verschatteten Hauseingängen gelauert, nur um ein halbwegs brauchbares Foto zu bekommen, aber Lukas hat niemanden erkannt. Und jetzt liegt er vor mir: der Mann, der für Lukas' Unglück verantwortlich ist. Der für *unser* Unglück verantwortlich ist. Manchmal schreibt das Leben die seltsamsten Geschichten.

Piep. Piep.

Was? Die Aktenmappe rutscht mir vom Schoß, und sämtliche Dokumente verteilen sich über den Boden. *Nein?* Die Antwort trifft mich vollkommen unvorbereitet. »Lügner!«, flüstere ich heiser. Nero muss der Richtige sein, er hat Lukas den Hang hinuntergestoßen, es muss so sein! Alles andere ist ausgeschlossen. Es sei denn ... »Wissen Sie, wer Lukas gestoßen hat?«, torkeln die Worte verzweifelt aus mir heraus.

Erneut beginnt der Algorithmus mit den Berechnungen. Erneut heißt es warten. Wieder Zeit, die mir zwischen den Fingern zerrinnt, in der ich zu Boden stürze und mich fahrig durch die verstreuten Zettel wühle, in der Hoffnung, dass mich irgendetwas anspringt, ein logischer Zusammenhang, ein Anhaltspunkt, irgendetwas!

Aber ich kann keinerlei Verbindung zu Lukas erkennen. Larissa Koch und dieser Fechtner kommen mir zwar leidlich bekannt vor – das könnte allerdings tausend Gründe haben. Vielleicht übersehe ich auch etwas? Das Chaos vor mir, das Chaos in meinem Kopf, der Kommissar, die tickende Uhr, das Geräusch des Beatmungsgerätes, das mich mit jedem Zischen daran erinnert, dass in vier Kilometern Luftlinie jeder mechanische Atemzug Lukas' letzter sein könnte. Die Wörter auf den Steckbriefen verschwimmen vor meinen Augen, ich vergesse sie in dem Moment, in dem ich sie lese. Konzentrier dich! Es muss einen Zusammenhang geben, ein ... Ludwig Schuch?

Piep.

Der Lude!, schießt es mir durch den Kopf. Ich ziehe den Steckbrief hervor, überfliege ihn. Erinnerungen ranken aus den Tiefen meines Gedächtnisses ins Licht, tragen Knospen. *Mit dem Luden um die Häuser gezogen ... After-Hour-Party beim Luden ... immer für einen Spaß zu haben ... immer was dabei ...* Lukas kannte Ludwig Schuch! Sie waren sogar befreundet, zumindest haben sie sich öfter gemeinsam die Nächte um die Ohren geschlagen. Er war das erste Entführungsopfer? Das kann unmöglich ein Zufall sein! Das muss der Grund sein, warum sie mir bekannt vorkommen: Sie stehen alle in irgendeiner Verbindung zu Lukas. Wahrscheinlich habe ich ein Foto von ihnen auf seinem Smartphone gesehen.

Ich springe auf, fixiere Nero. »Hat Ludwig Schuch etwas mit dem Anschlag auf Lukas zu tun?«

Zähneknirschend schlinge ich die Arme um meine Brust, klammere mich an das Einzige, was ich habe: mich selbst. Als nach einer gefühlten Ewigkeit immer noch keine Antwort kommt, springt mein Blick zum Bildschirm. Verdammt: Theta-Wellen. Nero beginnt abzudriften.

Maertens' Gebell wird lauter. Eine zweite Stimme hat sich hinzugesellt – mehr Polizisten? *Schneller*, flehe ich innerlich, etwas anderes als Flehen bleibt mir nicht. Ich kann nichts tun, außer zu warten. Warten auf die Piep-Signale, die noch nicht hörbar sind und dennoch wie geisterhafte Geräuschphantome durch den Schleier meiner Wahrnehmung treiben – einmal Piepen Ja, zweimal Piepen Nein, Ja, Nein, Ja, Nein, tick, tack, tick, tack. Und plötzlich, wie aus dem Nichts, taucht eine Erinnerung auf, so klar und deutlich, als wäre sie nicht fünfzig Jahre, sondern fünf Sekunden alt.

Es ist ein schwüler, verregneter Sommernachmittag. Ich bin ein kleiner Junge, der Märchen und Kaubonbons mit Brausefüllung und Dinosaurier liebt. Mein Vater ruft mich in sein Arbeitszimmer. »Hör gut zu, Theo«, mahnt er mit seiner trockenen Staubstimme an und beugt sich aus dem großen Lehnsessel zu mir herab. »Heute habe ich ein besonders schweres Rätsel für dich: Was bin ich? Ich verschlinge alles und jeden: Vögel, Tiere, Bäume, Blumen. Ich fresse Eisen, zermalme den härtesten Stein, zerstöre jedes Schwert, zerbreche jeden Schrein, raffe Könige dahin, zertrümmere ihre Paläste, trage mächtigen Fels fort als leichte Last. Was bin ich?« Ein bitteres Lächeln umspielt meine Lippen.

Ich liebte Märchen, und mein Vater liebte es, mir märchenhafte Rätsel aufzutragen.

Ich verschlinge alles und jeden ...

Ich bin die Zeit.

Und ich laufe ab.

MAERTENS

Montag, 20. Januar, 17:27 Uhr

So eine Trantüte!

Am liebsten würde ich durch die Leitung hechten und diesen Verkehrsbetriebsfuzzi eigenhändig erwürgen. »Was heißt das, Sie dürfen keine externen Links öffnen?«, blaffe ich ins Telefon und schiele dabei zum tausendsten Mal ins Patientenzimmer. Nero ist offenbar immer noch nicht bereit. »Nein, ich bringe Ihnen keinen USB-Stick vorbei! Sie klicken jetzt auf diesen Link in meiner Mail und laden die Bilddatei herunter, das kann doch nicht so schwer sein!«

»Warum bringen Sie den USB-Stick nicht vorbei?«, ertönt es plötzlich hinter mir.

Aufgepeitscht fahre ich herum und verschlucke mich beinahe an meiner Wut. Brachmann. Was zum Teufel macht der denn hier?

»Korrigieren Sie mich, wenn ich mich irre, aber Sie sollten persönlich bei den entsprechenden Stellen aufschlagen, um Druck zu machen, richtig?«

Ich beende das Telefonat wortlos, will etwas entgegnen, komme nicht dazu.

»Sie haben einen direkten Befehl missachtet! Und Sie haben wertvolle Ressourcen verschwendet!« Brachmann lässt einen Moment von mir ab und nickt dem Streifenpolizisten zu, der vor Lindes Zimmer Wache schiebt. »Der Kollege hat angerufen, weil er irritiert war. Warum soll er Überstunden machen und jemanden bewachen, der ohnehin schon bewacht wird?«

»Hören Sie, ich kann Ihnen das er-«

»Sie müssen gar nichts erklären«, würgt er mich erneut ab und bedeutet dem Polizisten, dass es besser für ihn wäre, den Getränkeautomaten zu konsultieren. Als der Richtung Cafeteria entschwunden ist, tritt Brachmann näher an mich heran. »Löwenthal hat mit mir gesprochen.«

»Ja?« Meine Miene hellt sich auf. Dann hat sich Stuttgart also tatsächlich an unsere Abmachung gehalten.

»Ich habe für solcherlei Dinge keinen Blick, aber der Kollege hat recht: Sie sind emotional zu sehr in diese Angelegenheit verstrickt.«

Meine Hoffnung verflüchtigt sich so schnell, wie sie gekommen ist. Ich hätte es wissen müssen.

»Zuerst der Schuss, ähnlich wie bei Ihrem Vater, dann die Sache, dass Sie Ihre Mutter und Ihre Geschwister nicht retten konnten, und jetzt wieder eine Mutter und zwei Kinder, fast gleichaltrig, ebenfalls ein Mädchen und ein Junge. Ich verstehe, dass Sie damit zu kämpfen haben. Aber ich kann nicht zulassen, dass Ihre Emotionen die Ermittlungen gefährden. Ich kommandiere Sie hiermit zur SOKO Balkan ab. Die brauchen jeden Mann, der Eić-Clan tanzt uns schon viel zu lange auf der Nase herum.«

Danke, Stuttgart. Danke für nichts. »Nein!«, protestiere ich scharf. »Das hat nichts mit meiner Vergangenheit zu tun!«

»Das war keine Bitte. Das war ein Befehl!«

Ich schüttle den Kopf. »Kommen Sie!« Ohne zu zögern, stoße ich die Tür auf und stürme ins Patientenzimmer. »Überzeugen Sie sich selbst, Nero ist vernehmungs-« Die Worte verebben auf meiner Zunge. Was ist hier los? Was ist das für ein Chaos? Der Inhalt der Fallakte liegt verstreut auf dem Boden, Linde sieht mich an, als wäre ich ein Geist.

»Zeit«, flüstert er mit brüchiger Stimme. »Die Antwort ist Zeit, Vater.«

Spitzentiming für einen Mittagsschlaf, du alter Zausel. »Professor Linde«, versuche ich die Situation zu überspielen. »Das ist Kriminaldirektor Brachmann.«

»Sehr erfreut«, ertönt es zögerlich neben mir, wobei keine Nuance in Brachmanns Stimme erfreut klingt, was mich nicht wundert. Alles, was er sieht, ist ein verwirrter Professor, der inmitten interner Dokumente steht, die er gar nicht haben dürfte.

»Ist der Neuro Hub einsatzbereit?«

Linde blinzelt mich gedankenverloren an. Was zum Teufel ist mit ihm los? Hat er seine Tabletten vergessen?

Piep.

»Hören Sie das?«, wende ich mich Brachmann zu und deute auf den Laptop. »Das sind Antworten! Von Nero! Er kann sie nicht aussprechen, aber mit dieser Maschine können wir sie quasi aus seinem Hirn auslesen. Professor Linde hat sie entwickelt. Wir bekommen Ja- und Nein-Antworten – richtig, Herr Professor? Was hat er geantwortet? Welche Frage haben Sie ihm gestellt?«

Immer noch wirkt Linde, als wäre er tausend Meilen unter dem Meer, aber irgendetwas scheint sich hinter seiner Stirn zu bewegen. Und plötzlich taucht er auf. »Ob er Ludwig Schuch entführt hat«, antwortet er leise.

»Und einmal Piepen bedeutet ja, richtig? Ist die Kalibrierung abgeschlossen? Können wir Nero vernehmen?«

Linde bugsiert mich zur Seite und studiert kurz den Bildschirm. »Ja, allerdings hat ihn die Befragung erschöpft. Er driftet ab.«

Mein Blick fliegt zu Brachmann. Die Falten auf seiner Stirn gehen ins Endlose. »Dieses Ding kann also Gedanken lesen?«, fragt er mit einer gehörigen Portion Skepsis im Unterton, die auch dem Professor nicht entgeht.

»Es liest Hirnströme aus und ordnet sie zu«, korrigiert er trocken und verschränkt die Arme vor der Brust.

»Und warum nur Ja- und Nein-Antworten?«

»Falsifikation und Verifikation. Die einfachste Form, um eine Hypothese zu bestätigen oder eben nicht. Der Algorithmus muss nur zwei Denkmuster lernen, mit denen sich unendlich viele Fragen beantworten lassen. Prinzipiell wäre es auch möglich, dass der Neuro Hub komplexere Muster ausliest, allerdings erfordert das andere Ressourcen, neuronale Netze, höchstwahrscheinlich Quantencomputerunterstützung – so weit bin ich noch lange nicht.«

»Quanten«, wiederholt Brachmann und formuliert das Wort so überdeutlich, als wäre er Logopäde und Linde ein begriffsstutziges Kind. »Ist dieses Ding ein zugelassenes medizinisches Gerät?«

»Es ist noch in einem experimentellen Stadium.«

»Gibt es klinische Studien? Irgendwelche anderen Ärzte, die damit arbeiten?«

»Wissen Sie was?« Linde verschanzt sich hinter einem schwachen Lächeln. »Ich denke, ich bin hier unerwünscht.«

»So war das nicht gemeint«, rudert Brachmann zurück.

»Wie war es denn gemeint?«

»Hey!«, grätsche ich dazwischen. »Können wir uns wieder auf das Wesentliche konzentrieren?« Entschlossen trete ich an Neros Bett. »Mein Name ist Paul Maertens, ich bin Kriminalhauptkommissar in Heidelberg. Wir haben Grund zur Annahme, dass Ihr letztes Entführungsopfer André Fechtner noch lebt – ist das korrekt?« Mein Blick wandert zum Laptop. Keine Reaktion.

»Es dauert«, erklärt Linde nach einiger Zeit. »Der Computer rechnet. Es ist alles noch in einem experimentellen …«

»… Stadium, ja, ja, das sagten Sie bereits.« Ungeduldig zähle ich die Sekunden. Bei zwei Minuten dreißig hat sich die Anspannung förmlich in meine Eingeweide gefressen.

Piep.

Fechtner lebt! Ich blicke auf, fixiere Brachmann. »Wollen Sie uns helfen, ihn zu finden?« *Sag ja! Sag ja!* Überzeug diesen alten

Sturschädel, dass ich recht habe. Dass meine »Emotionen« nichts mit der Sache zu tun haben. Als ob ich wirklich André Fechtners Familie anstelle meiner retten wollte – so etwas Absurdes können sich nur Psychiater aus den Fingern saugen. Vielleicht gibt es entfernte Ähnlichkeiten, aber mehr auch nicht. Nina Fechtner und meine Mutter sind völlig verschiedene Typen. Nina liebt ihren Mann. Bei meinen Eltern wäre selbst das Wort »Hassliebe« übertrieben gewesen: Liebe war nie im Spiel. Gegenseitige Abhängigkeit mangels Alternativen trifft es eher. Jeder für sich schädlich, aber zusammen ein hochgiftiges Gemisch.

Piep.

Ich kann mir das Grinsen nicht verkneifen. »Und?«, lege ich den Finger in die Wunde. »Soll ich immer noch die Behörden abklappern?«

Brachmann spannt die Kiefermuskeln an, sodass die Stränge an den Winkeln seines Kinns scharf hervortreten. »Weiter.«

Für einen Moment hält sich das Lächeln noch auf meinem Gesicht, im nächsten weicht es von meinen Lippen. Weiter? Wie weiter? Ich hatte keine Gelegenheit, mir geeignete Fragen zu überlegen, ich muss improvisieren. Okay, mal sehen: Larissa Koch wurde außerhalb von Heidelberg gefunden, allerdings hat sie auch im Speckgürtel gewohnt. Wenn Nero jedes Opfer an einen anderen Ort bringt – und danach sieht es aus –, passt er wahrscheinlich die Lage des Verstecks an die Person an. Fechtners Wohnung liegt zentral, mitten in der Altstadt.

»Ist André Fechtner direkt in Heidelberg?«

Wieder rechnet der Computer. Wieder werden aus Sekunden Minuten und aus Minuten eine gefühlte Ewigkeit.

Piep.

Immerhin: Das engt den Durchsuchungsradius auf schlappe zehntausend Hektar Fläche ein – dagegen ist die berühmte Nadel im Heuhaufen ein Kinderspiel.

»Er driftet immer weiter ab«, kommentiert Linde den Bildschirm. »Er schafft höchstens noch zwei oder drei Fragen.«

Schweißperlen treten mir auf die Stirn. Heidelberg hat fünfzehn Stadtteile und siebenundvierzig Bezirke, alle durchzugehen, ergibt keinen Sinn. Ich brauche eine gröbere Einteilung, bevor Nero nicht mehr antworten kann. Vielleicht südlich des Neckars oder nördlich oder … »Liegt das Versteck unterirdisch?«

Piep.

Volltreffer! »Befindet sich André Fechtner in einem Keller?« Es ist bestimmt ein Keller – wahrscheinlich in einem verlassenen Gebäude, sonst hätte jemand etwas bemerkt. Solche Liegenschaften werden im Grundbuchkataster festgehalten. Das würde den Suchradius gehörig verkleinern. Wir hätten eine realistische Chance, André Fechtner zu fin-

Piep. Piep.

»Nein?« Entnervt schnaufe ich aus und knete mit Daumen und Zeigefinger meine Nasenwurzel. Kein Keller. Was kann es sonst sein? Ein Tunnel? Ein Schacht? Die Kanäle?

»Die Katakomben«, ertönt Brachmanns Stimme leise. »Verstecken Sie André Fechtner in den Katakomben unter der Stadt?«

Verwundert blicke ich auf.

Brachmann zuckt die Achseln. »Vierte Klasse Grundschule, Heimat- und Sachkunde. Der Boden unter unseren Füßen ist quasi Schweizer Käse. Unterirdische Kasematten, mystische Geheimgänge vom Schloss zum Neckar, Schmugglerverstecke aus dem 16. Jahrhundert: Heidelberg hat eine Stadt unter der Stadt, und niemand hat einen Überblick über dieses weit verzweigte System.«

Piep.

»Die Katakomben«, wiederhole ich gedankenverloren. *Das perfekte Versteck.* Einen Augenblick später ist die Vernehmung beendet.

»Er ist weg«, erklärt Linde knapp. »Es muss unglaublich anstrengend gewesen sein für ihn. Schwer zu sagen, wie lange der Dämmerzustand andauern wird. Wahrscheinlich Stunden.«

»Kann man es verkürzen? Aufputschmittel?«

»Das wäre so, als würde man sein Handy mit Starkstrom laden. Keine Möglichkeit, die überschüssige Energie abzubauen, Überlastung, eventuell Kollaps. Er könnte jedenfalls keinen klaren Gedanken mehr fassen.«

Ich wende mich an Brachmann. »Und jetzt?«

Er starrt Nero mit schmalen Augen an, stemmt die Hände in die Hüften und schiebt den Unterkiefer hin und her, als hätte er gerade einen Kinnhaken kassiert. »Mitkommen«, brummt er schließlich, nickt Linde zu und marschiert aus dem Raum.

»Ich mag diesen Professor nicht«, stimmt er draußen seine Vier-Augen-Predigt an. »Gedanken auslesen, Hirnströme abfangen, das gefällt mir nicht! Niemand sollte in den Köpfen anderer herumpfuschen und Gott spielen.«

Brachmann, du verknöcherter christlicher Fundamentalist! »Dank ihm und seiner Erfindung haben wir wenigstens eine kleine Chance, André Fechtner zu retten. Es gibt keine andere Spur, oder haben die Kollegen einen relevanten Nero in den Namensdatenbanken gefunden?«

»Nein.« Brachmann verharrt in stoischem Trotz, bewegt keinen Muskel, lässt nicht einmal ein Zwinkern zu. Dann: »Sobald ihr vom Baum der Erkenntnis esst, gehen euch die Augen auf; ihr werdet wie Gott sein und erkennt Gut und Böse.«

Völlig perplex trete ich einen Schritt zurück. »Was soll das denn bedeuten?«

»Genesis 3,5. Die Worte der Schlange, bevor Adam und Eva aus dem Paradies fliegen.« Er studiert mich noch einen Augenblick lang mit einem Blick, der aus einer fernen Galaxie zu kommen scheint. Im nächsten wechselt er ins Irdische. »Sie kriegen die SOKO. Plus zwanzig Mann und jeden Streifenpolizisten, den wir auftreiben können. Für achtundvierzig Stunden volle Konzentration auf die Katakomben. Sollten Sie nichts erreichen, geht alles wieder auf seine Posten.«

Die meisten seiner Worte siebe ich aus. Hängen bleibt nur, was zählt: meine SOKO. Meine Verantwortung. Meine Chance. Achtundvierzig Stunden. Und jede davon könnte André Fechtners letzte sein. »Danke«, murmle ich, mache auf dem Absatz kehrt und steuere das Treppenhaus an.

»Und, Maertens!«

»Was?«

»Nehmen Sie sich in Acht vor den Schlangen.«

Ich verdrehe die Augen. Ja, Pater. Sie mich auch, Pater.

»Sie sind überall.«

TEIL ZWEI

*»Kopfhaube kann Gedanken
von vollständig Gelähmten lesen.«*
süddeutsche.de | 1.2.2017

LINDE

Dienstag, 21. Januar, 8:32 Uhr

Ludwig Schuch. Der Lude! »Partylude«, wie Lukas ihn oft nannte. Einmal habe ich ein Telefonat mitgehört, in dem er witzelte, LSD stehe für **L**udwig **S**chuchs **D**rogenimperium – wahnsinnig lustig. Ich habe nie verstanden, wie Lukas in diesem Freundeskreis gelandet ist. Ein Haufen durchgeknallter Pomadenhengste, die Papas Vermögen verprassten und nur Unsinn im Kopf hatten. So war Lukas nicht. Er hat zwar mitgemacht, ließ die Kreditkarte seines alten Herrn genau so glühen und schlug sich die Nächte in irgendwelchen Clubs um die Ohren, aber das war nur eine Seite an ihm. Er war mehr Bohémien als Dandy, lief seinen Tagträumen hinterher, unbekümmert und federleicht, und doch lag eine Tiefe in seinen Augen, die nahezu poetisch war. Er war mein lenkender Geist, der mir eine Welt offenbarte, in der ich zum ersten Mal mehr wollte, als sie bloß zu erforschen.

Mein schlafender Prinz. Damals habe *ich* geschlafen. Du hast mich wachgeküsst. Und jetzt ... müssen deine stummen Lippen von einem Zerstäuber befeuchtet werden, damit sie nicht austrocknen. Wegen Nero. Wegen Ludwig Schuch. Wegen dem, was zwischen euch passiert sein muss – aber was? Ich verstehe die Verbindung nicht: Der Lude war Lukas' Freund, wieso sollte er etwas mit dem Anschlag auf Lukas zu tun haben? Und welche Rolle spielt Nero? Nero ist im Dämmerzustand, an Lukas komme ich nicht ran, bleibt also nur Ludwig. An den komme ich zwar auch nicht ran, aber zumindest kenne ich jemanden, der mir mehr über ihn erzählen könnte als seine Polizeiakte: Gisbert Kunkel. Rektor-Urgestein der Uni Heidelberg und ein persönlicher Freund aus alten Tagen. Den Akten nach war Ludwig damals Student, genau wie Lukas. Wenn er negativ aufgefallen ist, muss Gisbert es mitbekommen haben.

Als ich klopfe und eintrete, läutet gerade das Telefon. Gisberts Vorzimmerdame meldet sich mit kehligem Marlboro-Alt. »Rektoratsbüro der Universität Heidelberg, was kann ich für Sie tun?«

Ich mache zwei Schritte über das Fischgrätparkett und halte inne. Die Tür zum Rektorenzimmer ist geschlossen. Geschlossen ist nicht gut. Geschlossen bedeutet, Gisbert ist nicht da oder in einer Besprechung.

»Ja?«

Mein Blick fliegt zum wuchtigen Schreibtisch. Ist das Telefonat schon beendet? »Wie geht es Ihnen, Frau Spangel?«, eröffne ich gespielt munter.

Zwei schiefergraue Augen ruhen ausdruckslos hinter zentimeterdicken Brillengläsern, die von einem knallroten Gestell umfasst werden. Frau Spangel ist ein Gesamtkunstwerk, eine nicht mehr wegzudenkende Instanz an dieser Universität. Sie hat bereits drei Rektoren ihre Pensionierungsblumensträuße überreicht. Böse Zungen behaupten, sie wäre schon bei der Erbauung der Universität Teil des Mobiliars gewesen. Damals, 1728.

»Was kann ich für Sie tun, Professor Linde?«

Erstaunt trete ich näher. An der Uni arbeiten eine Menge Leute, und die Zahl der Ehemaligen geht in die Zigtausende. Dennoch kennt sie mich namentlich. »Ist Rektor Kunkel da? Ich müsste kurz mit ihm reden.«

»Herr Professor«, schmatzt sie und schiebt dabei ihr Lutschbonbon von einer Backe in die andere. »Ich habe Ihnen doch schon beim letzten Mal gesagt, Sie müssen einen Termin vereinbaren. Rektor Kunkel hat auswärts zu tun.«

Beim letzten Mal? Es ist bestimmt zwei Jahre her, dass ich hier war. Die Frau hat das Gedächtnis eines Elefanten. Eigentlich perfekt. »Zu schade«, säusle ich und gehe über zum spontan entwickelten Plan B. »Ich wollte mit ihm über einen ehemaligen Studenten sprechen, der sich bei mir beworben hat. Vielleicht können Sie mir da weiterhelfen?«

»Name, Geburtsdatum.«

Geburtsdatum? »Warten Sie …« Ungeschickt kämpfe ich so lange mit meiner Aktentasche, bis sie aufschnappt und ein Wust an Papieren über den Schreibtisch quillt. Laborberichte, Protokolle …

»Würde ich nicht anstellen.«

Irritiert folge ich ihrem Blick, stocke. »Sie müssen da etwas verwechseln«, kommentiere ich den Steckbrief von Larissa Koch, der zufällig obenauf liegt. »Diese Frau hat in Tübingen studiert, nicht hier.«

Frau Spangel lüpft ihre aufgemalten Augenbrauen. »Ich darf Ihnen nur bedingt Auskünfte über unsere Studenten geben, aber da Frau Koch offiziell nie in Heidelberg studiert hat …« Sie lutscht noch ein wenig an ihrem Bonbon, scheint zu überlegen, zerbeißt es dann und entlässt mit einem lang gezogenen Seufzer eine Wolke Eukalyptus und Menthol – der Odem aller Raucher, die nicht für Raucher gehalten werden wollen. »Das war eine unschöne Sache. Sie hat Chemie und Physik studiert, im fünften Semester, glaube ich. Der Hausmeister ihres Studentenwohnheims stellte einen ungewöhnlich hohen Stromverbrauch fest. Die Kleine hatte sich ein richtiges Labor eingerichtet mit allen möglichen Sachen aus unserem Bestand – geklaut, natürlich. Keine Ahnung, was sie da gebraut hat. Kaffee war es jedenfalls nicht.«

»Drogen?«, platzt das Ungesagte aus mir heraus. »Und so etwas scheint nicht in Ihren Akten auf?«

»Rektor Kunkel wollte es nicht unbedingt an die große Glocke hängen, dass eine unserer Studentinnen die örtliche Drückerszene versorgt. Man einigte sich im Stillen, ohne Polizei oder andere Behörden. Offiziell hat sie hier nie studiert. Alle Parteien verpflichteten sich zum Stillschweigen, und Frau Koch verließ die Stadt. Es wundert mich nicht, dass sie woanders erneut ein Studium begonnen hat. Sie war eine talentierte Studentin.«

Die Drogenköchin und der Dealer, geht es mir durch den Kopf. Wie passend!

»Wenn Sie mich fragen, war sie nur ein Bauernopfer. Sie hat die Drogen vielleicht produziert, aber verkauft? Das kann ich mir nicht vorstellen. Dieses verschüchterte Mäuschen hatte keinerlei Auftreten.«

Das ist der Zusammenhang: Drogen. Larissa Koch hat sie hergestellt, Ludwig Schuch vertickt, und …

»Was ist mit diesem Mann?« Ich ziehe André Fechtners Steckbrief hervor. »Kennen Sie den?«

Frau Spangel späht durch ihre Brille und vergräbt die Mundwinkel in den faltigen Wangen. »Sagt mir nichts.« Ihre knochigen Finger fliegen über die Tastatur. »Sagt dem Computer auch nichts.«

»Und der hier?«

Sie überfliegt den nächsten Steckbrief, wobei der Schlitz zwischen ihren üppig schwarz bewimperten Augenlidern immer schmaler und ihr Gesichtsausdruck immer finsterer wird. Dann lenkt sie ihren Blick in meine Richtung. Und plötzlich fühle ich mich von ihren Wimpern gefangen wie die Mücke in einer Venusfliegenfalle. »Ludwig Schuch?«, ertönt es spitz. »Der Sohn des Zementriesen Schuch hat sich bei Ihnen um eine Stelle beworben?«

»Nun … also …« Stotternd setze ich zum Rückzug an, klaube die Zettel zusammen und stopfe sie in meine Aktentasche.

»Woher haben Sie eigentlich diese Akten? Das sind doch polizeiliche Führungszeugnisse.«

»Danke für Ihre Hilfe!«, verabschiede ich mich knapp und haste überstürzt davon. Bloß weg, raus aus diesem mentholgeschwängerten Büro, die Treppe hinunter, zwei Stufen auf einmal. Erst vor dem Hauptportal der Alten Aula verlangsamen sich meine Schritte. Schwer atmend lehne ich meinen Steiß gegen die gemauerte Einfassung des Löwenbrunnens und stütze mich auf die Knie. Hinter meiner Stirn branden tausend Gedanken gleichzeitig auf, behindern sich, schwappen ineinander über. Ludwig Schuch, Larissa Koch, Lukas, Drogen, Nero – lauter kleine Teile, aber anscheinend jedes für ein anderes Puzzle. Das entscheidende Bindeglied fehlt.

»Professorchen!«

Ich blicke auf, erstarre. Schwarze, an den Kopf geklatschte Haare, verschattete Augen, Bomberjacke: der Mann vom Foto. *Der Beifahrer.*

»Was für ein Zufall«, grunzt eine der beiden Boxernasen an seiner Seite. Die beiden nehmen mich in die Zange, ihr Herrchen postiert sich direkt vor meiner Nasenspitze. »Wen man beim Schlendern so trifft.«

Meine Kehle schnürt sich zu. Es war ein Fehler.

»Sie sind doch nicht auf den Kopf gefallen, Professorchen. Bei einem Zinssatz von neunzehn Prozent ist jeder Tag, den sie früher zahlen, ein gewonnener Tag.«

Ein riesiger Fehler. Ich hätte mich nie mit diesem Kredithai einlassen dürfen, aber das war vor Nero. Bis vor zwei Tagen dachte ich, dass Lukas bei den falschen Leuten Schulden hatte, und um in diese Kreise vorzudringen, musste ich dasselbe tun. Doch es war eine Sackgasse. Und jetzt habe *ich* Schulden bei den falschen Leuten.

»Also, wie sieht's aus. Haben Sie …«

»Psst«, zischt eine der Boxernasen und nickt in Richtung Hauptstraße. »Bulle.«

Augenblicklich rücken alle drei einen Schritt von mir ab und geben den Blick frei auf ... Maertens! Meine Rettung!

»Professor Linde?« Der Kommissar marschiert auf uns zu und mustert meine Entourage sichtlich irritiert. »Was machen Sie denn hier?«

Mit verkniffenem Mund starre ich ihn an, bringe kein Wort hervor.

»Wir reden über Katzen«, antwortet die Bomberjacke an meiner Stelle. »Der Professor hat mich nach einem Tierarzt gefragt, ich kenne den besten.« Er zückt einen Edding, schiebt mir mit einer ruppigen Bewegung den linken Ärmel bis zum Ellbogen hoch und lässt die schwarze Spitze über meinen Unterarm tanzen. »Ich schreibe Ihnen die Nummer auf. Melden Sie sich bei ihm, bevor es zu spät ist. Wir wollen ja nicht, dass die arme Mieze leidet, nicht wahr?«

Mein Kopf wippt mechanisch vor und zurück, während mein Blick auf den Boden gerichtet bleibt. Bitte, lass es vorbei sein. Sie sollen weggehen, einfach verschwinden. *Bitte, bitte, bitte* ... Drei Schatten weichen von mir. Ein neuer erblüht an meiner Seite.

»Was wollten diese Ić-Wichser von Ihnen?«

Ich räuspere mich, versuche, ein einigermaßen glaubhaftes Lächeln heraufzubeschwören. »Wie bitte?«

»Der Ić-Clan! Richtig übles Pack, die nehmen keine Gefangenen. Was haben Sie mit denen zu schaffen?«

»Nichts«, ringe ich unbeholfen nach einer Erklärung. »Meinem Kater geht es nicht gut.«

Maertens verzieht das Gesicht zu einer Grimasse, die nicht den Hauch eines Zweifels daran lässt, dass er mir kein Wort glaubt. Aber er hält sich nicht lange damit auf. »Warum sind Sie nicht bei Nero? Woher soll ich wissen, wann er wieder vernehmungsfähig ist?«

»Der Neuro Hub ist so eingestellt, dass er ein Signal abgibt, sobald sich Nero in einem wachen Bewusstseinszustand befindet«, erkläre ich, dankbar für den Themenwechsel. »Das Krankenhauspersonal ist instruiert, mich sofort zu informieren.«

Maertens brummt mürrisch und wirft einen Blick zum Uhrturm über dem Universitätsgebäude. »Ich muss zur Bibliothek. Das ist hier entlang, richtig?«

Ich folge seinem Fingerzeig, nicke knapp. »Nach etwa zweihundert Metern scharf links.«

Er bellt mir noch ein schnelles »Sie melden sich« über die Schulter zu, dann eilt er mit einem Tempo davon, dass sich sein Mantel hinter ihm bauscht.

Gedankenverloren schaue ich ihm nach, bis etwas meine Aufmerksamkeit erregt. Die drei Gestalten von vorhin. Sie lungern in einigem Abstand bei einem Taxistand herum, starren in meine Richtung. *Der Eić-Clan*, hallt es in mir wider, und wie ferngesteuert schoppe ich meinen Ärmel hoch, um das Gekritzel zu begutachten. Er hat tatsächlich eine Telefonnummer hinterlassen. Und zwei Wörter.

»*EIN TAG.*«

Ich blicke erneut auf. Die fernen Gestalten sind nun nicht mehr so fern. Sie kommen direkt auf mich zu.

Richtig übles Pack.

Keine Ahnung, was Maertens in der Bibliothek will, aber ich folge ihm.

Die nehmen keine Gefangenen.

MAERTENS

Dienstag, 21. Januar, 9:20 Uhr

Als ich die Treppe der Bibliothek wieder hinunterstürme, renne ich Linde über den Haufen. Wenn er auch hierher wollte, warum hat er nichts gesagt? Und was hat ein Professor mit diesem Eić-Pack zu schaffen? Irgendetwas stimmt mit dem alten Kauz nicht, aber dafür habe ich jetzt keinen Kopf.

Ich frage kurz, ob alles in Ordnung ist, schnappe mir dann die zusammengerollte Karte, die mir der Bibliothekar zähneknirschend ausgehändigt hat, und haste zurück zur Heiliggeistkirche. Sie wurde 1515 erbaut, beherbergt die Grabmäler von Königen und ist eine der wichtigsten Sehenswürdigkeiten Heidelbergs, aber was sie vor allem interessant macht: Sie steht mitten in der Altstadt. Damit ist sie die ideale Einsatzzentrale, um die Suchaktion zu koordinieren. Außerdem befindet sich hier nach Angaben des Stadtarchivars ein Eingang zum Katakombensystem.

Normalerweise wimmelt es in der Kirche von Touristen. Jetzt steht ein gutes Dutzend Polizisten in der Emporenhalle und wartet auf den Einsatzleiter: mich.

»Hier«, sage ich und rolle die vergilbte Karte auf der Sandsteinplatte des Altars aus. »Ist das die richtige?«

Der Stadtarchivar nickt schwach und gähnt. Ich habe ihn heute Morgen um fünf Uhr aus dem Bett geklingelt, vermutlich werden wir nicht gerade die besten Freunde. Aber er ist der Einzige, den ich auftreiben konnte, der wenigstens den Hauch einer Ahnung hat, was es mit der Heidelberger Unterwelt auf sich hat.

Er stürzt seinen Pappbecherkaffee hinunter, stapelt Bücher an jede Ecke der Karte, damit sie flach aufliegt, und beugt sich dann darüber. »Mal sehen«, murmelt er und studiert den vergilbten Plan. »Die Karte stammt von 1897. Damals sah die Stadt noch etwas anders aus.«

Ungeduldig trete ich von einem Fuß auf den anderen. Als er beginnt, seine schlauen Bücher zu konsultieren, begreife ich, dass es länger dauern wird.

»Wie läuft's draußen?«, belle ich ins Funkgerät. Als Antwort erhalte ich nur Rauschen. Alle beschäftigt. Die Altstadt wurde in sechzehn Quadranten aufgeteilt, die von jeweils vier Kollegen durchsucht werden. Wir haben Unterstützung von Beamten aus dem Grundbuchamt, aus dem Büro für Stadtplanung, und dennoch kommen wir nur langsam voran.

»Schleppend«, schnarrt es endlich durchs Funkgerät. »Die Leute machen mit, beantworten unsere Fragen, aber es gibt viele leer stehende Gebäude, bei denen keiner weiß, wem sie gehören, oder Dauerbaustellen, wo sich keiner verantwortlich fühlt. Zudem behauptet jeder Zweite, dass es irgendwo unter seinem Haus früher geheime Tunnel gab, aber niemand kennt den Eingang dazu.«

»Das ist ja das Problem«, hakt der Stadtarchivar ein und stupst seine rahmenlose Brille den Nasenrücken hoch. »Es ranken sich unzählige Legenden um die Heidelberger Unterwelt. Mal heißt es, der Zwerg Perkeo habe vom Schloss aus über unterirdische Stollen Weinstuben aufgesucht, mal findet man Aufzeichnungen, dass der Kurfürst ein Tunnelsystem hat anlegen lassen, um seine Mätressen zu besuchen. Es gibt sogar eine Notiz in Joseph von Eichendorffs Tagebuch: Er schreibt von einem Gang, der vom Neckar bis zum heiligen Berg führt. Jeder alteingesessene Heidelberger wähnt unter seinem Keller einen Geheimeingang in die mystische Unterwelt, aber das sind meistens bloß Latrinen. Sie existieren seit sechshundert Jahren – das erste Kanalsystem der Stadt, wenn man so will. Die unzähligen Schächte und Tunnel und Gewölbe mussten groß genug sein, damit man sie reinigen konnte, und als mit der Modernisierung der eigentliche Zweck in Vergessenheit geriet, wurden die Scheißeschächte zum sagenumwobenen Labyrinth. Das heißt nicht, dass es nicht existieren könnte. Aber gefunden hat es bisher keiner. Die Nazis waren die Letzten, die es versucht haben – vergeblich.«

»Okay, und was heißt das jetzt?«

»Dass alles, was ich Ihnen sagen kann, sehr vage ist.«

»Was können Sie mir denn sagen?«

Der Stadtarchivar stößt einen lang gezogenen Seufzer aus und mustert mich eine Zeitlang. Dann wendet er sich der Karte zu. »Wenn ich mir das so ansehe, müsste es an diesen Stellen Zugänge zu einer Art unterirdischen Zisterne geben. Den Eingang in der Kirche halte ich für ein Märchen, aber hier, in der Krämergasse, und hier, auf dem Gelände des Schmitthenner-Hauses, könnte ich es mir vorstellen.«

»Sehr gut«, kommentiere ich seine Ausführungen und winke ein paar Kollegen her. »Sie, Sie und Sie: Treiben Sie den Pfarrer auf, und lassen Sie sich jeden Winkel dieser Kirche zeigen – wir müssen alle Möglichkeiten in Betracht ziehen. Ihr drei nehmt euch das Schmitthenner-Haus vor, und der Rest kommt mit mir.«

Ohne weitere Erklärung stürme ich mit drei Streifenpolizisten im Schlepptau in Richtung Krämergasse. Ich reiße die schwere Kirchentür auf. Vor der Pforte hat sich mittlerweile eine Heerschar an Journalisten zusammengefunden – der Preis, den man zahlt, wenn man die Innenstadt auf den Kopf stellen lässt. Kameras richten sich auf mich, Mikros bohren sich in meine Wange, Fragen prasseln auf mich ein. Kein Kommentar, kein Kommentar, kein Kommentar. Einfach weiter, in die Krämergasse hinein und durch die Zeit zurück in meine Kindheit: Ich musste nicht lange überlegen, wo der Zugang liegen könnte. Als der Zeigefinger des Stadtarchivars auf die Stelle zeigte, wusste ich es sofort.

Vor dem Schild über dem Lokal halte ich kurz inne. Cave 54. Typisch. Heutzutage bekommt alles einen englischen Namen. Damals hieß die Kneipe bloß Die Höhle. Es war das Stammlokal meines Vaters, sein zweites Zuhause sozusagen. Zeitweise hat er sogar seine Post hierher umleiten lassen. Er konnte stundenlang mit den anderen Barfliegen an seinen verrückten Ideen feilen, trinken, aber nie so viel, dass er ungut geworden wäre. Entgegen der landläufigen Meinung war mein Vater kein Alkoholiker. Er wusste, wann er genug hatte. Er wusste nur nie, wann es Zeit war, zu gehen. Hier habe ich ihn abgeholt, wenn er eigentlich mich abholen sollte und es vergessen hatte. Hier habe ich einen großen Teil meiner Kindheit und Jugend verbracht. Vermutlich habe ich in der Höhle alles gelernt, was mich ausmacht: die Treffsicherheit vom Dart, die Fingerfertigkeit vom Flippern, den Musikgeschmack hat mir der Wurlitzer-Automat beigebracht, und die Schlagfertigkeit stammt von den zahllosen Wortgefechten seiner betrunkenen Kumpels – Mücke, Taxi, Hotte und wie sie alle hießen. Sogar aufgeklärt wurde ich hier: Sohn, das auf der Herrentoilette ist kein Kaugummiautomat.Wir müssen reden. Er hat Blut und Wasser geschwitzt bei diesem Gespräch.

Hier habe ich auch Thea kennengelernt. Nicht in der Höhle – davor. Ihr Vater besaß ein Lokal in der Ingrimstraße, das er so gut wie nie verließ. Ihre Familie interessierte sich herzlich wenig für sie, also zog sie gelangweilt durch die Gassen, genau wie ich. Die meisten Teenagerromanzen beginnen auf dem Schulhof, unsere begann vor dem Schaufenster des Antiquariats am Ende der Straße. Wir versuchten, die Buchtitel in Frakturschrift zu entziffern. Hermann Heffe? Narziß und was für ein Mund? Schreibt man Nazis nicht ohne r? Wobei: Anfangs war es natürlich noch keine Romanze, dafür waren wir zu jung. Aber die Zeit bleibt nicht stehen. Die Zeit ...

Ich schüttle den Kopf, verbanne meine Erinnerungen wieder in die Ecke meines Hirns, in dem sie verblassen können. Schluss jetzt! Ich brauche volle Aufmerksamkeit. André Fechtner braucht sie.

Zu unserem Glück ist das Lokal offen. Gerade als ich es betreten will, kommt ein untersetzter Kerl zur Tür heraus und stellt eine leere Bierkiste ab. »Arbeiten Sie hier?«

Er stemmt seinen Fuß gegen die Kiste und wischt sich den Schweiß von der Stirn. »Ne. Ich trage aus Jux und Tollerei Flaschen spazieren.«

Ich zücke meinen Dienstausweis, mache klar, dass ich keine Zeit für Spaßvögel habe. »Mitkommen«, herrsche ich ihn an, trete durch die Tür und zirkle die Wendeltreppe hinunter in das eigentliche Lokal. Egal, ob Höhle oder Cave 54 – beide Namen erzählen die gleiche Geschichte: Die Bar ist ein dunkler, fensterloser, in Stein gehauener Gewölbekeller. Wahrscheinlich diente er in früheren Tagen als Vorratsraum oder Fasslager. Oder als Eingang zu den Katakomben.

Am Fuß der Treppe überkommt mich eine weitere Welle der Nostalgie. Vor meinem geistigen Auge sitzen Mücke, Taxi, Hotte und die anderen Kompagnons meines Vaters an der Bar und begrüßen mich überschwänglich. In der Realität steht ein graubärtiger Mann mit Glatze hinter dem Tresen und glotzt mich mit trübem Blick an. Als die drei Streifenpolizisten aufschließen, zeigt sich zumindest der Anflug einer Regung in seinem Gesicht.

»Was gibt's?«

Ich räuspere mich und schicke Mücke, Taxi und Hotte in die ewigen Erinnerungsjagdgründe. »Maertens, Kripo Heidelberg. Sind Sie der Chef?«

»Nö«, antwortet er gelangweilt und macht sich daran, ein Bierglas mit einem schmierigen Lappen zu bearbeiten. »Der Chef ist nicht da.«

»Wir haben Grund zur Annahme, dass jemand in den Katakomben gefangen gehalten wird und dass es hier einen Zugang gibt. Fällt Ihnen dazu etwas ein?«

Der Mann poliert unbeeindruckt weiter, als wäre er eins geworden mit dem Steingewölbe, das ihn umgibt. »Hier soll jemand gefangen gehalten werden? In unserer Bar?«

»Nein, in dem Tunnelsystem, zu dem es hier womöglich einen Eingang gibt.«

»Und das soll keinem aufgefallen sein? Dass irgendjemand Leute reinbringt und versteckt? Oder glauben Sie, dass einer von uns ...«

»Nein!«, unterbreche ich ihn genervt. Wir drehen uns im Kreis. »Niemand hier ist verdächtig, das Opfer wurde nicht hier entführt, aber es gibt vielleicht einen Zugang zu dem Ort, wo das Versteck liegen könnte.«

Er stellt das Glas ab, schwingt sich den Lappen über die Schulter und stemmt die Hände in die Hüften. »Rudi«, sagt er schließlich, ohne seinen Blick von mir abzuwenden. »Habt ihr damals nicht 'n Loch gefunden? Beim Umbau?«

Der Spaßvogel von vorhin schiebt sich an mir vorbei und reckt sein Kinn. »Ja, hinter dem Kühlschrank.«

Ich luge über den Tresen. »Hinter dem da?«

»'n anderen gibt's nicht.«

Der Barkeeper fischt eine Zigarette aus seiner Brusttasche, schnippt sie sich lässig zwischen die Lippen und kommt auf mich zu. »Ich wollte sowieso gerade eine rauchen. Wenn was kaputt geht – ihr zahlt.« Und damit stapft er gemächlich die Wendeltreppe hoch, dicht gefolgt von seinem Kompagnon.

»Los«, befehle ich einem der Kollegen. Wir zerren und ziehen, aber das schwere Trumm bewegt sich keinen Zentimeter. Erst, als wir den gesamten Inhalt leerräumen, haben wir eine Chance. Und tatsächlich ...

»Da!«, ruft einer der Polizisten aus, als das Loch zum Vorschein kommt. »Nicht gerade groß.«

Ich wische mir die Hände an den Hosenbeinen ab und mustere den Schacht. Knapp einen Meter mal einen Meter breit mit einem ziemlichen Gefälle – kriechend würde man es schaffen. Allerdings ist fraglich, wie tief es hinuntergeht. »Hallo!«, rufe ich hinein. In der Ferne ertönt ein leises Echo.

»Sollen wir die Feuerwehr verständigen?«

»Swachsinn«, entgegne ich mit der Taschenlampe zwischen den Zähnen und schäle mich aus dem Mantel.

»Wollen Sie da wirklich so rein?«

Ich knie nieder und leuchte in den Schacht. Von Wollen kann keine Rede sein. »Hallo?«, rufe ich erneut. Keine Reaktion. Schnaubend robbe ich los. Auf Knien und Ellenbogen gestützt, Zentimeter für Zentimeter durch den Dreck. Anfangs geht es, doch dann schrammt mein Kopf am Mauerwerk entlang – der Schacht wird eindeutig schmaler. Und steiler. Sehr viel steiler. Ich hatte nie klaustrophobische Zustände, aber ich war auch noch nie in einem neunzig Zentimeter schmalen, stockfinsteren Spalt, der immer tiefer, immer steiler ins Erdreich zu führen scheint. Ich hätte mir ein Seil ums Bein binden sollen. Ich hätte ein Testament aufsetzen sollen. Ich hätte als Fledermaus geboren werden sollen, denen macht es nichts aus, beinahe kopfüber in einem Schacht zu hängen. Mittlerweile robbe ich nicht, ich kralle mich ans Gestein, um nicht abzustürzen.

»Maertens?«, knarzt plötzlich eine vertraute Stimme aus meiner Innentasche. Mit gespreizten Beinen keile ich mich fest und taste nach dem Funkgerät. »Stefanie«, fauche ich angestrengt.

»Ich dachte, Sie sind krankgeschrieben.«

»Es … jede helfende Hand … ich dienen … Füßen eher weniger.«

Der Empfang ist schlecht, ich bin schon zu tief. »Ich kann Sie nicht verstehen!« Rauschen. Schwitzen. Schwere Atemzüge, die jahrzehntealten Staub aufwirbeln.

»… Hinweis aus der Bevölkerung …«, dringen ein paar Wortfetzen durch den Funkäther. »… Nero … nicht allein …«

»Was?«, sage ich und verändere meine Position leicht, um keinen Krampf zu bekommen. Dutzende Steinchen bohren sich mir in den Handballen. Meine Muskeln brennen wie Feuer. Und dann passiert es. Ich rutsche. Panisch spreize ich die Glieder, sperre mich, suche Halt, finde nur bröckelndes Gestein. Die Taschenlampe schnellt hinab. Meine Haut schrammt über Geröll, Dreck, ich schlage irgendwo gegen, schmecke Blut, sehe nur Schwärze. Und das Letzte, was ich höre, ist nicht das Echo meiner Schreie. Es ist Stefanies Stimme.

Und sie sagt: »Wir haben einen zweiten Täter.«

LINDE

Dienstag, 21. Januar, 9:21 Uhr

»Warten Sie …«, rufe ich dem Kommissar noch hinterher. Doch er lässt mich einfach auf den Stufen des Foyers, wo er mich gerade umgerannt hat, sitzen und eilt davon. Flehend schaue ich ihm nach, stocke. Warten Sie – pfff. Was hätte ich ihm denn sagen sollen? Bleiben Sie, lieber Herr Kommissar? Beschützen Sie mich? Er hätte wissen wollen, wovor, und sobald ich meine Geschichte auspacke und er erfährt, dass ich Neros kostbare Energiereserven für meine eigenen Belange anzapfe, lässt er mich keine Sekunde mehr mit ihm alleine. Das darf ich nicht zulassen. Sobald Nero erwacht, muss ich ihn als Erster befragen.

Ächzend rapple ich mich hoch, klopfe den Staub von der Hose, blicke auf. Über mir thront die Büste von Karl Zangemeister, dem wohl bekanntesten Oberbibliothekar der Heidelberger Unibibliothek. Die Skulptur aus weißem Marmor ist so blass, wie ich mich fühle.

Wie konnte ich es so weit kommen lassen? Ich muss mich vor Verbrechern verstecken, hier, an einem Ort der Bücher, einer Kathedrale des Wissens, *meiner* Kathedrale. In diesen Hallen habe ich mein Studium verbracht, hier habe ich wochenlang Seiten gewälzt, für Prüfungen gelernt – die Bibliothek war mein zweites Wohnzimmer und ist es immer geblieben. An diesen Säulen habe ich gelehnt und gelesen, wenn in den Sälen kein Sitzplatz frei war. Als Professor habe ich mich dann ab und an dahinter versteckt, wenn Lukas mal wieder zu ungestüm war. Er hatte diese Phasen, besonders später. In seiner unbekümmerten Art vergaß er manchmal, dass niemand von unserer Liaison erfahren durfte. Mein Ruf, seine konservativen Eltern … Es stand einiges auf dem Spiel. Aber in der Bibliothek fand sich immer ein Plätzchen für einen flüchtigen Kuss. Jedes Mal, wenn sich unsere Lippen berührten, flatterte mein Herz wie eine aufgebrachte Taube in einem Käfig. Jetzt flattert mein Herz ebenfalls. Aber vor Angst.

Unten schwingt die Tür auf. Die Boxernasen und ihr Herrchen poltern ins Foyer.

Hastig wirble ich herum, stolpere die Treppe hoch ins Obergeschoss. Das ist meine Welt, mein zweites Wohnzimmer: Wenn ich hier nicht gefunden werden will, dann werde ich auch nicht gefunden.

Mit langen Schritten eile ich den Flur entlang, vorbei am Multimediazentrum, an der Information, durch den Lesesaal, das Treppenhaus hinauf, oben links, dann wieder links – oder nein, hier hätte ich rechts gemusst, oder doch nicht? Zurück. Regal um Regal, Bücher und Zeitschriften, vereinzelt sehen Studenten von ihren Laptops auf – wieder falsch. Herrgott, hier irgendwo müsste dieser Kopierraum sein, in dem Lukas und ich uns heimlich getroffen haben. Wurde er verlegt? Mein Blick gleitet die Wände entlang, landet auf einer unscheinbaren Tür. »Schulungsraum Ost«, lese ich von einem Schild ab. Ich klopfe, luge hinein, atme auf. Leer. Blankes Whiteboard, blanke Tische, auf jedem Platz steht ein Laptop. Der Raum wirkt steriler als ein Operationssaal. Perfekt, denke ich, schließe die Tür hinter mir und schiebe kurzerhand einen kleinen Aktenschrank davor, der den Zugang blockiert. Lange wird sie das nicht aufhalten, aber zur Not fliehe ich durch die Fenster über die Terrasse.

Ich mache ein paar Schritte in den Raum hinein, schwinge meine Aktentasche auf einen der Tische und lasse mich dahinter auf einen Stuhl plumpsen. Jetzt heißt es warten, bis sie die Lust verlieren und die Luft rein ist. Wie spät ist es eigentlich? Verdammt! Akku leer. Warum vergesse ich ständig, mein Handy zu laden? Und warum vergesse ich, mich selbst aufzuladen? Wann habe ich das letzte Mal etwas getrunken oder gegessen? Wann habe ich richtig geschlafen? Erneut blicke ich auf mein Handy, erneut tut sich nichts. Ich muss mich irgendwie beschäftigen, sonst drehe ich noch durch. Und ich weiß schon genau, wie.

Notizheft. Stift. Fallakte. »Du warst also die Drogenköchin«, säusle ich dem Foto von Larissa Koch zu. »Du hast das Zeug zusammengepanscht, und der Lude hat es an den Mann gebracht. Aber wie passt du ins Bild?« Meine Fingerspitzen streichen über den zerknitterten Steckbrief von André Fechtner. Er hat nie studiert, war an keiner Uni, hat auch nie hier gearbeitet, oder? Mein Blick springt zu seinem Lebenslauf. Facility Manager in einem Pflegeheim – Hausmeister, verstehe. Zuvor war er technischer Mitarbeiter der Parkraumüberwachung, davor irgendetwas bei der Post und davor Sicherheitsmitarbeiter und Veranstaltungsordner. Also ein Familienvater, der sich mit irgendwelchen Jobs über Wasser hält. »Wo ist die Verbindung? Wie passt das ...«

Meine Augen verengen sich. Sicherheitsmitarbeiter und Veranstaltungsordner in der Club X GmbH. Der Club X ... war das nicht *das* Stammlokal von Lukas und seiner Entourage? Beinahe jedes Wochenende sind sie die paar Kilometer nach Sandhausen gepilgert, um sich die Nacht um die Ohren zu schlagen. Auch der Zeitraum passt. 2012 bis 2014: André Fechtner hat genau in dem Jahr aufgehört, als Lukas seinen Unfall hatte. Ein Dealer, eine Drogenköchin und der Türsteher eines Nachtclubs. Ungläubig starre ich auf den Steckbrief. Was sagt mir das? Was mache ich mit dieser Information? Ich weiß es nicht, es ist einfach noch ein Puzzlestück, noch eine Information mehr, aber es sind schon so viele.

Ich taxiere den Laptop, der vor mir auf dem Tisch liegt, klappe ihn auf. Zum Glück ist er nicht passwortgeschützt. Browser. Google News. Tippen: Club X Sandhausen. Die ersten Schlagzeilen bestätigen meine Vermutungen:

Drogenrazzia in Clubszene. Club X: Polizei stürmt Nachtclub. Vorwurf des Racial Profiling: Club-X-Betreiber wirft Polizei Rassismus vor.

Das Lokal ist also in einschlägigen Kreisen bekannt, der Drogenbezug passt. Vielleicht hat Lukas irgendeinen Deal beobachtet, den er nicht mitbekommen sollte? Geht es darum? Meine Finger klopfen nervös auf den Tisch, morsen das Chaos meiner Gedanken in den leeren Raum. Ich denke an Nero, denke daran, was er getan hat. Menschen entführen, sie elendig krepieren lassen … Da muss mehr dahinterstecken. Etwas Persönliches.

Ich öffne die Filteroptionen, grenze den relevanten Suchzeitraum ein: Ein Jahr vor Lukas' Unfall, ein Jahr danach, das sollte reichen. Von der letzten Seite aus arbeite ich mich durch die Schlagzeilen nach vorne:

Club Krypton unter neuer Führung
Club X groovt sich ein

lese ich, DJ dies, DJ das, DJane soundso – die meisten Überschriften sind Eventankündigungen und Veranstaltungshinweise, vereinzelt tummeln sich Artikel aus dem Bereich Chronik dazwischen: Lärmbeschwerden, Nachbarschaftsproteste, solcherlei Geplänkel. Nach drei Seiten springt mich eine Zeile an, die nicht ins Bild passen will. Der ›Mannheimer Morgen‹ titelt:

Tote in Sandhausener Dünen ist vermisste Maria N.

Weshalb erscheint der Treffer unter dem Suchbegriff »Club X«? Ich öffne den Link, überfliege den Artikel: »Seit Wochen fehlte jede Spur ... vermisste Studentin ... verschwand Anfang März ... wurde tot in einem Waldstück der Sandhausener Dünen aufgefunden ... zuletzt im nahegelegenen Club X gesehen ...« Mein Atem stockt. Das klingt schon eher nach etwas Persönlichem. Von wann ist der Artikel? 8. April 2014. Drei Wochen, bevor Lukas den Hang hinabgestoßen wurde.

Meine Hände beginnen zu zittern. Die Finger fliegen über die Tastatur. Neues Fenster. Neue Suche: Maria N. Dutzende Informationsschnipsel prasseln auf mich ein: Biologiestudentin. Unbescholten. Überdosis. Vermutlich ausgesetzter Würgereflex durch Ohnmacht und Delir. Erstickt an ihrem eigenen Erbrochenen. Keine Anzeichen sexueller Gewalt. Keine Spuren. Keine Verdächtigen.

Ich öffne den Kartendienst, suche nach dem Standort. Der Club liegt keine fünfhundert Meter von dem Waldstück entfernt, in dem sie gefunden wurde. Ein Dealer, eine Drogenköchin, der Türsteher eines berüchtigten Clubs und eine junge Studentin, die unter mysteriösen Umständen an einer Überdosis gestorben ist. Das ist es: Sie muss das fehlende Puzzleteil sein. Maria N. – was ist mir ihr passiert? Vielleicht hat Lukas etwas gesehen, weswegen er verschwinden musste? Und Nero? Hat er auch etwas gesehen?

Meine Augen ruhen auf einem der Artikel, lesen die letzte Zwischenüberschrift, wieder und wieder.

Vielleicht ist Nero gar nicht das wahre Monster. Vielleicht musste er nur zu einem werden, um die wirklichen Ungeheuer ihrer gerechten Strafe zuzuführen. »Der Schmerz sitzt tief«, lese ich und halte den Atem an. »Familie trauert um Maria N.« Vielleicht hat sich die Trauer in Wut gewandelt. Und vielleicht ist Nero tatsächlich sein Name. Sein Nachname.

Maria Nero.

MAERTENS

Dienstag, 21. Januar, 12:11 Uhr

»Scheiße«, sage ich, als ich unten hart aufschlage. »Scheiße«, sage ich, als ich die Taschenlampe zu fassen kriege und den Raum ausleuchte. Und als sie mir nach einiger Zeit ein Seil hinterherwerfen und mich hinaufziehen, sage ich es wieder. Scheiße, Scheiße, nichts als Scheiße! Der Boden, die Wände, die Luft, alles voll davon. Jahrzehntealte, getrocknete, harte Scheiße. Alles riecht danach. Vor allem ich. Der Feuerwehrmann, der mir schließlich die Hand reicht, um mich aus dem Schacht zu ziehen, verzieht das Gesicht. Ich kann es ihm nicht verübeln.

»Danke«, presse ich zwischen zusammengebissenen Zähnen hervor und klopfe meine Klamotten ab, was den Geruch nur noch mehr im Raum verteilt. Die Feuerwehrmänner, die Polizisten, die beiden Typen aus der Bar – alle treten einen Schritt zurück und rümpfen die Nase. Und alle ringen mit dem gleichen Grinsen, das ihnen auf den Lippen liegt. Der Kommissar, der aus der Scheiße kam. Zum Totlachen. Selbst der Stadtarchivar ist herübergekommen, um sich das Spektakel anzusehen.

»Keine Katakomben«, knurre ich ihn an. »Nur Scheiße.«

Er kneift die Lippen zusammen, unterdrückt offensichtlich den Drang, laut loszulachen. »Ich rieche es«, antwortet er schließlich verkniffen. »Ihre Kollegen hatten leider ebenfalls kein Glück.«

»Und sonst?«

Einer der Streifenpolizisten räuspert sich. »Kein Treffer bislang. Die Suchaktion läuft.«

Mit grimmiger Miene knöpfe ich ihm sein Funkgerät ab – meines ist in der Gülle geblieben. »Maertens hier«, schnauze ich los. »Stefanie? Sind Sie da? Klären Sie mich auf!«

»Es gab einen Hinweis aus der Bevölkerung«, krächzt es aus dem Walkie-Talkie. »Nero wurde beim Schwanenteich gesehen. Der Augenzeuge konnte sich an ihn erinnern, weil er – Zitat »auffällig gesetzlos die Straße überquert hat«. Wir haben uns die Verkehrskameras in diesem Bereich angesehen. Öffnen Sie die Mail, die ich Ihnen geschickt habe.«

Ich angle mein Smartphone aus der Hosentasche, wische über das Display und öffne den Anhang in Stefanies Mail. Das Video lädt einen Augenblick, dann erscheint die Aufnahme einer Straße von schräg oben. *Kreuzung Kurfürstenanlage Kleinschmidtstraße Richtung Altstadt* wird am Bildschirmrand angezeigt. Zur Linken erkennt man die Parkanlage mit dem Teich, rechts einen dieser beliebigen Neubauten. Autos brausen die vierspurige Straße entlang, die von Gleisen getrennt wird. Nach fünfzehn Sekunden nähert sich eine Straßenbahn, die 22er Richtung Eppelheim. Kurz bevor die Fahrerkabine den unteren Bildschirmrand passiert, huschen zwei Gestalten über die Gleise. Ich pausiere das Video. Schwarze Funktionsjacke, Rucksack, dieselben Schuhe: Nero, eindeutig.

»Haben wir in der Gegend noch eine andere Kamera? Den Typen neben ihm erkennt man kaum.«

»Ich arbeite dran, aber ich bin fast die Einzige in der Zentrale. Der Rest wühlt sich durch die Katakomben.«

»Wie kommen Sie darauf, dass es sich um einen zweiten Täter handeln könnte?«

»Womöglich«, korrigiert mich Stefanie. »Ich sagte: ein möglicher zweiter Täter.«

Ich schnaube aus. Dieses Detail muss im Störrauschen untergegangen sein.

»Aber ich halte es für plausibel. Die ganze Region ist mit Neros Gesicht zugepflastert, trotzdem gab es noch keinen ernstzunehmenden Hinweis auf ihn. Wenn dieser Typ Nero kennt – und das ist offensichtlich –, warum meldet er sich nicht bei uns?«

Mein Daumen legt sich auf den Cursor der Zeitleiste und zieht ihn zurück, immer wieder. Nero und Mister Unbekannt überqueren in Dauerschleife die Straße. Man erkennt Mundbewegungen. Sie reagieren aufeinander, scheinbar vertraut. »Gut gemacht«, murmle ich ins Funkgerät. »Andere Kameraperspektive suchen, Gesicht vergrößern, zur Fahndung freigeben!«

Ich pausiere das Video erneut, starre auf den verpixelten Nero. Warum hilfst du uns, wenn es einen zweiten Täter gibt? Das macht doch keinen Sinn. Vielleicht ist er bloß ein Mitwisser? Oder Nero ist sich ohnehin im Klaren, dass sein Kompagnon alle Spuren beseitigt hat. In dem Fall ist dieses ganze Unterfangen hier zwecklos. Ich habe umsonst Perkeos Zwergenscheiße unter den Fingernägeln. Und André Fechtner ist längst tot.

»Sollen wir mit der Suche fortfahren?«, dringt eine andere Stimme aus dem Funkgerät.

»Natürlich«, plärre ich zurück. »Weitermachen!« Wie automatisch ballt sich meine Hand zur Faust. Noch gebe ich nicht auf. Noch haben wir eine Chance. Aber ich muss dringend zu Nero. Er schuldet mir eine Erklärung.

Ich grabsche mir meinen Mantel, werfe ihn über, stürme die Wendeltreppe hoch. Kurz vor dem Ausgang werde ich zurückgehalten.

»Da draußen wimmelt es von Journalisten«, meint der Kollege und mustert mich mit hochgezogenen Augenbrauen. »Wollen Sie wirklich so vor die Meute treten?«

Mein Blick gleitet an ihm vorbei durch die offen stehende Tür. Gezückte Kameras, so weit das Auge reicht. »Was bleibt mir anderes übrig?«

Der Polizist deutet zur Wand. Früher war an dieser Stelle ein Sparschrank montiert. Jetzt ist es die Garderobe. »Vielleicht ist da etwas Passendes dabei?«

Es dauert eine Zeit, aber als ich die Box mit der Aufschrift »Lost & Found« sehe, begreife ich. Sofort beginne ich, den Karton nach brauchbaren Sachen zu durchwühlen: zu klein, zu knapp, zu Disco ... das könnte passen! Eilig ziehe ich den Pullover über, als plötzlich ...

»Lassen Sie mich durch!«

Ich blicke auf. In der Tür steht eine Frau, die mit wild fuchtelnden Händen den Kollegen anbrüllt, der ihr den Weg versperrt.

»Ich muss hier durch! Lassen Sie mich durch!«

Am liebsten würde ich mir den Karton über den Kopf ziehen und darin verschwinden. *Forever lost, never found.* Stattdessen fordere ich den Kollegen auf, sie durchzulassen. Sie hat alles Recht der Welt zu erfahren, wie es um Andrè Fechtner steht. Schließlich ist sie seine Frau.

Als sie mich sieht, bleibt sie abrupt stehen und mustert mich mit weit aufgerissenen Augen. Verständlich: Vor ihr steht ein bestialisch stinkender Mann mit blutigen Händen, zerschlissener Hose und einem hautengen Pullover, auf dem eine Comic-Katze zwei Pistolen schwingt und sagt: »Pew Pew Madafakas«. Doch mein Auftreten nimmt ihr nur kurz den Wind aus den Segeln.

»Stimmt das?«, plärrt sie mich an. Ihre Augen werden glasig, und ihr errötetes Gesicht dunkelt noch mehr ein. »Haben Sie Andrés Entführer erschossen?«

Mein Herz setzt für einen Schlag aus. Offenbar haben die Pressefritzen bereits mehr herausbekommen, als mir lieb ist. »Es tut mir leid«, antworte ich mit halblauter Stimme. »Es war ein Unfall.«

»Wie zur Hölle wollen Sie ihn dann finden, Sie Vollidiot?« Ihre Fäuste fliegen auf mich ein, hämmern gegen meine Brust. Ich lasse es einfach über mich ergehen. »Vollidiot«, haucht sie noch einige Male, bis ihre Worte in Tränen ersticken. Erschöpft lässt sie von mir ab und taumelt ein paar Schritte in den Raum hinein, bevor sie schließlich zusammensackt. Ich habe nicht einmal ein sauberes Taschentuch, das ich ihr reichen kann.

»Hören Sie«, sage ich irgendwann und gehe vor ihr in die Hocke. »Wir haben einen Hinweis, dass Ihr Mann irgendwo in den Katakomben versteckt ist. Deswegen stellen wir die Stadt auf den Kopf – wir geben nicht auf. Ich verspreche Ihnen, ich werde alles in meiner Macht Stehende tun, um Ihnen und Ihren Kindern André zurückzubringen.«

Nina Fechtner antwortet nicht, schnieft und gluckst und vergräbt ihr Gesicht in den Handflächen.

»Kommen Sie.« Ich reiche ihr meine Hand, die sie nur zögernd ergreift. »Wir besorgen Ihnen ein Taschentuch, und dann bringe ich Sie in die Einsatzzentrale. Dort können Sie verfolgen, wie die Suche läuft, ja?« Es ist keine gute Idee, eine aufgebrachte Angehörige in die Ermittlungsarbeit einzubinden, aber was soll ich sonst tun? Sie ihrem Leid überlassen? »Wollen Sie ein Wasser?«, frage ich, um irgendetwas zu fragen. »Oder einen Tee? Wie geht es den Kindern? Sind Lisa und Emil bei ihrer Oma? Sollen wir die beiden auch herholen?«

Nina reißt den Kopf hoch, starrt mich fassungslos an. Im nächsten Moment erlischt der Ausdruck wieder, und übrig bleiben Verbitterung und Enttäuschung. »Sparen Sie sich Ihre Mühen«, zischt sie und schlägt meine Hand weg. »Ich werde ihn selber suchen.«

Irritiert sehe ich ihr nach. »Das halte ich für keine gute Idee, Frau Fecht-«

»Ach ja?« Ruckartig bleibt sie stehen, wirft mir erneut einen giftigen Blick zu. »Was halten Sie denn für eine gute Idee? Dass ich mich auf Sie verlasse? Ausgerechnet Sie? Sie können sich ja nicht einmal Namen merken.«

Eine Handvoll Sekunden verstreicht. Als ich nicht reagiere, stürmt sie zur Tür hinaus. Ich sehe ihr nach, außerstande, mich zu bewegen oder irgendetwas zu sagen. Immer wieder hallt das Echo ihrer Worte in meinem Kopf wider. *Sie können sich ja nicht einmal Namen merken.* Doch, ich kann. Ihre Kinder heißen Clara und Elias, nicht Lisa und Emil. Lisa und Emil waren die Namen meiner Geschwister. Meiner Geschwister, die ich nicht retten konnte. Meiner toten Geschwister.

MAERTENS

Dienstag, 21. Januar, 13:22 Uhr

Mailbox.

Mailbox, Mailbox, Mailbox, immer nur Mailbox. Als ich ins Auto steige, als ich über die Ernst-Walz-Brücke brettere, als ich durch die Pressemeute vor der Uniklinik pflüge: Mailbox, Mailbox, Mailbox. Was meinte Linde vorhin? Sobald Nero erwacht, verständigt ihn das Personal? Wie denn, wenn er nie abhebt?

Ungeduldig drücke ich die Wahlwiederholungstaste und eile den Flur entlang in Richtung Neros Zimmer. Mailbox. »Maertens hier«, schnauze ich in den Hörer. Den Rest erspare ich mir: Linde steht direkt vor mir.

»Nero ist wach?«, frage ich entgeistert. »Warum haben Sie mich nicht angerufen?«

Der Professor zuckt zusammen. »Mein … Akku war leer«, stottert er los. »Er ist gerade erst aufgewacht. Ich wollte Sie anrufen lassen.«

Linde wirkt noch blasser als vorhin, völlig durch den Wind. Vielleicht sollte ich ihn künftig mit Samthandschuhen anfassen, schließlich brauche ich ihn und nicht umgekehrt. »Kann ich Nero jetzt befragen?«

Er wirft einen Blick auf den Bildschirm, nickt.

Ich hole das Handy aus meiner Hosentasche, öffne das Video von Nero und seinem Partner, zögere. Ist es klug, mit offenen Karten zu spielen? Eher nicht. Wenn er mitbekommt, dass wir über seinen Partner Bescheid wissen, stellt er sich vielleicht stumm. Besser, ich konzentriere mich darauf, den Suchradius einzugrenzen. »Sie haben bestätigt, dass Sie Andrè Fechtner in den Katakomben unter Heidelberg versteckt halten. Befindet sich dieses Versteck im Altstadt-Bezirk?«

Linde signalisiert, dass der Computer rechnet. Die Sekunden verstreichen. Warum dauert das denn immer so lange?

Piep. Piep.

Nein? Dann waren sämtliche bisherige Bemühungen umsonst. »Was ist mit der Weststadt? Befindet er sich in diesem Bezirk?« Der Stadtarchivar, der Bibliothekar, die Beamten der Wasserwerke, alle waren sich sicher, dass die Katakomben unterhalb der Altstadt verlaufen müssten. Zumindest neunzig Prozent davon. Für die restlichen zehn bleiben nur die Weststadt und ...

Piep. Piep.

»Befindet er sich in Bergheim?«

Bergheim, es muss Bergheim sein. Neuenheim liegt über dem Neckar, da gibt es keine Katakomben, Pfaffengrund ist viel zu weit weg, höchstens noch Südstadt, aber eigentlich auch zu weit entfernt.

Piep. Piep.

»Nein?«, entfährt es mir. Das ergibt doch keinen Sinn! Kraftlos sinke ich auf einen der Stühle und knete angestrengt meine Schläfen, was das Pochen dahinter nur zu verstärken scheint.

»Womöglich weiß Nero nicht, in welchem Bezirk das Versteck liegt?«, höre ich Linde nach einer Weile murmeln. »Dann kann er Ihre Frage nicht korrekt beantworten.«

Kann sein, kann nicht sein, vielleicht ... Aber ich denke, daran liegt es nicht. Ich denke, Nina Fechtner hat recht: Ich bin ein Vollidiot. Ein völlig verblödeter, strunzdoofer Vollidiot! Natürlich ergibt das keinen Sinn – das soll es auch gar nicht. Wie konnte ich nur sämtliche Regeln für Verhöre vergessen? Wie konnte ich so naiv sein? Nur weil Nero nicht in einem Vernehmungsraum sitzt, heißt das nicht, dass er etwas anderes macht als neunundneunzig Prozent aller anderen Wichser: Er lügt.

»Sie verarschen mich, oder?«

»Ich war es nicht.« – »Ich bin unschuldig.« – »Ich weiß nicht, wovon sie sprechen ...« Alle sind sie unschuldig, keiner will es gewesen sein! In den zwölf Jahren meiner Karriere gab es keinen einzigen Verdächtigen, der von sich aus gestanden hat, niemals. Warum sollte es diesmal anders sein?

Piep.

Der Professor hält den Atem an, starrt mich mit großen Augen an.

Ich hätte es besser wissen müssen. Die Wahrheit kommt nie von alleine ans Licht. Man muss um sie kämpfen. Mit allen Mitteln, die einem zur Verfügung stehen. Wirklich allen ... »Gehen Sie. Holen Sie sich einen Kaffee.«

Linde will etwas erwidern, doch er steht nur da, der Mund offen wie ein Scheunentor. Als er nach einiger Zeit immer noch keine Anstalten macht, den Raum zu verlassen, werde ich lauter. »Raus.«

»Aber ...«

»Ich sagte: raus!« Die Samthandschuhe hätten mir ohnehin nicht gepasst.

Zögerlich geht er zur Tür, wirft noch einen Blick über die Schulter, dann entschwindet er in den Flur.

Ich bleibe. Wir bleiben.

»Es gibt da diesen Nerv hinter dem Ohr«, beginne ich und erhebe mich vom Stuhl. »Mir ist der Name entfallen, aber wenn man in diese Grube unterhalb des Ohres, genau im Kieferwinkel, wenn man diesen Punkt drückt, dann ist das wie eine Wurzelbehandlung ohne Betäubung.« Mein Blick ruht auf Nero. Neros Blick ruht im Nichts. Sein Gesicht ist erloschen, und dennoch bilde ich mir ein, den Anflug eines Lächelns zu erkennen. Er lacht mich aus – den Vollidioten, der auf seine Lügen hereingefallen ist. »Man muss gar nicht fest zupacken« fahre ich fort und tippe auf die Stelle hinter seinem Ohr. »Beherzt drücken reicht, es entsteht nicht einmal ein blauer Fleck. Keine Spuren, faszinierend, nicht?«

Neben dem Neuro Hub liegt ein Kugelschreiber. Ich nehme ihn, lasse die Mine einschnappen, setze ihn da an, wo mein Finger lag. »Je spitzer der Gegenstand, mit dem man drückt, desto sengender der Schmerz. Wenn ich also diesen Stift nehme und hier ansetze ...« Ich drücke zu, bohre den Kugelschreiber in Neros Haut, warte darauf, etwas zu spüren: ein inneres Aufbegehren, Reue, Bedauern, irgendetwas. Aber nichts davon keimt in mir auf. Der Pulsoximeter übersetzt Neros beschleunigten Herzschlag. Ich ramme den Stift noch fester hinein. Ich bin gar nicht hier. Ich bin bei Larissa Koch, die sich aus Verzweiflung Lack in den Rachen schüttet. Ich bin bei André Fechtner, der irgendwo da draußen ist und vermutlich gerade Kondenswasser von den Wänden leckt. Ich bin bei Nina Fechtner und ihren Kindern, die ohne ihren Vater aufwachsen müssen. Ich bin bei uns zu Hause, an dem Tag, der mein Leben für immer verändert hat. Ich sehe meinen kleinen Bruder in den blutverschmierten Armen meines Vaters, sehe das Messer, wie es über seiner Brust schwebt, sehe, was gleich passieren wird. Doch ich bin wie gelähmt vor Angst. Dann stirbt mein Bruder, und ich tue immer noch nichts. Ich kann mich nicht rühren. Ich bin ein Feigling.

Niemand außer Thea weiß, dass Emil gelebt hat, als ich nach Hause kam. Niemand weiß, dass ich es hätte verhindern können. Ich hätte meinen Vater sofort erschießen müssen, hätte nicht zögern dürfen ... Ich zögere nie wieder!

»Wie ist das?«, frage ich mit heiserer Stimme, während meine linke Hand den Pulsoximeter von Neros Finger zupft. »Du musst nicht antworten, ich weiß, wie das ist. Und jetzt stell dir diesen

Schmerz vor, und zwar jeden verdammten Tag deines restlichen Lebens. Du kannst nicht weg, kannst niemandem davon erzählen. Ich komme immer wieder. Ich komme und mache mit dir, was ich will. Hast du mich verstanden?« Ich setze den Stift ab, lege ihn neben den Neuro Hub.

Die Werte und Amplituden auf dem Bildschirm spielen verrückt, ich weiß nicht, was das bedeutet. Ich weiß nur eins: Nero wird mich nie wieder anlügen.

»Wir haben da eine hübsche Aufnahme von dir.« Ich zücke mein Smartphone, rufe das Video der Überwachungskamera auf und zeige es ihm. »Wer ist das neben dir? Wegen ihm hast du doch gelogen, oder? Du schützt ihn.«

Mein Blick fliegt zum Bildschirm. Irgendetwas stimmt nicht. »Professor!«, rufe ich so laut, dass man es im Flur hören müsste.

Eine Sekunde später schwingt die Tür auf, und Linde stürzt zum Laptop. »Was haben Sie getan?«

»Nichts«, antworte ich knapp und bringe den Pulsoximeter wieder an Neros Finger an. Achtundneunzig Schläge. Immer noch erhöht.

»So sieht es aber nicht aus.«

»Kann er antworten oder nicht?«

Linde klickt sich durch Menüs und Untermenüs, scheint angestrengt zu überlegen. »Prinzipiell ja, aber seine Gedankenströme sind extrem unruhig, alles ist durcheinander, der Computer braucht länger für die Berechn-«

Piep.

Na also. Geht doch. Die Wahrheit zu finden, ist gar nicht so schwer, man muss sie nur beherzt einfordern. »Werden Sie mir jetzt helfen, André Fechtner zu finden?«

Ungeduldig starre ich auf den Bildschirm des Laptops, als mein Smartphone klingelt. »Ja?« Ich entferne mich ein paar Schritte vom Bett. »Was gibt's?«

»Die gute oder die schlechte Nachricht?«, ertönt Stefanies Stimme in der Leitung.

»Die schlechte.« Ich nehme immer zuerst die schlechte.

»Wir konnten den Weg der beiden noch nicht rekonstruieren, keine Ahnung, woher sie kamen und wohin sie wollten.«

»Und die gute Nachricht?«

»Ich habe unseren großen Unbekannten in den Aufnahmen einer anderen Verkehrsraumkamera gefunden. Und diesmal haben wir ein besseres Bild von ihm. Schauen Sie sich die Dateien an. Das sind Screenshots des Videomaterials.«

Ich nehme das Smartphone vom Ohr und rufe das Mailprogramm auf. »Bismarckplatz?«

»Korrekt. Wir haben mehrere Aufnahmen von ihm dort.«

Ich zoome ein Foto heran, fokussiere den Mann: hager. Allerweltsgesicht. Unscheinbar, aber nicht unschuldig. Er wirkt wie einer dieser extrem giftigen Fische, die sich am Meeresgrund festsetzen und als Stein oder Anemone tarnen, bis jemand den Fehler macht, sich zu nahe heranzuwagen. Alle Aufnahmen zeigen ihn bei ... nichts. Er isst nicht, telefoniert nicht, scheint nirgendwohin zu müssen. Er steht einfach nur da, schaut, sondiert. Als würde er auf etwas warten. Vielleicht auf Nero. Oder auf sein nächstes Opfer.

»Wissen Sie, was die wirklich gute Nachricht ist? Öffnen Sie die letzte Datei.«

Mein Daumen wischt sich durch die Bilder bis zur hintersten Aufnahme. Er steht an der Bushaltestelle und bindet sich den linken Schuh. »Was ist damit?«

»Hinter ihm. Der Infoscreen.«

Ich stocke. Nero. Nicht in persona, sondern als Fotografie auf dem Fahndungsaufruf. Das bedeutet, er weiß Bescheid. Aber vor allem bedeutet es ... »Von wann ist die Aufnahme?«

»Von heute. Er war vor vier Stunden dort.«

»Haben Sie die Fahndung schon rausgegeben?«

»Nein, noch nicht.«

»Sehr gut. Trommeln Sie ein paar Kollegen zusammen, aber zivil! Wir müssen unauffällig vorgehen. Treffpunkt Heiliggeistkirche, so schnell wie mö-«

Piep. Piep.

Ich fahre herum, starre entgeistert zu Nero. *Nein?!* Er verweigert sich? Der Mann, dem ich für den Rest seines kümmerlichen Lebens Höllenqualen angedroht habe, will mir nicht helfen?

»Maertens?«, dringt Stefanies Stimme dumpf aus dem Telefon. »Sind Sie noch dran?«

»Ich melde mich«, antworte ich und lege einfach auf.

Zögerlich gehe ich auf Nero zu, betrachte abwechselnd ihn, dann wieder die verpixelte Aufnahme unseres großen Unbekannten. Wie ein extrem giftiger Fisch … Und plötzlich wird mir klar, was Neros Verweigerung bedeutet. Es bedeutet, dass er etwas Schlimmeres fürchtet als Schmerz. Es bedeutet, dass er vor diesem Mann mehr Angst hat als vor mir. Vielleicht bedeutet es sogar, dass ich nicht den Täter vor mir habe, sondern bloß den Mitwisser. Das wahre Monster ist immer noch da draußen und liegt auf der Lauer.

MAERTENS

Dienstag, 21. Januar, 15:13 Uhr

Umziehen.

Es geht nicht anders: Sich unter Leute mischen, sie unauffällig befragen, nicht auffallen, das alles geht schlecht, wenn man aussieht und vor allem riecht wie jemand, der einen ausgiebigen Rundgang durch Heidelbergs größtes Fäkalienmuseum hinter sich hat. Also nach Hause. Schon im Flur aus den Sachen schälen, zur Tür rein, alles in die Waschmaschine stopfen, kurz unter die Dusche, kalt, das macht wach, abtrocknen …

»Ich fasse es nicht.«

Erschrocken wirble ich herum, stolpere, verliere dabei das Handtuch, das ich mir um die Hüften gebunden habe. *Was zum …* »Thea?«

Sie lehnt am Fensterbrett meines Wohnschlafzimmers und starrt ebenfalls. Allerdings ruht ihr Blick nicht auf Augenhöhe. Wütend klaube ich das Handtuch vom Boden und wickle es wieder um mich. »Was machst du hier? Wie kommst du überhaupt rein?«

Sie hebt ihre Hand und öffnet die Faust. Der Schlüssel darin beantwortet zumindest meine zweite Frage.

»Ich fasse es nicht«, wiederholt sie kopfschüttelnd. »Du haust immer noch in dieser Eineinhalb-Zimmer-Bude. Du hast dasselbe Türschloss, dieselben abgewetzten Möbel, du hast sogar noch dein, Anführungszeichen, Designer-Desk.« Sie deutet auf das aufgeklappte Bügelbrett, das mir als Schreibtisch dient und das ihr schon damals, als sie hier wohnte, ein Dorn im Auge war.

»Was geht dich das an?«, keife ich sie an und schüttle den Kopf. »Du wohnst schon lange nicht mehr hier. Außerdem kann nicht jeder reich heiraten.«

Sie verdreht die Augen. »Nicht diese Nummer bitte.«

Diese Nummer? *Sie* hat damals nach dem Massaker unsere Beziehung beendet. *Sie* hat sich kurz darauf in die Arme eines anderen geschmissen und sich schwängern lassen, sie! Und jetzt dringt sie in meine Wohnung ein, stellt mich bloß und beleidigt mich? »Entschuldige, ich wusste nicht, dass es eine, Anführungszeichen, *Nummer* ist, den Partner im Stich zu lassen.«

»Im Stich lassen?« Sie stößt sich von der Wand ab und schießt mit wildem Gesichtsausdruck auf mich zu. »Ich habe versucht, dir zu helfen. Ich wollte dir beistehen, aber du hast mich keinen Zentimeter an dich herangelassen. Was hätte ich denn tun sollen? Ewig warten, bis der verdammte Eisblock in deiner Brust schmilzt?«

Mein Mund öffnet sich, doch es kommt nichts als Luft über meine Lippen.

»Du hast mich gar nicht mehr richtig angesehen«, seufzt sie, jetzt mit einer ganz anderen Stimme. Eine, die von Schmerz getragen wird, nicht von Wut. »Es gab nur noch dich und die Selbstvorwürfe, mit denen du dich zerfleischt hast. Du hättest Emil nicht retten können, du …«

»Genug. Nicht jetzt. Bitte.«

Schweigend stehen wir uns gegenüber. Thea starrt zu Boden, ich starre auf sie. Sie trägt ihr Haar wie früher: Straff nach hinten zu einem Pferdeschwanz gezähmt, und wie früher rebelliert ihre Mähne. Einzelne Strähnen sträuben sich, sprießen hervor, verleihen der Strenge eine lockere Note. Selbst ihre schlanke Linie hat sie sich nach all den Jahren bewahrt, genau wie den stets schmollenden Zug um ihre Mundwinkel. Alles an ihr erinnert mich an früher. Nur ihre Klamotten sind teuer.

»Schläfst du immer noch auf diesem Ding?«, fragt sie schließlich. Sie konnte Stille nie lange ertragen. »Das war doch schon damals kaputt. Warum kaufst du dir nicht ein neues?«

Mein Blick wandert zum Ausziehschlafsofa, dessen Rahmen nur von Gewebeband und einem Stück Holz zusammengehalten wird. »Erinnerung an bessere Zeiten, schätze ich.«

Thea schaut mich einen Moment fragend an, dann wendet sie verlegen den Blick ab. Offenbar hat sie nicht vergessen, bei was der Rahmen kaputt gegangen ist.

»Was willst du hier?«, seufze ich und durchwühle meinen Wäschekorb nach frischen Sachen.

»Dir helfen.«

Ich stutze. »Mir helfen?«

»Theo Linde, was hast du mit ihm zu schaffen?«

»Bitte nicht!«, bricht es entgeistert aus mir heraus. »Du hast doch Familie, bist eine Mutter … Du hast dich immer aus den Machenschaften deiner Sippe herausgehalten, bitte sag mir, dass du nichts mit denen zu tun hast. Deine Brüder beschäftigen das halbe Polizeirevier, besonders Milan und seine Geldeintreiberbande.«

Thea verzieht das Gesicht. »Ich habe elf Geschwister, Paul! Zweiunddreißig Cousins und Cousinen und unendlich viele Onkel, Tanten und sonstige Verwandte – die Familie Eić ist riesig. Nur weil ein paar meiner Brüder es mit dem Gesetz nicht so genau nehmen, sind wir doch nicht alle eine Bande von Verbrechern! Ich heiße nicht einmal mehr Eić.«

»Weil du geheiratet hast«, knurre ich. Den Falschen, denke ich. »Wenn du nichts mit deinen Brüdern zu schaffen hast, woher weißt du dann von Linde?«

»Familie bleibt Familie«, entgegnet sie achselzuckend. »Geburtstage, Taufen, Hochzeiten – da kann man sich schlecht aus dem Weg gehen. Man bekommt automatisch gewisse Dinge mit.«

»Und was reden deine Brüder über mich und den Professor?«

Thea scheint nachzudenken. Sie taxiert mich, als wäre ich das Tor bei einer Quizshow. Bin ich eine Niete oder ein Gewinn? Schließlich spielt sie auf Risiko. »Linde hat Schulden bei ihnen. Hohe Schulden. Offenbar kann er nicht zahlen.«

»Sein Problem«, antworte ich unbeeindruckt, nehme ein paar Sachen aus dem Schrank und schlüpfe in die Hose mit den wenigsten Flecken. Wahrscheinlich hat der Zausel das ganze Geld in seine Erfindung gesteckt. »Tu mir einen Gefallen, und richte deinen Brüdern aus, sie sollen die Füße stillhalten. Ich brauche ihn noch, vermutlich ein paar Tage.«

Thea verschränkt die Arme vor der Brust und beobachtet, wie ich mich anziehe. »Du bist überall in den Nachrichten. Ihr sucht dieses Entführungsopfer, richtig? Hat es etwas damit zu tun?«

»Das tut nichts zur Sache.« Ich angle nach meinem Mantel und will los, als mein Blick in Theas Dekolleté hängen bleibt. »Warum trägst du das noch?«

Sie sieht an sich hinab und zupft unentschlossen an dem Medaillon herum. »Es gefällt mir einfach.«

Ich nicke. Und ich weiß nicht, ob es daran liegt, dass Thea noch genauso aussieht wie früher, als wir bis über beide Ohren ineinander verliebt waren, oder daran, dass ich heute zumindest kurz davon überzeugt war, sterben zu müssen, aber in diesem Moment vergesse ich alles, was uns trennt, trete ganz nah an sie heran und nehme das Medaillon, das ich ihr 2013 auf einem Flohmarkt gekauft habe, zwischen meine Finger.

»Es war dein bestes Geschenk.«

Ein Augenblick verstreicht, dann klappe ich es auf. Damals war ein Foto von mir darin. Jetzt lächelt mir ein kleines, bildhübsches Mädchen mit der dunklen, widerspenstigen Mähne ihrer Mutter entgegen und erinnert mich daran, dass wir nicht mehr 2013 haben. Es ist 2025. Thea hat ein Kind, einen Mann, ein anderes Leben. Natürlich trägt sie nicht mich an ihrer Brust spazieren. Wie dumm kann man sein?

»Süß«, kommentiere ich das Foto knapp. »Wie heißt die Kleine?«

»Iva. Nach meiner Großmutter.«

»Schön.« Die Nähe zwischen uns fühlt sich plötzlich falsch an, also wende ich mich ab. »Du findest sicher alleine raus. Lass den Schlüssel bitte hier.« Ich bin schon fast zur Tür hinaus, als …

»Paul?«

»Ja?«

»Du wirst mir niemals verzeihen, oder?«

Meine Hand ruht auf der Klinke, mein Blick auf der Hand. Ich weiß natürlich, wovon sie spricht, aber ich bin nicht bereit, darüber zu reden. Das war ich noch nie. »Ich bin deinem Mann letztens zufällig auf der Straße begegnet – sehr adrett«, scherze ich stattdessen. »Ich an deiner Stelle hätte ihn auch geheiratet.«

»Das meine ich nicht.«

Natürlich nicht. Sie meint den Tag, an dem ich meine gesamte Familie verlor. Der Tag, an dem ich Thea verlor. Der Tag, an dem ich alles verlor. *Ich hätte nicht zögern dürfen. Ich zögere nie wieder …* Damals habe ich beschlossen, dass meine Emotionen nie mehr über mich bestimmen sollen. Deswegen bin ich, wie ich bin. Ein Automat, einzig und allein dazu bestimmt, seinen Zweck zu erfüllen. Ich habe mich schon oft gefragt, was passieren würde, wenn sie mich suspendieren, aber meine Fantasie hat nie ausgereicht, um eine Antwort zu finden. Es liegt jenseits meiner Vorstellungskraft, was ich dann mache. Da ist nichts. Niemand. Nur ich. Ein lebender Toter ohne Aufgabe. Aber noch ist es nicht so weit.

»Ich muss los«, sage ich, ziehe die Tür zu und gehe.

Noch habe ich eine Aufgabe. Und solange André Fechtners Kinder ihren Vater nicht lebend zurückhaben, ist sie nicht erfüllt.

LINDE

Dienstag, 21. Januar, 19:40 Uhr

Maria N.

Ein Treffer. Ein einziger. Mehr Menschen mit dem Nachnamen Nero konnte ich in dieser Gegend nicht finden, und Viktor Nero wird mir auch nicht helfen: Der Treffer war sein Nachruf: *Wir nehmen Abschied ... nach langer Krankheit ... im Alter von fünfundachtzig Jahren ... deine Schwestern Birgit Schmiedemeister und Eva Nuglitsch.*

Ein steinalter Greis, verstorben vor acht Jahren, keine Kinder. Auch der Ort stimmt nicht: Die Beerdigung fand auf dem Friedhof Walldürn statt, die Ortschaft liegt knapp hundert Kilometer entfernt, aber sämtliche Hinweise in den Artikeln deuten darauf hin, dass das ermordete Mädchen direkt aus Heidelberg stammt. Genauer gesagt aus Emmertsgrund – eigentlich ein sozialer Brennpunkt, doch so schlimm sieht es gar nicht aus. Vorne bei den Plattenbaublöcken in der Jellinekstraße vielleicht, aber hier, ein bisschen weiter Richtung der Weinhänge wird es ganz ansehnlich. Reihenhäuser schmiegen sich dicht an dicht, gepflegte Hecken, mal parkt ein neuer Mercedes davor, mal ein kleiner Franzose, je nachdem. Eine friedliche Gegend.

Die Leute müssen damals ziemlich aufgebracht gewesen sein, als die Pressemeute hier eingefallen ist – das Medienecho war offenbar groß. Es finden sich noch zahlreiche Beiträge online, die Maria N. und ihr Schicksal beleuchten. Liest man die Artikel von damals und ruft die Mediatheken ab, dann findet man immer wieder Ausschnitte, in denen Nachbarn, Freunde oder einfach Passanten befragt wurden. In einem TV-Interview, das ich gefunden habe, berichtet eine Frau unter Tränen, dass Maria und ihre Tochter früher beste Freundinnen waren und miteinander gespielt haben, sie wohnte nur ein paar Häuser weiter. Hinter ihr ragt das Schild einer Bushaltestelle in die Höhe.

Ich blicke von meinem Handy auf. *Diese* Bushaltestelle. Jaspersstraße. Irgendwo hier muss Maria N. also gelebt haben. Ihr vollständiger Nachname wird in keinem Beitrag erwähnt, genau deshalb bin ich hier. Vielleicht bekomme ich so die Antworten, die mir Nero nicht geben konnte. Der Kommissar hat ihn derart hart angepackt, dass er nach der Vernehmung in Tiefschlaf gefallen ist. Das Glück ist nicht gerade auf meiner Seite. Zumindest hat mich dieser Kredithai nicht gefunden. Und zumindest haben die Leute beleuchtete Klingelschilder mit gut lesbaren Namen.

»Familie Richter« lese ich von einem roten Briefkasten ab, aus dem Discounterprospekte ragen. Der gedrungene Bungalow daneben gehört der Familie Queisser, und die zwei Eingänge der Villa gegenüber führen in die Doppelhaushälften der Familien Winckelmann und Hustedt. Kein Nero. Kein Nachname mit N.

Bellen. Ich blicke die Straße entlang. Eine ältere Frau mit auftoupierten Haaren und einem Zwergpinscher an der Leine kommt mir entgegen, mustert mich abschätzig und zieht ihre Töle von mir weg. Wahrscheinlich hält sie mich für einen Hausierer, der noch einen Abschluss braucht, bevor er in den Feierabend darf.

»Können Sie mir sagen, wo Maria N. gewohnt hat?«, rufe ich ihr hinterher.

Sie ignoriert mich, stakst einfach weiter die spärlich beleuchtete Straße entlang. Dann eben ohne Hilfe.

Vierundzwanzig Häuser und unzählige Familiennamen später stehe ich erneut vor einem Bungalow, allerdings ist er ziemlich heruntergekommen. Bröckelnder Putz, grünstichige Fassade, überquellende Mülltonnen. Das Unkraut des Vorgartens wuchert bis auf den Bürgersteig. Ich kneife die Augen zusammen: »Neidhart« steht auf dem Klingelschild. *Maria Neidhart?* Könnte das die richtige Adresse sein? Wieder streift mein Blick die Mülltonnen. Schlanke Flaschenhälse ragen wie stumme Zeugen durchzechter Nächte hervor. In der Einfahrt parkt ein alter Volvo – das Nummernschild fehlt. Die Fensterläden sind geschlossen. Mich beschleicht das Gefühl, dass hier …

»Sind Sie der Redakteur?«

Die Tür ist plötzlich offen, aber nur einen Spalt breit. Dahinter steht ein Mann.

»Wie bitte?«, frage ich und trete einen Schritt näher.

»Haben Sie mir geschrieben? Wegen des Interviews?«

Die Tür öffnet sich weiter, der Mann tritt heraus und taucht sein zerzaustes Haupt in den Schein der Straßenlaterne. Ich erkenne ihn sofort von den Bildern der Artikel wieder, auch, wenn er um Jahrzehnte gealtert scheint: Marias Vater. Er muss mich mit jemandem verwechseln.

»Wieso haben Sie sich so lange Zeit gelassen? Das war doch sicher schon im September oder so?«

Mit offenem Mund starre ich ihn an. Tausend Gedanken irrlichtern mir durch den Kopf. Er hält mich für einen Journalisten. Kläre es auf! Nur die Wahrheit bringt dich weiter, zischt mir eine innere Stimme zu. Nutze es! Die Lüge hat dich bis hierhergebracht, säuselt es aus einer anderen Ecke.

Der Mann fixiert mich mit grimmiger Miene. Eigentlich bleibt mir keine Wahl.

»Ist etwas dazwischengekommen«, murmle ich halblaut und strecke ihm meine Rechte entgegen. »Schön, Sie persönlich kennenzulernen, Herr Neidhart.«

Er betrachtet meine Hand, als hätte ich sie gerade aus dem

Kompost gezogen. »Ich habe Sie mir jünger vorgestellt«, entgegnet er abschätzig. Dann scheint etwas in ihm an seine guten Manieren zu appellieren, und er schüttelt mich kräftig durch. »Herr Müller, richtig?«

Ich habe keine Ahnung, wie der Journalist hieß, der ihm geschrieben hat, aber Müller war der Mädchenname meiner Mutter. Das muss ein Zeichen des Schicksals sein. »Müller, ja.«

»Warum haben Sie nicht vorher Bescheid gegeben? Dann hätte ich mich besser vorbereitet. Kommen Sie herein.«

Er verschwindet im Haus, hinterlässt eine Dunstwolke aus Schweiß und Branntwein.

Mein Herz schlägt schneller. Ich habe nur bis hierher gedacht, keinen Schritt weiter. Der Mann heißt zwar nicht Nero, aber was ist, wenn ich hier trotzdem richtig bin? Wenn das, was Nero den Entführungsopfern angetan hat, irgendwie mit dem Anschlag auf Lukas und Maria Neidharts Tod zusammenhängt. Dieser Mann könnte etwas damit zu tun haben.

»Kommen Sie!«, dringt es aus dem Inneren.

Mein Blick sinkt zu Boden. Auf der abgetretenen Fußmatte prangt ein ausgeblichenes »Willkommen«, doch alles an diesem Haus schreit das Gegenteil. Wahrscheinlich sollte ich gehen, es wäre das Vernünftigste. Aber nichts, was ich in den letzten Jahren getan habe, kann als vernünftig bezeichnet werden. Warum sollte ich jetzt damit anfangen?

Als ich die Tür hinter mir schließe, wird irgendwo im hinteren Teil des Hauses ein Fernseher ausgeschaltet. Ich gehe ein paar Schritte, gewöhne mich nur langsam an die Dunkelheit. Alle Rollläden sind unten, es brennt kaum Licht. Das Haus ist eine Höhle. Gefühlt umgibt mich ausschließlich dunkles Holz: Als hätte eine Tischlerei in den Siebzigerjahren sämtliche Schrankwandmodelle in dem damals typischen Rio-Palisander-Echtholzfurnier in einem einzigen Schauhaus präsentieren wollen, wäre dann pleite gegangen, und die Familie Neidhart ist nahtlos eingezogen, ohne je etwas zu verändern. Apropos Familie … »Ist Ihre Frau nicht da?«

»Meine Frau?«, tönt es bitter aus einem der hinteren Zimmer. »Wissen Sie das denn nicht? Ich dachte, Sie sind Journalist.« Seine Stimme kommt näher. Als er wieder vor mir steht, bemerke ich, dass er versucht hat, sich schnell zurechtzumachen. Mit Wasser die struppigen Haare gekämmt. Ein Pfefferminz im Mund. Das zerknitterte Hemd in die Hose gesteckt, die um seine Beine schlottert. »Sie ist schon lange weg.«

Wir nicken, stehen eine Weile schweigend da.

Schließlich wendet er sich einem alten Holzglobus zu, der sich als Minibar offenbart. »Wollen Sie etwas trinken?« Er klappt die Kuppel auf, lässt seine Finger erratisch über den Flaschen kreisen. Als ich ablehne, klappt er ihn wieder zu, nur um ihn gleich darauf erneut zu öffnen und sich ein Glas Aquavit einzuschenken. »Warum interessiert sich das ›Mannheimer Tagblatt‹ plötzlich für Maria?«, fragt er und komplimentiert mich auf einen durchgesessenen Biedermeiersessel mit Brandflecken auf der Armlehne.

»Wir haben so eine Rubrik«, schieße ich ins Blaue und klemme mir meine Aktentasche zwischen die Unterschenkel. »Alte Fälle, neu aufgearbeitet.«

Neidhart lässt sich mir gegenüber auf einem Fauteuil nieder und stürzt das Glas in einem Zug hinunter. »Welcher Fall?«, zischt er dann giftig. »Es gibt keinen Fall. Junges Ding, Partymaus, reichlich Alkohol und andere Substanzen, die Sicherungen brennen durch, sie verirrt sich im Wald, verliert das Bewusstsein und erstickt an ihrem Erbrochenen. Für die Polizei und die Presse war doch alles sonnenklar: Es war ein Unfall, kein Fall.«

Über Neidhart hockt ein riesiger, ausgestopfter Raubvogel. Ein Bussard vielleicht oder ein Habicht, ich bin kein Ornithologe.

Aber ich bin mir ziemlich sicher, dass solche Tiere unter Naturschutz stehen. »Es gab doch Ungereimtheiten«, murmle ich meinen eigenen Gedanken nach, ohne den Blick von den leeren Augen des Vogels abwenden zu können.

»Welche meinen Sie? Dass in dem Club zufälligerweise genau an diesem Tag sämtliche Kameras ausgefallen waren? Dass sich die Zeugenaussagen widersprachen? Dass Maria unbescholten war, dass sie sich immer ein Taxi genommen hat und nie auch nur auf die Idee gekommen wäre, nachts zu Fuß durch diesen Wald zu gehen? Diese Ungereimtheiten? Das sind alles Zufälle, dachte ich. Der arme Vater hat sich in irgendwelche Theorien verrannt – das denkt ihr doch alle von mir. Ich habe Ihren Kollegen Dutzende Mails und Briefe geschrieben: Beweise, Fakten, Richtigstellungen. Nichts davon habt ihr abgedruckt! Und die Polizei hat sich genauso wenig darum geschert.«

»Ich bin aber nicht wie meine Kollegen«, rede ich gegen seine Verbitterung an. »Was ist ihre Version?«

Er starrt mich eine Weile an, springt dann jäh auf und konsultiert erneut die Minibar. Mir fällt auf, dass seine Hände zittern. Die Aquavitflasche tanzt förmlich über den Glasrand. »Maria wurde in diesem Club unter Drogen gesetzt. Und sie war nicht die Erste. Das machen die mit System. Die holen sich junge Mädels, erschleichen sich ihr Vertrauen, und irgendwann tun sie so ein Zeug in ihr Getränk rein, und dann ...« Er schwenkt die paar Zentiliter in seinem Glas, als wäre darin teurer Single Malt und kein Zehn-Euro-Kümmelbranntwein aus dem Supermarkt, und stürzt den Schnaps hinunter. »Sie wissen, was dann.«

»Soweit ich weiß, gab es keine Anzeichen einer Verge-«

»Weil es nicht so weit gekommen ist!« Er knallt das Glas auf den Tisch und stiert mich erbost an. »Maria war ein gutes Kind! Eine ausgezeichnete Schülerin und Studentin! Ja, sie ist hin und wieder ausgegangen, so wie alle, aber sie hat nicht viel getrunken, und mit Drogen hatte sie bei Gott nichts am Hut! Sie hat diesen Giftcocktail, den sie ihr eingeflößt haben, nicht vertragen. Als sie ohnmächtig wurde und sich übergeben musste, sind diese Dreckskerle abgehauen und haben sie einfach ihrem Schicksal überlassen.«

Betroffen senke ich den Blick. Er redet, als wäre er damals dabei gewesen. Als gäbe es keinen Zweifel an seiner Version der Geschichte. Wie kann er sich so sicher sein? »Haben Sie Beweise? Irgendetwas, das Ihre These stützt?«

Er winkt ab. »Beweise«, wiederholt er abschätzig und lässt sich wieder auf den Sessel fallen. »Die meisten reden doch nicht darüber. Neunzig Prozent der Frauen machen keine Anzeige. Und warum? Weil es zwecklos ist. Wort gegen Wort. Einvernehmlich gegen Missbrauch. Achttausend Vergewaltigungen werden im Schnitt jährlich zur Anzeige gebracht – wissen Sie, wie viele davon mit einer Verurteilung enden? Gerade mal sieben Prozent. Ich verstehe die jungen Dinger sogar. Sie verdrängen es lieber, als sich die Blöße zu geben.«

Ich nicke ungeduldig. Die Geschichte seiner Tochter ist tragisch, aber wie hängt sie mit Lukas zusammen? Er war oft in diesem Club unterwegs – hat er mitbekommen, dass dort Mädchen unter Drogen gesetzt wurden? Von Ludwig Schuch? Hat der Türsteher dafür gesorgt, dass die Kameras ausfallen? Hat er sie in den Wald gebracht? Kannte Lukas Maria vielleicht? Und wie hängt das alles mit Nero zusammen?

»Hatte Maria einen Freund?«, frage ich, weil es das Offensichtlichste wäre: ein Racheengel. Die späte Quittung für eine Rechnung, die viel zu lange offen blieb.

»Nein. Sie hat sich voll und ganz auf ihr Studium konzentriert.«

Das heißt nichts, denke ich. Eltern wissen über ihre Kinder oft am wenigsten Bescheid. Und nach allem, was ich über Maria gelesen habe, war sie nicht der Unschuldsengel, für den ihr Vater sie hält. Vielleicht sollte ich es lieber mit konkreten Fragen probieren: »Sagt Ihnen der Name Lukas Seewald etwas?«

Neidhart überlegt nicht lange. »Nein, noch nie gehört.«

»Was ist mit Nero?«

»Nero?«, wiederholt er spitz. »Wie dieser verrückte Kaiser?«

»Ja.«

Diesmal überlegt er länger. Man kann es an den Runzeln seiner Stirn regelrecht ablesen, wie es in ihm arbeitet. »Warten Sie«, antwortet er schließlich mit heiserer Stimme. »Ich glaube, da klingelt etwas. Lassen Sie mich nachschauen.«

Mit einem Ruck steht er auf und stakst quer durch den Raum in ein anderes Zimmer.

Nach einer Weile höre ich ein Rumpeln nebenan. Es raschelt und knistert. Dann wird es still, minutenlang. Nur ich und der Raubvogel, der auf mich herniederstarrt. Jetzt erst bemerke ich, dass die Regalwände voller ausgestopfter Tiere sind. Ringsherum scharen sich Steinmarder und Dachse, Waschbären und Füchse. Sie krallen sich an Holzscheiten fest, fletschen ihre Zähne, schielen aus toten Augen ins Nichts. »Sind Sie Jäger?«, rufe ich ins Nebenzimmer. Eine Standuhr tickt. Neidhart antwortet nicht. »Herr Neidhart?« Ist er in den Keller gegangen? Als sich nach einigen Minuten immer noch nichts rührt, erhebe ich mich zögerlich und mache ein paar Schritte auf die Tür zu, hinter der er verschwunden ist. »Alles in Ordnung?«

Keine Reaktion.

Der Boden knarzt, als ich den Raum betrete. Wieder prangt ein massiver Schrankverbau an der Wand, ich denke, es war eines dieser Modelle mit ausklappbarem Bett. Man erkennt es noch an den Gasdruckfedern, die aus der Konstruktion ragen, der Rest wurde herausgerissen – der Bettkasten, der Lattenrost, alles.

Zurück blieb eine klaffende, rechteckige Fläche. Doch die Wand dahinter ist nicht nackt. Jeder Zentimeter ist bedeckt mit Fotos und Notizen, Zeitungsschnipseln und Kartenmaterial, zu Inseln arrangiert, mit Stecknadeln fixiert und durch unzählige Schnüre in unterschiedlichen Farben verbunden.

Unwillkürlich bewege ich mich darauf zu, wie die Motte zum Licht. Eigentlich müssten sämtliche Alarmglocken läuten, doch in mir herrscht eine gespenstische Ruhe. Nichts von dem, was ich sehe, befremdet mich. Ich kenne diese Art von Aufzeichnungen, ich hatte meine Gedanken und Verdachtsmomente über den Anschlag auf Lukas ähnlich skizziert. Der Verlust treibt einen in den Wahnsinn – das ist die Kartografie davon. Neidhart ist versessen darauf, den Mörder seiner Tochter zu finden, wie ich herausfinden will, wer hinter Lukas' Schicksalsschlag steckt. Wir brauchen Gewissheit, auch wenn uns die Suche danach vergiftet. Es bringt uns unsere Lieben nicht zurück. Es bringt unser Leben nicht zurück. Es zerstört uns. Und dennoch, ist es das Einzige, was zählt.

Du willst demjenigen in die Augen sehen, der dir dein Liebstes geraubt hat. Du wirst alles tun, um ihm den gleichen Schmerz zuzufügen, der dir zugefügt wurde. Narbe für Narbe für Narbe. Und in dem Moment begreife ich, warum Neidhart nicht mehr antwortet.

Aber es ist zu spät.

Der kalte Lauf seiner Waffe bohrt sich in meinen Nacken.

Ein Klicken ertönt.

MAERTENS

Dienstag, 21. Januar, 20:45 Uhr

»Haben Sie den hier mal gesehen?«

Der Mann hinter dem Verkaufstresen wendet den Blick von der Fritteuse ab und betrachtet das Foto in meiner Hand. »Ne. Noch was dazu?«

Kopfschüttelnd verstaue ich die Aufnahme von unserem Unbekannten wieder in meiner Innentasche, bezahle die Pommes und setze mich auf einen der Tische vor der Dönerbude. Der Blick auf den Bismarckplatz ist nicht besonders gut, aber wenigstens falle ich nicht auf. Nur ein hungriger Typ mit Pommes und einem seltsamen Knopf im Ohr.

»Mahlzeit«, schnarrt es durch den Kleinfunk. »Schmeckt's?«

Ich seufze. Natürlich muss Benedetti sticheln. Statt darauf einzugehen, fordere ich einen Statusreport ein, aber es gibt nichts Neues. Zehn Beamte in Zivil schlendern seit knapp vier Stunden über den Bismarckplatz, alle mit einem Knopf im Ohr, alle auf der Suche nach einem Mann. Doch er lässt sich nicht blicken.

»Und mitten in der großen Stadt, stehn die Beamten sich die Füße platt«, stimmt Benedetti plötzlich eine bekannte Melodie mit neuem Text an. »Skandal, am Bismarckplatz, Skandal, Skandal um Pauli.«

»Funkruhe!«, schnauze ich meine Pommes an. »Das gilt auch für Sie, Benedetti.«

»Die eine Hälfte der Heidelberger Polizei wühlt immer noch in den Kloaken, die andere verplempert hier ihre Zeit – warum?

Woher sollen wir überhaupt wissen, dass der Typ was mit der Entführung zu tun hat?«

Gereizt tunke ich eine Pommes in Ketchup und stopfe sie mir in den Mund. »Nero hat es bestätigt.«

»Und woher wollen wir wissen, dass Nero wirklich der Entführer ist?«

Es reicht. »Benedetti, Einsatzwagen, sofort. Das ist ein Befehl!«

Ich springe auf, lasse die Pommes stehen und eile quer über den Bismarckplatz zur Rückseite der ehemaligen Galeria-Kaufhof-Filiale, wo ein unscheinbarer Mercedes Sprinter mit der Aufschrift »Thiele und Friedrichs Sanitär & Heizungen« parkt. Doch ich habe nicht vor umzuschulen.

»Was gibt es Neues?«, frage ich Stefanie und schließe die Schiebetür hinter mir. »Irgendwelche Vorkommnisse?«

»Nichts«, antwortet sie gähnend, ohne den Blick von den Bildschirmen abzuwenden.

Wir haben sämtliche Verkehrsraumüberwachungskameras angezapft: Alles, was es hier zu sehen gibt, landet vor Stefanies Nase. Leider gibt es nicht viel zu sehen.

»Bei dem Sanitätshaus Ecke Luisenstraße ist gerade Schlussverkauf«, sagt sie und tippt auf einen der Monitore. »Ich könnte mir neue Gehhilfen mit Ledergriff besorgen.«

Automatisch wandert mein Blick zu ihren Krücken, die in der Ecke lehnen. Den Spruch hat sie nicht ohne Grund fallen lassen, aber ich gehe nicht darauf ein. In gebückter Haltung stelle ich mich hinter sie, betrachte die Phalanx an Monitoren: der nächtliche Bismarckplatz aus allen möglichen Winkeln. Straßenbahnen fahren ein, Busse fahren ab, Blechschlangen schieben sich durch die Häuserschluchten, und überall wuseln Mensch und Tier. Ein Labrador schnüffelt am Fuß der Bismarck-Büste, will sein Bein heben, doch sein Besitzer zieht ihn weg. Vor der öffentlichen Toilette steht eine Reisegruppe, jeder wühlt in seinem

Portmonee nach Kleingeld. Beim Späti-Kiosk ist ausnahmsweise keine Menschenseele. Alles geht seinen gewohnten Gang. Nur unser unbekannter Freund lässt sich nicht blicken.

Die Schiebetür des Sprinters wird aufgerissen. »Was gibt's, Capitano?« Benedetti schwingt sich in den Wagen. Zusammen mit seinem Ego wird es eng.

»Könnten Sie mir erklären, was das soll?«, fahre ich ihn an.

Unbeeindruckt setzt er sich auf einen der Sitze und pult sich den Knopf aus dem Ohr. »Glauben Sie wirklich, dass dieser Kerl auftaucht? Ein paar Straßen weiter stellen die Kollegen alles auf den Kopf – der wäre bescheuert, wenn er sich hier blicken lässt.«

»Vor ein paar Stunden war er noch so bescheuert.«

»Dann lassen Sie das Gebiet per Video überwachen. Wenn etwas passiert, greifen wir ein. Wir stehen uns mit den Pennern die Beine in den Bauch, während die eigentliche Polizeiarbeit liegen bleibt.«

Ich will antworten, zögere. *Penner ...*

»Können Sie die Aufnahmen zurückspulen?«, wende ich mich abrupt an Stefanie.

Sie nickt. »Zu welchem Zeitpunkt denn?«

»Egal. Irgendwann, bevor wir gekommen sind.«

Auf den Monitoren beschleunigen sich die Bewegungen. Menschen, Autos, alles läuft rückwärts. Als Stefanie die Aufnahme wieder in Echtzeit abspielt, brauche ich nicht lange, um zu finden, wonach ich suche. »Penner! Da, da und hier auch.«

»Und?«, höre ich Benedetti irritiert fragen. »Seitdem die von ihrem angestammten Saufplatz vorne bei dem Siff-Penny vertrieben wurden, ist der Bismarckplatz voll davon. Die sind immer da.«

»Exakt das ist das Problem. Gehen Sie wieder auf live.«

Die Monitore werden kurz schwarz, dann erscheint der Platz erneut. Aber mit einem entscheidenden Unterschied: Niemand schnorrt die Reisegruppe um ein paar Euro an, kein Hütchenspieler zieht die Touristen ab, keine angeblichen Taubstummen betteln um Almosen, nichts. »Wo sind sie hin?«

Stille.

Benedettis Gesicht erscheint dicht neben meinem – wir studieren die Monitore, als wären es Wimmelbücher. Wo ist Walter der Bettler? Nicht da. Stattdessen sehe ich lauter Kollegen, die betont lässig rumstehen und versuchen, Teil der Umgebung zu werden. Manchen gelingt es. Anderen weniger.

»Spul zu dem Zeitpunkt, an dem wir gekommen sind. Ein bisschen danach.«

Wieder bewegt sich alles im Zeitraffer.

Benedetti wird zuerst fündig. »An der Haltestelle!«

Ich folge seinem Blick. Ein Mann in beiger, fleckiger Jacke klappert die Wartenden ab und hält ihnen ein Klemmbrett unter die Nase. Der Trick ist bekannt: Zuerst soll man für irgendeinen Verein unterschreiben, dann gleich spenden. Aber die Spende kommt nie an. Er probiert es bei einigen Passanten, als ein anderer Mann dazukommt. Plötzlich haben sie es eilig. »Wir sind wohl aufgeflogen«, kommentiere ich das Geschehen mürrisch und verfolge die beiden Gestalten bis zum Bildschirmrand. Mein Blick springt von Monitor zu Monitor – nichts.

»Vor dem Tannhäuser Hotel!«

Tatsächlich, da sind sie. Sie hasten über den Gehweg, sehen sich um, gehen in Richtung des Drogeriemarktes, als ein Bus vor der Ampel hält und die Sicht blockiert. Es dauert einen Moment, bis er weiterfährt. Danach sind die beiden wie vom Erdboden verschluckt. »Verdammt! Wo sind sie hin?«

»Finden wir es raus.«

Benedetti reißt die Schiebetür auf und springt aus dem Einsatzwagen, ich hinterher. Beim Hotel angekommen, wird schnell klar, dass sie entweder bei Müller Parfums durchprobieren oder ... »Da ist ein Treppenabgang neben der Straße«, sage ich Stefanie über Funk und blicke in Richtung der Überwachungskamera. »Unten ist alles mit Brettern und Müll verbarrikadiert. Irgendeine Ahnung, was hier war?«

»Das müsste die alte Straßenunterführung sein. Aus den Siebzigern.«

Benedetti steht mir gegenüber, zuckt mit den Schultern.

»Welche Unterführung?«

»Meine Mutter hat mir davon erzählt. Sie war Verkäuferin bei Woolworth, wo heute Müller drin ist. Früher gab es eine Verbindung zwischen Horten und Woolworth, die quer unter dem Bismarckplatz verlief. Die Leute sollten von einem Kaufhaus ins andere gelangen, ohne nass zu werden. Aber die Idee war ein ziemlicher Rohrkrepierer. Binnen kürzester Zeit war die Unterführung in der Hand von allerlei Gesindel. Überall lag Dreck, und es stank nach Pisse – keiner hat sich mehr da reingetraut. Irgendwann in den Neunzigern haben sie den Tunnel gesperrt. Als Horton dann zu Galeria Kaufhof wurde, diente die Unterführung noch als Lager, aber seit der Pleite letztes Jahr ... Wahrscheinlich steht sie leer, wie der Rest des Kaufhauses.«

Benedetti schiebt einen Müllcontainer zur Seite, und wir bahnen uns den Weg über allerlei Unrat zum Fuß der Treppe, wo noch mehr Müll auf uns wartet. Müll und eine riesige Bretterwand voller Aufkleber, Graffiti und sonstiger Sudelei. Eine der Schmierereien fällt mir besonders auf. »Siehst du das? Neben dem Spruch ›Bullenschweine an die Leine‹?« Ich trete näher heran und fahre mit dem Finger über das Bild eines Polizisten, der an einem Galgen hängt. Ein auffälliger Riss durchzieht das Graffiti, sodass der Verlauf des Querbalkens versetzt erscheint. Behutsam bohre ich meine Fingerspitzen in den Spalt, drücke ihn leicht auf. Eine Tür.

»Und jetzt?«, höre ich Benedetti halblaut hinter mir.

Ich zücke mein Smartphone, schiebe es so weit in den Spalt, dass die Kamera den Raum dahinter erfassen kann. Es dauert einen Moment, bis das Bild auf dem Display scharf wird. Viel kann ich nicht erkennen, aber das Wenige reicht aus, um sagen zu können, dass die Unterführung alles andere als leer ist.

»Ach du Scheiße.«

Ich zoome heran, mustere die dunklen Gestalten, die sich in der Ferne um ein Lagerfeuer scharen. »Damit hätten wir das Rätsel gelöst, wohin das Gesocks verschwunden ist. Bleibt noch die Frage, ob sich unser großer Unbekannter unter ihnen befindet.« Oder sogar das Versteck von André Fechtner, ergänze ich in Gedanken. Die Lage würde passen. Vielleicht war er die ganze Zeit hier, mitten unter uns.

»Stefanie«, zische ich ins Funkgerät. »Wer verwaltet die Galeria-Kaufhof-Filiale?«

»Soweit ich das mitbekommen habe ... niemand. Seit der Insolvenz weiß keiner, was er damit anfangen soll.«

Volltreffer! Ein riesiges, leer stehendes Gebäude – das ideale Versteck. »Hergehört! Wir gehen folgendermaßen vor!« Ich ziehe das Smartphone wieder aus dem Spalt und stopfe es in meine Hosentasche. »Sämtliche Fluchtwege ausfindig machen und abriegeln. Niemand gelangt raus oder rein. Alle, die Widerstand leisten: festsetzen. Ich versuche, auf leisem Weg den Verdächtigen zu identifizieren. Wenn ich nicht weiterkomme: Zugriff. Wenn ihr nichts von mir hört ...«

»Zugriff«, nimmt mir Benedetti das Wort aus dem Mund und mustert mich mit anklagender Miene. »Warum gehen Sie alleine?«

Ich schnaufe aus. »Weil einer nicht auffällt. Wenn wir den Bereich jetzt stürmen, laufen alle panisch durch die Gegend.«

»Nicht auffallen?«, kommentiert er meinen Plan stirnrunzelnd. »Dann hätten Sie die Kloaken-Klamotten anlassen sollen.«

Er hat recht. Aber zum Glück leben wir in einer Wegwerfgesellschaft. »Sieh mal einer an«, sage ich und zupfe an dem zerschlissenen blauen Ärmel, der aus einer der Mülltonnen ragt. »Was haben wir denn da?« Der Kapuzenpulli steht mir ausgezeichnet, und vor allem: Optisch und olfaktorisch übertrifft er das Kloakenoutfit um Längen.

»Sind Sie sicher, dass ich nicht mitkommen soll?«

Ich ziehe die Heckler aus dem Holster, checke die Waffe kurz, lasse sie wieder verschwinden. »Hätten Sie keine Angst, dass ich Sie erschieße? Schließlich bin ich doch der Schützenkönig.«

Benedetti verzieht das Gesicht. Über unseren Köpfen donnert ein Bus die Straße entlang. Hier unten hört es sich nach einer Kolonne Schwerlasttransporter an. Es vergehen ein paar Sekunden, dann ziehe ich die Kapuze tief in die Stirn und schlüpfe durch den Eingang in die Dunkelheit.

Ich bin heute schon einmal fast gestorben, die Wahrscheinlichkeit, dass mir das ein zweites Mal passiert, ist relativ gering. Andererseits war ich noch nie gut in Stochastik. Scheiß drauf. Was habe ich großartig zu verlieren?

LINDE

Dienstag, 21. Januar, 20:51 Uhr

»Langsam umdrehen.«

Meine Bewegungen folgen seinem Befehl wie in Zeitlupe.

»Hände über den Kopf.«

Ich höre Neidharts Stimme, aber ich sehe ihn nicht. Alles, was ich sehe, ist die Mündung des Gewehrlaufs, die vor mir klafft, die immer breiter zu werden scheint, die meine Gedanken verschlingt, meine Hoffnung, mein Leben.

»Sie halten sich wohl für clever, was?«

Er wird mich erschießen. Ich bin in eine Falle gelaufen, ich hätte Nero nicht erwähnen dürfen, ich hätte jemandem erzählen sollen, was ich vorhabe.

»Denken Sie, ich bin komplett bescheuert? Ich habe Ihre Mail noch mal gelesen: ›Stuttgarter Nachrichten‹! Sie haben geschrieben, dass Sie eine Reportage für die ›Stuttgarter Nachrichten‹ vorbereiten, nicht für das ›Mannheimer Tagblatt‹.«

Ich blinzle, schaffe es, meinen Blick aus der Mündung zu ziehen.

Neidhart steht da, zitternd, das Gewehr bebt in seinen Händen.

»Gegoogelt habe ich Sie auch. Kein Felix Müller, weder beim ›Tagblatt‹ noch bei den ›Stuttgarter Nachrichten‹. Wer zum Teufel sind Sie?«

»Waffe«, flüstere ich. »Bitte, tun Sie die Waffe weg.«

»Einen Scheiß tu ich!«

»Ich kann nicht denken.«

»Sie sollen nicht denken! Sie sollen antworten: Wer sind Sie?«
»Mein Name ist Theo Linde.«
»Was wollen Sie in meinem Haus? Was soll der Mist? Nero? Seewald? Wer zum Teufel sind diese Leute?«

Mein Mund klappt auf, aber die Worte verflüchtigen sich in dem Moment, als ich sie aussprechen will. Die Erklärung, was ich hier mache, ist so verfahren, so kompliziert, dass sie sich in meinen Gedanken verhakt. Sie will keine Gestalt annehmen, ist nur Hülle ohne Inhalt.

Immer noch richtet sich die Waffe auf mich. Doch der Lauf neigt sich, zielt nun auf meine Brust, meinen Bauch, meinen Schoß. Neidharts Gesicht verändert sich. Die Wut erlischt, und etwas anderes kommt zum Vorschein: Mitleid.

»Sie haben auch jemanden verloren, richtig?«

»Ja«, antworte ich, denn es ist das einzige Wort, über das meine Zunge Herr wird. Es vergehen ein paar Sekunden, bis er die Waffe vollends senkt. Ich atme auf. Und dann breche ich in Tränen aus wie noch nie zuvor in meinem Leben.

Eine Stunde später ist der salzige Tränenfilm auf meinen Wangen getrocknet. Dafür ist meine Kehle feucht. Ich trinke Aquavit, meinen vierten. Als das Glas leer ist, schenkt Dietrich Neidhart – Didi, wie ich ihn nennen soll – nach.

Er weiß jetzt alles. Ich habe ihm von Lukas erzählt, dem Anschlag, warum ich den Neuro Hub entwickelt habe, dass Nero Leute entführt und etwas mit Lukas zu tun hat – einfach alles. Es ging nicht anders, Didi ließ mir keine Wahl. Außerdem tut es verdammt gut, endlich darüber zu reden. Ich habe nie etwas gesagt, zu niemandem. Dieses unendlich laute, dröhnende Schweigen hallt schon so lange in mir wider, dass es mich beinahe von innen aufgefressen hat. Didi versteht das, auch wenn es bei ihm anders ist. Er hat nie geschwiegen. Aber alle wollten, dass er schweigt.

»Meine Frau hat mich angefleht, dass ich damit aufhöre«, murmelt er und trinkt den letzten Schluck Aquavit direkt aus der Flasche. »Sie wollte nichts mehr von Marias Tod hören, niemand wollte das. Ich war vollkommen allein. Und jetzt … jetzt sind wir zu zweit.«

Er hebt den Blick, sieht mich an, als wäre ich die rettende Oase in einer endlosen, leeren Wüstenlandschaft. Dabei bin ich nur eine Fata Morgana, genau so wie er für mich eine ist. Wir sind zu zweit, ja, aber wir stecken beide in derselben Sackgasse. Wir können uns nicht helfen. Er kennt Nero nicht, hat nichts mit ihm zu tun oder mit dem Anschlag auf Lukas. Didi Neidhart ist lediglich eine weitere Spur auf einer Fährte, die nicht enden will. Aber die Zeit läuft ab. Lukas' Weg endet, und zwar bald.

»Willst du noch einen?«

Ich schüttle den Kopf. Zwei angesäuselte, ergraute Männer mit Aquavitflecken auf der Hose, vereint in Schmerz und Hilflosigkeit, bereit, alles dafür zu tun, um Gewissheit zu erlangen. Und dennoch kommen wir kein Stück weiter.

»Drei Wochen?«, höre ich Didi fragen, während er die Unterlagen der Fahndungsakte durchgeht. »Drei Wochen, nachdem sie Maria gefunden haben, hatte dein Lukas den Unfall?«

Ich seufze. »Es war kein Unfall.«

»Und du meinst, dieser Nero entführt die Leute, die etwas damit zu tun hatten?«

Nicken.

»Ist das der Türsteher?« Er hält mir den Steckbrief hin.

Ich nicke abermals.

»Fechtner, hmm … Sieht nicht gerade aus wie einer dieser Eić-Kanaken.«

Ich runzle die Stirn. *Der Eić-Clan*, mischen sich die Worte des Kommissars mit Didis. *Richtig übles Pack*. »Wie kommst du denn jetzt auf den Eić-Clan?«

Didi springt auf und schlägt die Hände über dem Kopf zusammen. »Wie kommt man nicht auf die?« Ungläubig verfolge ich, wie er zu seiner Kartografie des Wahnsinns hechtet und einen angepinnten Zettel ablöst. »Ich kenne jemanden beim Landesgericht, der hat mir einen Auszug aus dem Handelsregister besorgt.«

Ich bekomme den Zettel in die Hand gedrückt, überfliege ihn, während Didi seinen Inhalt simultan übersetzt. »Dieser Club, die Club X GmbH, ist Teil einer Holding mit Sitz im Ausland. Die Muttergesellschaft hält Dutzende Beteiligungen in der Region: Lokale, Imbissbuden, eine Lackiererei, Immobilienfirmen, Autowerkstätten, Taxiunternehmen – ein riesiges Geflecht mit Geschäftsführern, die vermutlich bloß Strohmänner sind. Die Eigentümerliste der Holding ist das eigentlich Interessante: Milan Eić, Branko Eić, Borislav Eić, Eić, Eić. Dieser Familie gehört mittlerweile die halbe Stadt. Die Polizei verhaftet ab und zu einen von denen, aber mein Freund beim Landesgericht meint, die erwischen nie den Kopf der Bande, niemand weiß, wer das ist. Also macht der Clan einfach weiter.«

Betäubt starre ich auf den Zettel, dann auf das leere Glas vor mir, spüre, wie die Schärfe des Weinbrands in meinem Magen wütet. Wann habe ich zuletzt etwas gegessen? Auf dem Tisch steht eine Dose Erdnüsse, doch sie ist voller Zigarettenstummel. Daneben liegen die Papiere der Fahndungsakte. »Ich weiß nicht«, murmle ich träge. »Ludwig Schuch, Larissa Koch – ich denke nicht, dass sie etwas mit diesem Clan zu tun hatten. Höchstens Fechtner, aber ...«

Energisch reißt er mir den Zettel wieder aus der Hand. »Die machen sich doch nicht die Finger schmutzig, das übernehmen andere für die. Vielleicht gab es einen Deal: Diese Larissa Koch macht die Drogen, dieser Ludwig besorgt die Frauen, der Türsteher sorgt dafür, dass im Club alles reibungslos verläuft, kümmert sich um die Kameras, lässt sie zum Hintereingang hinaus – solche Sachen. Aber diese Eić-Wichser streichen den größten Teil der Kohle ein und besorgen die Kunden.«

»Kunden?«

»Na, die Kunden! Irgendwelche reichen Arschlöcher, die Spaß haben wollen, den man auf legalem Weg nicht haben kann. Keine Ahnung, was die mit den Mädels anstellen, ich will es gar nicht wissen, aber sie machen es immer wieder.« Didi wirbelt herum, positioniert sich erneut vor seinen Aufzeichnungen. »Katja Hahn«, ruft er laut aus und tippt mit dem Zeigefinger auf einen angepinnten Zeitungsartikel, der an den Rändern bereits vergilbt ist. »Achtundzwanzig. Zuletzt gesehen am 5. August 2015 an einer Raststätte entlang der A5 Richtung Frankfurt – das ist nicht weit entfernt vom Club X. Bina Schreiner: Im November 2017 wurde ihre Leiche an einer Autobahnanschlussstelle gefunden, sie hatte Drogen im Blut. Zwei Schülerinnen aus Leimen, spurlos verschwunden. Ein Au-pair-Mädchen aus Mexiko, das bei einer Heidelberger Familie gewohnt und gearbeitet hat – tot, irgendwo in einem Feld bei Eppelheim, auch zugedröhnt. Und das sind nur die Fälle, die ich aus den Zeitungen kenne. Dieser Schuch könnte Dutzende Frauen auf dem Kerbholz haben, verstehst du? Vielleicht ist das die Verknüpfung zu Nero: ein anderes Mädchen. Neros Mädchen.«

Gedankenverloren kaue ich auf den Informationen herum. So tragisch es ist: Menschen verschwinden im ganzen Land, es gibt Dutzende Drogentote, das sind alles bloß Mutmaßungen. Außerdem: »Woher kennt Nero Lukas?«

»Hast du ihn denn gefragt, ob er Lukas persönlich kannte?«

Ich überlege. Nein, das habe ich nicht.

»Vielleicht ist Nero so wie wir: Jemand hat ihm das Liebste genommen, die Polizei tut nichts, also beginnt er zu wühlen. Offenbar hat er mehr herausbekommen als wir zwei alten Knacker –

auch von dem, was Lukas widerfahren ist. Fahren wir zu ihm. Fragen wir ihn nach dem Eić-Clan!«

»Das ist schwierig«, seufze ich und vergrabe das Gesicht in meinen Handflächen. »Es gibt immer nur schmale Zeitfenster, in denen er einer Befragung standhält. Aber ich habe Lukas Fotografien gezeigt. Drei Männer, wahrscheinlich von diesem Clan. Er konnte niemanden davon identifizieren.«

Didi winkt ab. »Das sagt überhaupt nichts. Diese Kanaken sehen ja auch alle gleich aus, die kannst du nicht voneinander unterscheiden. Es gibt Dutzende von denen – wen hast du fotografiert?«

»Ich kenne die Namen nicht.« Mein Blick geht zur Aktentasche. Irgendwo in diesem Chaos müsste eigentlich auch noch … Ah, hier, da ist eines.

»Milan Eić!« Didi steht plötzlich hinter mir, reißt mir das Foto aus der Hand. »Mein Freund beim Landgericht hat mir einen Anhörungstermin gesteckt, da wurde dieser Milan wegen irgendwelcher Steuersachen vorgeladen. Ich war da, habe ihn gesehen. Ist das ein Alphataxi?«

Er hält mir die Fotografie hin, tippt mit dem Zeigefinger auf den unteren Teil des Bildes, auf dem ein grellgrün lackiertes Autodach zu sehen ist.

»Kann sein«, antworte ich nach einer Weile und denke an die Nacht zurück, an der die Typen bei mir zu Hause aufgekreuzt sind. War das nicht auch ein grellgrünes Taxi? Und als sie mir vor der Uni aufgelauert haben, ebenso. »Warum?«

»Maria war öfter mal unterwegs, manchmal bis in die frühen Morgenstunden. Ich konnte nie schlafen, wenn sie so lange ausblieb, stand am Fenster, habe gewartet. Damals habe ich dem keine Bedeutung geschenkt, aber sie kam immer mit so einem grellgrünen Taxi nach Hause – Alphataxi, auch eine Eić-Beteiligung. Hast du nicht gesagt, du hast Fotos von drei Männern?«

»Ja, die müssen hier irgendwo sein«, sage ich und krame vergeblich in der Aktentasche, bis ich den gesamten Inhalt einfach auf dem Fliesentisch verteile und ...

»Der!«

Ich blicke auf. Didi starrt mit weit aufgerissen Augen auf den Tisch, deutet auf eines der Fotos. Ich folge seinem Fingerzeig, stocke. Und in diesem Moment begreife ich meinen Fehler.

Man sollte mir sämtliche Titel entziehen: Kein Doktor mehr, kein Professor – nichts davon habe ich verdient. Ich bin auf einen simplen Wahrnehmungsfehler hereingefallen, mit dem jeder Möchtegernzauberer Kindergeburtstagsgäste unterhält: Aufmerksamkeitsblindheit. Ein wenig Simsalabim hier, ein wenig Glitzerglitzer da, eine schöne Assistentin, eine schwungvolle Armbewegung, und schon achtet keiner auf den entscheidenden Fingerzeig, mit dem die Karte ausgetauscht wird. Ablenkung, das ist alles. Jeder schaut hin, doch niemand erkennt.

Ich hatte dieses Foto die ganze Zeit über, aber ich hielt es für unwichtig, weil der Zauberer wollte, dass ich es für unwichtig halte. Er wollte, dass ich mich auf diesen aufgeblasenen Gockel in der Bomberjacke konzentriere, auf die beiden Hünen mit grimmigen Visagen. Ich habe Lukas die Aufnahmen des Beifahrers gezeigt und der Schlägervisagen, aber nicht dieses Foto. Dich habe ich vergessen!

»Der hat Maria immer nach Hause gefahren«, höre ich Didis brüchige Stimme, während meine Finger über das verschattete Gesicht hinter der Windschutzscheibe streichen.

Niemand achtet auf den Taxifahrer.

Niemand.

IM VERLIES

Dienstag, 21. Januar, 21:06 Uhr

Meine Faust donnert gegen die Tür.

»Du verdammtes Drecksteil!«

Schmerz flammt auf, schießt durch meinen Körper. Erschöpft lasse ich von der Tür ab, taumle schwer atmend ein paar Schritte zurück und sinke zu Boden. Was soll das? Brachiale Gewalt bringt nichts, das weiß ich doch, aber die Wut frisst mich auf, macht mich blind, kostet mich meine letzten Reserven. Und dennoch verfalle ich ihr immer wieder. *Papa ist doof.* Andererseits: Wenn die gesamte Welt aus vier gefliesten Wänden besteht, dann sind Wut und Zorn mehr als berechtigt. Papa hat alles Recht dazu, wütend zu sein. Doch es bringt mich kein Stück weiter.

Kraftlos rolle ich mich auf die Seite, angle nach der Scherbe, studiere mich darin. Trockene, fahle Haut. Verdorrte Lippen. Ausgemergelte Existenz. Meine Fingerkuppen streichen über die grauen Stoppeln an meinem Kinn. Wenn man stirbt, wachsen Fingernägel und Haare weiter, habe ich mal gelesen – zumindest lagert diese Information irgendwo in meinem Hirn. Ansonsten ist da weiterhin nur Leere.

Das ist der Zorn Gottes. Meine Strafe für die Verbrechen, die ich begangen habe. Sie müssen schrecklich gewesen sein. Dieser Raum hier ist mein Jüngstes Gericht. Nicht einmal ein Folterknecht wird mir in meinen letzten Stunden gegönnt – keine Menschenseele da, nur die stummen, körperlosen Henker namens Zeit und Hunger und Durst und der Wahnsinn, der in meinen

Verstand gekrochen ist. Und dieses Licht ... Wie es zuckt. Wie es immer und immer wieder zuckt und flackert und aus geht und an und aus und an, und es surrt. So laut surrt es, als würde das Surren von oben herabtropfen und direkt in meinen Schädel sickern. »Hör auf!«, brülle ich zur Decke. »Ruhe!« Doch mein jüngstes Gericht surrt weiter. Kein Richter zeigt Erbarmen. Keine Geschworenen, die mein Urteil mildern. Kein Anwalt an meiner Seite. Nur Schrott.

Meine Hand greift sich ein Teil aus dem Haufen neben mir, hält es in die Höhe. Der Waschbeckenhahn. Ich habe ihn mir bestimmt schon ein Dutzend Mal angesehen, doch meine Gedanken kreisen in den immer gleichen Bahnen: Metall, schwer, alt, lang, wo Wasser ist, ist Leben, aber hier ist kein Wasser. Nirgendwo ein Anschluss.

Seufzend lege ich ihn wieder beiseite, schnappe mir das nächste Ding. Ich weiß nicht genau, was es ist, es erinnert mich an den Brötchenaufsatz eines Toasters. So einen habe ich bestimmt auch zu Hause bei meiner Familie. Sonntags backen wir Brötchen auf, sitzen am Frühstückstisch, es gibt Eier, Schinken, Butter, Käse, die Kinder wollen dieses gezuckerte Müsli, aber ich schneide Apfelschnitze auf. »Wenn ich hier herauskomme, werde ich ein guter Ehemann sein. Ich werde mich um meine Kinder kümmern, werde zur Kirche gehen, ich werde ein redliches Leben führen, hörst du?« Mein Blick geht zur Decke. Eine Träne quillt aus meinem Augenwinkel. »Bitte, lieber Gott: Verzeih mir! Was auch immer ich Schreckliches getan habe, ich werde es wiedergutmachen, ich verspreche es!« *Sei ein gnädiger Gott, vergib mir, hol mich hier raus. Mach, dass diese Kopfschmerzen aufhören, schick Wasser, schick Hilfe, schick irgendein Zeichen, dass du mich hörst, bitte!*

Ich halte den Atem an, warte, hoffe, bete. Doch nichts passiert. Mein Schädel dröhnt weiter. Und die Lampe flackert. Sie flackert so hell, so gleißend hell, dass ich es kaum aushalte. Plötzlich funkelt und blitzt es überall, und der sonst so gemächlich fließende Neckar ist ein schneeweißer, glitzernder Spiegel. Meine Atemzüge kristallisieren im Schein der Morgendämmerung. Der Himmel ist glasklar und azurblau, und in der Ferne liegt die Stadt, strahlend, mit ihren weiß gezuckerten Glacédächern und den Aberdutzenden Rauchsäulen, die emporsteigen.

»Komm schon, Papa.«

Diese Stimme ... Erschrocken wende ich mich ihr zu.

»Jetzt komm.«

Ein blonder Bubenschopf mitten im Glitzern. Ein kleiner Knirps, vielleicht sechs oder sieben Jahre alt, dick eingepackt in schwere Stoffe, Schals, kniehohe Stiefel – alles zwei Nummern zu groß, er kann sich kaum darin bewegen, und dennoch watschelt er unbeirrt weiter aufs Eis hinaus, in der einen Hand einen Stock, in der anderen eine Strickmütze.

»Setz die Mütze auf«, höre ich mich rufen. »Mama bringt mich um, wenn du dich erkältest.«

Er hört nicht. Natürlich nicht. Er ist mein Sohn. Kleiner Sturschädel.

»Die bringt dich sowieso um, wenn sie erfährt, dass wir auf dem Eis waren.«

Ein vorlauter, neunmalkluger Sturschädel. »Warte«, höre ich mich wieder rufen, während meine Füße zögernd das Eis erkunden. »Nicht so schnell.« Keine Chance: Der Zwerg lässt sich nicht bremsen. Also hinterher. Schwankend, um Gleichgewicht ringend, komme ich voran, verringere den Abstand. Bald schon habe ich ihn eingeholt, grabsche nach seinem Arm. »Hey, du Wicht!«

Trotzig fährt er herum, glotzt mich mit mürrisch vorgeschobener Unterlippe an. »Du willst doch keinen Rückzieher machen, oder?«

Mein Mund klappt auf, bringt kein Wort heraus. Mein Junge.

Mein wunderschöner kleiner Junge. Die Grübchen an seinen Wangen. Die krause Stirn. Dieser Blick, der bis in mein Innerstes dringt und eine Welle von Gefühlen auslöst, wie es nur Kinder vermögen. Mein Sohn. »Kein Rückzieher«, flüstere ich und strahle ihn an.

»Gut.« Er zieht eine Rotzfahne hoch, will weiter, doch er gerät ins Rutschen und kippt nach hinten weg – ich kann ihn gerade noch auffangen.

»Hab dich«, sage ich und drücke ihn fest an mich.

»Lass los, Papa!« Er windet sich, will sich aus meiner Umarmung befreien, doch ich lasse nicht los. Ich lasse ihn nie wieder los. Ich und mein Junge, nur wir beide, vertraut und in Frieden, mehr will ich nicht. Sein Gesicht an meinem spüren. Ihm durch die Haare wuscheln. Seine Nähe aufsaugen.

»Dein Bart kitzelt.«

Nur einen Moment noch, einen kurzen Augenblick. Bitte, gib mir noch Zeit, ein kleines bisschen ...

»Papaaaa!« Er reißt sich los, wackelt wie ein Pinguin über das Eis.

Ergriffen schaue ich ihm nach, blinzle gegen die Sonne an, die mich blendet. Ich hebe die Hände vors Gesicht, um besser sehen zu können, aber das Licht ist plötzlich so grell, so gleißend, dass ich kaum etwas erkennen kann. »Bleib stehen!«, höre ich meine Stimme wieder, doch sie hört sich anders an. Schwächer, rauer, bar jeden Klanges. Und dann weicht das Licht dahin zurück, wo es hergekommen ist: aus der Lampe.

Der Traum ist zu Ende.

Hunger und Durst sind wieder da.

Und die Lampe surrt und flackert. Unentwegt. Aus. Und ein. Aus. Und ein.

»Du beschissene, verfickte Dreckslampe!« Ich springe auf, werfe meine Fäuste in die Höhe. »Na warte!«

Mein Blick irrlichtert über den Schrott, bleibt an dem kaputten Kühlschrank hängen – damit wird es klappen. Wutschnaubend schiebe ich ihn über den Fliesenboden bis unter die Lampe, schaffe es irgendwie, daran hochzuklettern. »Was?«, blaffe ich die Röhre an, die wenige Zentimeter vor meinem Gesicht flackert. »Was willst du? Was brauchst du?« Mit zitternden Händen löse ich die Abdeckung, will die Leuchtstoffröhre herausreißen, zögere. Wenn sie erst einmal draußen ist, stehe ich im Dunkeln. Vielleicht bekomme ich sie nie wieder rein.

Wütend springe ich zurück auf den Boden, reiße mir den Ärmel vom Pullover. »Geh ab, verdammt noch mal!« Wo war das Feuerzeug? Wo habe ich es hingelegt? Es muss auf dem Kleinkramhaufen neben der ausgehängten Tür liegen ... Da ist es! »Jetzt noch das Regal, und schon ...« Fahrig wickle ich den Stoff ans obere Ende einer der losen Metallstreben, halte das Stabfeuerzeug dran. Klick – nichts. Klick – nichts. Klick – nichts. »Nur ein einziges Mal, bitte! Funktioniere! Ein einziges M-«

Feuer!

Gebannt beobachte ich, wie die Flamme über den Stoff leckt, wie sie die einzelnen Wollfäden zunächst bloß versengt, doch dann entzündet, sodass die Fackel es verdient, Fackel genannt zu werden. Aber sie wird nicht lange halten. Beeilung.

Wieder oben. Mit einer Hand drehe ich an der Leuchtstoffröhre, ruckle daran, drücke sie in die Fassung – vergebens. Das Flackern bleibt. Es wird sogar schlimmer. Ich schraube sie heraus, mustere die Enden im Schein der Fackel. Die Kontakte sehen eigentlich noch gut aus. Vielleicht liegt es am Starter? Die Röhre unter die Achsel geklemmt, befühle ich die Grundplatte, bis ich ihn entdecke und ebenfalls herausschraube. Ein Wackelkontakt? Er sieht recht mitgenommen aus, die Plastikverschalung ist ganz vergilbt und ...

»Verflucht!«

Der Starter entgleitet meinen zittrigen Fingern und fällt in die Tiefe. Es scheint eine Ewigkeit zu dauern, bis er auf dem Boden zerschellt. Es dauert keine Sekunde, bis ich begreife, was das bedeutet. Mein Blick schießt zur Fackel. Das Feuer hat den Stoff fast ganz aufgezehrt. Mir bleiben nur noch wenige Augenblicke, dann stehe ich im Dunkeln. Und es wird nie wieder hell.

MAERTENS

Dienstag, 21. Januar, 21:34 Uhr

Die Hände in den Taschen, der Blick gesenkt, das Gesicht von der Kapuze verdeckt, werde ich eins mit dem, was mich umgibt: Dreck. Keine Ahnung, wie lange sich der Abschaum hier bereits versteckt, aber so, wie es riecht, bestimmt schon eine ganze Weile. Offenbar ist er gekommen, um zu bleiben. Das hier ist eine Schaubühne für den Riss in der Gesellschaft, und mit jedem Schritt in die Dunkelheit entferne ich mich weiter von der Zivilisation.

Eine Frau liegt gekrümmt auf dem Boden – hager, ausgezehrtes Gesicht, hohle Wangen. Sie könnte zwanzig oder vierzig sein, das lässt sich bei Meth-Süchtigen nie sagen. Die verfilzten Haare hängen ihr strähnig vom Schädel, ihre Haut ist übersät von Pocken und Narben. In ihrem Schoß liegen eine verdreckte Glaspfeife, eine Flasche Eistee und eine Scheibe Toastbrot, deren angebissene Ränder aussehen, als wären sie mit getrocknetem Blut überzogen. Sie singt ein Kinderlied, ganz leise. Neben ihr liegt ihr männliches Ebenbild, doch sie singt nicht für ihn. Sie singt für sich selbst.

Weiter hinten scharen sich ein paar vermummte Gestalten um ein Lagerfeuer, dessen Flammen von den Resten alter Schaufensterpuppen gespeist werden. Aus der Tonne ragt ein abgewinkelter Arm, an dem früher bestimmt eine schicke Handtasche baumelte. Jetzt nagen die Feuerzungen den Schaumstoff von den drahtigen Knochen. Als ich näherkomme, blickt einer der Männer auf, aber er sieht durch mich hindurch. Keine der

Gestalten hat auch nur entfernt Ähnlichkeit mit unserem Unbekannten.

»Ausgang Galeria Kaufhof Süd gesichert«, schnarrt es aus dem Knopf in meinem Ohr. »Kriegen wir irgendwie Zugang zu dem Gebäude?«

Ich reagiere nicht, nehme bloß zur Kenntnis. Oben läuft alles nach Plan. Hier unten verläuft der Tunnel nun schmaler. Links und rechts stapeln sich Stühle und Kleiderständer, Einkaufswagen und sonstige Überbleibsel der ehemaligen Konsumtempel. Dazwischen liegen immer wieder Menschen in unterschiedlichen Stadien des Verfalls, brabbelnd, lallend, sabbernd, in verdreckten, durchgeschwitzten Klamotten, mit den Fingern in Hundefutterdosen wühlend. An der gefliesten Wand steht »Nie wieder Krieg, nie wieder Nazis« neben einem ausgeblichenen Schild mit der Aufschrift »-20 % auf Auslegware«.

Dann plötzlich bricht das Diktat der Dystopie. Ein Mann mit lückenloser Zahnreihe torkelt mir entgegen, gefolgt von einem Typen in brandneuen Nike-Sneakern, der leise telefoniert. Auf einem umgekippten Regal sitzen zwei Jugendliche, die relativ normal aussehen, und zählen Tabletten. Offensichtlich endet die Zivilisation nicht gänzlich. In der Dunkelheit strahlen jetzt immer wieder Lichtinseln – Displays, die Gesichter gerade so hell beleuchten, dass ich ein paar Züge erkennen kann. Die Gesprächsthemen drehen sich mehr oder weniger um die gleichen Themen. Wie viel? Was brauchst du? Genuschelte Schnipsel rudimentären Tauschhandels, die der Tragik des Ortes eine beruhigende Sachlichkeit verleihen.

»Hey!«, zischt mich plötzlich jemand von der Seite an. »Wir kennen uns doch.«

Ich wende mich der Stimme zu, halte die Luft an. Wir kennen uns tatsächlich, leider.

War das 2020? 2021? Damals, nach dem dritten Tankstellenüberfall mit einem antiken Vorderlader, fragten wir uns, woher das Gesindel die Schießeisen bezog. Antwort: Bernd Fischbach, kurz Fisch. Antiquitätenhändler mit Vorliebe für alte Waffen. Er hat sie jedoch nicht nur hübsch gemacht, sondern auch scharf. Ich war damals der letzte Kunde, dem er eine Luger andrehen konnte, danach haben die Kollegen den Laden gestürmt. Wenn er eins und eins zusammenzählt, weiß er, dass ich der Lockvogel dieser Operation war. Andererseits ist die Geschichte Jahre her.

»Klar kennen wir uns«, gehe ich in den Angriff über. »Du hast mir eine P08 mit kaputter Blattfeder verkauft. Als ich mein Geld zurückwollte, war deine Bude dicht!«

Er tritt einen Schritt zurück, zieht eine Schnute. »Die haben mich damals drangekriegt. Hat mich mehr gekostet als nur den Laden.«

»Und jetzt? Hast du Angst vor den Bullen, oder warum versteckst du dich hier?«

»Die Bullen«, spuckt er verächtlich aus und bläht dabei seine Backen. »Diese faulen Hunde sollen mal ihren Job machen und diese Kanakenbande einbuchten. Du kriegst keinen Fuß mehr auf den Boden, ohne dass dir dieser Drecksclan auf die Zehen steigt.«

Es kostet mich einige Kraft, ein Schmunzeln zu unterdrücken: Verbrecher, die sich über die Polizei beschweren, weil ihnen andere Verbrecher den Job klauen. Selbst die Kriminellen werden Spießer. »Du meinst den Eić-Clan?«

»Wen denn sonst? Glaubst du, wir sind hier unten wegen der guten Luft?«

Theas Brüder waren die letzten Jahre wohl noch erfolgreicher als gedacht. Das hätte ich diesen Aufschneidern gar nicht zugetraut.

»Also, was suchst du?«, geht Fisch ins Geschäftliche über und rollt ein Segeltuch voller prähistorischer Schießeisen auf dem

Boden aus. Er geht sie einzeln durch, nennt seinen Preis – ich höre gar nicht hin.

»Gebäude umstellt«, knarzt es in meinem Ohr. »Alle Zugänge gesichert.«

Mein Blick driftet ab. »Ganz schön was los«, kommentiere ich das Getümmel. »Was gibt's da drüben?«

Fisch späht über die Schulter, schüttelt verächtlich den Kopf. »Alles.«

»Alles?«

»Hauptsächlich Dinge, mit denen du dir die Birne wegknallen kannst, aber auch jeden anderen Scheiß. Heiße Ware, Stricher, schwere Jungs, alles eben.«

Ich nicke, bekomme plötzlich eine Eingebung, was unser unbekannter Freund hier suchen könnte. »Nur Party Poppers oder auch die harten Sachen? Fentanyl?«

»Was genau verstehst du nicht an *alles*«, entgegnet Fisch ruppig. »Bist du jetzt wegen 'ner Pistole hier oder nicht?«

Ich will etwas entgegnen, als sich die Stimmung um uns herum schlagartig ändert. Alle wirken angespannt, unruhig, packen hektisch ihre Waren zusammen. Wortfetzen wirbeln durch die Luft, und als ich das Wort »Bullen« aufschnappe, begreife ich, dass die Truppe aufgeflogen ist. Aber erst als das Klicken an meinem Ohr ertönt, begreife ich die wahre Tragik: Ich bin ebenfalls aufgeflogen.

»Du!«, knurrt Fisch und drückt mir den Lauf einer seiner Weltkriegsknarren an den Hinterkopf. »Jetzt erinnere ich mich wieder! Zuerst kamst du, dann die Polente – du bist einer von denen.« Er reißt mir die Kapuze herunter, zupft den Knopf aus meinem Ohr und klopft meine Flanken ab, bis er die Pistole findet. »Hübsches Teil«, kommentiert er die Heckler und hält sie mir vor die Nase. »Und so leicht.«

Das Treiben hier unten wird immer hektischer. Mehr und mehr

Gestalten scharen sich um uns herum, mustern mich mit grimmiger Miene. Sie wissen, dass es kein Entkommen gibt. Sie wissen, dass der Knast auf sie wartet. Aber noch sind sie nicht im Knast. Noch sind sie in der Überzahl. Und ich bin der einzige Polizist, der so blöd war, alleine zu kommen.

»Fisch«, versuche ich ihn zu beschwichtigen. »Mach keinen Scheiß. Das ist es nicht wert.«

Der Kreis an Menschen um uns gleicht einer Schlinge, die sich immer enger zieht. Fäuste ballen sich. Zähne werden gefletscht.

Fisch lacht. »Wegen mir brauchst du dir keine Sorgen zu machen.« Grinsend tritt er zurück, wird eins mit der Menge, die uns umgibt. Dann schwenkt er die Pistole zur Seite, entsichert sie, lädt durch, lässt den Griff los, sodass sie nur noch an seinem Zeigefinger baumelt. »Aber bei denen wäre ich mir nicht so sicher.«

Im nächsten Moment greift einer der Junkies nach der Waffe. Fisch fährt die Ellenbogen aus, kämpft sich durchs Gedränge, und zwischen all den kalten Blicken, die mich durchbohren, sind es zwei Augen in der hintersten Reihe, die meine Aufmerksamkeit erregen: *er*. Unser unbekannter Freund. Ich habe ihn gefunden.

»Scheiß Bulle!«

Die Menschenreihe schließt sich. Eine Wand aus wutentbrannten Fratzen schiebt sich in mein Sichtfeld. Der zahnlose Penner mit meiner Waffe in der Zitterflosse richtet sie gegen mich. *Hübsches Teil*, wiederholen sich Fischs Worte in meinen Gedanken. *Und so schön leicht*. Kein Wunder: Es befindet sich keine Patrone im Magazin. Reine Vorsichtsmaßnahme, Selbstschutz, wenn man so will. Noch so ein Ding wie bei Nero, und ich bin meinen Ausweis los.

»Jetzt werden wir dich mal ...«, ist das Letzte, was der Junkie hervorbringt. Dann geht alles ganz schnell.

Mein Handballen – sein Nasenbein. Blut spritzt. Die Menge geifert. Von allen Seiten prasseln Fäuste auf mich ein, Schmerz flammt auf – egal, einfach durch. Deckung hoch, Kopf schützen, jeden wegrammen, der sich in den Weg stellt. Sie versuchen, mich zu packen, doch ich lasse es nicht zu, kämpfe mich durch den fleischgewordenen Stacheldraht, stolpere weiter, immer weiter, bis die Schläge und Tritte weniger werden. Wo zum Teufel bleibt eigentlich …

»Polizei!«, hallt es von den Wänden wider. Gleißend helle Lichtstrahlen durchbohren die Dunkelheit. Das wurde aber auch Zeit.

»Auf die Knie! Hände hinter den Kopf!«

Benommen taumle ich weiter, fummle den Funkknopf wieder in mein Ohr, lasse meinen Blick über das Chaos fliegen. Kollegen stürmen herbei, Menschen sprinten in alle Richtungen davon, brüllen, werfen mit Gegenständen um sich. Wo bist du? *Wo zum Teufel bist du?* Plötzlich steht Benedetti vor mir. »Zur Seite«, belle ich ihn an, haste an ihm vorbei, reiße den Kopf eines Mannes hoch, um sein Gesicht zu checken, aber er ist es nicht, er ist es nicht, verdammt! Ich habe ihn gesehen. Er war hier! Ich recke den Hals, kneife die Augen zusammen, und hinter den Beamten, hinter dem Abschaum, hinter all dem Chaos löst sich ein Schatten aus der Dunkelheit. Schmal. Konturlos. Unscheinbar. Unscheinbar, aber nicht unschuldig. Er ist es.

»Beim Treppenaufgang!«, brülle ich und stürme los. »Er will ins Kaufhaus!«

Meine Füße fliegen über den Boden, nehmen drei Stufen auf einmal. Erstes Stockwerk, zweites, drittes, viertes – verdammt, wie hoch ist dieser Schuppen denn? Oben knallt eine Tür ins Schloss. Fünfte Etage! Atemlos hechte ich weiter, stolpere aus dem Treppenhaus, schnappe zwei, drei Wörter von einer Tafel auf. »Bademode – Sport – Freizeit«.

»Stehen bleiben!«, entfährt es mir, doch da ist niemand, dem ich es nachrufen könnte. Der Wichser ist schnell, sehr schnell. Ziellos mache ich ein paar Schritte in den riesigen Verkaufsraum hinein, sondiere: Schaufensterpuppen, leere Regale, Verkaufsinseln, hier und da noch ein Trumm aus vergangenen Tagen, das keiner haben wollte: Eine Langhantel, ein paar Fetzen mit Sportlogos drauf, ein Kajak-Paddel, ein Hockeyschläger ...

Und plötzlich fällt mir wieder ein, wann ich das letzte Mal hier war: als Kind mit meinem Vater. Lars wollte mir unbedingt Hockey beibringen und Ausrüstung kaufen, aber er fand, die Schläger seien nicht gerade genug. Er legte sich deswegen sogar mit dem Filialleiter an – ich erinnere mich noch genau. Am liebsten wäre ich vor Scham im Boden versunken. Mit hochrotem Kopf stand ich neben ihm und tat so, als würde ich dem Kaufhausradio lauschen. Es lief Queen. *Don't stop me now.* Klasse Nummer.

Etwas knackt. Im nächsten Moment zischt ein Schatten an mir vorbei.

»Ein Rad!«, belle ich und hoffe, dass irgendjemand den Funk verfolgt. »Er flüchtet auf einem Rad! Fünfter Stock.« Hockeyschläger – Beine in die Hand – hinterher. *Cause I'm having a good time, having a good time.* Lars hat mir natürlich nie Hockey beigebracht. Er hat mir nie irgendetwas beigebracht, das musste ich immer selbst übernehmen. »Richtung Süden!«

Ich habe mir Radfahren beigebracht, wie man auf einem Skateboard steht, Tischtennis und Hockey. *I'm burnin' through the sky, yeah.*

»Er dreht!« Da vorne ist kein Ausgang, Freundchen. »Kommt auf mich zu, zur Rolltreppe.« Meine Finger krallen sich um den Schläger. Ich hole aus, fixiere die Speichen und donnere das Ding ab – meilenweit daneben. Hätte ich mich mal lieber für Speerwurf interessiert. *That's why they call me Mister Fahrenheit.* Kurz vor der Rolltreppe bremst er ab, schleudert das Bike von sich und stürmt hinauf. *I'm travelling at the speed of light.*

»Hoch!«, brülle ich. Keine Ahnung, warum ich überhaupt noch meinen Standort mitteile. Hier ist niemand außer dem Wiesel und mir und einem Bataillon an verlassenen Stühlen und Tischen. *I wanna make a supersonic man out of you.* Solche Songs schreibt heutzutage keiner mehr.

»Im Restaurant!« Mein Blick fliegt durch den Saal. Säulen, niedrige Decken, schwarze Tafeln, auf denen mit Kreide Gulaschsuppe beworben wird, aber kein einziges Exit-Schild. Hier gibt es keinen Ausgang. Doch er läuft weiter.

»Bleib endlich stehen!«, keuche ich atemlos. Wo zum Teufel will er hin? Egal. Hinterher. *I am a satellite, I'm out of control.* Vorbei an umgekippten Barhockern, zerbrochenen Müslischüsseln und Serviertabletts.

Etwas klirrt. Ich reiße den Kopf herum. Er hat eine der Scheiben eingeschlagen, steigt gerade zum Fenster hin- ... Will er springen?

»Nicht!«, schreie ich ihm nach, da ist er schon abgetaucht. Japsend stürze ich zum Fenster und luge vorsichtig in die Tiefe. Dieser verdammte Mistkerl.

»Ostseite«, knurre ich in den Funk. »Er klettert an der Außenseite des Gebäudes hinunter.« Als Antwort kommt nur Rauschen. Von wegen Teamwork – alles muss man selber machen.

Meine Schuhspitze übernimmt die Vorhut, arbeitet sich langsam abwärts auf der Suche nach Halt. Die Fassade hat eine Art Wabenstruktur – alle diese Kaufhäuser haben das, die Hortonkacheln waren so etwas wie ein Erkennungszeichen. Sie eignen sich hervorragend, um jedes Stadtbild zu verschandeln, und sind ideal für Fassadenkletterer.

»Sagten Sie Ostseite?«

Stefanies Stimme in meinem Ohr – großartig. Wahrscheinlich

die einzige Person, die mir nicht helfen kann. »Ja«, spucke ich aus und starre in die Tiefe. *I'm gonna have myself a real good time.* Der Kerl ist schnell, viel schneller als ich. Er klettert die Fassade hinunter, als würde er nichts anderes tun im Leben.

»Wo ist er?«

Ich könnte lachen, wenn das alles nicht zum Heulen wäre: Was will Stefanie tun? Auf ihren Krücken daherhumpeln? Mit steifen Fingern klammere ich mich an alles, was mir unterkommt. Das Drahtgitter, das über die Waben gespannt wurde, schneidet mir ins Fleisch. Wie kann dieser Mensch nur so schnell sein?

»Hallo? Maertens? Wo ist er?«

Ignoriere Stefanie. Ignoriere den Schmerz. Bring Spannung in deinen Körper. Los! Zitternd beuge ich mein Standbein, lasse meine Schuhspitze das Gitter entlangschrappen, bis sich eine Lücke auftut. Mit aller Kraft ramme ich meinen Fuß in den Spalt, hangle mich hinab, riskiere einen Blick in die Tiefe. Zu langsam, viel zu langsam! Er ist schon fast unten und ich bin immer noch dreißig Meter über dem Erdboden.

»Maertens!«

»Was?«, plärre ich zurück. »Was ist denn?« Meine Muskeln brennen wie Feuer, jeder Finger pocht vor Schmerz. Er wird mir entwischen. Er wird untertauchen – das war's!

»Wo ist er?«

Warum will sie das denn wissen? Ich stocke, blinzle in die Tiefe. Und plötzlich verstehe ich, was Stefanie vorhat. »Warten Sie«, sage ich und drücke mich etwas von der Fassade ab, um besser sehen zu können. Fünfundzwanzig Meter unter mir schwingt sich der Zirkusaffe gerade vom gläsernen Vordach auf den Gehsteig. »Warten Sie.« Er wischt sich die Hände an den Hosenbeinen ab, wirft den Kopf in den Nacken und … grinst. Er sieht zu mir hoch und grinst über beide Ohren. Dann sprintet er davon. Aber er kommt nicht weit. »Jetzt!«

Eine Millisekunde später fliegt die Hecktür eines unscheinbaren Mercedes Sprinter mit der Aufschrift »Thiele und Friedrichs Sanitär & Heizungen« auf und donnert derart gegen seinen Schädel, dass er sofort zu Boden geht. Stefanie humpelt auf einem Bein aus dem Wagen und legt ihm Handschellen an. Ich klettere wieder nach oben. Und Freddy setzt in meinem Kopf zum großen Finale an: *Yes, I'm havin' a good time. I don't wanna stop at all.*

IM VERLIES

Dienstag, 21. Januar, 21:43 Uhr

Ratsch.

Hastig wickele ich den linken Pulloverärmel um die Strebe, halte den Stoff an den Flammenflaum. »Komm schon«, knurre ich zwischen den Zähnen hervor und schiele dabei zum Kühlschrank. Wenn ich nicht schnell einen Leiter finde, habe ich meinen gesamten Pullover verheizt und stehe im Dunkeln. Endlich fängt der Stoff Feuer. Sofort stürze ich mich auf den Kühlschrank, reiße alle möglichen Innereien heraus, stocke. Eigentlich müsste doch ein Verdampferbehälter ...? Egal, jetzt brauche ich Draht! Hier! Das Stückchen reicht.

Wieder hoch. Fackel zwischen die Knie klemmen, Draht hinters Ohr, Überblick verschaffen: Drei Kabel, zwei davon gehen ins Startergehäuse – die brauche ich. Raus damit. Isolierung abkauen. Beten. Überlegen: Ohne Starter sinkt die Lebensdauer der Röhre rapide, aber prinzipiell müsste die Leuchtstoffröhre auch ohne Starter funktionieren. Ich muss bloß eine Drahtbrücke basteln, alles miteinander zusammenzwirbeln.

»Argh!« *Heiß!* Mit schmerzverzerrtem Gesicht recke ich meine Knie nach vorne, versuche, die Fackel von meinem Körper wegzuhalten. Beeilung, Beeilung, Beeilung: Röhre eindrehen, wieder runter auf den Boden, zum Lichtschalter, beten, hoffen, flehen ...

»Jawohl!«

Licht! Kein Flackern, kein Surren, einfach nur angenehm gleichbleibendes Licht. Ich habe es geschafft! Ich habe es wirklich geschafft! Einen Moment lang schwelge ich in meinem Erfolg, im nächsten stürze ich mich auf den Kühlschrank. Da war noch was: der Verdampferbehälter.

Mit neuer Kraft biege ich die Rückwand so weit wie möglich auf und schiebe meinen Arm durch den Spalt ins Innere. Warum ist mir das nicht eher eingefallen? In jedem Kühlschrank ist ein Behälter montiert, in den das Kondenswasser geleitet wird, wo es nach und nach verdampfen kann. Meine Finger ertasten Plastik. Entschlossen umfasse ich das Gebilde, reiße daran, bekomme es irgendwie heraus. Wenn ich Glück habe, dann ... Ich halte den durchsichtigen Plastikbehälter gegen das Licht, grinse: Ich habe Glück!

Wasser! Endlich Wasser! Wenn das nicht nach einer Party schreit, was dann?

»Die hast du dir verdient.«

Mit dem letzten Glimmen der Fackel entzünde ich die Zigarette und bringe sie zum Glühen. Der Rauch beißt in meiner Lunge, schmeckt fürchterlich nach modrigem Heu, aber ich genieße es. Ich gönne mir einen weiteren Zug, entkorke den Plastikstöpsel meines Edeltropfens und schnuppere daran. Muffig. Aber hier in meinem Verlies ist muffig gleich göttlich, und monatelang abgestandenes Kondenswasser aus der Abtropfschale eines kaputten Kühlschranks ist mein Nektar.

»Prosit, Papa.«

Zitternd führe ich das Gefäß an meine spitzen Lippen, lasse den Moder meinen Mund erfüllen. »Ah!« Ich kann mich nicht erinnern, aber ich bin mir sicher: Noch nie in meinem Leben hat ein Schluck Wasser besser getan als dieser. Und noch nie in meinem Leben musste ich so viel Disziplin aufbringen: Ich darf nicht alles auf einmal hinunterzustürzen. Nach drei weiteren Schlucken setze ich den Behälter wieder ab, stöpsle ihn zu, sauge an der Lucky. »Lucky, Lucky, I'm so lucky – haha!« Wären meine Lippen nicht so trocken und spröde, ich könnte glatt pfeifen vor Freude. Wasser, eine Zigarette, Licht, was braucht ein Mann mehr, um glücklich zu sein?

Warum bin ich nicht eher auf die Idee gekommen, den Kühlschrank auszuschlachten oder die Lampe zu reparieren? Einen Starter zu überbrücken ist schließlich kein Hexenwerk ... Ich zögere. »Kein Hexenwerk«, murmle ich heiser und betrachte gedankenverloren den immer länger werdenden Aschewurm meiner Zigarette. Starter, Drahtbrücke – wer weiß denn so was? Wer weiß schon, dass ein Kühlschrank einen Verdampferbehälter eingebaut hat? Antwort: Ich weiß das!

Abrupt springe ich auf, ziehe ein letztes Mal an der Zigarette und trete sie dann aus. Ich habe immer noch keine Ahnung, wer ich bin und womit ich diesen Scheiß verdient habe, aber eines weiß ich jetzt: Papa ist nicht doof.

Papa ist Handwerker. Und Handwerker wissen sich zu helfen.

LINDE

Dienstag, 21. Januar, 23:50 Uhr

Es ist zehn vor zwölf, als ich mit quietschenden Reifen auf das Grundstück der Seewalds biege. Im Krankenhaus habe ich viel zu viel Zeit für nichts und wieder nichts verloren: Nero schläft immer noch tief und fest. Bleibt also nur eine Person, die weiß, was ich wissen muss: Lukas.

Die Einfahrt ist verwaist, keine Spur von Kurts Mercedes – vielleicht habe ich Glück, und er ist auf Geschäftsreise. Bleibt noch Elsa. Im Gegensatz zu früher wird sie mich nicht einfach so reinlassen, um Lukas an den Neuro Hub anzuschließen.

Ich könnte mich ohrfeigen, so wütend bin ich auf mich. Das Foto des Taxifahrers war in meiner Aktentasche, ich hätte es ihm zeigen können – nein, müssen! Aber ich habe es nicht getan. Stattdessen muss ich mir jetzt irgendetwas aus den Fingern saugen, damit Elsa mich durchlässt. Vielleicht sollte ich es mit der Wahrheit versuchen? Bei Didi Neidhart wäre es die bessere Strategie gewesen. Andererseits ist die Wahrheit in diesem Fall die Enthüllung einer jahrelangen Lüge. Elsa wird sie nicht verkraften. Sie wird mich zum Teufel jagen. Außerdem ist es fast Mitternacht. Wahrscheinlich wäre es besser, morgen wiederzukommen, aber morgen könnte es schon zu spät sein. Ich weiß nicht einmal, ob Lukas noch lebt. Ich muss es versuchen.

Eilig grabsche ich Aktentasche und den Neuro Hub vom Beifahrersitz, marschiere hinüber zum Portal und will klingeln, als ... Ich stocke. Die Tür steht einen Spalt breit offen.

Zögernd wage ich mich in die Eingangshalle vor, warte einen Moment. Stille. Wahrscheinlich schläft Elsa. Natürlich schläft sie, es ist Mitternacht. Am besten gehe ich direkt in Lukas' Zimmer. Mit langen Schritten eile ich über den Flur, als sich etwas in meinen Augenwinkeln regt. Aus der Bibliothek dringt ein Flackern. Ich trete näher. Flammen lodern im Kamin, ein Ohrensessel wurde davorgeschoben, flankiert von einem kleinen Beistelltisch mit einem aufgeschlagenen Fotoalbum und einer Flasche Cognac darauf. Sie ist halb leer, genau wie der Tablettenblister daneben.

»Frau Seewald?«, frage ich. Sie ist es nicht. Es ist Kurt. Mit glasigen Augen starrt er ins Feuer, in der einen Hand ein leeres Glas, in der anderen ein Foto von Lukas. Obwohl ich direkt neben ihm stehe, scheint er mich nicht wahrzunehmen.

»Herr Seewald?«

Immer noch keine Reaktion.

Mein Blick wandert zum Tisch, entdeckt ein Babyphone. Das Display zeigt Lukas in seinem Krankenbett. *Er lebt!* »Herr Seewald, geht es Ihnen gut?«

Endlich kehrt in seine starren Augen Leben ein, so als wäre er aus einem tiefen Schlaf erwacht und hätte bloß vergessen, die Lider zu schließen. Einen Moment lang blinzelt er mich verwundert an, im nächsten wird sein Gesicht hart. »Was machen Sie denn hier?«, blafft er mit träger Zunge. »Gehen Sie. Elsa ist nicht da. Es gibt nichts mehr für Sie zu tun.«

Ungelenk grabscht er nach seinem Glas, kippt die bernsteinfarbene Flüssigkeit darin hinunter. Und ich ... stehe einfach nur da. Lass dir etwas einfallen, Theo. Du bist doch so schlau. Irgendeinen Spruch, eine Notlüge, eine Geschichte. Aber mir fällt nichts ein. Nur die Wahrheit. Es wäre leichter, sie auszusprechen, wenn Lukas und ich nicht alles dafür getan hätten, sie zu verschweigen.

Unsere Liebe war unser Geheimnis – wir haben sie vor aller Augen bewahrt und beschützt, auch vor unseren eigenen Fehlern.

Meistens war Lukas der Leichtsinnigere von uns beiden, vor allem in den letzten Monaten unserer gemeinsamen Zeit. Selbst an dem unheilvollen Tag des Anschlags haben wir deswegen noch telefoniert. Er wollte die Geheimniskrämerei beenden, wollte es rausposaunen: *Mutter, Vater, das ist Theo, wir lieben uns* – hin und wieder hatte er diese Anwandlungen. Er war jung, naiv, oft unbedacht in seinen Handlungen. Eine Woche später hätte er es bereut. Unser beider Leben wäre zerstört gewesen. Aber jetzt … gibt es nichts mehr zu zerstören. Ich kann nicht zurück: Der alte Theo Linde, der nur für die Wissenschaft brannte, nur für die Ratio – dieser Mann hat in dem Augenblick aufgehört zu existieren, als Lukas in sein Leben trat. Ich habe nichts zu verlieren.

»Hören Sie nicht? Ich sagte, Sie sollen …«

»Warum hassen Sie mich so?« Ich mache einen Schritt auf ihn zu, drücke den Rücken gerade. »Es war meine Forschung, die es Ihnen und Ihrer Frau ermöglicht hat, mit Lukas zu kommunizieren. Dank meiner jahrelangen Bemühungen konnten Sie wieder Hoffnung schöpfen.«

»Hoffnung«, wiederholt Kurt verächtlich und schenkt sich zwei Daumenbreit nach. »Ein Leben hätte er gebraucht, keine Hoffnung. Ein Mensch ist ein Mensch, wenn er etwas tut, wenn er anpacken kann, wenn er weiterkommt. Sie und Elsa, ihr habt sein Sterben bloß verlängert.«

»Lukas kann denken, er kann fühlen – mit dem Neuro Hub konnte er sogar Entscheidungen treffen! Ich habe ihm eine Stimme gegeben, ist das nichts wert?«

Kurts Kiefermuskeln spannen sich an. »Wissen Sie, was mir seine Stimme vor seinem Unfall verkündet hat?« Er erhebt sich, wankt ein paar Meter Richtung Kamin und stützt sich an dessen Sims. »Lukas hat mir mitgeteilt, dass unsere Familie aussterben wird. Die Linie der Seewalds – einfach Geschichte, nur weil mein Spross lieber seinen kranken Neigungen frönte, als seiner Verantwortung nachzukommen. Ich weiß nicht, was er sich von dem Gespräch erhofft hat; vielleicht wollte er nur hören, dass es mir egal ist, aber den Gefallen konnte ich ihm nicht tun. Ich dachte, eine ultimative Drohung würde ihn zur Vernunft bringen: Enterbung, Streichung aller Gelder, Rauswurf, kein Kontakt ...«

Kurt bricht ab, starrt reglos in die Flammen. Für einen Moment denke ich, er hätte den Faden verloren, dann bemerke ich die Träne an seinem Kinn. Er ringt um Fassung. Als er sie wiederfindet, ist seine Stimme nur noch ein Hauch. »Das war das letzte Gespräch, das ich mit meinem Sohn geführt habe. Dann war er tot, scheintot, Locked-in-tot, wie auch immer. Zum Schweigen gezwungen für alle Ewigkeit. Bis Sie kamen und ihm wieder eine Stimme gegeben haben.«

Das ist es also. Jetzt endlich verstehe ich seine Ablehnung mir gegenüber. Er fühlt sich mitverantwortlich für den Unfall. Er hatte Angst, dass der Streit durch den Neuro Hub ans Licht kommen würde. Aber Lukas hat nichts gesagt. Kurt hat ihn auch nie danach gefragt – ich muss es wissen, ich war bei jeder Sitzung anwesend. Kurt Seewald hasst mich, weil er sich selbst hasst.

Ich könnte ihn erlösen. Ich könnte ihm sagen, dass er für den Unfall seines Sohnes nicht verantwortlich ist, aber das werde ich nicht tun. Er hat die Realität verdient, die er sich selbst geschaffen hat. Soll er doch daran ersticken.

»Das Amtsgericht entscheidet gerade über die Abschaltung der Maschinen«, fährt er so leise fort, als kostete ihn jedes Dezibel ein Vermögen. »Gehen Sie. Statten Sie Ihrem Versuchskaninchen einen letzten Besuch ab.« Sein Gesicht ist immer noch starr ins Kaminfeuer gerichtet.

Meine Wut auf ihn ist unbändig, aber das tut nichts zur Sache. Jetzt zählt nur eines: Lukas.

Ich stürme in sein Zimmer, erstarre vor Ehrfurcht.

Mein schlafender Prinz. Das ist das letzte Mal, dass wir zusammensein werden. Unser Abschied sollte nicht so sein. Er sollte schön sein, ruhig und friedlich. Aber mir bleibt keine Zeit. Seewald ist unberechenbar. Er kann es sich jederzeit anders überlegen und mich rauswerfen.

Hektisch räume ich das Nachtkästchen ab, fahre den Laptop hoch, platziere die Kappe, schließe alles an. »Wir haben ihn«, flüstere ich Lukas ins Ohr, während die Kalibrierung läuft. »Diesmal bin ich mir sicher. Es ist der Richtige.«

Der Neuro Hub ist bereit. Keine Theta-Wellen – Lukas ist wach. Ich durchwühle meine Tasche nach dem Foto, verfluche mich und mein Chaos zum x-ten Mal, gelobe zum xx-ten Mal Besserung, lege einen Papierstapel nach dem anderen auf Lukas' Oberkörper ab, bis ich es endlich finde. »Ist er das?« Ich halte die Aufnahme des Taxifahrers in sein Blickfeld, bete inständig, dass die Qualität ausreicht. »Ist das der Mann, der dich den Hang hinuntergestoßen hat?«

Mein Blick springt zum Bildschirm. Der Computer rechnet. Ich ergreife Lukas' Hand, streichle sie sanft, will reden, will von all dem erzählen, was ich erlebt habe, und doch schweige ich. Jede Ablenkung macht es ihm schwerer, sich zu konzentrieren. Also sitze ich einfach da und lasse ihn meine Nähe spüren. Nur du und ich, mehr wollte ich nie, mehr kann man …

Piep.

Mein Atem stockt. Er ist es. »Wir haben ihn«, wispere ich mit tränendurchsetzter Stimme. »Endlich haben wir ihn gefunden.« Das ist der Mann, der Lukas' Schicksal besiegelt hat. Er hat ihn an diesen Zustand gekettet. Er hat sein Todesurteil unterschrieben. Ich habe ihn gefunden. Einen Augenblick lang schwelt die Euphorie eines Sieges in mir, im nächsten naht mein Waterloo: Das ist kein Sieg, ich weiß lediglich, wer der Feind ist. Und ich habe nie über diesen Punkt hinausgedacht.

Was mache ich jetzt? Wie komme ich an diesen Mistkerl ran?

Wahrscheinlich hat Didi Neidhart recht: Alles hängt mit dieser Familie zusammen, diesem Clan, den nicht einmal die Polizei in den Griff bekommt – was soll ich alleine ausrichten? Mein Gegner ist ein Verbrecher aus einer Familie von Verbrechern – vielleicht ist er sogar ihr Oberhaupt. Selbst wenn es mir gelingt, diesen Dreckskerl unter vier Augen zum Reden zu bringen: Er wird wohl kaum gestehen, warum er Lukas das angetan hat. Ich habe kein Druckmittel. Er wird mich auslachen, die Welt dreht sich weiter, die Sonne scheint, und ich bleibe dem Lauf der Zeit ausgeliefert, dazu verdammt, diese Ungerechtigkeit Tag für Tag zu ertragen. Aber was kann ich allein schon ...

Nero!

Mein Blick senkt sich auf den Papierstoß vor mir. Nero konnte etwas ausrichten. Auch er war allein, auch er hatte niemanden hinter sich, aber er brauchte auch niemanden. Er hatte etwas Besseres: Wissen. Und Wissen ist Macht.

Ich ziehe den Laborbefund hervor, überfliege erneut die chemische Analyse des Aerosols, das am Tatort gefunden wurde. Eine Mischung aus Remifentanil und Carfentanyl. Zwei hochwirksame Opioide, rufe ich meine Gedanken von vorgestern wieder in Erinnerung. Damit könnte man problemlos ein ganzes Löwenrudel in den Dornröschenschlaf schicken. Genau betrachtet, bin ich gar nicht alleine. Ich bin der Vollender eines unvollendeten Plans.

»Ich weiß nicht, ob wir uns je wiedersehen«, flüstere ich Lukas zu und nehme erneut seine Hand in meine. »Aber ich verspreche dir eines: Du wirst nicht einfach so verschwinden. Er wird dafür bezahlen. Erst dann findet diese Geschichte ein Ende. Erst dann ...«

»Hey!«

Ich zucke zusammen. Kurt: entgeistert, aufgebracht, mit hochrotem Schädel. In der einen Hand die Cognacflasche, in der anderen ... Verdammt: Ich hatte das Babyphone völlig vergessen.

»Was machen Sie da?«

Unser letzter Moment, zerstört von diesem Trampel. »Gute Nacht, mein schlafender Prinz«, sage ich und hauche Lukas einen Kuss auf die Stirn.

»Was soll das? Lassen Sie die Finger von meinem Sohn!«

Wie ferngesteuert hebe ich die Kappe von Lukas' Haupt, packe die Zettel ein, den Laptop, verstaue alles in meiner Aktentasche, während Kurt immer lauter bellt. »Hallo? Hören Sie schlecht? Ich rede mit Ihnen!«

Ich werfe noch einen letzten Blick auf Lukas und streiche mit den Fingerspitzen über seinen Handrücken. *Adieu.* Dann wende ich mich ab.

Seewald platzt vor Wut. »Was sind Sie für ein krankes Schwein? Antworten Sie, verdammt! Ich rufe die Poli-«

»Ich liebe Lukas.« Die Worte jagen aus meinem Mund, schwirren durch den Raum wie aufgeschreckte Fledermäuse. Ich habe es gesagt. Ich habe es nie jemandem gesagt, nicht einmal Lukas selbst – erst, als es zu spät war. Mein altes Ich, mein vorsichtiges, durch und durch wissenschaftlich verortetes Kontrollgruppen-Doppelblindstudien-Ich, ließ nicht zu, dass jemand anderer so viel Macht über mich bekam. Aber jetzt habe ich es gesagt. Und es fühlt sich so verdammt richtig an, dass ich nichts mehr zurückhalten kann. »Ich liebe Lukas, und Lukas liebt mich. *Ich bin seine kranke Neigung.*«

»Sie?« Seewald taumelt einen Schritt zur Seite, wischt sich mit dem Handrücken über die rotgeäderte Nase. Sein Blick verrät, dass jede einzelne Hirnzelle in seinem verbohrten Schädel dagegen aufbegehrt. Die Vorstellung muss ihn derart ekeln, dass er sekundenlang kein Wort herausbringt. Dann weicht der Ekel der Wut. Und die Galle kocht in ihm über. »Sie perverser Bastard! Sie haben meinen Sohn verführt! Sie haben das alles von Anfang an geplant! Haben Sie ihn angefasst? Was haben Sie hier getrieben, als wir nicht da waren?«

Er brüllt mich weiter an, will die Polizei rufen, seine Anwälte, faselt etwas von Konsequenzen, von Nachspiel, von Fertigmachen. Und ich weiß nicht, ob es daran liegt, was ich getan habe, oder daran, was ich tun werde, aber ich fürchte ihn nicht mehr. Kurt Seewald ist nicht länger eine Bedrohung. Er ist einfach nur eins: im Weg.

Meine Faust trifft schlecht. Nicht mittig, sondern seitlich, an seinem Wangenknochen. Das laute Knacken stammt vermutlich von meinen eigenen Gelenken, zumindest fühlt es sich so an. Dennoch zeigt der Schlag seine Wirkung: Kurt geht sofort zu Boden. Er verliert nicht das Bewusstsein oder blutet, eigentlich scheint er nicht sonderlich verletzt zu sein. Aber er sieht mich derart perplex an, als hätte ich mich vor seinen Augen in einen Drachen verwandelt. Als ich gehe, macht er keine Anstalten, mich aufzuhalten.

Eine Minute später sitze ich wieder im Auto und lasse den Motor an. Mein Handknöchel pocht vor Schmerz. Zitternd fische ich den Laborbefund aus der Innentasche meines Sakkos, hefte ihn ans Lenkrad, überfliege die Zeilen erneut. Welch Ironie …

Zeit meines Lebens bestand all mein Bestreben darin, den Menschen und seine Mechanismen besser zu verstehen, um helfen zu können. Ich hätte nie gedacht, dass ich dieses Wissen einmal für das Gegenteil einsetzen würde. Aber genau das werde ich tun. Dieser Bastard muss für seine Taten büßen. Lukas wird Gerechtigkeit widerfahren.

Was Nero kann, kann ich schon lange.

IM VERLIES

Mittwoch, 22. Januar, 16:40 Uhr

Elektriker?

Mechatroniker? Vielleicht bin ich auch einfach nur ein begabter Hobbybastler oder Hausmeister – irgendetwas Handwerkliches muss es jedenfalls sein: Bürohengste kennen keine Drahtbrücken, da bin ich mir sicher.

Das bedeutet, dass ich technisch etwas auf dem Kasten habe. Es bedeutet, dass ich mir helfen kann, und vor allem bedeutet es, dass mein Hirn nicht völlig im Eimer ist. Ein paar Synapsen funken noch, wenn auch nur bedingt: Das Surren der Lampe ist zwar verschwunden, dafür dröhnt mein Schädel umso lauter – als wäre er in einen Schraubstock eingespannt, der mehr und mehr Spannung aufbaut. Das bisschen Flüssigkeit hat vielleicht meinen Durst gestillt, aber nicht das Pulsieren zwischen meinen Schläfen.

Mein Blick fällt auf den Wasserbehälter, zuckt sofort zurück. Ich darf nicht. Noch nicht. Erst, wenn es gar nicht mehr anders geht und ich kurz vor dem Kollaps stehe, gönne ich mir wieder einen Schluck. Bis dahin ... weitermachen.

Gehen wir alles noch einmal genau durch. Ich habe zwei Steckdosen, aber die sind tot. Ich habe einen alten, kaputten Kühlschrank, der hat einen Kompressor, aber ich habe keinen Strom. Er hat einen Lüfter eingebaut – auch nutzlos ohne Strom. Kann ich mit der Kühlflüssigkeit etwas anfangen?

Stille. Starren. Zähneknirschen. Mein Schädel pocht. Wieder

wandert mein Blick zum Wasser. »Nein!«, maßregle ich mich selbst. »Konzentrier dich! Was haben wir noch? Das Dingsgerät!« Hastig wirble ich herum, stürze mich auf den Kasten. »Der Bildschirm, aus was besteht der?« Aus einer Kathodenstrahlröhre. Die steht unter Vakuum, sie kann implodieren, das könnte ich mir zunutze machen, indem ... indem ... Ich habe kein Werkzeug. Keine Energie. Keinen Strom. Kein gar nichts. Nur ein Schluck vielleicht, ein kleines Schlückchen. »Verdammt, konzentrier dich!«

Wie wild geworden springe ich auf, verpasse mir selbst Ohrfeigen. »Lass dir etwas einfallen!« Schläge donnern auf mich ein – meine Fäuste gehorchen mir nicht mehr. Ich sollte damit aufhören, aber ich kann es nicht stoppen. Diese unbändige Wut, die aus mir überkocht und alles verschlingt, jeden Gedanken vergiftet und das letzte bisschen Kraft meines Körpers aufzehrt, nur um ihn selbst zu vernichten. *Vernichtung, das ist es.* Meine Seele will die totale Auslöschung, weil sie den Schmerz nicht länger ertragen kann, den Durst, den Hunger ... Ich will einfach nicht mehr sein. Nicht mehr kämpfen. Nicht mehr leiden.

»Papa?«

Ungläubig blinzle ich in die Unschärfe, betrachte meine Hände. Sie sind zu Fäusten geballt, zerschunden und dunkelblau – die Haut um meine Knöchel herum ist regelrecht abgeplatzt. Was habe ich getan? Ich stehe vor der Tür meiner Zelle. An ihr klebt Blut. Ich muss darauf eingeschlagen haben.

»Papa!«

Erschrocken fahre ich herum. Das gibt es nicht. Das kann nicht sein, das ist nur Einbildung.

»Papa, jetzt komm doch.«

Ein blonder Bubenschopf, mitten im Schrott. Mein Junge. In meinem Verlies. Unschuldig wie der Morgen steht er neben der ausgehängten Tür. Das ist unmöglich, absolut unmöglich.

»Ich geh auch nicht alleine aufs Eis, versprochen!«

Er ist nicht hier. Ich weiß das, ich weiß das ganz genau. »Geh weg!«

»Papa!«

Ein kleiner Knirps mit Schmollmund. Mein Junge.

»Nimm meine Hand!«

Ich will nicht den Verstand verlieren, bitte! Ich will nicht! »Geh! Du bist nicht echt.«

Er geht nicht, steht einfach da in kniehohen Stiefeln, dick eingemummelt in einen Schal, und streckt mir die Hand entgegen. »Hilf mir, Papa.«

»Ich will dir ja helfen. Ich will für dich da sein, aber du bist nur Einbildung!«

»Bin ich nicht!«

Mein Junge, der neunmalkluge Sturschädel. »Bist du doch!«

»Nein!«

»Verdammt, geh!« Das ist nicht mein Sohn. »Verschwinde!« Ich packe irgendein Trumm, werfe es in seine Richtung.

»Papa, tu mir nicht weh.«

»Verschwinde aus meinem Kopf!« Meine Wut flammt erneut auf. Wieder schießt etwas durch die Luft, wieder verfehlt es das Ziel. Ich springe auf, stürze mich auf ihn. »Du bist nicht echt!« Meine Hände greifen ins Leere, ich falle, krache gegen die ausgehängte Tür, gehe zu Boden. »Du bist nicht echt«, höre ich mich wimmern. »Nicht echt. Nicht echt. Nicht echt.«

Jetzt ist es nur noch eine Frage der Zeit, bis mich der Wahnsinn vollends in sich gefangen hält. Wie konnte ich nur glauben, dass ich es hier herausschaffen würde? Wie konnte ich so naiv sein? Ich werde krepieren. Dann kann ich auch gleich das ganze Wasser trinken.

Ächzend stemme ich mich hoch, verliere dabei das Gleichgewicht und schramme mir den Arm an einer hervorstehenden

Kante der Tür auf. »War ja klar«, stöhne ich und presse die Hand auf die Wunde. »Natürlich schneide ich mir genau ...« Ich zögere. Mit zusammengekniffenen Augen betrachte ich den Schieberiegel, an dem ich mich aufgeschürft habe, dann die Tür. *Sie sind gleich*, schießt es mir durch den Kopf. Absolut baugleich! Mein Atem geht schneller.

Wenn die ausgehängte Tür identisch zur verschlossenen Tür dieses Raums ist, weiß ich jetzt, *was* sie verschließt: ein Riegel aus Metall. Wieder gleitet mein Blick über den Schrott, bleibt am Waschbeckenhahn hängen.

Ein Lächeln huscht über meine Lippen. Vielleicht wollte mich mein Hirn gar nicht in den Wahnsinn treiben. Es hat meinen Sohn geschickt, um mir einen Ausweg zu zeigen.

Ich komme, mein Junge.

Ich komme.

LINDE

Mittwoch, 22. Januar, 16:54 Uhr

Die Cafeteria der Uniklinik Schlierbach leert sich konstant. Wahrscheinlich war gerade Schichtwechsel. Erschöpfte Pfleger gehen nach Hause, neue treten ihren Dienst an. Ich bleibe. Seit Stunden sitze ich in einer abgelegenen Ecke und rühre in meinem eiskalten Kaffee, an dem ich kein einziges Mal genippt habe. Ein Koffeinkick ist das Letzte, was meine strapazierten Nerven jetzt gebrauchen können. Sie brauchen nur eines: eine Nachricht.

Ich aktiviere das Display meines Smartphones, starre auf den Chatverlauf. Die letzte SMS an mich lautet: *Bin da.* Seitdem sitzt Didi in einem Bistro in der Nähe des Standes, an dem fast ausschließlich diese grellgrünen Taxis stehen, und hält Ausschau.

Es war nicht schwer, Didi zu überreden, mir zu helfen. Schwieriger war es, ihn davon abzuhalten, einfach mit seinem Gewehr loszustürmen und es unserem Mann ins Maul zu rammen. Es wäre vermutlich Didis Todesurteil. Neros Methode ist besser. Gewiefter. Und eigentlich war es nicht besonders aufwendig, sie zu kopieren.

Naloxon und Remifentanil sind zwar verschreibungspflichtig, aber als Arzt hat man diesbezüglich keine Probleme. Carfentanyl ist da schon eher eine Herausforderung. Das Tierbetäubungsmittel ist hierzulande nicht zugelassen – nicht mehr. Früher bekam man es ohne Weiteres. Ich hatte sogar noch ein paar Ampullen aus der Zeit von Amendts und meiner Studie, genau wie das nötige Equipment. Damals mussten wir die Patienten für die radiochirurgischen Eingriffe sedieren, allerdings waren unsere Probanden Affen. Sehr spritzenscheue Affen. Der Forschungsetat ging zur Neige, also haben wir privat einen gebrauchten Narkosemittelverdampfer gekauft, der Flüssigkeiten in Gas umwandelt: Atmen und einschlafen, leichter geht es nicht. Es hat mich den halben Vormittag gekostet, die Einzelteile des alten Drägers in meinem Keller zusammenzusuchen und ihn wieder in Gang zu bringen, aber es hat funktioniert. Nur, dass ich jetzt keine Affen mit Zwangsstörungen betäube, sondern den Mann, der mir Lukas genommen hat.

Automatisch legt sich meine Hand auf den Rucksack neben mir, betastet den Erste-Hilfe-Beatmungsbeutel darin, so als könnte ich durch den dicken Stoff tatsächlich überprüfen, ob etwas von dem toxischen Gemisch ausgetreten ist.

Eigentlich dient so ein Teil zur Notfallbeatmung bei drohendem Atemstillstand. Eigentlich pumpen Sanitäter damit auch Luft in die Lunge und keinen extrem starken Knockout-Cocktail, der selbst Löwen sofort in den Tiefschlaf versetzt.

Keine Ahnung, wie Nero seine Opfer genau betäubt hat – diese Methode war jedenfalls die einzige, die mir auf die Schnelle eingefallen ist. Sie sollte funktionieren. Wenn wir allerdings etwas von dem Gemisch abbekommen, schlafen wir alle. Vielleicht für immer.

»Sie müssen jetzt gehen.«

Irritiert sehe ich auf.

Vor mir steht der Kellner, der mir den Kaffee verkauft hat, und tippt auf seine Armbanduhr. »Wir schließen.«

Ich blicke auf mein Handy, stocke. Eine neue Nachricht prangt auf dem Display. *Hab ihn.* Und just in dem Moment: *Sind unterwegs.*

»Wir haben seit zwanzig Minuten geschlossen«, herrscht mich der Kellner wieder an. »Sie müssen jetzt wirklich gehen!«

Was bildet sich dieser Kerl eigentlich ein? Ich bin ja nicht taub.

»So etwas kann man auch in einem anderen Ton sagen.«

»Ich habe es Ihnen schon dreimal gesagt.«

Von wegen … Aber mir bleibt keine Zeit für unnötige Diskussionen. Abrupt springe ich auf, hänge mir den Rucksack um, marschiere aus der Cafeteria in Richtung der Behindertentoilette und schließe mich darin ein. *Sind unterwegs* bedeutet, mir bleiben circa zwanzig bis fünfundzwanzig Minuten. So lange dauert eine Fahrt vom Taxistand bis hierher zur orthopädischen Uniklinik Schlierbach. Genug Zeit für den jungen Theo Linde. Für den alten, völlig aufgelösten Theo Linde mit seinen zittrigen Händen und seinem verplanten Hirn ist das Unterfangen eine größere Herausforderung. Entschlossen trete ich vor den Spiegel, seufze. Ich sehe aus wie der Tod. Sobald das hier vorbei ist, muss ich dringend zur Ruhe kommen, vielleicht auf Kur gehen. So kann es nicht weitergehen.

Aber auch wenn ich mich selbst kaum wiedererkenne: Für andere gilt das nicht. Deshalb brauchte ich Didis Hilfe: Der Fahrer des Taxis wird mich vermutlich erkennen, was das Überraschungsmoment zunichte macht. Also bedarf es einer Maskierung. Einer, die ebenso wirksam ist wie unauffällig, wenn man ein Krankenhaus verlässt.

Hastig zippe ich das Seitenfach des Rucksacks auf und lege das Verbandsmaterial auf das Waschbecken vor mir. Mist: Schere vergessen. Dann eben mit den Zähnen. Ich beiße einen Streifen Klebeband ab und beginne an der Stirn. Es ist schon ein halbes Leben lang her, dass ich diese Handgriffe gelernt habe, aber der Verband muss keiner Fachprüfung standhalten. Drei Lagen Mullbinden um die Stirn, dann über den Hinterkopf hinunter zum Kinn, wieder hoch zum Scheitel und zum Schluss über den Mund. Alles mit Gewebeband fixieren, Kappe auf – fertig. Damit gehe ich zu Fasching als Mumie durch und an sämtlichen anderen Tagen als das, was ich darstellen will: ein Brandopfer.

Mein Handy vibriert. *Zehn Minuten.*

Dann los.

Mit dem Rucksack unter dem Arm trete ich hinaus in die Dunkelheit, marschiere über den nebelverhangenen Skulpturenpark des Klinikgeländes in Richtung Südparkplatz. Natürlich verlaufe ich mich kurz, wie könnte es anders sein, aber zu meiner Verteidigung muss ich sagen: Es ist schon eine Ewigkeit her, dass ich hier am Zentrum für Biomechanik ein Forschungsprojekt hatte. Es ging um neuroorthopädische Bewegungsstörungen – ich weiß nicht einmal mehr, was das genaue Ziel des Projekts war, aber ich kann mich an den Leiter erinnern. Er pflegte sämtliche Meetings in die Natur zu verlegen. Ein langer, ausgedehnter Spaziergang über den Ingenieursweg bis zum Wanderrastplatz und wieder zurück. Vierzig Minuten Ruhe und Abgeschiedenheit im Wald. Genau die richtige Umgebung für Besprechungen. Und genau die richtige Umgebung für das, was Didi und ich vorhaben.

Der Parkplatz ist wie ausgestorben. Sie sind spät dran. Angespannt trete ich von einem Bein auf das andere, sauge die feuchtkalte Luft durch die Nase ein. Der Nebel kommt wie gerufen. Dankbare, alles verschluckende Wasserdampfsuppe. Niemand wird uns sehen.

Zwei Scheinwerfer reißen eine Bresche ins Grau. Das grellgrüne Taxi gleitet lautlos auf mich zu. Jetzt gibt es kein Zurück mehr. Jetzt gilt nur noch eines: Nerven bewahren.

Die Hintertür geht auf, Didi springt heraus und stolpert auf mich zu. Verdammt, ich habe ihn beschworen, nüchtern zu bleiben – angefleht habe ich ihn! Aber der Aquavit steigt mir schon von Weitem in die Nase.

»Milić«, zischt er mir viel zu laut zu. »Auf dem Fahrerausweis steht, dass er Goran Milić heißt.«

»Leiser!« Ich hake mich bei ihm ein, lasse mich zum Auto geleiten.

»Der Typ ahnt nichts. Der kann sich auf was gefasst machen.« Didi kichert, als gingen wir auf Kaffeefahrt. Sofort bereue ich es, ihn mit einbezogen zu haben. Er hat sich nicht unter Kontrolle. Noch dazu steuert er die falsche Seite an.

»Nicht da«, raune ich ihm zu. »Links, hinter dem Fahrersitz!« Doch es ist bereits zu spät. Didi hält mir die Tür auf und offenbart schulterzuckend, warum sich mein Plan nicht umsetzen lässt: Die Rückbank auf der Fahrerseite ist voll: eine Sporttasche, ein Kindersitz, im Fußraum klemmt ein nasser Schirm. Mir entfährt ein Stöhnen. Dann eben so. Der Plan wird trotzdem funktionieren.

Umständlich schiebe ich mich auf die Rückbank, ächze dabei auf. Ich bin ein Brandopfer. Ich bin verletzt, kann mich kaum bewegen. Das ist meine Rolle.

»Scheiße! Was ist mit Ihnen passiert?«

Wieder dringt nur ein Ächzen unter meiner Bandage hervor.

»Brauchen Sie Hilfe?«

Während ich umständlich den Gurt anlege, hebe ich den Blick zum Rückspiegel. Das ist er also: der Mann, der Lukas den Abhang hinuntergestoßen hat. Goran Milić. Nach so vielen Jahren habe ich ihn endlich gefunden. Nach so vielen Jahren wird er endlich Rechenschaft ablegen müssen.

»Er kann kaum sprechen«, antwortet Didi an meiner Stelle und schwingt sich auf den Beifahrersitz. »Das Feuer hat seine Lippen versengt.«

»Feuer?«

Die Tür schlägt zu. »Sein Haus ist abgebrannt. Ganz tragisch. Gasexplosion.«

Ich stöhne auf, aber diesmal ist es nicht gespielt. Was zum Teufel faselt er da? Didi sollte so wenig wie möglich reden. Worte bringen nur Ärger, vor allem, wenn sie einem weinbrandgetrübten Geist entspringen.

»Scheiße«, wiederholt Milić und schüttelt den Kopf. Es folgt eine Schweigesekunde, dann legt er den Gang ein und fährt los.

»Wohin?«

»Michael-Färber-Straße 2 in Neckargemünd.«

Gerber fluche ich innerlich. Es heißt Gerber-Straße. Kann sich der Suffkopf irgendetwas merken?

»Sie müssen nur abbiegen und über den Ingenieursweg fahren, immer geradeaus.«

Das Taxi hält abrupt an. »Da?« Milić reckt den Hals und späht die unbeleuchtete Straße entlang. »Nicht über Bundesstraße?«

»Das ist ein Schleichweg durch den Wald«, spult Didi seinen einstudierten Text herunter. »Geht viel schneller. Keine Ampeln, kein Verkehr, kein Bahnübergang.«

Wir stehen immer noch. Offenbar ist der Mann schwerer zu überzeugen als gedacht. Zeit für meine Ballettkünste.

»Ahh«, gebe ich den sterbenden Schwan. Gleich noch mal. »Ahh.«

Didi blickt über die Schulter. »Hast du Schmerzen?«

»Ahh.«

»Können Sie sich beeilen? Bitte, meinem Bruder geht es wirklich nicht gut.«

Bruder? Auch das war nicht abgesprochen, aber es zeigt Wirkung.

Milić gibt dem Blinkerhebel einen Schubs, beschleunigt, wirft einen kritischen Blick in den Rückspiegel. Vermutlich sorgt er sich, dass ich die Sitzgarnitur besudele. Wenn du wüsstest, dass das deine geringste Sorge ist. Wenn du wüsstest …

Wir rasen den Ingenieursweg entlang, werden aber schon nach kurzer Zeit deutlich langsamer. Milić bleibt nichts anderes über: Die Beschaffenheit der Fahrbahn lässt maximal Ortsgeschwindigkeit zu. Bald wird aus der Straße ein Weg und aus dem Weg ein zugewucherter, steiniger Pfad. Zu unserer Rechten reckt sich der schattenhafte Wald empor, zur Linken sieht man anfangs noch die parallel verlaufende Bahnlinie und die Bundesstraße, doch bald verschwindet alles im Dunkel des Dickichts. Als der Weg an einer alten Geröllsteinmauer entlangführt und so schmal wird, dass kaum ein einzelnes Auto durchpasst, kommen unserem Fahrer noch mehr Zweifel.

»Ist das wirklich offizielle Straße?« Er taxiert ungläubig die Landkarte des Navis. »Was ich mache, wenn mir Auto entgegenkommt? Ich nicht ausweichen.«

»Das ist eine Einbahn«, antwortet Didi blitzschnell, so als wartete er seit Minuten darauf, endlich wieder etwas sagen zu dürfen.

»Ich kein Schild gesehen.«

»Doch, doch.«

Schweigend rumpeln wir weiter. Milićs Sorge ist geradezu prophetisch: Uns wird ein Auto begegnen. Meines. Es parkt ein paar hundert Meter hinter einer Abzweigung mitten am Weg. Kein Durchkommen möglich. Wir werden anhalten und aussteigen müssen, um nachzusehen, wo der Fahrer geblieben ist. Und dann gibt es keinen Ausweg mehr für dich, Milić. Wir betäuben dich und bringen dich an einen sicheren Ort, wo du endlich Rede und Antwort stehen wirst.

»Hier rechts.« Didi deutet in die Nacht.

»Da rauf?« Milić tritt in die Eisen, sodass das Taxi einen Satz macht und der Gurt in meine Brust schneidet.

»Ja.« Didi nickt, als müsste er bei einer Partie Activity das Konzept »nicken« pantomimisch erklären. Mir fällt auf, dass er stark schwitzt.

»Sicher?«

»Natürlich bin ich sicher, ich kenne die Strecke wie meine Westentasche.«

Milićs Finger trommeln gegen das Lenkrad. Seine Miene spricht Bände. Er zweifelt. Er will nicht. Wenn er jetzt in die andere Richtung abbiegt, sind wir in kürzester Zeit in Neckargemünd, umgeben von Einfamilienhäusern und Augenzeugen. Dann müssen wir improvisieren.

Meine Hand gleitet in den Fußraum. Ich hätte den Rucksack auflassen sollen, das Ratschen des Reißverschlusses ist unüberhörbar. Außerdem stört dieser ... verdammt, der Gurt! Wenn ich Milić hier betäube, muss ich mich schnell vorwärts bewegen können, das geht nicht mit angelegtem Gurt. Unauffällig schnalle ich mich ab, doch die Bordelektronik macht mir einen Strich durch die Rechnung: es piept.

»Können Sie wieder anschnallen?«

Ich ächze.

»Er hat Schmerzen.«

»Sie müssen anschnallen! Ich fahre nicht hoch, das nicht stimmen.«

»Hören Sie, ich wohne hier seit meiner Kindheit, ich kenne mich aus.«

Milić stößt irgendeinen fremdländischen Fluch aus, schüttelt erneut den Kopf, und fährt sichtlich widerwillig los. Der Gurtalarm schrillt weiter.

»Schnallen Sie jetzt bitte an«, mault er in den Rückspiegel, während wir über ein Schlagloch holpern. Der Motor heult auf – es geht steil bergauf. Milićs Miene verfinstert sich zunehmend. »Wie ist die Adresse noch mal?« Er streckt seinen Zeigefinger Richtung Navi und versucht, die Buchstaben zu treffen. »Michael-wie-Straße?«

»Michael-Färber-Straße, aber sie brauchen wirklich nur weiterfahren.«

»Gerber«, knurre ich unter meinem Verband hervor und angle mit einer Hand nach dem Erste-Hilfe-Beatmungsbeutel. »Es ist nicht mehr weit.«

Das Taxi rumpelt. Milićs Finger tippt bei jedem Buchstaben daneben.

»Noch ein bisschen, dann kommen wir direkt bei dem Haus meines Bruders heraus.«

Es piept dringlicher. »Jetzt anschnallen, verdammt.«

Ein Reifen dreht durch. Milić flucht. Im Suchschlitz des Navis steht »Michgaeo-Färbr« – er malträtiert die Löschtaste. »Ich dachte, Haus abgebrannt?«

»Was?«, plärrt Didi gegen das Heulen des Motors an.

Dieser Idiot, dieser verdammte Idiot. Endlich bekomme ich den Beatmungsbeutel zu fassen, lege ihn vorsichtig in meinen Schoß. Wenn ich jetzt versehentlich zudrücke, strömt das Gemisch durch die Beatmungsmaske in den Innenraum und schickt uns alle ins Reich der ewigen Träume.

»Haus Ihres Bruders! Sie gesagt, es abgebrannt!«

Didi steht der Schweiß auf der Stirn. »Es ist nicht sein Haus, es ist mein Haus.«

Meine Hand legt sich um den Beutel. Ich muss es irgendwie schaffen, ihm die Maske ans Gesicht zu pressen.

»Aber ...« Milić steigt auf die Bremse, mustert irritiert das Navi. Unter dem Suchbegriff »Michael-Färber-Straße« steht: »Meinten Sie Michael-Gerber-Straße in 69151 Neckargemünd?« Milić starrt darauf. Ich starre darauf. Wir alle starren darauf. Und ich weiß nicht, ob die Tatsache, dass ein Mann die Adresse seines eigenen Hauses nicht kennt, ausgereicht hätte, um Milićs Alarmsirenen zum Leuchten zu bringen, aber es reicht, dass Didi seine Nerven verliert. Und zwar völlig.

»Du Mörder!« Er reißt an irgendetwas in seiner Jackentasche. *Oh mein Gott, du verdammter Idiot.* »Du hast meine Tochter ermordet!« Eine Pistole. Irgendein Relikt. »Du hast Maria getötet, du Drecksack!« Er hält sie Milić vor die Nase, fuchtelt damit rum.

Doch sein Gegenüber reagiert schnell. »Was soll die Scheiße?« Milić wehrt sich, ergreift Didis Hand, verdreht ihm das Gelenk. Die Waffe landet im Fußraum. Sie ringen auf engstem Raum. Beine, Arme, Hiebe – die beiden verknoten sich zu einem zuckenden, bebenden Körpergemenge, ich erkenne kaum, wo Didi anfängt und Milić aufhört; die Situation gerät völlig außer Kontrolle. Wenn ich jetzt nicht handle, dann nie.

Ich reiße den Beatmungsbeutel hoch, versuche, eine Lücke zu finden, den richtigen Winkel, bekomme einen Ellbogen ins Gesicht, der mich auf die Rückbank katapultiert. Der Beutel landet auf dem Boden. Stöhnen. Schreie. Ich rapple mich auf, angle das Teil aus dem Fußraum, setze erneut an. Nur einen Atemzug, dann ist er schachmatt. Nur einmal Luftholen. Alles, was ich tun muss, ist, diese verfluchte Maske auf sein Gesicht zu drücken.

»Du Mörder!«

Meine Linke schnellt vor, umschlingt Milićs Hals, zieht ihn zurück. Er sträubt sich, schlägt um sich, reißt an meinem Verband.

»Halt seine Hände«, befehle ich Didi, aber der hat anderes im Sinn. »Lass die Waffe und pack die Hände.«

Zu spät. Milić löst sich aus meinem Griff, donnert seinen Hinterkopf gegen mein Nasenbein. Blut spritzt. Der Geruch von Eisen steigt auf. Mir wird schwarz vor Augen. Ich sehe nur noch Schatten, bizarre Formen, wogende Körpermasse.

»Jetzt!«

Ich presse die Lider zusammen, verjage die Schattenrisse. Als ich die Augen wieder aufreiße, sehe ich Didi, wie er Milić mit seinem ganzen Körpergewicht gegen die Fahrertür drängt.

»Jetzt mach!«

Meine Hand schnellt vor, drückt die Maske auf Milićs Gesicht, quetscht den Beutel zusammen. *Atme!* Er windet sich. Sein Mund ist ein Strich. *Atme ein, verdammt!* Didi stößt einen schmerzverzerrten Schrei aus. *Hör auf, dich zu wehren, und atme!*

Unter mir rumort es. Etwas schrappt meine Brust entlang. Etwas Scharfkantiges. Doch als ich begreife, was, ist es zu spät.

Die Schirmspitze bohrt sich in mein Kinn, rammt meinen Kopf nach oben. Ich kann nichts fokussieren, nichts anderes wahrnehmen als diesen sengenden Schmerz. Ich schmecke Blut. Ich höre Didis Schreie. Und ich sehe den Beatmungsbeutel. Er liegt offen auf dem Armaturenbrett. Luft anhalten!, will ich sagen, doch meine Zunge ist bereits lahm. Didis Schreie verstummen. Binnen Sekunden herrscht eine gespenstische Ruhe. Mein Körper klemmt zwischen den Vordersitzen, fühlt sich taub an, starr, nutzlos. Ich will mich herauswinden, schaffe es nicht, will den Kopf drehen, kann es nicht. Das Gegengift liegt zu meinen Füßen, aber es könnte genausogut am anderen Ende der Welt liegen. Alles, was ich noch zustande bringe, ist, geradeaus durch die Windschutzscheibe zu starren.

Nebelschleier kriechen über den Weg. Die Lichtstrahlen der Scheinwerfer tauchen den Wald in diesen xenonkalten Schein, der das Gestrüpp wie knochige Gerippe wirken lässt. Astgebeine und Halmskelette ragen aus dem Dickicht, weichen immer weiter zurück. Meine Lider werden schwer. Atmen fällt mir schwer. Alles fällt mir schwer. Ich schließe die Augen, versinke in mir, lasse los. Und das Letzte, was ich begreife, bevor mein Geist in Schwärze zu ertrinken droht: Die Äste weichen nicht zurück. Wir weichen zurück. Wir rollen rückwärts den Hang hinunter.

TEIL DREI

LINDE

Mittwoch, 22. Januar, 17:56 Uhr

Die Welt steht kopf.
 Ich schließe die Augen, öffne sie wieder, aber alles bleibt verkehrt. Ungewöhnlich.
 Es piept. Ständig. Dann schlägt etwas gegen meine Schläfe: eine Tür. Ich hänge kopfüber aus dem Fond eines Autos, und es piept. Sehr ungewöhnlich. Ich brauche drei Anläufe, bis es mir gelingt, mich aufzurichten. Ich habe kein Zeitgefühl, keine Orientierung, keinen Schimmer, wem der Wagen gehört, aber an der Decke klebt Blut. Neben mir liegen ein kaputter Regenschirm, eine Sporttasche und eine Pistole. Ist das meine?
 Ich spähe in die Fahrerkabine. Fahrer und Beifahrer hängen in den Gurten – sind sie tot? Habe ich diese Männer erschossen? Ein beunruhigendes Gefühl brandet in mir auf, jedoch nicht in einem Ausmaß, das der Situation angemessen wäre. Vielleicht liegt es an der Spritze, die aus meinem Oberschenkel ragt.
 Mein Blick fällt auf den Rückspiegel. Er wirft ein Gesicht zurück, das unmöglich meins sein kann. Da ist nichts Bekanntes, nur blutverkrustete Hautlappen.
 Jetzt werde ich doch unruhig. Ich will an die frische Luft, aber als ich es versuche, begreife ich: Wir bewegen uns rückwärts. Ich sitze mit einer Pistole und zwei Toten in einem Auto, und wir rollen einen Waldweg entlang, der sich in der Dunkelheit verliert.
 Ungläubig schließe ich erneut die Augen, öffne sie, und dies-

mal kommt mit der Welt die Erinnerung zurück, mit der Erinnerung kommt die Panik, und mit der Panik kommt das Adrenalin, das den Fentanylcocktail in meinen Adern fortspült und mich der bitteren Realität überlässt: Ich weiß wieder, wer ich bin. Ich weiß, was ich getan habe. Und ich weiß, dass dieser Waldweg direkt auf eine steile Böschung zuführt, an deren Fuß Bahngleise verlaufen. Jeder in diesem Fahrzeug wird sterben. Aber vermutlich ist das besser so. Wir haben nichts anderes verdient.

Das Auto rollt immer schneller. Mit tumben, ungeschickten Fingern reiße ich mir die blutigen Verbandsfetzen vom Gesicht und ziehe die Spritze aus meinem Bein. Irgendwie muss ich es geschafft haben, mir das Naloxon zu injizieren, bevor mich das Fentanyl völlig ausknocken konnte. Didi und Milić hingegen sind bewegungsunfähig. *Wir haben nichts anderes verdient*, lodert der Gedanke wieder in mir auf. Die Untergangslust klafft in mir wie der Abgrund, auf den wir zurollen. Es wäre so leicht … Kein Kampf mehr, keine Rechtfertigung, einfach geschehen lassen und mit Lukas vereint die Ewigkeit fristen. Doch es wäre eine Ewigkeit im Zwiespalt. Lukas verdient Antworten. Und ich bin der Einzige, der sie liefern kann.

Nur noch ein paar Meter.

Ich schnelle herum, schiele in die Fahrerkabine. Wo ist der verdammte Handbremsenhebel? Lauter Schalter und Knöpfe! Blindlings gehe ich alle durch, bis der Wagen abrupt zum Stehen kommt. Drei Meter weiter, und wir wären die Böschung hinabgestürzt. Doch gerettet sind Didi und Milić noch lange nicht.

Mit wackligen Knien stolpere ich aus dem Wagen, reiße die Fahrertür auf und zerre Milić in eine aufrechte Position. Schwacher Puls, kaum Atmung. Auch Didis Brustkorb hebt sich noch, aber es ist nur eine Frage der Zeit, bis sein Kreislauf versagt. Wo ist das restliche Naloxon? Ich hatte ein Set mit zwei Ampullen und zwei Spritzen – das muss hier irgendwo sein. Wieder nach hinten, die Tasche suchen. Es ist stockdunkel. Meine Hände zittern, als ich die Spritzen heraushole. Dreimal fährt die Kanüle ins Leere, bevor ich den Inhalt der Ampulle aufziehen kann. Die Menge reicht eigentlich nicht für zwei Personen, aber eine Alternative gibt es nicht: Opioid-Gegenmittel findet man in der Regel nicht in einem Standard-Verbandkasten.

Kanüle ansetzen, neunzig Grad, rein damit. Milić bekommt die erste Injektion, jetzt Didi. Ich öffne die Beifahrertür. Sein Gesicht ist schon blau angelaufen. Schnell die Spritze. Atmet er noch? Einundzwanzig, zweiundzwanzig, dreiundzwanzig … Ich höre nichts, kann keinen Puls ausmachen. Verdammt, Didi! Abschnallen. Auf den Boden. Ich muss ihn beatmen. Hände übereinander, Mitte des Brustkorbs, los: *Ah, ha, ha, ha, stayin' alive, stayin' alive.* Komm schon. *Ah, ha, ha, ha, stayin' alive.* »Wach auf, Didi!« Kein Lebenszeichen. Weiter. *Ah, ha, ha, ha, stayin' al-*

Ein Atemzug! Endlich! Ich halte mein schweißgebadetes Gesicht dicht über seines, spüre deutlich einen Hauch. Er ist immer noch bewusstlos, aber er lebt! »Du hast es geschafft«, japse ich und sacke kraftlos neben ihm zusammen. Doch mir bleibt keine Sekunde Pause.

»Was passiert?«

Erschrocken blicke ich auf.

»Was hier passiert?«

Milić. Er gafft mich mit weit aufgerissenen Augen aus dem Wagen heraus an, hustet stark.

»Hatten wir Unfall?«

Hatten wir …? Er erinnert sich nicht! Noch nicht. Gedächtnisausfälle sind normal, bei manchen dauern sie länger an, bei anderen nur ein paar Momente.

»Scheiße! Habe ich Mann überfahren?«

Ich antworte nicht, starre ihn bloß an. Was mache ich jetzt?

»Haben Sie Rettung gerufen?«

Schweigend verfolge ich, wie Milić im spärlichen Schein der Innenraumbeleuchtung allmählich die Kontrolle über seinen Körper zurückgewinnt. Sobald er sich erinnert, wird er mir entweder den Schädel einschlagen oder abhauen. Beides kann ich nicht verhindern. Egal, wie sehr ich ihm zugesetzt habe: Der Typ ist ein junger, kerngesunder Schwerverbrecher von einem Meter neunzig. Ich habe keine Chance, außer ... Mein Blick schnellt zur Rückbank. Didis Waffe.

»Was mit Ihnen? Sie verletzt?«

Keine Ahnung, ob sie geladen ist, aber das weiß Milić auch nicht. Sie ist meine einzige Option. Ohne zu zögern, rapple ich mich auf und krieche zum Wagen.

»Sagen Sie mir, was passiert?«

Ich spüre förmlich, wie sich Milićs Blick in meinen Nacken bohrt. Sporttasche, Regenschirm, Verbandsfetzen – wo ist die Pistole? Sie muss unter den Beifahrersitz gerutscht sein.

»Hey! Ich reden mit Ihnen! Was zum ... «

Unsere Blicke treffen sich, wie sie sich zuvor getroffen haben: im Rückspiegel. Sein Ausdruck verändert sich. Und von einer Sekunde auf die andere weichen die Schattenschleier von ihm.

»Sie!«

Meine Hand schnellt unter den Sitz, tastet sich hektisch durch allerlei Unrat.

»Ich wissen, wer Sie sind!«

Er packt mich, will mich hochreißen, aber ich sperre mich, wühle weiter, bekomme eine Plastikflasche zu fassen, einen Eisschaber, Kopfhörer ...

»Sie an allem schuld! Sie und Ihr Freund!«

Da ist sie! Meine Finger schlingen sich um den Griff.

»Hoch, verdammt, ich rede mit Ihnen!«

»Zurück!« Ich reiße mich von ihm los, plumpse ungelenk aus

dem Auto, schaffe es irgendwie, hochzukommen. »Raus!«, brülle ich. »Raus aus dem Wagen! Sofort!« Mit der Pistole im Anschlag zirkle ich um das Fahrzeug, hebe die Hand schützend vors Gesicht, um nicht von den Scheinwerfern geblendet zu werden. Ich darf ihn keine Sekunde aus den Augen lassen. »Wird's bald!«

Die Tünche des hartgesottenen Burschen verblasst schneller als erwartet – er gehorcht aufs Wort. Ohne zu murren, hebt er die Hände, steigt aus, setzt ein Bein vor das andere und kommt langsam auf mich zu. »Was Sie wollen?«

»Das können Sie sich wohl denken«, blaffe ich zurück. »Also los, reden Sie, ich will alles wissen.«

Er schluckt. »Was … wissen?«

»Na, alles! Was hat Lukas getan, dass ihr ihn loswerden wolltet? Was hatte der Eić-Clan mit ihm zu schaffen?«

»Der …« Milić bricht ab, schüttelt den Kopf. »Ich arbeite nur für die. Ich weiß nichts von Geschäfte!«

»Komm mir nicht so! Du hast Lukas den Hang hinabgestoßen! Warum?«

»Ich kenne keine Lukas.«

»Lukas Seewald!«

»Ich schwöre, ich kenne niemanden, der so heißt. Wirklich!«

»Lüge!« Ich reiße die Waffe hoch. »Lukas hat es bestätigt: Du warst es! Du bist einer von denen, diesem kriminellen Pack! Ihr wolltet ihn umbringen!«

Milić zuckt zusammen, sinkt vor mir auf die Knie. »Hören Sie!«, redet er mit brüchiger Stimme auf mich ein. »Ja, ich arbeite für die. Ich fahre Geldeintreiber und schaue weg. Ich fahre Briefchen und Päckchen – ich machen, ja! Mir bleiben nichts anderes, ich illegal, ich kriege keine Job. Aber ich niemanden umgebracht! Ich schwöre!«

»Lukas hat dich erkannt! Du hast ihn gestoßen!«

»Bitte! Ich kenne keine Lukas!«

»Hör endlich auf zu lügen!« Er lügt. Er lügt wie gedruckt. Es kann nicht anders sein, selbst Didi hat ihn identifiziert ... *Diese Kanaken sehen alle gleich aus*, ertönt sein alkoholgeschwängertes Lallen in meinem Kopf. *Die kannst du nicht voneinander unterscheiden.* Didi der Säufer hat ihn identifiziert. Didi, der sich keine zehn Sätze merken kann. Didi, der blind vor Wut den Tod seiner Tochter rächen will ... Aber Lukas hat ihn auch erkannt! Es war eindeutig ein *Ja*, der Neuro Hub irrt nicht, Alpha lag bei neunundneunzig Prozent, dieser eine Prozentpunkt Irrtumswahrscheinlichkeit ist lächerlich.

»Wann war das?«, reißt mich Milićs Stimme aus den Gedanken. »Wann soll ich diese Lukas gestoßen haben?«

»April 2014«, antworte ich wie ferngesteuert, umklammere die Pistole noch fester.

Milić entfährt ein gequältes Lachen. »Das unmöglich! Ich bin 2018 nach Deutschland gekommen.«

»Alles Lüge!« Er will mich ablenken und dann überrumpeln, so muss es sein.

»Ich kann beweisen!« Seine Hand wandert hinter seinen Rücken.

»Hände hoch!«

Er zuckt zusammen und sinkt auf die Knie. Neben ihm fällt ein Portmonee in den Dreck. »Bitte! Sehen Sie! Es steht in meine Ankunftsnachweis!«

»In deinem was?«

»Ankunftsnachweis!«, wiederholt er flehentlich, während er auf Knien rückwärtsrobbt. »Alle Flüchtlinge bekommen eine, wenn in Land kommt. Mein Asylantrag wurde abgelehnt, aber da drinnen ist Datum, wann ich im Deutschland bin!«

»Schwachsinn!«

»Bitte!«

Ich starre auf die lederne Geldbörse, fletsche die Zähne. Er will, dass ich mich bücke und danach greife, dann wird er aufspringen und sich auf mich werfen. Aber er robbt immer weiter nach hinten. Aus der Distanz kann er mich unmöglich erreichen. Vorsichtig trete ich einen Schritt näher und angle das Portmonee vom Boden. »Keine Bewegung!« Umständlich klappe ich das Ding auf, versuche mit einer Hand, das Dokument darin zu finden.

»Soll ich helf–«

»Ich sagte: keine Bewegung!« Das hier könnte es sein. Ein abgegriffener grüner Lappen mit dem Bundesadler darauf. »Ankunftsnachweis der Bundesrepublik Deutschland, Bescheinigung über die Meldung als Asylsuchender«, lese ich mit einem Auge, behalte mit dem anderen Milić im Blick. »Ausstellende Behörde: BAMF Passau, Name: Milić Goran, Registrierungsdatum: 24. Juli 2018«

»Sehen Sie!«, ertönt seine Stimme im Hintergrund. »2018! Steht da, richtig?«

Ungläubig betrachte ich das Datum, schüttle den Kopf. »Das kann man fälschen.«

»Warum? Das ist nicht Aufenthaltsbewilligung, das ist bloß nutzlose Dokument. Warum sollte ich mit diese Datum fälschen?«

Meine Atmung geht schneller. Warum? Warum? Ich weiß nicht, warum.

»Telefonieren Sie meine Frau an, ja? Oder Schwester, die besser Deutsch sprechen. Mein Handy im Taxi! Lassen Sie anrufen, ja? Die können bestätigen.«

Ruhe! Ich brauche Ruhe. Meine Gedanken rasen, ich muss mich konzentrieren. Er könnte lügen. Er könnte schon vorher im Land gewesen sein. Er will mich mürbe reden, will an mein Mitleid appellieren, er will …

Ungläubig blinzle ich die Fotografie an, die aus einem der Fächer der Geldbörse ragt. Die Aufnahme zeigt Milić umringt von vier Kindern, allesamt Mädchen. *Zuckersüß* … An seiner Seite steht eine Frau – offensichtlich seine Ehefrau. Er ist ein Familienvater. Ich hätte beinahe den Vater von vier kleinen Mädchen umgebracht. Er wäre elendig erstickt. Eines der Mädchen hält einen Hasen im Arm. Sie ist kaum älter als drei Jahre. Ein kleiner Engel. Vier Kinder, vaterlos. Mein Magen zieht sich zusammen. Was habe ich getan? Was habe ich nur getan?

Entgeistert starre ich ihn an, merke, wie alles um mich herum ins Wanken gerät. Ich muss weg, schnell. Zum Auto. Muss den Fehler finden. Muss alles aufklären.

»Hey, wo wollen hin?«, höre ich Milić hinter mir. Er ruft noch etwas, aber ich verstehe es kaum, haste den Hang hinauf zu meinem Auto, höre bloß das Blut in meinen Ohren rauschen. Alpha lag bei neunundzeunzig Prozent. Wo liegt der Fehler? Ich weiß es nicht, ich weiß es einfach nicht, nichts ergibt noch Sinn. Logik und Ratio sprechen nicht mehr zu mir. Was bleibt, ist die Panik. Und sie schreit nur ein Wort, immer und immer wieder.

Lauf!

LINDE

Mittwoch, 22. Januar, 19:10 Uhr

Als ich zu Hause ankomme und die Tür hinter mir ins Schloss fällt, herrscht Stille. Aber nicht in mir.
Wie kann das alles sein?
Mein Herz rast. Was mache ich jetzt? Milić wird mich anzeigen! Didi wird mich anzeigen! Die Polizei wird mich verhaften. Die sperren mich wegen versuchten Mordes ein, lebenslang! Ich muss alles vernichten, was mich damit in Verbindung bringt, alles verbrennen, sofort!

Hastig stürze ich zum Kamin, werfe Holzscheite auf die zentimeterdicke Ascheschicht, entzünde irgendeinen Schmierzettel und schmeiße ihn samt Brennbeschleuniger hinterher. Alles muss brennen. Meine Notizen, die Fotos, die ich gemacht habe – am besten, ich übergebe den gesamten Inhalt der Aktentasche dem Feuer. Fahrig schaufle ich das Zettelchaos hinein, beobachte, wie die Flammenzungen über das Papier lecken und nach und nach alles auffressen: den Fahrer, den Beifahrer, die Hünen, die Fallakte. Nichts darf auf mich und meine Tat hindeuten. Es war ein schrecklicher Fehler. Er muss ausradiert werden. Ich darf keine Spur vergessen; nicht noch einen Fehler begehen.

Ab in den Keller, nicht stolpern. Pass auf, Theo, pass auf dich auf! Wenn du stolperst und sie dich irgendwann bewusstlos finden, werden sie auch die Beweise finden. Der Anästhesiemittelverdampfer: Ich muss ihn reinigen, muss ihn in seine Einzelteile zerlegen, alles verstecken. Und die Negative! Sie liegen noch in der Dunkelkammer. Atemlos hetze ich durch den Keller, schnappe nach allem, was mich verraten könnte, stoße unentwegt irgendwo dagegen, werfe Sachen um, aber das schert mich nicht. Ich muss gründlich sein, alles muss ins Feuer!

Wie konnte das passieren? Wo lag der Fehler? Wie mache ich jetzt weiter? Ich weiß es nicht, ich weiß es nicht, ich weiß es einfach nicht. Alles in mir ist ein einziges Durcheinander, ein großes, wirres Knäuel an Gedanken, Zweifeln, Gefühlen. Und immer wieder Lichtblitze. Erinnerungen an Lukas, meinen Vater, meine frühe Vergangenheit, während die unheilvolle Gegenwart nach und nach zu Asche zerfällt. *Alle Beweise vernichten …*

Meine Beine beginnen zu zittern. Plötzlich lastet eine unglaubliche Schwere auf meinen Gliedern, sodass mir nichts anderes übrig bleibt, als mich zu setzen. »Nur eine kurze Pause«, flüstere ich mir zu, taumle ein paar Schritte zurück, bis ich den Ohrensessel an meinen Waden spüre und kraftlos zusammensacke. Nur eine Minute zum Durchatmen. Dann überlege ich, wie es weitergeht. Gleich …

Mein Blick verliert sich im prasselnden Kaminfeuer. Davor liegt ein Foto – es muss den Flammen entkommen sein, ich werde es hineinschmeißen, sofort, nur noch einen Augenblick. Ein paar ruhige Atemzüge, kurz die Augen ausruhen, während das Feuer seine Arbeit tut. Meine Lider werden so schwer. Unter meinen Fingern spüre ich den speckigen Bezug des Ohrensessels, auf dem ich schon als Junge gesessen und meine Märchen gelesen habe. Das Gefühl beruhigt mich. Das Knistern des Feuers beruhigt mich. Der Geruch beruhigt mich. *Eau de Maison Linde,* der Geruch von Bahnschwellen.

Ich bin zu Hause. Ich bin in Sicherheit.

IM VERLIES

Mittwoch, 22. Januar, 19:12 Uhr

»Keine Ahnung, tsu was du gut waast, aba füa Kupfa bissu supa!«, fauche ich die Innereien des Dingsgeräts an, während meine Schneidezähne die Isolierung bearbeiten. Ausgeschlachtet und in seine Einzelteile zerlegt, weiß ich erst recht nicht, was es gewesen sein könnte. »So!« Ich reiße den letzten Fetzen Silikon vom Draht. »Das müsste reichen.« Zusammen mit dem Draht vom Kompressorrelais des Kühlschranks und der Spule aus dem Trafo vom Dingsgerät sollte ich genug Kupfer haben, um mir den Weg freizumachen. Papa ist nicht doof, Papa ist ausgefuchst! Das schreit nach einem Schluck Wasser.

Ich grabsche mir den Behälter, reiße ihn hoch … nichts. Beschwörend strecke ich meine Zunge heraus, lasse sie die Öffnung abtasten, doch es findet sich kein einziger Tropfen darin. Leer. Knochentrocken. Egal. Bald bin ich hier raus, nicht wahr? Bitte antworte nicht, bitte antworte nicht, bitte …

»Ja, Papa.«

Die Stimme meines Jungen ertönt direkt hinter mir. Ich drehe mich um. Er kauert da, kratzt mit einem Stöckchen krude Zeichnungen in den Dreck. Unentschlossen beobachte ich ihn eine Weile. Seine Anwesenheit beunruhigt und beruhigt mich gleichermaßen: Er mag nicht real sein, aber er ist das, was ich im Moment brauche. »Wenn ich hier rauskomme, gehen wir aufs Eis, mein Junge«, erkläre ich meinem Hirngespinst mit brüchigem Timbre und schnappe mir den eisernen Waschbeckenhahn.

»Wir spielen, bis uns die Finger abfrieren. Und dann wärmen wir uns zu Hause auf. Mama kocht uns Kakao, und wir schlafen vor dem Kamin ein, so wird es sein. Ich muss nur noch ein bisschen durchhalten.« Durchhalten und wickeln. Eine Schicht an die andere, dicht an dicht.

»Was machst du da?«

Verwundert blicke ich auf. »Erkennst du das nicht? Was lernt ihr denn in der Schule?«

Er antwortet nicht, legt bloß den Kopf schief und macht ein Gesicht, das ich nicht deuten kann. Ich fühle mich ertappt. Vielleicht geht er noch gar nicht zur Schule, vielleicht ist er der Schlechteste in der Klasse – nichts davon weiß ich, nicht einmal sein Name will mir einfallen. Mein Hirn ist nach wie vor ein klaffendes, dröhnendes Loch, das nur technisches Wissen ausspuckt.

»Pass auf«, beginne ich nach einer Weile in väterlich erklärendem Ton. »Ich nehme ein Stück Eisen wie diesen alten Wasserhahn, dann wickle ich Kupferdraht darum, immer und immer wieder, und am Ende bekomme ich ein Werkzeug, mit dem ich den Metallriegel auf der anderen Seite der Tür aufschieben kann: einen Elektromagneten.«

»Elektro?«, wiederholt er nachdenklich. »Brauchst du dafür nicht Strom?«

»Ja, brauche ich.«

»Du hast doch gesagt, aus der Steckdose kommt kein Strom.«

»Das habe ich.« Meine Finger spannen den Draht ein letztes Mal um den Hahn, zwirbeln ihn fest. Das sollte halten. Theoretisch müsste mein Plan funktionieren, praktisch hat wahrscheinlich noch niemand auf diesem Erdball versucht, einen Elektromagneten mit einem Defibrillator in Gang zu setzen.

Vorsichtig hebe ich den Deckel des gelben Kastens an, bete inständig, dass sich die Batterie seit dem letzten Öffnen nicht entladen hat. »Achtung!«, schnarrt mir die Frauenstimme entgegen. »Folgen Sie den Anweisungen des Gerätes!«

Wenn du wüsstest, denke ich und setze wieder die Zähne ein: Pads ab, Isolierung ab, mit dem Kupferdraht verbinden. Jetzt das Wichtigste: Gummi. Berühre ich das Eisen mit bloßen Händen, jagen zweitausend Volt durch meinen Körper. Mit so viel Spannung bekommt man ein stilles Herz wieder in Gang, aber für ein schlagendes Herz bedeutet es wahrscheinlich Kammerflimmern.

»Ich nehme den Dichtungsgummi vom Kühlschrank, wickle ihn um das Ende des Hahns, sodass ich ihn halten kann, und schon ist es nicht mehr gefährlich.«

»Bist du dir da sicher?«

Unschlüssig betrachte ich die Konstruktion. Nein, bin ich nicht. Aber ich habe keine Wahl. »Am besten gehst du einen Schritt zurück«, sage ich und führe den Wasserhahn an die Stelle, an der der Riegel auf der anderen Seite der Tür befestigt sein muss.

»Patient nicht berühren«, schnarrt die Roboterstimme aus dem Defibrillator. »Analyse läuft: Kein Herzschlag feststellbar.«

Natürlich nicht, du analysierst ja auch ein lebloses Stück Metall, du Blechdose.

»Schock empfohlen.«

Durchatmen. Ein letztes Mal alles durchgehen: Sobald ich bereit bin, drücke ich mit dem Zeh den Auslöser, Strom fließt, und mir bleibt vielleicht eine Sekunde, um den Magneten von rechts nach links zu ziehen und den Riegel auf der anderen Seite zu öffnen. Bin ich zu schnell, greift der Magnet noch nicht, bin ich zu langsam, bewegt sich der Riegel nicht, bin ich unvorsichtig, gehen bei mir die Lichter aus.

»Knopf jetzt drücken.«

»Daumen jetzt drücken«, äffe ich die Roboterstimme nach, um mir selbst die Angst zu nehmen. Zeh. Strom. Ziehen. Zeh. Strom. Ziehen.

»Knopf jetzt drücken.«

»Ja, ja, du verdammte Maschine.« Meine Finger umklammern den Gummi. Mein Zeh senkt sich auf den Knopf. Ich werfe einen letzten Blick in den Raum, doch mein Junge ist nicht mehr da. Er ist verschwunden. Offenbar kann nicht einmal mein eigenes Hirngespinst diesen Wahnsinn mitansehen.

»Knopf jetzt dr-«

Zeh!

»Patient nicht berühren. Schock erfolgt in drei, zwei, eins ... Schock ...«

Surren. Mit einem satten Klonk pappt sich der Wasserhahn an die Tür. Ich zerre daran, er bewegt sich kein Stück. Im nächsten Moment löst sich die Spannung, und ich stürze zu Boden. »Bitte«, murmle ich, komme wieder auf die Beine. »Bitte, bitte, bitte.« Meine Hand legt sich auf die Tür, drückt, doch sie gibt keinen Zentimeter nach. Keinen verdammten Zentimeter.

»Hat es geklappt?«

Ich wirble herum, funkle meine Wahnvorstellung an. Dieses Drecksbalg! Das ist nicht mein Junge, das ist mein Verstand, der mich verspottet! Papa ist doof. Papa hat es versaut. »Du Idiot! Du vollkommen unfähiger, hirnamputierter Idiot!« Meine Stimme überschlägt sich. Der Wasserhahn schießt durch die Luft, gefolgt vom Defibrillator. Jegliche Selbstbeherrschung entgleitet mir, da ist nur noch diese alles verschlingende Wut und das unbändige Verlangen nach Strafe, nach Zerstörung, nach Blut!

Fäuste treffen auf Mauerwerk, Haut platzt, Träume platzen, es gibt kein Entkommen, es gibt nur mich und diesen Raum, und er wird mein Grab sein. Man hat mich zum Sterben zurückgelassen. Man hat mir meine Familie genommen, mein Leben, alles. Ich habe es mir nehmen lassen. Ich bin ein Witz. »Ein Witz!«, brülle ich, schnappe mir irgendein Trumm und prügle damit wahllos auf einen der Schrotthaufen ein, wieder und wieder und wied-

Ein Knall.
Ein Blitz.
Dunkelheit.

Atemlos stehe ich da, spüre Glasscherben auf mich herabregnen. Die Neonröhre! Ich muss sie mit der Regalstrebe getroffen haben. Das Weltallschwarz umschlingt mich, dringt in meine Brust, schnürt sie ein, nimmt mir die Luft, die Orientierung, alles. Da ist nur noch mein Keuchen in der Finsternis. Und ein Surren.

Irritiert wende ich mich dem Geräusch zu. Was ist das? Ein schwaches Leuchten, kaum zu erkennen. Mit zitternden Beinen gehe ich auf die Knie, taste mich über den Boden. Der Defi! Das Display leuchtet. Low Battery steht da. Low, nicht no – er hat noch Saft. Nur ein bisschen, aber vielleicht reicht es. Zu meinem Glück liegt der Elektromagnet gleich daneben. Ich klemme mir beides unter die Arme, arbeite mich Schritt für Schritt durch die Dunkelheit, bis meine Finger endlich die Tür ertasten.

»Schnell, schnell«, treibe ich mich an. Der Akku hält nicht mehr lange. Draht wieder zusammenzwirbeln, Stelle an der Tür finden – alles im spärlichen Schein des Displays.

»Kein Herzschlag feststellbar. Schock empfohlen. Knopf jetzt drücken.«

Diesmal wird es klappen. Diesmal mache ich es richtig.

»Patient nicht berühren.«

Keine Sorge, ich berühre den Patienten n–

»Schock erfolgt in drei ...«

Mein Blick springt zum Wasserhahn.

»Zwei ...«

Kein Gummi. Ich umklammere das Metall mit bloßen Händen.

»Eins ...«

Es tut mir leid, mein Junge. Es tut mir alles so schrecklich lei-

»... Schock ...«

MAERTENS

Mittwoch, 22. Januar, 19:15 Uhr

Unser Kaufhaus-Fassadenkletterer hat endlich einen Namen: Benedikt Römers, zweiunddreißig, gemeldet in Frankfurt, mehrfach vorbestraft. Betrug, Diebstahl, Drogenbesitz, sexuelle Nötigung. Das letzte Mal saß er vor zwei Jahren wegen Taschendiebstahls in der JVA Preungesheim ein und gab laut Gefängnisdirektor beim dortigen Knasttheaterprojekt den besten Papageno aller Zeiten. Damit enden unsere Informationen über ihn. Ein krimineller Vogelfänger aus Frankfurt – Punkt. Wir wissen weder, was er mit Nero zu tun hat, noch, ob er den Aufenthaltsort von André Fechtner kennt. Er verweigert die Aussage. Das ist der Nachteil von polizeibekannten Straftätern: Sie wissen, wie der Hase läuft. Und im Falle des Rechtsstaates läuft der Hase nicht, er hinkt.

Erste Vernehmung auf der Dienststelle – Schweigen. Er darf schweigen, muss nur das Nötigste sagen: Name, Anschrift, Geburtsdatum, Beruf und Staatsangehörigkeit. Er verlangt nach seinem Rechtsbeistand. Nachts hebt niemand ab, also heißt es warten, bis die Anwaltskanzlei in Frankfurt öffnet. Vormittags ist der Ansprechpartner bei Gericht. Tick, tack. Mittags ist der Anwalt zu Tisch. Tick, tack, tick, tack. Bis er sich meldet, kratzt der Zeiger an der Zwei, und wir sind immer noch keinen Schritt weiter. Endlich erklärt sich der Anwalt bereit, sofort zu kommen. Aus sofort werden drei Stunden. Er lässt sich zunächst die Ermittlungsakte zeigen und zieht sich für eine Besprechung mit seinem Mandanten zurück. Wieder verstreicht Zeit. Zeit, die André Fechtner nicht hat. Zeit, in denen ich Römers Vergangenheit nach möglichen Verbindungen abklopfe – vergeblich. Der Suchtrupp stellt immer noch die Stadt auf den Kopf und findet doch nur leere Keller und Kloakenschächte. Tick, tack!

Es ist kurz vor neunzehn Uhr, als der Anwalt verkündet, dass sein Mandant für ein Gespräch bereit sei. Ich bin auf hundertachtzig, und jeder merkt es, auch Brachmann. Er entzieht mir die Befragung, Stefanie kommt zum Zug. Ich raste aus und schleudere einen Locher gegen die Wand. Brachmann verdreht die Augen. Auf der anderen Seite des Einwegspiegels scheint nichts von meinem Gefühlsausbruch anzukommen. Römers und sein Anwalt sitzen mit gefalteten Händen am Tisch und tuscheln. Als sich mein Tobsuchtsanfall legt, lausche ich in die elektrisch knisternde Stille der Lautsprecher, die den Ton aus dem Vernehmungsraum zu uns übertragen. Was zur Hölle tuscheln die da?

»Wir müssen ihn hart rannehmen, sonst ...«

»Ruhe«, fährt mir Brachmann in den Satz und nickt in Richtung des Spiegels. Stefanie betritt den Raum. Noch bevor sie sich setzen kann, spult der Anwalt seine Leier herunter. Bla-bla, Verstoß gegen die Bewährungsauflagen nicht bewusst, bla-bla, Urlaub in Heidelberg, bla-bla, schreckliches Missverständnis. Natürlich. Alles ist immer ein schreckliches Missverständnis.

»Mein Mandant ist sich darüber im Klaren, dass der Fluchtversuch falsch war. Er handelte in Panik aufgrund traumatischer Vorerfahrungen mit der Exekutive. Aber was den anderen Vorwurf betrifft, muss ich Ihnen sagen, dass Sie und Ihre Kollegen auf dem Holzweg sind. Mein Mandant hat keinerlei Kenntnisse über diese Entführungen.«

Stefanie zieht eine Fotografie aus ihrem Aktenordner, platziert sie mittig auf dem Tisch. »Kennen Sie diesen Mann?«

Römers betrachtet die Aufnahme erst, als sein Anwalt nickt. »Nie gesehen.«

Schwachsinn!

»Und wie erklären Sie sich dann dieses Foto hier?«

Auf dem Tisch liegt das Material der Straßenverkehrsraumüberwachung.

Genau, nagel ihn fest!

»Ach der«, lenkt Römers plötzlich ein. »Eine zufällige Bekanntschaft.«

Zufall am Arsch.

»Erklären Sie mir bitte, wie es zu der Bekanntschaft kam.«

Wieder wandert der Blick zum Rechtsverdreher. Dann: »Wir kennen uns nur vom Zug. Ich stand am Frankfurter Bahnhof mit 'nem Schild ›nach Heidelberg‹ – Sie wissen schon, wegen dem Hessenticket. Je mehr Personen sich die Fahrkarte teilen, desto günstiger wird es. Der Typ wollte bloß mitfahren.«

Bullshit!

»Wie hat er sich vorgestellt?«

»Gar nicht, er konnte kein Deutsch, glaube ich, auch kein Englisch. Es war eher ein Gespräch mit Händen und Füßen.«

Bullshit, bullshit, bullshit! Das ist doch alles gelogen.

»Aber auf diesen Tickets muss man den Namen notieren, oder?«

Römers lacht kurz auf. »Glauben Sie, den weiß ich noch? Keine Ahnung, was er da hingeschrieben hat. Ich habe das Ticket nicht mehr.«

»Sie sind also gemeinsam hierhergefahren, und dann?«

»In Heidelberg hatten wir zufällig den gleichen Weg, das war's.«

»Und Sie haben kein einziges Wort gewechselt?«

»Nur ein paar Floskeln: Hello, ciao, Coca Cola, Euro – ich hab doch gesagt, dass er kein Deutsch verstanden hat. Seine Aussprache klang irgendwie schwul, wissen Sie, was ich meine? Vielleicht Franzose oder Spanier oder Portugiese oder so.«

Klar, ein schwuler Franzosenspanier und ein Knastpapageno machen Urlaub in Heidelberg. »Das ist doch alles Schwachsinn!«, blaffe ich Brachmann an. »Der Mann verarscht uns, und Stefanie lässt sich verarschen! Lassen Sie mich da rein.«

»Und dann? Wollen Sie ihm den Hefter an den Kopf donnern?« Brachmann verschränkt die Arme vor der Brust. »Wir müssen die Aussagen überprüfen. In Zügen und auf Bahnhöfen gibt es Kameras. Mehr können wir im Augenblick nicht tun.«

»Das reicht nicht!«, protestiere ich energisch. »Wir haben keine Zeit für so etwas, André Fechtner hat keine Zeit. Wir müssen den Druck erhöhen, wir müssen ...«

»Ich muss gar nichts«, grätscht mir Brachmann wieder dazwischen. »Achtundvierzig Stunden – so viel habe ich Ihnen gegeben, um sich und Ihren verrückten Professor mit seiner Wundermaschine unter Beweis zu stellen. Und? Hat es irgendetwas gebracht?«

»Nein, weil Nero gelogen hat. Aber ...«

»Sie lügen alle, Maertens! Unsere Aufgabe ist es, diese Lügen auffliegen zu lassen und nicht mit blindem Vertrauen die halbe Belegschaft in die Kloaken zu schicken. Ich weiß nicht, was mich geritten hat, Ihnen und dieser Schnapsidee Glauben zu schenken, aber damit ist jetzt Schluss. Fahren Sie zum Bahnhof! Sichten Sie das Überwachungsmaterial. Finden Sie raus, ob der Mann lügt, und beten Sie darum, dass er lügt. Andernfalls haben Sie bloß wertvolle Ressourcen verschwendet, um einen x-beliebigen Taschendieb hochzunehmen, der in Heidelberg Touristen abzockt.«

Ich will dagegen anreden, doch Brachmann lässt mich einfach stehen. Nebenan lügt dieser Dreckskerl munter weiter. Ich könnte kotzen.

Mit geballten Fäusten quietsche ich über das gischtblau marmorierte Performance-Linoleum und stürme hinaus auf den Parkplatz. »X-beliebiger Taschendieb«, knurre ich wütend in mich hinein. »Spricht kein Deutsch – von wegen.« Alles Schwachsinn. Alles Lüge.

»Kommissar Maertens?«

Erschrocken fahre ich herum, mustere den Mann, der hinter einem Auto hervortritt. Ich dachte, meine Laune wäre bereits auf dem Tiefpunkt, aber diese verdammten Pressefritzen schaffen es, selbst das zu untergraben. Der Kerl scheint ein besonders hartnäckiges Exemplar zu sein – er ist mir schon vor dem Krankenhaus und der Heiliggeistkirche aufgefallen. Aber diesmal hat er einen Fehler begangen: Er ist alleine gekommen und somit genau der richtige Blitzableiter für meine Wut. »Seid ihr eigentlich komplett beschränkt?« Ich baue mich vor ihm auf, halte nicht zurück. »Was ist an ›Kein Kommentar‹ so schwer zu verstehen? Sie lauern mir hier am Parkplatz auf und verschwenden meine Zeit – wissen Sie, was ich mit Ihnen und den ganzen Pressefritzen am liebsten machen würde?«

Der Mann glotzt mich mit großen Augen an, schnallt sich seine Aktentasche vor die Brust, als wäre sie ein Schutzschild. »Das ist eine Verwechslung«, stammelt er mit zitternder Stimme. »Ich bin kein Journalist.«

Irritiert weiche ich zurück, nehme ihn genauer in Augenschein. Kein Mikro, keine Kamera, kein gezücktes Smartphone, kein schlecht sitzender Anzug von der Stange – er sieht tatsächlich nicht aus wie einer von denen. Das Outfit spricht eher für mittleres Management. Das Harry-Potter-Brillengestell und die struppige Frisur verorten ihn jedoch mehr im akademischen Bereich. »Entschuldigen Sie«, murmle ich halblaut und fahre meine Fangzähne wieder ein. »Was wollen Sie dann von mir?«

Er presst die Lippen zu einem Strich und sieht sich um, als könnte jeden Moment ein Killerkommando um die Ecke schießen, das es auf ihn abgesehen hat. Schließlich zieht er einen Zettel aus der Innentasche seines Jacketts. »Stimmt das?«

Ich senke meinen Blick auf den Ausdruck. Ein Online-Artikel zu den Durchsuchungen in Heidelberg. Der Lauftext wird unterbrochen von einem Foto, auf dem Linde und ich zu sehen sind. Die Aufnahme muss auf dem Krankenhausflur entstanden sein. Mit all den Smartphones heutzutage wird selbst Max Mustermann zum Paparazzo, wenn das Geld stimmt.

»Unterstützt Professor Linde Sie bei der Suche nach dieser vermissten Person?«

Meine Stirn wirft sich in Falten. Könnte er vielleicht doch ein Journalist sein? »Das ist vertraulich«, antworte ich kurz angebunden. »Warum? Was soll die Frage?«

Mein Gegenüber zieht die Luft zwischen den Zähnen ein und stößt einen unheimlich langen Seufzer aus. »Mein Name ist Martin Wischer. Ich habe Informatik und Neurologie studiert und war jahrelang Professor Lindes Assistent an der Uni, aber ich habe ihn auch bei seinen anderen Forschungsprojekten unterstützt. Bis er mich rausgeschmissen hat.«

Aha. Ein geschasster Mitarbeiter also. »Und? Was wollen Sie jetzt von mir?«

»Ich will Ihnen helfen.«

»Helfen?«, entfährt es mir spöttisch. »Wie wollen Sie mir denn helfen?«

Er heftet seinen Blick an meine Schuhspitzen, scheint mit sich zu ringen, sekundenlang. »Es gibt etwas, das Sie über Linde wissen müssen«, sagt er schließlich, und als ich begreife, wie ernst es ihm ist, versiegt mein Spott augenblicklich. Dieser Mann ist nicht bloß über seinen Schatten gesprungen, um mit mir zu reden. Es war ein ganzes Schattenmeer.

»Der Professor ist nicht das Genie, für das er sich ausgibt«, höre ich seine Worte wie ein verzerrtes Echo aus einer anderen Welt. »Linde ist ein Betrüger.«

LINDE

Mittwoch, 22. Januar, 21:11 Uhr

Ein Kollege an der Uni meinte einmal scherzhaft zu mir, ich würde meinen Kopf vergessen, wenn er nicht fest angewachsen wäre. Das liegt schon Ewigkeiten zurück und war nicht böse gemeint – schließlich weiß ich ja selbst, dass ich sehr zerstreut sein kann. Heute bin ich oft noch verwirrter. Das Alter bringt wohl solche Dinge mit sich. Und manchmal, wenn ich so aufwache wie jetzt, fällt mir dieser Spruch wieder ein. *Kopf vergessen.*

Es fühlt sich tatsächlich so an. Als hätte ich meinen Verstand irgendwo liegen lassen. Ich sehe, aber ich nehme nichts wahr. So wie jetzt.

Es ist Nacht. Da ist ein abgewetzter Ohrensessel. Jemand sitzt darin, mit der Wange an die Polsterung gelehnt. Eine Hand ruht auf übereinandergeschlagenen Beinen, zwei schmutzige braune Stiefel baumeln an den Füßen. Der Boden ist mit einem Orientteppich bedeckt, er hat einige Brandlöcher – vermutlich, weil er vor einem Kamin ausgelegt wurde. Doch das Feuer darin ist längst erloschen. Nur noch ein paar Glutnester glimmen in einem Haufen Asche. Jemand hat den Schürhaken achtlos neben die Feuerstelle gelehnt, sodass die Fransen des Teppichs angesengt wurden. Es riecht sogar noch verbrannt, es riecht ... Der Geruch! Bahnschwellen! *Eau de Maison Linde.* Und sofort weiß ich wieder, wer und wo ich bin. Ich bin ich. Und ich bin offensichtlich vor dem Kamin eingeschlafen.

Wie spät ist es überhaupt? Blind greife ich nach der Zugkette

der Messinglampe auf dem Beistelltisch, ziehe daran, stutze. Was ist das? Mit spitzen Fingern klaube ich die Fotografie vom Boden und runzle die Stirn. Sie ist an den Rändern verkohlt, ich kann kaum etwas erken-
Motorengeräusche.
Ich blicke auf. Besuch? Um diese Zeit? Ächzend stemme ich mich aus dem Ohrensessel, humple zum Fenster und schiele hinaus auf den Hof. Eine Sekunde später schießt ein Wagen die Einfahrt hoch und kommt inmitten des Hofes mit quietschenden Bremsen zum Stehen. Ein dunkelblauer VW Passat. Zwei Gestalten schälen sich aus dem Innenraum. In der Dunkelheit kann ich die beiden kaum erkennen, aber sie sehen nicht sonderlich freundlich aus. Und sie steuern direkt auf das Haus zu.

MAERTENS

Mittwoch, 22. Januar, 20:56 Uhr

Die Ampel vor uns ist gerade mal hellorange, trotzdem glühen die Bremsleuchten meines Vordermanns auf und zwingen mich zum Anhalten. BMW unterm Arsch, aber über die Straße schleichen wie ein Rentner. Zumindest trifft das Rot der Leuchten meine Stimmung.

»Warum haben Sie die Sache nicht längst gemeldet?«, kläffe ich meinen Beifahrer an, obwohl ich eigentlich dankbar sein müsste, dass er sich überhaupt gemeldet hat. »Gibt es niemanden, der so etwas kontrolliert?«

»Das habe ich doch.« Wischer umklammert seine Aktentasche, als wäre sie ein Rettungsring. »Ich war bei Lindes Kollegen, beim Institutsvorstand, beim Dekan, selbst beim Verband der Deutschen Forschungsgemeinschaft. Die meisten wollten mich gar nicht erst anhören. Die haben mir sogar gedroht, ich würde meine Karriere riskieren, wenn ich die Sache weiterverfolge, besonders Lindes Anwalt.«

Die Ampel springt auf Grün, der BMW-Fahrer sucht noch nach dem richtigen Gang. Ungeduldig trommeln meine Finger auf das Lenkrad. Am liebsten würde ich Linde an Ort und Stelle erwürgen. »Ich verstehe das nicht«, knurre ich aufgebracht und ziehe über die Sperrlinie links an dem Rentner-BMW vorbei. »Das sind doch alles Wissenschaftler. Ich dachte, bei euch zählen nur Fakten?«

»Das war auch meine Vorstellung davon, wie Wissenschaft funktionieren sollte. Aber so ist es nicht. Ich war eine kleine

Nummer, Linde ein Gott. Und in der Forschung bist du von Göttern abhängiger als irgendwo sonst.

»Wie meinen Sie das?«

»Ich war nur befristet angestellt«, seufzt Wischer. »Die meisten Nachwuchsforscher haben nur Zeitverträge. Spurst du nicht, wirst du nicht verlängert, so einfach ist das. Plötzlich wollte mich niemand mehr haben: Die Forschergemeinde ist überschaubar, ich galt als Störenfried. Mir blieb nichts anderes übrig, als in die Industrie zu gehen. Meine Reputation war ruiniert, ich durfte noch nicht einmal dagegen ankämpfen.«

Ich setze den Blinker, folge der blauen Linie auf dem Navi, die mich kurz hinter dem Dossenheimer Bahnhof nach rechts führt. In fünf Minuten müssten wir da sein. Der alte Zausel kann sich auf was gefasst machen. »Was hat sie daran gehindert?«

»Lindes Anwalt. Er warf mir üble Nachrede vor, was im schlimmsten Fall sogar mit einer Freiheitsstrafe geahndet wird. Allein die Prozesskosten hätten mich damals ruiniert. Ich hatte keine andere Wahl, als die Unterlassungserklärung zu unterschreiben. Aber als ich in den Nachrichten gelesen habe, dass Linde mit seiner Maschine der Polizei hilft … Ich kann nicht länger schweigen, verstehen Sie?«

»Ja«, entgegne ich knapp und biege in eine verkehrsberuhigte Tempo-30-Zone ein, die ich mit Tempo 60 passiere. »Aber wie kann das sein, dass es niemandem aufgefallen ist? Er betreut seine Patienten doch seit Jahren!«

»Überlegen Sie: Wie soll man die Antworten einer Maschine hinterfragen, wenn die Patienten nur über diese Maschine antworten können?«

Die Hausnummern fliegen vorbei: 27, 31, 33, Vollbremsung. Nummer 48. Lindes Meldeadresse. Das Haus liegt so abgeschieden, dass dahinter gleich der alte Dossenheimer Steinbruch angrenzt. »Und Sie sind sich absolut sicher?«

Wischer sieht mich unverwandt an. »Ich habe den Programmcode des Neuro Hub gelesen, ich habe alles doppelt und dreifach nachgerechnet: Ich bin mir zu hundert Prozent sicher: Kein Ergebnis von Lindes Erfindung ist valide. Ob Ja oder Nein ist reiner Zufall.«

Ich senke den Kopf und spähe die Einfahrt hinauf. Sie ist so zugewuchert, dass man das Haus kaum erkennen kann.

Wenn es stimmt, was Wischer behauptet, ergibt es Sinn, dass nichts Sinn ergibt. Und es ist meine Schuld. Ich habe Linde vertraut. Ich habe sämtliche Ressourcen der Polizei wegen eines Betrügers und seiner nutzlosen Maschine verbrannt. Und ich habe André Fechtners einzige Chance auf Rettung verspielt. Dafür wird dieser Quacksalber büßen. Meine Karriere ist nach dieser Sache sowieso dahin, eine Dienstaufsichtsbeschwerde wegen Polizeigewalt spielt dann auch keine Rolle mehr.

Erster Gang, Bleifuß: mit Drehzahlmesser im roten Bereich die Auffahrt hinauf.

Wischer wird sichtlich nervös. »Ich glaube nicht, dass es juristisch klug ist ...«

»Schwachsinn«, unterbreche ich ihn und bringe den Passat mit quietschenden Reifen zum Stehen. »Wenn Linde Probleme macht, übernehme ich die Anwaltskosten persönlich. Mitkommen.«

Zwei Autotüren gehen auf, meine knallt zu.

Im Haus rührt sich nichts. Hinter den Fensterläden brennt kein Licht.

»Wahrscheinlich schläft er schon.«

»Dann wollen wir ihn mal wecken«, knurre ich und marschiere los. »Professor?« Meine Faust hämmert gegen die Haustür. »Machen Sie auf. Hier ist Kommissar Maertens!«

Stille.

Mein Blick schweift über die Veranda. Könnte einen neuen

Anstrich vertragen. Könnte eine neue Veranda vertragen. »Professor ...«

Die Tür öffnet sich. Auf meiner Zunge liegt ein gutes Dutzend Sprüche parat, die ich ihm am liebsten alle auf einmal an den Kopf donnern möchte, aber sie versiegen in dem Moment, als Linde in das schummrige Licht der Verandabeleuchtung tritt. Was zur Hölle ist mit ihm passiert? Blutergüsse und Kratzer überziehen sein Gesicht, auf seiner Stirn prangt eine Platzwunde, und ... sind das blutige Bandagen an seinem Revers? »Professor?«, bricht es entgeistert aus mir heraus. »Ist alles in Ordnung?«

Irritiert zupft er die rostbraune Mullbinde von seiner Jacke und betrachtet sie mit demselben leeren Blick, den er auch für mich hat. Ist er auf den Kopf gefallen? Hat er eine Gehirnerschütterung? Es wirkt, als wäre ich ein Fremder für ihn. »Beim Rasieren geschnitten«, murmelt er kaum hörbar und späht an mir vorbei. Plötzlich hellt sich seine Miene auf. »Martin? Bist du das?«

Wischer schultert seine Aktentasche und tritt auf die Veranda. »Herr Professor.«

»Wir haben uns ja schon eine Ewigkeit nicht gesehen. Wie geht es dir?«

Verwirrt pendelt mein Blick zwischen den beiden. Ich dachte, sie sind spinnefeind? Linde klingt so euphorisch, als wäre das ein Treffen alter Freunde. Wischer scheint genauso perplex. Die ganze Szenerie hat etwas von drei Kartenspielern, die zusammen spielen, aber jeder hat ein anderes Spiel: Uno, Skat, und ich habe den schwarzen Peter in der Hand und bin am Zug. »Herr Professor, wir müssen dringend über den Neuro Hub reden.«

»Ja?« Linde zieht seine Augenbrauen hoch und mustert mich abermals mit leerem Ausdruck. »Dann ... äh ... kommen Sie rein. Es ist kalt geworden.«

Ich will etwas entgegnen, aber da ist er schon im Haus.

»Und entschuldigen Sie die Unordnung«, dringt es aus dem Inneren. »Die Putzfrau war länger nicht da.«

Wischer und ich sehen uns achselzuckend an und folgen Linde, doch schon nach wenigen Schritten treffen sich unsere Blicke erneut. Aber diesmal steht uns nicht die Ratlosigkeit ins Gesicht geschrieben, sondern blankes Entsetzen: Das Haus gleicht einem Schlachtfeld. Unordnung ist die Untertreibung des Jahrhunderts. Eine Putzfrau kann seit Jahren nicht vorbeigekommen sein, hier bedarf es größerer Kaliber: ein Entrümpelungstrupp samt Kammerjäger, mindestens. Man kann keinen Fuß vor den anderen setzen, ohne in etwas hineinzutreten oder etwas umzustoßen. Bücher, Zeitschriften, Magazine – stapelweise und überall, alles überzogen mit einem gräulichen Fettfilm und zentimeterdickem Staub. Abgetragene Anzüge hängen über allen möglichen Möbelstücken und warten darauf, gereinigt zu werden. Tote Pflanzen, leere Flaschen, Essensreste, seltsame Utensilien, die nach Labor aussehen, Tassen, Kleiderbügel, und mittendrin in diesem Reigen des Wahnsinns: Linde, der so tut, als wäre das hier keine Messie-Hölle, sondern bloß eine schlampige Junggesellenbude.

»Ich mache nur rasch Platz, dann können wir uns setzen.«

Entgeistert verfolge ich seine aberwitzigen Versuche, das Sofa freizuräumen.

»Es ist schon ein bisschen her, dass Besuch da war.«

Ich nicke mechanisch, Wischer ebenfalls. Er steht mit verschränkten Armen neben mir und hält sich den gekrümmten Zeigefinger unter die Nase – vermutlich, um nachdenklich zu wirken, aber ich weiß, dass er bloß versucht, den Geruch auszublenden. Zögerlich beuge ich mich in seine Richtung, flüstere: »Waren Sie mal hier?«

»Nein«, antwortet er leise. »Linde war schon immer ein Chaot, aber das … das ist krankhaft. Das wäre mir früher aufgefallen.«

»Können Sie kurz?« Linde räumt eine große Ledertasche von der Couch und reicht sie uns. »Stellen Sie das Ding da drüben ... irgendwo ... einfach abstellen.«

Wischer nimmt sie entgegen, sucht ratlos den Boden nach einem freien Platz ab, erstarrt plötzlich in der Bewegung. »Schauen Sie«, zischt er mir zu und zieht die Henkel auseinander.

Die Tasche ist voller Geld. Große Scheine. Das müssen mindestens achtzigtausend sein, vielleicht sogar mehr. Linde hat hohe Schulden bei meinen Brüdern, rufen sich mir Theas Worte in Erinnerung. Offenbar kann er nicht zahlen. Wenn er nicht zahlen kann, wieso verrottet dann ein kleines Vermögen zwischen Pfannen und Schuhlöffeln und Kleiderbügeln? Wozu brauchte er das Geld überhaupt – ich dachte, er hätte es in die Entwicklung des Neuro Hub gesteckt. Was zum Teufel geht hier vor?

»Eigentlich ist es vor dem Kamin sowieso schöner«, entscheidet Linde kurzerhand und gibt den aussichtslosen Kampf gegen den Unrat auf. »Wollen wir?« Mit ausladender Geste lotst er uns zu einer offenen Feuerstelle, vor der ein abgewetzter Ohrensessel steht. »Das sind Bahnschwellen«, sagt er und klopft dabei auf den Kaminsims. »Das halbe Haus war früher ein Gleis – ha-ha. Mein Vater war Leiter bei dem Ausbesserungswerk der Reichsbahn, er hatte nur zwei Leidenschaften: seine Arbeit und den Weinbau. Er hatte sogar einen kleinen Weinberg, nur ein paar Reben, nichts Besonderes. Apropos: Wollen wir ein Gläschen? Auf die alten Zeiten?«

Ich würde lieber aus einer Kloschüssel trinken als aus irgendeinem Gefäß in dieser Wohnung, aber Wischer und ich akzeptieren stillschweigend. Bestürzung und Mitleid haben unsere Worte verschluckt. Auch meine Wut ist erloschen. Eben noch wollte ich Linde in der Luft zerreißen, jetzt tut er mir einfach leid. Ich weiß nicht genau, was hier vor sich geht, aber dieses krankhafte Chaos zeichnet nicht das Bild eines Betrügers. Linde hat offensichtlich große Probleme, die er nicht wahrhaben will. Wahrscheinlich will er auch nicht wahrhaben, dass seine Maschine nicht funktioniert. Aber warum hält er so sehr an ihr fest?

»Nichts mehr da«, sinniert Linde gedankenverloren vor einem Weinregal, in dem sich alles Mögliche stapelt, nur kein Wein. »Unten müsste noch eine Flasche vom Château Linde übrig sein. Ich bin gleich wieder da.«

»Sie müssen wirklich nicht ...«, will ich ihn zurückhalten, aber da ist er schon im Keller verschwunden. Wischer und ich bleiben zurück, betrachten betroffen das Chaos, als auf den Lippen meines Begleiters ein Schmunzeln sprießt.

»Ein Foto vom KBZ. Das waren noch bessere Zeiten. Ich war Lindes Assistent und bin ihm zu all seinen Projekten blind gefolgt.« Er deutet auf ein gerahmtes Foto auf dem Kaminsims. Die Aufnahme zeigt Wischer, Linde und Amendt Seite an Seite vor einem Gebäude, das mir irgendwie bekannt vorkommt.

»Wo ist das?«

»Vor dem KBZ – dem Kümmelbacher Forschungszentrum. Linde und Amendt hatten dort eine Studie mit Primaten laufen. Sie haben untersucht, ob ...«

»Das Kümmelbacher Forschungszentrum?«, unterbreche ich ihn, und sofort wird mir klar, weshalb mir das Gebäude bekannt vorkommt. »Im Kümmelbacher Hof?«

»Ja. Nach dem Projekt wurde das Zentrum leider geschlossen – warum fragen Sie?«

Verdattert starre ich auf das Foto, überlege, wie ich die Information einordnen soll. »Professor?«, rufe ich in Richtung des Treppenabgangs. »Machen Sie sich bitte keine Umstände.«

Keine Antwort.

»Wir müssen wirklich dringend mit Ihnen reden!«

Immer noch nichts. Ich will ihm schon nachgehen, als es plötzlich an meiner Brust vibriert. Stefanie. An ihrer Stimme erkenne ich sofort, dass etwas nicht stimmt.

»Wir haben ihn.«

Ich stocke. »Wen?«

»Nero. Er ist Franzose.«

»Wie kommen Sie denn darauf?«

Ein Seufzen dringt durch die Leitung. »Unser Taschendieb hat doch ausgesagt, dass Nero kein Wort Englisch oder Deutsch gesprochen hat, sondern irgendwas Schwules – wissen Sie noch? Mir ist eingefallen, dass es einen Hinweis aus der Bevölkerung gab. Jemand hat angegeben, das Gesicht vom Fahndungsplakat erinnere ihn an einen französischen Influencer. Wir hatten keine Ressourcen, dem nachzugehen, aber ich habe es jetzt gecheckt und voilà: Nero heißt Sébastien Blanchard und ist ein Lost-Place-Youtuber.«

»Ein was?«

»Das ist ein Trend. Er erkundet verlassene, gruselige Orte in ganz Europa und stellt Videos davon ins Netz. Er hat nicht sonderlich viele Follower, aber es ist eindeutig er. Ich habe mir die Videos angesehen – sie erklären auch, warum er außer einem Schlüssel für ein Vorhängeschloss nichts bei sich hatte: Blanchard begeht die Plätze beim ersten Mal immer ohne Equipment und Ausweis, falls er von Sicherheitsleuten aufgegriffen wird. Er versteckt seine Sachen im Wald, sichert sie mit einem Schloss und zieht dann los. Ich bin mir sicher, dass früher oder später ein Waldarbeiter über seinen Rucksack stolpern wird.«

Die Worte bohren sich in meinen Verstand, lasten tonnenschwer auf meinen Schultern. Wie betäubt sinke ich in den Ohrensessel und starre in den offenen Kamin, in dem ein paar Glutnester schwelen. »Aber … aber … was bedeutet das?«

Schweigen. Rauschen. Und noch bevor mir die Tragweite der Information wirklich bewusst wird, begreife ich, warum Stefanie trotz ihres Ermittlungserfolges so klingt, als wäre es eine schlechte Nachricht. Es ist eine schlechte Nachricht. Für mich.

»Was, wenn alles ein schreckliches Missverständnis war?«, höre ich ihre Stimme wie aus einer fernen Galaxie. »Wenn Blanchard nur zur falschen Zeit am falschen Ort war? Er hat die Leiche von Larissa Koch einfach nur gefunden, so wie wir sie gefunden haben. Dann kamen Sie, es war dunkel – hatten Sie die Waffe gezogen? Haben Sie sich zu erkennen gegeben? Haben Sie ›Polizei!‹ gerufen?«

Mein Gesicht verfällt immer mehr. Habe ich das? Ich kann mich nicht erinnern.

»Vielleicht wäre es auch egal gewesen. Blanchard versteht kein Deutsch, da liegt eine Leiche, die Pistole – da gerät man schon mal in Panik und rennt einfach weg.«

Stefanie redet weiter, konstruiert irgendwelche Szenarien, doch sie geht nicht auf meine Frage ein, was das jetzt zu bedeuten hat. Aber eigentlich kann ich mir die Antwort auch selbst geben. Es bedeutet, dass ich einen vollkommen unschuldigen Menschen angeschossen habe. Es bedeutet, dass er zu einem Leben im Krankenhausbett verdammt ist – meinetwegen. Und es bedeutet, dass ich die gesamte SOKO auf eine falsche Fährte geführt habe. Andrè Fechtner ist längst tot, sein Entführer immer noch auf freiem Fuß. Und ich sitze bei einem verrückten alten Kauz und starre in einen erloschenen Kamin voller …

Was ist das? Ich kippe aus dem Sessel, gehe auf die Knie.

»Wir versuchen, Blanchards Familie zu kontaktieren«, ertönt Stefanies Stimme in meinem Ohr. »Dann wissen wir mehr.«

Am Mauerwerk lehnt ein Schürhaken. Ich schnappe ihn mir und stochere in dem riesigen Aschehaufen des Kamins.

»Eines kann ich Ihnen schon mal sagen: Nero ist der Name

seines Hundes. Eine Dogge. Sie kommt in seinen Videos öfter mal vor.«

Linde muss Papier verbrannt haben, viel Papier. Am Rande des Glutbetts liegen lauter versengte Schnipsel, die so aussehen, als lägen sie schon länger hier. Eines ist etwas besser erhalten.

»Sie sollten jedenfalls reinkommen. Brachmann ist ... äußerst gereizt.«

Mit spitzen Fingern ziehe ich das vergilbte Papier aus der Asche und puste vorsichtig darüber. Als ich es wende, blickt mir ein bekanntes Gesicht entgegen.

»Es gibt viele offene Fragen bezügl-«

»Stefanie«, unterbreche ich sie, springe auf und pflüge durch das Gerümpel in Richtung Keller. »Hören Sie mir jetzt genau zu: Finden Sie alles heraus, was es über Theo Linde herauszufinden gibt. Wo hat er gearbeitet, bekannte Wohnsitze, Geschwister, weitere Verwandte, alles.«

Am anderen Ende der Leitung baut sich Stille auf. Dann: »Ihr Professor Linde? Der mit der Maschine?« Stefanie räuspert sich. »Ich ... verstehe nicht ...«

»Ich verstehe es auch nicht, aber bitte machen Sie es einfach, ja? Ich bleibe dran.«

Beim Kellerabgang erfasst mich ein kalter Hauch. Die Treppe ist genauso vollgestellt wie das ganze Haus und kaum beleuchtet. Langsam lasse ich das Smartphone in meiner Brusttasche verschwinden. »Professor?«, rufe ich erneut, bekomme abermals keine Antwort.

»Was ist los?«, fragt Wischer sichtlich beunruhigt.

»Wenn ich das nur wüsste«, murmle ich kaum hörbar und senke meinen Blick auf die Fotografie. Wenn ich das nur wüsste ... »Sie bleiben hier.«

Ohne seine Antwort abzuwarten, stecke ich das Foto in meine Tasche und steige hinab in den Keller. Was auch immer hier vor sich geht: Linde schuldet mir eine Erklärung. Das Foto stammt nicht aus der Fallakte oder aus einem sozialen Netzwerk – ich kenne alle existierenden Aufnahmen. Dieses Foto muss Linde selbst geschossen haben. Es zeigt André Fechtner.

Am Tag seiner Entführung.

MAERTENS

Mittwoch, 22. Januar, 22:01 Uhr

»Professor, ich komme jetzt runter zu Ihnen!«

Die Treppe knarrt unter meinen Sohlen. Jeder Schritt gerät zu einem Drahtseilakt, bei dem man droht, von einer Gerümpellawine mitgerissen zu werden. Unten wird es nicht besser. Der Plunder türmt sich bis zur Decke, an der hier und da funzelige Glühbirnen hängen, die kaum Licht spenden.

Zögernd setze ich einen Fuß vor den anderen, tappe den dunklen Gang entlang, bis sich der Weg teilt. In der Nähe liegt der alte Steinbruch – vielleicht war das früher ein Stollen? Das hier gleicht eher einem Tunnelsystem als einem Keller.

»Professor?«

Immer noch keine Antwort. Über mir knarrt es. Mein Blick schießt hoch, hangelt sich entlang der Holzdielen. Bahnschwellen … Gibt es vielleicht einen Hinterausgang? Ist der Professor wieder oben und betäubt gerade Wischer? Aber warum? Was hat Linde mit all dem zu tun? Ich habe ihn doch erst in die Sache hineingezogen – was zum Teufel macht ein Foto von André Fechtner in seinem Kamin und …

Da! War da eine Bewegung? Ein Windstoß? Langsam gehe ich auf den schweren Vorhang zu, klopfe mit der flachen Hand dagegen, so als wären wir Kinder, die Verstecken spielen. Hab dich! Ich schiebe den Stoff zur Seite, erblicke noch mehr Stoff, schiebe auch den beiseite und bade in Rot. Irritiert hebe ich den Blick. An der Decke baumeln Rotlichtlampen, wie sie früher bei der

Fotoentwicklung verwendet wurden. Der Geruch von Lösungsmittel steigt mir in die Nase. Auf einem Tisch in der Mitte des Raumes stehen rechteckige Schalen neben einem Gerät, das so aussieht wie diese Overheadprojektoren früher in der Schule, darüber hängen Schnüre mit Klammern, die nichts halten außer Luft.

Unentschlossen trete ich näher, lasse meine Finger über den Tisch wandern. Keine Negative. Keine Fotos. Nur ein einzelnes Blatt Papier, das verloren neben den Schalen liegt. Ich nehme es zwischen Daumen und Zeigefinger, betrachte es von allen Seiten. Nichts. Es ist glänzend weiß. Ich taxiere die Schale. Alles, was ich über Dunkelkammern weiß, stammt aus alten Schwarz-Weiß-Filmen, aber wenn ich mich recht erinnere, muss das Papier in das Entwicklerbad, um das Foto darauf sichtbar zu machen. Angespannt beobachte ich, wie die Flüssigkeit über das Blatt schwappt. Sekunden verstreichen, nichts geschieht. Wahrscheinlich ist es bloß leeres Papier.

Knarzen.

Erschrocken fahre ich herum. »Professor!« Er steht am Ende des Raumes mit dem Rücken zu mir vor einem Weinregal. »Was ist mit Ihnen?«

Abrupt wendet er sich mir zu, blinzelt. »Vater? Liest du mir ein Märchen vor?«

Vater? Hat er denn jetzt völlig den Verstand verloren? »Ich bin es, Professor. Kommissar Maertens!«

Sein Blick irrlichtert, als suchte er im Raum nach Antworten.

»Sie wollten Wein holen. Für mich und Martin Wischer. Château Linde.«

Mit einem Mal kehrt wieder Leben in ihn, und sein Gesicht probiert alle möglichen Regungen, bis es sich schließlich mit einer Mimik anfreunden kann. »Château Linde«, wiederholt er euphorisch und strahlt über beide Ohren. »Mein Vater hatte ein kleines Weingut, nur ein paar Reben – habe ich Ihnen das schon erzählt?«

Ich nicke abwesend, als sich etwas in meine Augenwinkel drängt.

»Er kannte nur zwei Leidenschaften: den Weinbau und seine Arbeit. Sind Ihnen die Bahnschwellen aufgefallen? Mein Vater war Leiter beim Ausbesserungswerk ...«

»... der Reichsbahn«, ergänze ich gedankenverloren und spähe in die Schale. Das leere Blatt füllt sich nun doch. Die Chemikalie im Lösungsbad arbeitet Konturen aus dem Nichts. Aus Weiß wird Grau. Aus Grau wird ein ganzes Spektrum an Grautönen. Aus Unsichtbarem wird Sichtbares. Und als sich der schattengetünchte Schleier lüftet, wird aus dunkler Ahnung zweifelsfreie Wirklichkeit. »Was haben Sie mit ihm gemacht?«, frage ich mit heiserer Stimme.

Der Professor legt den Kopf schief. »Mit wem?«

»Mit Ludwig Schuch. Wo haben Sie ihn hingebracht?« Fassungslos beobachte ich Linde, wie er näherkommt und in die Entwicklerschale blickt.

»Was ist das für ein Bild? Ist das Kunst?«

Sein offenes Gesicht, diese Ratlosigkeit, diese Naivität in seiner Stimme – wie zum Teufel kann das sein? Was spielt er hier für ein Spiel? Das ist *sein* Haus, *sein* Keller, *seine* Dunkelkammer, *sein* verdammtes Foto von Ludwig Schuch, der geknebelt und gefesselt in irgendeiner verdreckten Grube hockt und voller Panik in die Kamera sieht. »Wo haben Sie ihn versteckt?« Ich packe ihn am Kragen, schüttle ihn durch. »Wo ist Ludwig Schuch? Wo ist André Fechtner? Reden Sie!«

Linde starrt mit weit aufgerissenen Augen an mir vorbei, fixiert immer noch die Fotografie und schüttelt bloß unentwegt den Kopf. »Ich weiß es nicht, ich weiß es wirklich nicht, ich weiß es nicht, vielleicht weiß es der schlafende Prinz?«

»Schluss jetzt!«, brülle ich und packe ihn so fest, dass er beinahe zusammenklappt. »Sie haben diese Menschen entführt! Sie haben sie verrecken lassen – reden Sie, verdammt! Oder soll ich es aus Ihnen rausprügeln!«

»Bahnschwellen«, flüstert er atemlos. »Bahnschwellen.«

»Hören Sie auf mit diesen verd-« Ich zögere, folge seinem Blick, lasse los. *Bahnschwellen.* Ludwig Schuch, geknebelt und gefesselt in einer verdreckten Grube voller Unrat: Bolzen, verbogene Stangen, Glühbirnenfassungen und eine verrottete, alte Planke, die aussieht wie eine alte Schwelle. Am oberen Rand der Fotografie verläuft eine kerzengerade Metallschiene. »Gleise«, murmle ich und zücke das Smartphone. »Das Foto ist in einer Gleisgrube entstanden.«

Es dauert eine Zeitlang, bis Stefanie antwortet. »Wie bitte? Was für ein Foto?«

»Ludwig Schuch! Ich weiß, wo er ist. Gibt es hier in der Nähe ein Ausbesserungswerk der Reichsbahn?«

Das satte Klacken einer Tastatur dringt durch die Leitung.

»Hallo?«, hallt Wischers Stimme plötzlich durch den Keller. »Kommissar Maertens?«

»Bleiben Sie oben! Wir kommen gleich hoch!«

»Da kommt Besuch!«

Besuch? Eine Sekunde lang nagt mein Hirn an dem Gedanken, dann meldet sich Stefanie zurück.

»Bei Schwetzingen. Fünfzehn Minuten von hier. Riesige Halle, steht seit 1983 leer. Wie kommen Sie denn jetzt darauf?«

»Egal, schicken Sie sofort ein Einsatzko-« Ich breche ab. Ludwig Schuch wurde vor fast einem Jahr entführt. Die Chancen, ihn lebend zu finden, sind gleich null. Larissa Koch war an einem anderen Ort. Und Fechtner ... »Bleiben Sie dran«, belle ich in den Hörer und wirble herum. Linde lehnt mit dem Rücken am Weinregal, wirkt geradezu apathisch. »Wo ist André Fechtner? Wo haben Sie ihn versteckt?«

Sein Mund klappt auf, ohne etwas zu sagen.

Wutentbrannt stürze ich mich auf ihn. »Wo?« Meine Faust schnellt auf ihn zu, donnert knapp neben seinem Ohr gegen das Regal, sodass ein paar Dutzend Bouteillen klirrend ihre Staubschicht auf uns herabschütteln. »Jetzt reden Sie endl-«

Mein Blick gleitet über die Flaschen. *Château Linde!* Mit einem Ruck ziehe ich eine davon heraus, mustere das Etikett. »Blauer Spätburgunder« steht über einem krakelig gezeichneten Baum. Und in ausgeblichener Druckschrift darunter: »Gutsabfüllung, Weingut Linde«.

»Höllenbachweg 1«, blaffe ich wieder ins Telefon. »69121 Handschuhsheim! Googeln Sie die Adresse!«

Tastaturgehacke.

»Da steigen ziemlich viele Männer aus den Taxis!«, schreit Wischer vom Kellerabgang herab. »Die sehen nicht gerade fröhlich aus.«

Männer? Taxis?

»Sieht wie ein Weingut aus. Was ist da?«

»Steht da eine Hütte auf dem Gelände? Ein Haus?«

»Der Karte nach schon, ja.«

Volltreffer! »Sofort die nächste Streife hin! Notarzt, Feuerwehr, alles! André Fechtner könnte noch am Leben sein!«

»Wie kommen Sie …«

»JETZT!«

Stille. Kiefermalmen. Schweißtropfen, die sich ihren Weg über meine zerfurchte Stirn bahnen.

Dann: »Kavallerie ist unterwegs.«

Erleichtert atme ich auf. Doch einen Atemzug später wird alles nur noch schlimmer. Viel schlimmer.

»Feuer!«, plärrt es von oben herab. »Die werfen mit Feuer! Hey! Hier sind Menschen drinnen! Hört auf!«

Na klar schmeißen sie Molotow-Cocktails, denke ich. Wie

könnte es auch anders sein an diesem Tag?« »Stefanie, sind Sie noch dran?«

»Ja?«

»In der Schauenburgstraße 48 fackelt der Eić-Clan gerade ein Haus ab. Ich bin in diesem Haus. Wenn also noch ein paar Einsatzwagen übrig wären ...«

Sie zieht hörbar Luft ein.

»Danke.« Ohne aufzulegen, verstaue ich das Smartphone in meiner Brusttasche und packe Linde am Kragen. »Mitkommen.«

Auf halbem Weg stürmt uns Wischer mit hochrotem Gesicht entgegen. »Es brennt! Das ganze Haus brennt!«

»Das macht Feuer nun mal mit Häusern«, knurre ich zwischen den Zähnen hervor und dränge ihn wieder die Treppe hoch. Er hat nicht untertrieben. Durch die Fensterläden flackert der Schein des Flammenmeers – die Veranda brennt bereits lichterloh. Unter dem Türschlitz quillt schwarzer Rauch ins Haus. Entschlossen trete ich an eines der Fenster, rufe: »Hier spricht Kommissar Paul Maer-«

Im nächsten Moment zersplittert Glas, und eine Feuersbrunst explodiert direkt vor mir. Die Hitze trifft mich wie ein Schlag und katapultiert mich zu Boden.

Wischer hilft mir auf. »Was machen wir jetzt?«

Ich schnaufe aus. Wenn das Feuer erst einmal im Haus ist, sind wir verloren. Dieser ganze Krempel brennt wie Zunder. Der Keller ist auch keine Option: Früher oder später fressen sich die Flammen durch die Dielen, und alles kracht über unseren Köpfen zusammen, wenn der Rauch uns bis dahin nicht längst dahingerafft hat. Wir müssen hier schleunigst raus.

»Gibt es einen Hinterausgang?«, rufe ich in Richtung Linde, doch er ist plötzlich verschwunden. Wo zum ...? Mein Blick irrlichtert durch den Raum. »Professor!«

Er steht neben der Couch und durchwühlt den Unrat. »Wo ist

er?«, faselt er vor sich hin. »Wo ist der Neuro Hub? Ich brauche ihn. Lukas braucht ihn!«

»Vergessen Sie das Ding! Gibt es hier einen anderen Ausgang?«

Linde will antworten, doch ein Hustenanfall raubt ihm den Atem. Der Raum füllt sich mehr und mehr mit Rauch. »Da lang«, röchelt er schließlich und deutet zu einer offenen Tür, hinter der bereits dichte graue Schwaden hängen.

Über uns klirrt es. Zeitgleich blicken wir hoch. Die Fensterläden oben müssen offen stehen – das Feuer ist im ersten Stock.

Hektisch packe ich Linde und Wischer bei der Hand und stürme los. Tränen nehmen mir die Sicht, ich kann kaum noch etwas erkennen. »Wohin?«

Linde hustet erneut. Der Qualm erstickt uns, verschlingt das gesamte Haus. *Raus, wir müssen sofort raus.* Die Balken über uns knarzen bedrohlich. Neben mir lodert es auf, die Flammen versengen mein Fleisch, aber es gelingt mir, die Fensterläden aufzureißen. Ich packe Wischer, schleudere ihn samt Aktentasche durch das Fenster. Als ich mich umdrehe, liegt Linde auf dem Boden. Mit letzter Kraft hieve ich ihn hoch, drücke ihn an mich, und wir schaffen es irgendwie hinaus. Ein paar Meter schleife ich ihn noch vom Haus weg, dann breche ich hustend neben ihm zusammen.

Drei volle Atemzüge ohne Hustenanfall gönnt man mir, bevor sich die Schatten schwerer Stiefel und Baseballschläger zwischen uns und das brennende Haus drängen.

»Wir wollen nur den Professor.«

Ich hebe den Blick, lasse ihn gleich wieder sacken. Es gibt ohnehin nicht viel zu sehen: Jede der Gestalten verbirgt ihr Gesicht hinter einer Sturmhaube. Aber der slawische Zungenschlag macht die Tarnung obsolet.

»Er hat einen von uns angegriffen, und er schuldet uns Geld.«

Irgendetwas im Haus explodiert. Dicke Rauchschwaden wallen aus den Fenstern, steigen empor in den Nachthimmel. Ich huste ein letztes Mal, stemme meinen Oberkörper hoch und richte mich auf. »Keine Ahnung, um was es hier geht«, röchle ich mit belegter Stimme. »Aber das Geld habt ihr gerade verbrannt.«

Die Augen in den Höhlen der Sturmmaske werden schmaler. »Lasst den Professor hier und haut ab.«

»Du weißt, dass ich das nicht kann ... Milan, richtig?«

Mein Gegenüber lacht auf. »Dummer Bulle«, spottet er belustigt, tritt einen Schritt vor und legt seinen Baseballschläger auf meine Schulter. »Ich habe hier sechs Mann mit sechs Keulen, was hast du?«

Wie ferngesteuert hebt sich mein Arm, Lindes Arm folgt. Er baumelt an den Handschellen, die ich ihm unbemerkt angelegt habe. »Hast du auch 'ne Metallsäge mitgebracht?«

Wieder ertönt ein Lachen, doch diesmal klingt es falsch. Der Baseballschläger hebt sich und tippt im Sekundentakt gegen meine Schläfe. »Dummer Bulle«, spult er seinen Spruch erneut ab, während in der Ferne Sirenen ertönen. Ein Teil des Daches stürzt ein, hinterlässt ein klaffendes Loch, aus dem Flammen und Funken stieben. Linde wimmert. Die Sirenen werden lauter. Ich schließe die Augen. Wieder tippt das Holz des Schlägers gegen meine Schläfe.

Bilder aus meiner Vergangenheit fluten mein Hirn: Thea, wie sie mich nach dem Massaker trösten will und ich es nicht zulasse. Mein Vater, der mit erhobenem Messer auf mich und Thea zukommt. Mein verrückter Vater, der jeden Hockeyschläger mit einer Wasserwaage überprüft. Er hat mir nie etwas beigebracht, war kaum für mich da, und dennoch habe ich ihn geliebt. Ich habe ihn geliebt, wie er war, mit all seinen Fehlern. Das Leben macht uns zu dem, der wir sind. Mein Vater war ein Versager. Und ich bin ein Mann, der darauf wartet, einen Baseballschläger an den Kopf gedonnert zu bekommen.

Doch es passiert nichts dergleichen. Stattdessen knallen Autotüren zu. Kies spritzt. Und als ich die Augen wieder öffne, ist da nur noch das brennende Haus. Ich brauche einen Augenblick, um zu begreifen. Dann sinke ich zu Boden und starre in den Nachthimmel.

Die Sirenen sind nun ganz nahe. Über den Wipfeln der Bäume tanzt bereits das Blaulicht. Wischer und Linde husten sich immer noch die Seele aus dem Leib.

»Maertens?«, dringt es dumpf unter meiner Brust hervor. »Sind Sie da? Geht es Ihnen gut?«

Stefanie. Gute alte Stefanie.

»Die Streife hat gerade gefunkt: Andrè Fechtner lebt! Sein Zustand ist kritisch, aber er lebt, hören Sie? Wir haben ihn gefunden! Sie haben ihn gefunden!«

»Ich habe ihn gefunden«, höre ich mich nachplappern, fühle die Erleichterung in mir aufsteigen, spüre, wie ein schwaches Lächeln an meinen Mundwinkeln zieht. Für einen Moment schwelge ich in diesem Zustand. Im nächsten ist er wieder verflogen.

Ich habe André Fechtner nicht gefunden, ich bin lediglich über seinen Entführer gestolpert. Selbst jetzt, da ich Linde von Angesicht zu Angesicht gegenüberliege, habe ich nicht den leisesten Hauch einer Ahnung, warum er diese Menschen entführt haben könnte. Und zum ersten Mal in meiner Laufbahn als Ermittler wünsche ich mir, dass ein Verdächtiger lügt. Dass er nur so tut, als ob, dass er diese ganze Maskerade nur deswegen abspielt, um seinen Hals aus der Schlinge zu ziehen. Aber ich befürchte, Theo Linde ist kein Lügner. Ich befürchte, hinter seiner Stirn klafft ein Abgrund, den bisher niemand bemerkt hat. Und alles, was in diesen Abgrund fällt, bleibt für immer verschollen.

IM VERLIES

Ich erwache auf dem schmalen Grat zwischen Leben und Tod. Eintausend Volt sprechen für das Zweite.

Um mich herum herrscht absolute Dunkelheit. Ächzend richte ich mich auf, schicke meine Finger auf Erkundungstour: Mauerwerk, Kanten, eine glatte Oberfläche – die Tür. Ich drücke, drücke fester, sinke wieder zu Boden.

Ich bin nicht tot. Aber so gut wie …

Die Tür ist verschlossen. Der Befreiungsversuch ist gescheitert. Mein Dasein endet in absoluter Einsamkeit. Nicht mal mein eigenes Hirngespinst will mir noch Gesellschaft leisten. »Junge?«, flüstere ich heiser.

Keine Antwort.

Mein Körper fühlt sich an wie mit Zement ausgegossen. Reglos liege ich da, starre ins Schwarz, warte. Woran stirbt man eigentlich, wenn man verdurstet? Herzstillstand? Nierenversagen? Ich werde es bald herausfinden. Das Leben fließt bereits aus mir heraus und …

Was war das?

Gebannt lausche ich in die Stille. Sind das Stimmen? Eindeutig, da sind zwei Stimmen – männlich, glaube ich. Dazu noch weitere Geräusche: etwas knarzt, dann Piepen wie bei einem Funkgerät. Es wird lauter. »Hier«, krächze ich kaum hörbar. »Hier drinnen.«

»Ist da jemand?«

Mein Herz macht einen Satz. Es klingt so echt, so unfassbar echt. *Bitte lass es keine Einbildung sein, bitte, bitte, bitte ...*

Ein dumpfes Rumpeln dringt herein. Metall kratzt über Metall. Die Tür schwingt auf. Zwei gleißende Lichtflecke erscheinen, blenden mich. *Bitte, bitte, bitte, bitte!* Ich versuche aufzustehen, doch mein Körper will nicht. Zu schwach, viel zu schwach.

»Polizei«, sagt jemand. »Bleiben Sie liegen.«

Ein Gesicht schält sich aus der Dunkelheit, dann noch eines. Ich greife danach, will die fremde Haut unter meinen Fingern spüren, die Haare, die Uniform, den Stoff – es fühlt sich so echt an.

»Bleiben Sie liegen!«

Ich bleibe nicht liegen. Ich will hier raus, sofort. Raus aus dem Verlies, raus aus der Dunkelheit, einfach raus.

Die Männer akzeptieren es, haken mich unter, schleifen mich über einen dunklen Flur, bis uns Licht umfließt, so leuchtend hell, dass ich meine Lider kaum offen halten kann. Einen Moment lang denke ich, dass es wieder bloß die Ausgeburt meines Wahnsinns ist und nichts von alledem hier passiert. Im nächsten gewöhnen sich meine Augen an die Helligkeit, und ich erkenne die Autoscheinwerfer, die direkt auf mich gerichtet sind. *Es ist echt.*

Kalte Nachtluft schlägt mir entgegen, ich sauge sie gierig in meine Lungen, schmecke sie, schlürfe sie wie einen guten Wein. Sie setzen mich auf eine Motorhaube, tasten mich ab. »Wasser«, bringe ich hervor. »Wasser.« Eine Flasche erscheint wie von Geisterhand. »Natürliches Mineralwasser«, lese ich von dem Etikett ab. »Gefiltert durch Vulkangestein«. Es könnte auch aus einer Pfütze stammen, in der ein Hund gebadet hat! Mit zitternden Händen hebe ich es an meine Lippen, stürze es hinunter, verschlucke mich, huste, trinke weiter.

»Langsam«, redet eine Stimme auf mich ein. »Sie sind in Sicherheit. Sie haben alle Zeit der Welt.«

Mehr und mehr Stimmen gesellen sich dazu. Dutzende Lichter durchdringen die Nacht – zuckend blaue und strahlend helle. Polizisten, Sanitäter, Feuerwehrleute, alle schauen mich an, während ich durch sie hindurchsehe. Sie wollen, dass ich die Flasche aus der Hand gebe – ich weigere mich. Sie wollen, dass ich in einen Krankenwagen steige – keine Chance, niemand sperrt mich mehr irgendwo ein. Lasst mich hier sitzen, die Luft genießen, das Wasser und darauf hoffen, dass in all dem Durcheinander um mich herum endlich das eine Gesicht auftaucht, das mich am Leben gehalten hat. Und dann geschieht es ... einfach so.

Mein Junge, wie er aus einem Auto springt. Wie die Fahrertür aufgerissen wird und eine Frau aussteigt, die nur meine Frau sein kann, mit einem Mädchen an der Hand, das nur meine Tochter sein kann. Wie sie auf mich zustürmen. Wie alle Schwäche von mir abfällt, wie ich aufspringe, auf sie zulaufe, wir uns in die Arme fallen und ich ihre Wärme und die feuchten Tränen auf meiner Haut spüre ... Erst dann glaube ich es wirklich und wahrhaftig: Papa hat überlebt. Papa ist frei.

Ich habe immer noch keine Erinnerung, aber ich brauche sie nicht mehr. Erinnerung ist Vergangenheit. Leben ist Zukunft. Und die beginnt jetzt.

TEIL VIER

»Hirnforscher hat Daten verfälscht.«
stuttgarter-nachrichten.de | 6.6.2019

*»Daten fälschen, Experimente erfinden –
Betrüger gibt es auch in der Forschung.
Wer sie entlarvt, gilt gern als Nestbeschmutzer.
Einen Schutz der Whistleblower kennt die
Wissenschaft in Deutschland nicht.«*
swr.de | 23.8.2001

LINDE

Freitag, 24. Januar, 15:01 Uhr

Ich öffne die Augen, sehe, aber erkenne nichts.

Da ist eine Triangel aus grauem Hartplastik, die über mir baumelt, irgendein Metallgestell und eine baiserfarbene Zimmerdecke mit eingelassenen Spots, die mich mit ihrem grellen Licht blenden. Reglos liege ich da, lasse die Details auf mich wirken und warte darauf, dass sie sich vertraut anfühlen. Doch nichts dergleichen geschieht. Manchmal, wenn ich so aufwache wie jetzt, fällt mir der Spruch eines Kollegen ein, der meinte, ich würde noch mal meinen Kopf vergessen. »Wo bin ich?«, höre ich eine brüchige Stimme fragen. Das ist meine Stimme. Ich habe das gesagt. Aber ...

»Fragen?«

Mein Kopf rollt zur Seite.

»Wollen Sie wirklich so beginnen? Mit Fragen?«

Wer ist das? Ein Kollege? Der Mann sitzt an meinem Bett, schlägt ein Bein über das andere, lehnt sich in seinem Stuhl zurück. »Was ist das Letzte, an das Sie sich erinnern?«

»Das Letzte?«, wiederhole ich nachdenklich und kaue auf der Frage herum, bis sie plötzlich zerplatzt wie diese Kaubonbons mit Brausefüllung, die ich als Kind so geliebt habe, und mein Verstand mit Erinnerungen geflutet wird. Alles kommt gleichzeitig, viel zu schnell, viel zu laut, viel zu intensiv. Mit einem Ruck richte ich mich auf. »Mein Haus«, keuche ich atemlos. »Was ist mit meinem Haus?«

Der Kommissar – ich erkenne ihn jetzt – verharrt in Position und starrt mich einfach nur an. Irgendwo im Hintergrund beschleunigt ein Piepen. Es sind meine Herztöne. Ich bin im Krankenhaus. Der Kommissar muss mich hierhergebracht haben, nachdem ... nachdem ... Die Antwort ist da, ich weiß, dass sie da ist, aber sie müssen mir ein starkes Sedativum gegeben haben: Alles wirbelt herum, scheint kaum greifbar, es ist ein einziges Durcheinander in meinem Kopf.

»Wenn es das ist, was Sie interessiert«, beginnt Maertens schleppend. »Die Einsatzkräfte konnten den Brand löschen. Ihr Haus hat einiges abbekommen, aber zumindest der Keller ist unbeschädigt geblieben, zu unserem Glück. Er war in den vergangenen vierzig Stunden unser einziger Antwortenlieferant. Sie sind nicht besonders gründlich, Herr Professor, auch nicht beim Vernichten von Beweisen.«

Er hält inne und sieht mich an, als erwartete er, dass ich etwas sage. Dabei verstehe ich nicht einmal, wovon er spricht. Beweise? Welche Beweise?

»Wir haben Spuren des Fentanylderivats auf Ihren Laborgeräten gefunden, eine Gasmaske, die Sie benutzt haben müssen, einen Schutzanzug mit Fasern von Larissa Kochs Teppich. Wir haben weitere Negative in Ihrer Dunkelkammer sichergestellt, ein verstecktes Notizbuch mit Aufzeichnungen zu Ludwig Schuchs Entführung, und Ihre DNA lässt sich an jedem der Tatorte nachweisen, die alle einen Bezug zu Ihnen haben: Die Leiche von Ludwig Schuch wurde im Schwetzinger Ausbesserungswerk geborgen, der Kümmelbacher Hof war Ihre Arbeitsstelle, und André Fechtner fanden wir auf dem alten Weingut Ihres Vaters.«

Schuch, Koch, Negative, Dunkelkammer – jedes Wort erzeugt noch mehr Chaos in meinem Kopf.

»Interessiert es Sie nicht, ob André Fechtner lebt?«

Fechtner ... »Ich kenne keinen Fechtner«, murmle ich halblaut, obwohl mir der Name bekannt vorkommt, aber ich weiß nicht, woher.

Maertens seufzt. »Wahrscheinlich macht es für das Strafmaß auch keinen großen Unterschied, ob Sie wegen zwei- oder dreifachen Mordes angeklagt werden.«

Mein Herzschlag stockt. »Ich habe niemanden umgebracht.«

»Dann kenne ich Sie besser als Sie sich selbst. Dank Dietrich Neidhart kenne ich sogar Ihr Motiv.« Er faltet die Hände, bedenkt mich wieder mit diesem Blick, als wäre ich ein Tier im Zoo. Etwas Exotisches, das man nicht alle Tage sieht. »Ein Waldarbeiter fand ihn bewusstlos neben einem Taxi. Als die Kollegen ihn aufs Revier brachten, fiel als Erstes ihr Name: ›Es war Lindes Idee.‹ Es sprudelte nur so aus ihm heraus: dass sie bei ihm aufgekreuzt sind, dass sie diesen Taxifahrer in die Mangel nehmen wollten, und natürlich den Grund für all das: Lukas Seewald.«

Lukas, mein schlafender Prinz. Sein Name durchfährt mich wie ein Stromschlag, löst etwas in mir aus, ordnet das Gewirr von Namen und Wörtern und Erinnerungen, sodass es kein Chaos mehr ist, sondern etwas Ganzes, Sinnvolles. Wie ein Bild, das sich erst erschließt, wenn man es aus dem richtigen Blickwinkel betrachtet. Ich weiß wieder, wer diese Menschen sind. Ich weiß, weshalb mein Haus in Brand gesteckt wurde. Und ich weiß, warum mich der Kommissar ansieht, als hätte ich etwas Schreckliches getan: Ich habe etwas Schreckliches getan. Aber ich bin gescheitert. »Lukas«, strömt sein Name über meine Lippen. »Er hat die Wahrheit verdient.«

»Es stimmt also.« Maertens verschränkt die Arme vor der Brust und mustert mich einen Moment. »Dieser ganze Wahnsinn nur, weil Ihre Affäre einen Unfall hatte.«

»Wir haben uns geliebt!«, schnappe ich bissig zurück. »Und es war kein Unfall! Er hat ihn den Hang hinuntergestoßen.«

»Wer?«

»Ludwig Schuch. Vermutlich wegen irgendeiner Drogengeschichte, ich weiß es nicht genau, aber Lukas hat es bestätigt, eindeutig.«

Maertens legt den Kopf schief. »Und deswegen haben Sie ihn entführt?«

Ich will antworten, doch etwas gerät wieder durcheinander. Angestrengt versuche ich, das Chaos zu durchdringen, aber alles wirbelt herum – mein Verstand dreht sich in sich selbst wie in einem Scharnier und greift nicht. Und dann ist auch der Grund verblasst, warum ich überhaupt nach einer Antwort suche. »Was haben Sie gesagt?«

»Ich habe gefragt, ob Sie ihn deswegen entführt haben.«

Sein Blick durchbohrt mich. Er weiß es. Er weiß alles. Also kann ich es ihm genausogut gleich sagen: »Fechtner hat nichts anderes verdient. Er hat für diesen Clan die Drecksarbeit erledigt. Lukas muss in diesem Club irgendetwas gesehen haben, was er nicht sehen durfte, deshalb sollte er sterben. Ich habe Lukas ein Foto von Fechtner gezeigt, er hat ihn erkannt, lassen Sie mich den Neuro Hub holen, dann ...« Ich breche ab. Der Kommissar tippt auf seinem Telefon herum. »Hören Sie mir überhaupt zu? Ich erkläre Ihnen ger-«

»Wir haben uns geliebt!«, schnarrt meine Stimme plötzlich aus seinem Smartphone. »Es war kein Unfall! Er hat ihn den Hang hinuntergestoßen ... Ludwig Schuch ... wegen irgendeiner Drogengeschichte ... Lukas hat es bestätigt.«

Meine Finger krallen sich in das Laken. »Was soll das? Ist das ein Trick?«

Maertens zeigt auf das Display. »Das ist kein Trick«, entgegnet er kühl. »Ich lasse bloß eine Recorder-App mitlaufen. Sie haben vorhin ausgesagt, Ludwig Schuch habe Lukas gestoßen, dann sind Sie für fünf Minuten in sich versunken, und jetzt war es plötzlich André Fechtner. Haben Sie dafür eine Erklärung?«

Die Zimmerdecke fängt an zu vibrieren, der Boden, die Luft – was ist hier los? Was wird hier gespielt? Wieso tun sie mir das an? Ich weiß doch genau, dass ich … dass es … Lukas! Er hat es bestätigt.

»Soll ich Ihnen unsere Erklärung verraten?«

Entgeistert starre ich Maertens an.

»Professor Amendt …«

Ich drehe den Kopf, zucke zusammen. Gunther! War er schon die ganze Zeit über im Zimmer? Er steht mit dem Rücken zu uns, die Hände hinter dem Steiß verschränkt, und schaut aus dem Fenster.

»Wir müssen natürlich noch genauere Ergebnisse abwarten«, sagt er zu seinem blassen Spiegelbild gewandt. »Aber sowohl PET-MRT als auch die SPECT-Untersuchung zeigen deutliche Auffälligkeiten in den betroffenen Hirnregionen.« Er hält kurz inne, dreht sich dann zu mir und tritt an mein Bett. »Du hast eine Form von neurodegenerativer Demenz, Theo. Vermutlich Lewy-Körper-Demenz.«

Ein spitzes Lachen entfährt mir, doch es erstirbt jäh. Seine steinerne Miene, dieser bedrückte Tonfall – er meint es wirkliche ernst. »So ein Schwachsinn. Ich bin viel zu jung!«

»Du bist knapp sechzig, Theo. Und du weißt selbst, dass zunehmend Jüngere von dieser Krankheit betroffen sind. Wir haben Patienten, die nicht einmal fünfzig sind.«

Fassungslos pendelt mein Blick zwischen Maertens und Gunther hin und her. Das kann doch alles nicht wahr sein. Ich bin Professor Doktor Theo Linde, einer der bedeutendsten Neurologen Deutschlands. »Ich bin nicht dement!«, herrsche ich Gunther an. Er war schon immer eifersüchtig, weil ich der Klügere von uns beiden bin, deshalb behauptet er das jetzt einfach. »Diese Tests sagen nichts aus.«

»Zeichne eine Uhr.«

Ungläubig verfolge ich, wie er Stift und Papier auf den Nachttisch legt.

»Sagen wir, es ist halb sechs.«

»Warum?«, höre ich Maertens neben mir fragen.

»Weil es einer der ältesten und simpelsten Demenztests ist«, nehme ich Gunther die Antwort ab, schnappe mir den Stift und zeichne. »Je nach Schwere der Krankheit schafft es der Patient nicht, ein korrektes Ziffernblatt zu zeich-« Ich stocke, starre das Blatt an.

»Du hast die Drei vergessen.«

»Ich war abgelenkt, weil ich geredet habe.« Zornig wende ich den Zettel, beginne von Neuem. »Bitteschön«, fauche ich Gunther an. »Da ist die Drei.«

Er beugt sich über das Papier, klappt die Unterlippe ein. »Ich sagte: halb sechs. Die Uhrzeit ist falsch.«

»Was?«

»Du hast nur einen Zeiger eingezeichnet. Außerdem sind die Abstände zwischen den Ziffern ungleich. Generell ist alles krakelig und schief.«

»Ich ... ich ...« Panik steigt in mir auf. Das kann nicht sein, ich bin einfach übermüdet, unkonzentriert, benebelt. »Ihr habt mir was gegeben.«

»Schmerzmittel, mehr nicht. Und Galantamin, es unterstützt deine Erinnerungs- und Denkfähigkeit.«

»Kann das die Krankheit heilen?«, höre ich Maertens' Stimme wie durch Watte.

»Nein«, antwortet Gunther knapp. »Mittel wie diese helfen bei leichten bis mittelschweren Demenzerscheinungen bedingt, aber die Krankheit ist unheilbar.«

Unheilbar, hallt das Wort in mir wider, während mein Blick starr auf das windschiefe Ziffernblatt gerichtet ist. Ich selbst habe diesen Test bei einem meiner früheren Patienten angewendet.

Seine Uhr war schöner. Zwei Jahre danach konnte er seinen eigenen Namen nicht mehr schreiben.

Kraftlos sinke ich nieder und starre an die Decke, während Gunther und der Kommissar über mich hinweg weiterreden.

»Ist es denn glaubhaft, dass er sich nicht an die Entführungen erinnert?«

»Durchaus. Diese Krankheit zeichnet sich durch starke Schwankungen der Symptomatik aus. Die Gedächtnisleistung ist tagesformabhängig. Die Patienten leben oft jahrelang mit diesem Zustand, ohne dass es auffällt, besonders, wenn sie ein eher zurückgezogenes Leben führen.«

Sie reden, als wäre ich gar nicht da.

»Aber warum hat er die Entführungen vergessen und andere Dinge nicht?«

»Da kann ich natürlich nur mutmaßen. Es gibt bestimmte Faktoren, die wie Brandbeschleuniger für Demenzsymptome wirken: Stress. Aufregung, Panik – jede Form von emotionaler Unruhe verschlimmert den Zustand exponentiell. Und wenn ich mir vorstelle, in welche Extremsituationen sich Theo begeben hat ...«

»Das heißt, er könnte diese Menschen entführt haben, und das hat ihn derart aufgewühlt, dass er einfach vergessen hat, was passiert ist?«

»Das halte ich für möglich, ja.«

Als wäre ich bloß Luft für sie. Alte, abgestandene Luft ...

»Aber wie soll Linde das kognitiv bewältigt haben? Er hat diese Menschen spurlos verschwinden lassen. Das erfordert Wissen, Planung, das ist nicht einfach.«

»Es sind eher die jüngeren Ereignisse, die verblassen, nicht die lange erlernten Handgriffe. Sie haben mir doch den Laborbericht zu diesem Fentanylderivat gezeigt. Für die Polizei mag das etwas Besonderes sein, aber für uns alte Hasen ist das eine Fingerübung. Theo hat eine ähnliche Mischung in einer unserer Studien eingesetzt.«

Die Worte klingen so federleicht aus ihren Mündern und wiegen doch so schwer auf meiner Brust. Ich soll dement sein? Ich soll diese Menschen entführt haben? Ich? Angestrengt durchforste ich mein Gedächtnis, aber es ist, als hinge ich über einem dunklen Abgrund, und mit jedem weiteren Wort, mit jeder Sekunde, die vergeht, mit jedem Gedanken, der aufkommt, löst sich ein Finger der Hand, mit der ich mich festklammere. Dann falle ich. Doch ich komme nie unten an. Ich hänge einfach wieder an derselben Stelle, und es beginnt von vorne.

»Verdurstet«, fegt es über mich hinweg. »Elendig krepiert.« Mein Ringfinger löst sich. »Schwachsinnige Maschine.« Noch ein Finger. »Reine Einbildung. Nur ein Unfall.« Wieder stürze ich ins Bodenlose. Ich halte das nicht mehr aus!

»Es war kein Unfall!«, schreie ich mit aller Kraft. »Lukas war jung, trainiert, wir sind die Strecke sogar zusammen gelaufen! Er wäre nie diesen Hang hinuntergestürzt, niemals! Sie hat ihn gestoßen, diese Frau, Larissa Koch. Lassen Sie mich zu Lukas, ich schließe ihn an den Neuro Hub, er wird es Ihnen bestätigen.«

Der Kommissar rührt sich nicht von der Stelle. Er sieht mich an, als wäre er unendlich traurig.

»Professor«, beginnt er mit gesenkter Stimme. »Ich habe mir die Akte angesehen: Es gab damals nichts, das auf Fremdeinwirkung schließen lässt. Sämtliche Anhaltspunkte deuten darauf hin, dass Lukas Seewald an diesem Tag äußerst aufgebracht war und einen Unfall hatte.«

»Natürlich war er aufgebracht. Er wurde bedroht, das versuche ich Ihnen ja zu erklären.«

»Ich war bei Lukas zu Hause, habe mit seinem Vater geredet. Er hat mir von Ihrem nächtlichen Besuch berichtet und dass Sie Ihre Affäre verheimlicht haben. Er erzählte mir auch, dass er am

Tag vor dem Unfall ein Gespräch mit seinem Sohn hatte, das er zutiefst bereut. Lukas war extrem aufgewühlt danach. Wussten Sie davon?«

»Nein! Also … ja, Lukas hat so etwas erwähnt, aber die Beziehung zu seinem Vater war schon immer kritisch, darum ging es nicht. Lukas hatte Angst, richtige Angst!«

Der Kommissar nickt unbeeindruckt, zieht dann eine Aktenmappe aus seiner Tasche und klappt sie auf. »Ich habe in Lukas' Anrufliste eine Prepaid-Nummer gefunden, die er häufig angerufen hat«, entgegnet er nüchtern und hält mir ein dicht bedrucktes Papier vor die Nase. »Da es damals keinen Verdacht auf Fremdverschulden gab, wurde nicht ermittelt, wem sie gehört. Ich nehme an, das ist Ihre?«

Ich kneife die Augen zusammen, seufze auf. »Ja, das ist meine Nummer. Wir mussten sehr vorsichtig sein.«

»Der Liste nach hat er Sie am Tag des Unfalls angerufen.«

»Ja! Davon rede ich die ganze Zeit! Er hat mich angerufen und …«

»… Sie haben nicht abgehoben.«

Mein Mund öffnet sich, aber die Worte bleiben mir im Halse stecken. Diese bodenlose Unverschämtheit bringt mich völlig aus dem Konzept. »Natürlich habe ich abgehoben«, bringe ich endlich hervor. »Schauen Sie auf Ihre verdammte Liste.«

»Sie hatten ein Telefonat von acht Minuten dreißig. Danach hat Lukas vierzehn Mal bei Ihnen angerufen – vergebens.«

Diese Dreistigkeit! Diese Impertinenz! »Ich hatte keine Zeit mehr.«

»Sagten Sie nicht gerade, Lukas war völlig aufgelöst, hatte unglaubliche Angst? Was war so wichtig, dass Sie keine Zeit hatten?«

»Ich weiß es nicht mehr … ich … ich …« Meine Stimme versagt.

»Sie wissen es nicht?« Der Kommissar lüpft eine Augenbraue

und lässt mich unter seinem stechenden Blick schmoren. »Nur damit ich das richtig verstehe: Ihre heimliche Affäre und große Liebe outet sich vor seinem erzkonservativen Vater, er wird vor die Tür gesetzt, seine Welt bricht zusammen, Sie schenken ihm ganze acht Minuten Gehör, und dann haben Sie keine Zeit mehr wegen ... irgendetwas?«

Wie betäubt harre ich aus, vergehe im Schatten seiner Worte.

»Ich wüsste zu gerne, was in diesem Telefongespräch gesagt wurde, Herr Professor. Erinnern Sie sich?«

Ich erinnere mich. Aber die Erinnerung lügt. Sie verklärt, verzerrt, glättet manche Worte, dichtet andere hinzu, schmückt aus. Wenn ich die Erinnerung an diese acht Minuten dreißig in den Kontext unserer damaligen Beziehung stelle, weiß ich, dass ich wahrscheinlich doch Zeit hatte, aber ich wollte sie mir nicht nehmen. Ich hatte nie Zeit, wenn Lukas wieder einmal seine *Phasen* hatte. Ich wollte unsere Beziehung nicht öffentlich machen, alles sollte so bleiben, wie es war, denn es war gut so. Unsere Liebe war unser Geheimnis, unser privates kleines Märchen, Punkt. Lukas hat das einfach nicht verstanden. Meistens konnte ich ihn zur Vernunft bringen. An diesem Tag nicht. Also habe ich aufgelegt. Er wird sich bestimmt beruhigen, habe ich mir gesagt. Er wird schon nichts Dummes tun. Was soll passieren?

»Keine Erinnerung?«, zerrt die Stimme des Kommissars an mir. »Ist auch nicht nötig. So oder so halte ich es für unwahrscheinlich, dass Lukas Seewald Opfer eines Verbrechens wurde. Wenn man unbedingt eines sehen will, dann gibt es aktuell nur eine einzige Person, die ein Motiv gehabt haben könnte.«

Stille.

Unsere Blicke treffen sich, verhaken sich ineinander, entzünden sich. Er meint mich. Mich! »Nein«, blaffe ich ihn an, zupfe mir die EKG-Klammer vom Finger und schwinge meine Füße aus dem Bett. »Das ist absurd! Ich liebe Lukas, er liebt mich!«

Barfuß tappe ich über den kalten Boden in Richtung Tür. »Wir holen den Neuro Hub. Bringen Sie mich zu Lukas, ich werde Ihnen beweisen, dass …« Meine Hand legt sich auf die Klinke, verharrt, ohne sie zu drücken. Warum hält er mich nicht auf? Ich wende den Kopf. Der Kommissar sitzt immer noch auf dem Stuhl, macht keine Anstalten, mir zu folgen. »Lukas kann es beweisen!«

»Herr Professor«, beginnt er leise und erhebt sich schwerfällig. »Der Neuro Hub wurde beim Brand zerstört, und …« Er bricht ab und bedenkt Gunther mit einem vielsagenden Blick.

Mein Atem stockt. Für einen Moment glaube ich, dass er mir gleich mein baldiges Ableben verkündet. Doch je länger das Schweigen andauert, desto klarer wird mir, dass es nicht um mein vertanes Leben geht. Mein Tod wäre eine Erlösung. Lukas' Tod wäre mein Untergang. Und der Kommissar besiegelt ihn mit wenigen Worten. »Lukas Seewald ist heute im engsten Kreis seiner Familie verstorben.«

MAERTENS

Samstag, 25. Januar, 14:22 Uhr

»Vergessen«, wiederholt Brachmann mit stoischer Miene und blättert sich mit spitzen Fingern durch meinen Bericht. »Er hat es einfach vergessen.«

Ich nicke.

Der Raum schweigt. Es ist wahrscheinlich die letzte Einsatzbesprechung dieser SOKO in voller Besetzung. Es ist wahrscheinlich die letzte Einsatzbesprechung, die ich leite. Vielleicht ist es überhaupt mein letzter Tag im aktiven Dienst.

»Dann fassen wir noch einmal zusammen.« Brachmann schiebt den Bericht von sich und klopft mit beiden Zeigefingern auf den Tisch, so als müsste er erst den passenden Takt für seine Worte finden. »Dieser Linde hält also Lukas Seewalds Unfall für einen Anschlag, richtig? Er baut sich eine Maschine, an die er glaubt, die aber nur Zufallsantworten produziert, wühlt in Seewalds Vergangenheit nach einem potenziellen Täter, den er dann entführt und … einfach vergisst, dass es die Entführung gegeben hat. Und weil er es vergisst und jedes Mal die Beweise vernichtet, geht das Spiel munter weiter: Schuch, Koch, Fechtner, irgendein Taxifahrer … Zwei Tote, ein Beinahe-Toter und der größte Polizeieinsatz, den Heidelberg gesehen hat, wegen eines Professors mit Alzheimer auf einem persönlichen Rachefeldzug.«

»Nicht Alzheimer«, korrigiere ich trocken. »Lewy-Körper-Demenz.«

Brachmann verdreht die Augen. »Linde ist doch selbst vom

Fach – ist er nicht sogar mit dem Neurologen im Krankenhaus befreundet? Er kennt die Symptome solcher Krankheiten sicher aus dem Effeff – woher wissen wir, dass er uns nichts vorspielt? Heutzutage kommt doch jeder mit der Unzurechnungsfähig-Karte und will lieber ins Irrenhaus als in den Knast.«

»Linde und Amendt waren Kollegen, aber nicht unbedingt befreundet. Außerdem wurde die Diagnose auch aufgrund bildgebender Verfahren erstellt – Linde kann keine MRT-Bilder seines Hirns fälschen. Dazu kommt, dass die Spurensicherung eine ähnliche Geschichte erzählt.«

Mein Blick springt quer über den Tisch zu Lorenz, der den Ball aufnimmt.

»Wir konnten bei Linde zahlreiche Beweismittel sicherstellen«, kommentiert er den KTU-Bericht. »Diverse Negative und Notizen, die er in allen möglichen Ecken seines Kellers versteckt haben muss. Es lässt sich auch relativ genau bestimmen, dass die halb verbrannten Fotografien im Kamin zu unterschiedlichen Daten über einen längeren Zeitraum hinweg verbrannt wurden. Wenn man all diese Informationsschnipsel zusammenträgt und auswertet, bekommt man den Eindruck, dass er immer wieder genau den gleichen Plan gefasst haben muss, ohne von den anderen Plänen zu wissen. Die Tatorte zeichnen ein ähnliches Bild: Die Opfer wurden eingesperrt und zurückgelassen, so als … tja … so als hätte man sie schlicht vergessen. Ich glaube, Linde hat nach jeder Entführung die Beweise vernichtet, weil er Angst hatte, dass man ihm auf die Schliche kommt.« Lorenz räuspert sich, schiebt sein limettengrünes Brillengestell den Nasenrücken hoch und blickt Brachmann schulterzuckend an.

»Dazu passt auch die Sache mit dem Rektor«, wirft Stefanie ein. »Ich habe versucht, Lindes Wege zurückzuverfolgen. Offenbar hat er sich bei der Assistentin des Rektors der Uni Heidelberg nach Koch und Fechtner erkundigt. Aber jetzt kommt's: Laut

Aussage des Rektors hat er ihn bereits im September letzten Jahres nach Larissa Koch gefragt. Kurz darauf wurde sie entführt.«

Brachmann beugt sich über den Tisch, so als wiege sein Kopf plötzlich eine Tonne. Sekunden verstreichen, in denen er scheinbar die Maserung der Tischplatte studiert. Dann: »Und dieser unauffindbare Taxifahrer? Wie passt der ins Bild?«

»Ähnliches Muster«, entgegne ich knapp. »Laut Dietrich Neidhart muss Linde Nero – Pardon: Blanchard – ohne mein Wissen verhört haben. Wie genau er auf den Taxifahrer gekommen ist, bleibt unklar, aber da der Neuro Hub nur Zufallsantworten produziert, ist im Prinzip alles möglich. Sobald Lindes Medikation anschlägt, werde ich ihn weiter dazu befrag-«

»Danke«, fährt mir Brachmann ins Wort, erhebt sich ruckartig und klopft mit den Fingerknöcheln auf den Tisch. »Sie haben den Kollegen gehört: Es gibt noch einige offene Fragen, die Staatsanwaltschaft braucht eine lückenlose Aufarbeitung. An die Arbeit.«

Alle am Tisch werfen sich verstohlene Blicke zu. Niemand wagt es, den Elefanten im Raum anzusprechen. Dabei sitzt er mitten unter ihnen. Und Brachmann führt ihn zum Schafott.

»Haben Sie eine Minute?«, ertönt seine Stimme hinter mir. Dann tritt er hinaus auf den Flur. Ich folge unauffällig.

Draußen spüre ich deutlich, dass mir ein gutes Dutzend Augenpaare im Nacken sitzt, aber wir stehen so weit entfernt, dass unser Gespräch unter vier Ohren bleibt. »Die Staatsanwaltschaft hat ein Disziplinarverfahren gegen Sie eingeleitet«, eröffnet Brachmann mit gesenkter Stimme. »Außerdem wird Blanchards Familie Anzeige wegen schwerer Körperverletzung erstatten. Suchen Sie sich einen guten Anwalt: Der Strafrahmen reicht bis zu zehn Jahren, und das nur, wenn Blanchard weiterlebt. Sollte er versterben ... na ja. Suchen Sie sich einen richtig guten Anwalt.«

Ich senke den Blick, starre auf den blau marmorierten Boden.

Ocean Breeze, das Performance-Linoleum mit Komfort-Arschtrittgefühl, wenn man rausgeschmissen wird. Das war's also. Meine Polizeikarriere endet, wie sie begonnen hat: mit einer Patrone. Damals in die Brust meines Vaters, heute in den Hinterkopf eines Unschuldigen. Die Vergangenheit bestimmt meine Gegenwart – vielleicht besiegelt sie auch meine Zukunft. Zumindest kenne ich jemanden, der mir einen antiken Vorderlader verkauft, mit dem ich mir eine Kugel in den Kopf jagen kann. »Wie lange habe ich noch?«

Als Antwort streckt mir Brachmann seine flache Hand entgegen. »Im Prinzip dürften Sie nicht einmal hier sein.«

Schweigend händige ich ihm meinen Dienstausweis und meine Pistole aus.

»Ich werde beim Staatsanwalt ein gutes Wort für Sie einlegen, und ich schlage Sie für die Rettungsmedaille des Landes Baden-Württemberg vor, immerhin haben Sie André Fechtners Leben gerettet. Die Ärzte sagen, dass er bald wieder auf den Beinen ist.«

»Schön«, antworte ich mit einem sparsamen Lächeln. »Das freut mich.«

»Mehr kann ich leider nicht für Sie tun.« Wieder streckt er mir die Hand entgegen, diesmal zum Abschied. Er klopft mir noch einmal auf die Schulter, als wollte er sagen: Kopf hoch, alles wird gut. Aber wir wissen beide, dass es nicht gut wird. Das hier ist das Ende meines Polizeidienstes. Ich habe mir selbst das Einzige genommen, das mich am Laufen gehalten hat. Mein Beruf war meine Berufung. Eine Abberufung kam in meiner Gedankenwelt nicht vor.

Brachmanns quietschende Schritte sind kaum verhallt, als neue erklingen.

»Und?«

Ich drehe mich um. Lorenz. Sein Gesichtsausdruck verrät,

dass mein Gesichtsausdruck alles verrät. »Ich wollte sowieso Urlaub machen«, erkläre ich nüchtern, obwohl ich nicht den Hauch einer Ahnung habe, wie dieser Urlaub aussehen soll. Ich weiß auch nicht, wie mein zukünftiges Leben aussehen soll – meine Vorstellungskraft reicht gerade mal zehn Minuten in die Zukunft und endet aktuell an einem Strick baumelnd in der Besenkammer. Natürlich könnte ich mich auf irgendeinen anderen Job bewerben. Bei der Deutschen Bahn suchen sie händeringend Personal. Aber da bevorzuge ich doch lieber den Strick.

»Wie lange?«

»Sieht aus, als könnte ich eine Weltreise machen. Zu sehr fernen Welten.«

Lorenz senkt den Blick und nickt. Wir haben beide zur gleichen Zeit hier angefangen, kennen uns schon lange. Er ist einer der wenigen Kollegen, mit denen ich nie aneinandergeraten bin. Eine kleine Besonderheit, wenn man so will. »Es gibt da noch etwas, das ich dir zeigen muss«, sagt er schließlich und kommt einen Schritt auf mich zu. »Wir haben bei Linde das hier gefunden. Ich habe dir die Aufzeichnungen kopiert.«

Irritiert nehme ich den schmalen Packen zusammengehefteter Papiere entgegen und mustere das Deckblatt. »Maertens«, lese ich laut ab. Ich kenne Lorenz' Handschrift. Das ist nicht seine. »Das war bei Linde?«

»Im Keller. Es lag in einem Aktenstapel aus seiner Zeit beim Kümmelbacher Hof.«

»Das ist mehr als zehn Jahre her ... Damals kannte er mich doch gar nicht.« Tausende Fragezeichen erblühen gleichzeitig in meinem Kopf, schwirren durch den Hohlraum, den diese acht handgeschriebenen Buchstaben in mir aufgerissen haben.

Und während ich immer und immer wieder meinen Namen auf dem Deckblatt lese, schleicht sich plötzlich derselbe Gedanke von vorhin zurück in mein Hirn: Die Vergangenheit bestimmt meine Gegenwart. Sie ruht nicht. Sie glost unter der Zeit, schwelt ewig und immerfort, bis der Tag kommt, an dem sie ausbricht wie ein Vulkan. Meistens verraucht das Spektakel, und es bleibt nur heiße Luft übrig. Aber manchmal regnet es Feuer und glühende Asche. Die Welt brennt.

Und inmitten des Flammenmeers steht Lorenz und sagt: »Es geht nicht um dich. Es geht um deinen Vater.«

IM VERLIES

Donnerstag, 23. Januar, 05:22 Uhr

Ich habe immer noch keine Erinnerung, aber ich brauche sie nicht mehr. Erinnerung ist Vergangenheit. Leben ist Zukunft. Und die beginnt jetzt.

»Mein Junge«, flüstere ich mit tränendurchsetzter Stimme. »Meine Familie.« Ich drücke mich dichter an sie, um die Wärme ihrer Körper noch deutlicher zu spüren, aber sie scheint zu verblassen. Irgendwie scheint alles zu verblassen, die Wärme, die Umarmung, die Gesichter ... »Bleibt hier!«, höre ich mich sagen. »Wo wollt ihr denn hin?« Doch sowie der Satz meinen Mund verlässt, ist nicht einmal meine Stimme dieselbe. Niemand liegt in meinen Armen. Da sind auch keine Polizisten mehr und Einsatzwagen, und die hellen Lichter sind nur noch eine Masse, die vor meinen Augen gerinnt und im Boden zu versickern scheint. Mit fahrigen Bewegungen versuche ich, danach zu greifen, will die Wärme wieder in mich hineinstopfen, die Gefühle tanken, das Bild erhalten, aber es ist bereits in sich zusammengefallen. Zurück bleibt nur Leere. Schwarze Leere.

Ich schlage mit den Lidern, um die Dunkelheit zu vertreiben, doch sie weicht nicht von mir. Sie dringt durch die geöffneten Augen in mich ein, begräbt all die trügerischen Bilder, die Wärme, die Hoffnung, bedeckt einfach alles, was war, und lässt nur das zurück, was ist: einen Mann ohne Erinnerung in einem stockfinsteren Raum. Die Polizei, die Rettung, meine Familie ... Es war nur Einbildung, ein letztes Zucken meines ausgedörrten Rosinenhirns.

Das Zerren in meiner Brust erinnert mich an die eintausend Volt, die durch meinen Körper gejagt wurden. Die Regungen meiner Finger geben mir Gewissheit, dass ich immer noch auf dem Boden meines Kerkers liege. Er wird mein Grab werden. Ich werde hier ...

Was ist das?

Die Stränge in meinem Nacken schmerzen, als ich mich aufbäume. Etwas ist anders. Es ist eine andere Qualität von Schwarz, eine neue Schattierung, irgendwie kälter, frischer. Der Riss geht strichgerade von oben nach unten. Meine Hand tappt hinein, fährt ins Leere. *Die Tür ... sie ist offen.*

Aufgeregt rapple ich mich hoch, krieche vorwärts – tatsächlich: Sie steht einen Spalt breit offen. Meine Hand tastet sich empor, findet ... einen Schieberiegel! Papa, du alter Haudegen, du hattest recht! *Nur Illusion* pfeift mich der Zweifel zurück. *Eine Wahnvorstellung.* Doch ich krieche blindlings weiter, tappe über Kanten und Ecken und Spitzen und Dreck, und links und rechts sind Wände, aber vorwärts, da geht es weiter und weiter durch das frische Schwarz, bis es immer weniger Schwarz wird; bis es ausbleicht zum schmutzigen Grau und unter mir Treppen nach oben führen. Wieder blockiert eine Tür meinen Weg, doch sie ist nicht abgeschlossen. Und endlich umgibt mich Licht!

Diesmal ist es nicht das blendende Licht einer Leuchtstoffröhre. Es ist auch nicht wirklich Licht, sondern bloß die Abwesenheit völliger Finsternis. Mein Blick fliegt durch den weiten Raum auf der Suche nach Wasser. Gierig streife ich von Ecke zu Ecke, klappere das Fremde nach Trinkbarem ab, aber die Hähne sind trocken, und sonst will sich nichts finden. Verloren treibe ich durch die Gänge, klatsche irgendwann mit der Stirn gegen eine Fensterscheibe, spähe hindurch. Ein menschenleerer Hof. Abenddämmerung oder Morgengrauen. Wasser! Es könnte aus einer Pfütze stammen, schießt es mir durch den Kopf, als ich das

Fenster aufreiße und hinausklettere. Von mir aus auch aus einer Pfütze, in der ein Hund gebadet hat. Auf allen vieren krieche ich zum Schlagloch, tauche mein Gesicht in die Lache und trinke, trinke, trinke, bis meine Lippen nur noch über Schlamm und Kiesel schrappen. Dann lege ich meinen Kopf einfach nur ab und atme. Atmen, die Flüssigkeit verarbeiten und starren.

Was ist das für ein Gebäude? Es sieht aus wie ein verlassenes Sanatorium. Hat man irgendwelche Experimente an mir durchgeführt? Wo zum Teufel bin ich nur gelandet? Wer hat mich hier hergebracht und …

Abrupt richte ich mich auf. Es ist egal, wer mich hierhergebracht hat. Er kann immer noch hier sein. Er wird mich wieder da unten einsperren. Ich muss weg, sofort!

Ohne zu zögern, laufe ich los, quer über den Hof in ein angrenzendes Waldstück, das sich bald schon als weitläufiger Forst entpuppt, in dem ich mich verirre. *Nach Hause, ich muss nach Hause, zu meinem Jungen, zu meiner Familie.* Meine Muskeln krampfen, meine Knie rebellieren, aber meine Beine gehorchen, balancieren den ausgemergelten Körper durch das Unterholz, das immer wieder nach mir greift. Äste peitschen auf mich ein, Dornen bohren sich in mein Fleisch, aber ich irre weiter, immer weiter. Bergauf, bergab, über Wurzeln und Pfade und Wiesen, und auf einer Lichtung reiße ich das Gras büschelweise aus und fresse es wie ein Vieh. Ab und an entdecke ich Pfützen, aus denen ich trinke, doch das Wasser scheint nicht anzukommen. Es benetzt nur meine Lippen, aber das Dröhnen in meinem Schädel hält an, umklammert mein Gehirn wie ein Schraubstock. Der Durst hat seine Fänge tiefer in mich geschlagen als angenommen. Ich habe keine Orientierung, kein Zeitgefühl, nur eine immerwährende Hoffnung als Ziel: nach Hause. Zu meiner Familie. Mit meinem Sohn vor dem Kamin kuscheln, meine Frau bringt uns einen heißen Kakao und Kekse, dann schlafen wir ein, gemeinsam unter einer Decke. Mehr will ich nicht. Und dass die Schmerzen aufhören. Dieser drängende, pulsierende Druck in meinem Kopf – es ist kaum noch auszuhalten. Ich muss schneller laufen. Also laufe ich. Wenigstens weiß ich, dass es diesmal keine Illusion ist. Das hier ist viel zu erbärmlich, als dass es Wunschtraum sein könnte.

Als sich die Sonne in die Dämmerung frisst, erreiche ich endlich Zeichen von Zivilisation. Häuser säumen den Waldrand, alles ist ruhig, die Vorhänge sind zugezogen. Unschlüssig bleibe ich vor einem Haus stehen, mache ein paar Schritte darauf zu, streife dann weiter die Straße entlang. Es muss noch früh sein, keine Menschenseele weit und breit, nur stumme Betonklötze und parkende Autos.

Nach einer Weile erreiche ich einen überquellenden Altglascontainer, neben dem Tüten mit leeren Weinflaschen abgestellt wurden. Ich reiße jede einzelne davon heraus, kippe den letzten Rest in mich hinein, schiele auf das Straßenschild. Schloss-Wolfsbrunnenweg. Sagt mir nichts. Auch die Häuser gegenüber helfen meinem Gedächtnis nicht auf die Sprünge, aber die Müllcontainer sehen vielversprechend aus. Gierig stürze ich mich auf die Tonnen, beiße in alles, was noch irgendwie genießbar aussieht, bis …

»Hey! Was machen Sie da?«

»Hilfe«, brabble ich mit vollem Mund. »Helfen Sie mir. Ich wurde entführt.«

»Verschwinde! Hau ab!«

»Bitte! Ich brauche Hilfe! Haben Sie vielleicht etwas zu essen?«

Der Mann funkelt mich immer wilder an. »Mach, dass du wegkommst!« Er packt sein Fahrradschloss, schwingt es bedrohlich hin und her. »Wird's bald!«

Ich fische noch den vergilbten Rest eines Salatkopfes aus der Tonne, dann türme ich. Schnell weg. Weiter die Straße entlang, über einen schmalen Pfad hinein in einen Park und …

Heidelberg! Natürlich!

Mit Tränen in den Augen stürme ich auf die steinerne Brüstung der Scheffelterrasse zu, lasse meinen Blick über den Horizont schweifen. Das Schloss, die Altstadt, der Neckar – hier war ich mit meinem Sohn auf dem Eis, als der Neckar in diesem einen Winter zugefroren war. Heidelberg! Hier komme ich her, hier lebe ich ... irgendwo. Angestrengt durchforste ich mein Hirn nach einer Adresse, aber mein Gedächtnis ist immer noch ein löchriges Sieb. Egal! Das ist meine Stadt. Sie werden mich zu meiner Familie bringen, sie werden mir helfen, ganz bestimmt. Ich muss nur die richtigen Leute fragen.

Also runter. Durch die Schlossanlage in die Altstadt. Allmählich füllen sich die Gassen und Plätze, Menschen strömen mir entgegen. »Hallo, können Sie mir helfen?«, frage ich. »Können Sie mir sagen, welcher Tag heute ist?«

Niemand antwortet. Alle schneiden mich, weichen zurück, werfen mir giftige Blicke zu und eilen davon.

Was ist nur mit den Leuten los? »Ich wurde entführt! Ich habe Hunger. Haben Sie vielleicht Kleingeld?« Keiner hilft. Meine Kräfte schwinden. Alles verschwimmt vor meinen Augen, und die Menschen ziehen achtlos an mir vorbei, als wäre ich bloß Dreck in der Gosse. Warum hilft denn niemand? Was habe ich getan? Was ...

»Hey!«

Erschrocken blicke ich auf. Da ist ein Mann. Er sitzt in einem Taxi, späht durch die heruntergekurbelte Scheibe zu mir herüber.

»Was ist dir denn passiert?«

Er kennt mich offenbar, er wird mir helfen! Sofort reiße ich die Beifahrertür auf und springe ins Taxi. »Trinken!«, flehe ich ihn an. »Essen! Bitte!«

»Mein lieber Scholli, da hat aber einer ein paar Flaschen zu viel getankt.«

Getankt? »Ich wurde entführt! Ich bin durch den Wald geflohen. Ich habe Durst!«

»Klar doch«, entgegnet der Taxifahrer, legt den Gang ein und fährt los. »Im Handschuhfach ist 'ne Brezel und 'ne Cola, greif zu.«

Hastig öffne ich die Klappe und mache mich über die Sachen her, während die Häuser an uns vorbeiziehen.

»Wo warst du denn? Bei Willy's oder in der Bier-Börse?«

Bier-Börse? Wovon redet der Mann, und warum ist es hier so stickig? Alles ist so eng, so bedrückend, ich halte es kaum aus.

»Kannst du das Fenster wieder hoch machen, es zie-«

»Nein!«

»Okay, okay, okay.«

Wir fahren. Ich esse. Im Radio erzählt ein Sprecher, dass wir den 23. Januar 2014 haben, dass die Vorbereitungen auf die Fußballweltmeisterschaft in Brasilien laufen und dass es ungewöhnlich warm wird die nächsten Tage, dann singt ein Mann mit sehr hoher Stimme *because I'm happy*, während der Mann im Fahrersitz immer wieder zu mir blickt und den Kopf schüttelt. Er hat graue Koteletten, trägt ein abgegriffenes Flanellhemd und kaut auf einem Zahnstocher herum – eine zwielichtige Type. Wo fahren wir eigentlich hin? Mir kommt alles so unbekannt vor. Vielleicht bringt er mich zurück in die Zelle, vielleicht ist das mein Entführer! »Ich will nach Hause«, platzt es aus mir heraus. »Zu meiner Familie.«

»Hast du keine Augen im Kopf?« Das Auto macht einen Satz und bleibt abrupt stehen.

Irritiert sehe ich mich um.

»Na, was ist?« Seine Finger trommeln ungeduldig gegen das Lenkrad. »Soll ich dich über die Schwelle tragen oder wie?«

»Da wohne ich?«

Der Typ lacht auf. »Wenn dich deine Alte noch reinlässt.«

Wieder schüttelt er den Kopf. »Komm! Schlaf deinen Rausch aus. Wir sehen uns in der Höhle.«

Die Tür knallt zu. Das Taxi braust um die Ecke. Endlich: mein Haus. Meine Familie. Mein Junge. Ich habe es geschafft. Ich habe es wirklich geschafft.

Mit Tränen in den Augen taumle ich los. Meine Frau wird mir helfen. Sie wird einen Arzt rufen, einen Kuchen backen und Kakao machen, eine schöne heiße Tasse für mich und die Kinder. Alles wird gut.

Mein Blick fällt auf den Briefkasten neben der Eingangstür. Der Schmerz wird vergehen. Ich schmunzle. Es sind bloß acht Buchstaben, und doch bedeuten sie so viel. Die Erinnerung wird wiederkommen. Ein Name ist mehr als eine Bezeichnung für sich selbst. Sie werden mir um den Hals fallen, wenn sie mich sehen. Ein Name ist ein Stück Identität. Endlich weiß ich wieder, wer ich bin. Ich bin Lars Maertens. Und ich komme nach Hause.

LINDE

Samstag, 25. Januar, 17:13 Uhr

Erinnerungen.

Für die meisten Menschen Balsam. Für mich Gift, das sich langsam aber stetig durch meine Hirnwindungen frisst. Das Galantamin und das Memantin fördern meine kognitiven Leistungen, helfen meinem Gedächtnis auf die Sprünge, wirken sich positiv auf das Denkvermögen aus. So kann ich mich an das erinnern, was mein Gehirn geflissentlich in der untersten Schublade hat verschwinden lassen. Gunther nennt es Hilfe. Ich nenne es Folter.

Ich will sie nicht im Kopf haben, aber plötzlich sind sie da: die Bilder, und sie gehen nicht mehr weg. Schuch, Koch, Fechtner … Ihre panischen Blicke, als sie aus der Betäubung erwacht sind, ihre Hilflosigkeit. Jeder von ihnen hat geschworen, nichts mit Lukas' Unfall zu tun zu haben, aber ich war felsenfest davon überzeugt, immer und immer wieder. Ich war ihr Henker wider Wissen. Meine Demenz hat ihr Schicksal besiegelt, doch das ist keine Ausrede. Vergessen ist nie eine Ausrede.

Zumindest bekomme ich nicht mehr viel mit. Gunther geizt nicht mit den Antidepressiva. Sie stabilisieren mich, stumpfen ab, lassen mich all diese Schrecken durchleben wie ein leises Echo aus einer fernen Welt. Ich habe Menschenleben ausgelöscht, doch es fühlt sich an, als wäre ich bei Rot über die Ampel gegangen. So friste ich meine Zeit, mit Handschellen ans Bett gekettet, bis sie mich vor den Richter bringen. Aber ich habe keine

Angst davor. Demenz ist unheilbar. Selbst wenn ich ein Gefängnis von innen sehen sollte, werde ich bald vergessen, warum. Bis es so weit ist, liege ich hier, betrachte weiter die Schrecken meiner Taten wie ein Schattenspiel und kommentiere sie, als wäre ich bloß der Moderator meiner eigenen Erinnerung und nicht der Verursacher.

Ohne die emotional verzerrte Wahrnehmung der letzten Jahre erscheint alles so viel klarer, besonders meine Beziehung zu Lukas. *Unsere Liebe ist unser Geheimnis, niemand durfte davon erfahren, es hätte uns zerstört* – das war unser Mantra, unser Versprechen an uns selbst, das Gesetz unserer Beziehung. Aber jedes Gesetz braucht jemanden, der es aufstellt und durchsetzt. Und das war ich. Ich habe Lukas das Versprechen abverlangt, ich habe ihn immer wieder daran erinnert, ich habe dafür gesorgt, dass es eingehalten wird, obwohl Lukas selbst bald keine Scheu mehr hatte vor dem, was für uns beide auf dem Spiel stand. Aber ich.

Ich hatte eine riesige Angst. Vor dem Tabubruch. Vor der Bloßstellung. Vor den Leuten und dem, was sie über mich denken und sagen würden, vor ihren abschätzigen Blicken und ihren Vorurteilen. Sie hätten sich das Maul zerrissen und damit auch mein Bild in der Öffentlichkeit: Vom international renommierten Hirnforscher zum alten Lüstling, der mit seinem blutjungen Studenten ins Bett steigt – davor hatte ich Angst. Und weil Lukas diese Angst immer mehr verlor, habe ich sie ihm eingeimpft, habe ihn naiv genannt, unbedacht, habe ihn daran erinnert, dass sein Vater ihn enterben würde, dass er ohne seine Unterstützung und ohne sein Geld am Ende wäre, dass es uns auffressen würde, wenn unsere Beziehung ans Licht käme.

An diesem unheilvollen Tag rief mich Lukas an und meinte, dass ihm das egal sei: sein Vater, das Geld, seine Zukunft, alles. Schluss mit dem Versteckspiel – er werde schon paranoid, fühle sich verfolgt, bekomme keine Luft mehr, müsse endlich mit sich ins Reine kommen. Und was habe ich getan? Dasselbe wie immer. Ich habe dagegen angeredet. Doch ich konnte noch so viele Argumente aus dem Ärmel schütteln, Lukas wollte nicht hören. Er wollte einfach nur bei mir sein. Also habe ich gesagt, dass ich keine Zeit hätte. Wichtige Termine, den ganzen Tag, die ganze Woche. Und dass ich jetzt losmüsse: die Sache überdenken, Kopf frei kriegen, eine Runde laufen gehen. Dann habe ich aufgelegt.

Natürlich hatte ich keine Termine. Ich musste auch nirgendwo hin und bin nicht laufen gegangen. Aber Lukas. Wahrscheinlich wollte er mich auf der Strecke abfangen. Stattdessen ist er den Hang hinabgestürzt. Er ist gestürzt, weil ich nicht für ihn da war. Weil niemand für ihn da war. Und dieser Gedanke war so unerträglich, so schrecklich, so zerstörerisch, dass ich ihn einfach nicht fassen konnte. Es gibt Dinge, die man nicht wahrhaben will, weil man tief im Inneren weiß, dass sie einen zerstören würden. Also bleibt nur eins: Verdrängung, die Zuflucht all jener, deren Wirklichkeit das eigene Leben vergiftet. Es ist kein aktiver Prozess, man entscheidet sich nicht dafür. Es geschieht einfach. Gedanken kleiden sich neu, Erinnerungen richten sich anders aus, Schwerpunkte verlagern sich …

Hat Lukas nicht erwähnt, er fühle sich verfolgt? Er hätte an diesem Tag wahrscheinlich alles gesagt, nur damit ich ihm zuhöre, aber er hat es gesagt. Und war er nicht in letzter Zeit öfter durch den Wind? Hat er sich nicht auch mit dubiosen Typen eingelassen? Ja, ja, ja! Haken, Haken, Haken: Es muss ein hinterlistiger Angriff gewesen sein, ein Anschlag! Und ist die Saat erst einmal gestreut, wächst aus dem Schattenacker sehr schnell eine komplexe Verschwörungstheorie, so tröstend und verlockend wie Schnitte im Fleisch, die mit ihrem simplen, leicht begreifbaren Schmerz darüber hinweghelfen, dass wahres Leid tiefer sitzt als ein paar Millimeter unter der Haut.

Die Schuld bei denen da draußen zu suchen, war tausendmal

erträglicher, als sie bei mir selbst zu suchen. Ich wollte die Wahrheit nicht. Also erfand ich meine eigene. Meine Mär einer fantastischen Beziehung und eines strahlenden Helden, der seinen schlafenden Prinzen wenn schon nicht retten, so doch wenigstens rächen kann. Ich musste erst jahrelang an einer Maschine werkeln, die nicht funktioniert, und unschuldige Menschen entführen und elendig krepieren lassen, um zu begreifen, dass ich der Grund dafür war, dass Lukas diesen Hang hinabgestürzt ist. Ich und sein ignoranter Vater haben ihn im Stich gelassen. Es war ein tragischer Unfall. Niemand hat Lukas gestoßen außer der Zufall, der an diesem Tag als Fügung aufgetreten ist und sein Schicksal besiegelt hat.

Es klopft.

Ein Pfleger kommt herein, bringt meine Ration Erinnerung. Galantamin in der höchsten Dosis. Ich könnte mich weigern, könnte die Tablette ausspucken, aber ich tue es nicht, denn ich verdiene es nicht zu vergessen. Erinnerung ist mein Gefängnis. Sie ist die einzige wirkliche Strafe, die es für mich gibt, und ich akzeptiere sie. Also schlucke ich bereitwillig die bittern Pillen und harre ihrer Wirkung. Das Medikament hat gerade erst begonnen, meinem Gedächtnis auf die Sprünge zu helfen. Wer weiß, was noch alles in der Dunkelheit meines Schädels lauert. Wer weiß, welche weiteren Gräueltaten ich in der Vergangenheit begangen habe.

MAERTENS

Samstag, 25. Januar, 18:38 Uhr

Ich stürme in das Büro, ohne anzuklopfen. »Gamma ventral capsulotomy for obsessive-compulsive disorder – was ist das?«

Amendt hebt den Blick von dem Aktenstapel auf seinem Schreibtisch und runzelt die Stirn. »Das ist der Titel von Theos und meiner Studie«, entgegnet er zögerlich.

»Die Studie am Kümmelbacher Forschungszentrum? Was haben Sie da getrieben?«

Er richtet sich in seinem Chefsessel auf. »Getrieben?« Die anfängliche Verwunderung weicht augenblicklich, und die gewohnt blasierten Züge kehren in sein Gesicht zurück. »Bahnbrechende Forschung – das haben wir *getrieben*. Wir waren eine der Ersten überhaupt, die an einer Studie über stereotaktische Behandlungen von Zwangsstörungen und anderen psychischen Leiden gearbeitet haben. Die Gamma-Knife-Radiochirugie war 2014 ...«

»Auf Deutsch«, fahre ich ihm ins Fachchinesisch. »Was bedeutet das?«

Er seufzt theatralisch. »Dann für den Laien: Wenn Sie einen Tumor im Kopf haben, legt man Sie in eine Röhre und schießt punktgenau hochdosierte Gammastrahlen ab, sodass die Wucherung zerstört wird, während das umliegende Gewebe heil bleibt. Die Technologie gibt es bei uns seit den Neunzigern, davon sollten Sie gehört haben. Unser Ansatz war völlig neu. Auch psychische Erkrankungen beruhen teilweise auf organischen Abnormalitäten – mentaler Krebs, wenn Sie so wollen. Die Hypothese war, dass wir durch Bestrahlung koronale Schnitte in den Hirnstammfasern setzen können, um ...«

»Okay, okay«, unterbreche ich ihn abermals. Niemand hat Zeit für dieses Gefasel. »Sie wollten Verrückten ihre Verrücktheit wegstrahlen – verstanden. Aber wenn es so bahnbrechend war, warum stehen dann die Psychiater nicht Schlange vor dem Arbeitsamt?«

Amendt verschränkt die Arme vor der Brust und verzieht das Gesicht. »Sie haben eine äußerst kleingeistige Vorstellung von Fortschritt. Wissenschaft schafft Wissen – das ist der Erfolg. Wir haben das Fundament gelegt! Es gibt mittlerweile Dutzende Studien, die darauf aufbauen. Nur aufgrund unserer Arbeit werden heute erste Therapieerfolge erzielt – damals war die Technologie einfach nicht so weit, es gab zu viele Nebenwirkungen, zu viel Streuverlust.«

»Und die Patienten durften die Nebenwirkungen ausbaden, wie?«

»Patienten? Wovon reden Sie? Wir hatten keine Patienten.«

»Und wie erklären Sie sich dann das hier?« Ich knalle den gehefteten Papierstapel auf seinen Tisch.

Amendt betrachtet ihn, als wäre er gammeliger Fisch. »Was ist das?«

»Können Sie nicht lesen?« Wutentbrannt nehme ich die Papiere wieder an mich und lese die einzige Seite daraus vor, die ich wirklich verstanden habe:

»Sehr geehrter Herr Professor Linde,
ich bin kein Mann großer Worte, daher komme ich sofort zum
Punkt: Ich habe mein Leben lang mit meinem versponnenen
Schädel zu kämpfen. Mein Kopf funktioniert nicht, wie er soll.
Er versteift sich auf Details, verliert sich in unlösbaren Problemen, sodass ich nichts auf die Reihe kriege. Ich lebe in ständiger

Angst vor Unsichtbarem, verfolge wie besessen Ideen, die andere als verrückt bezeichnen. Es ist ein innerer Zwang. Früher war das nur mein Problem, doch seit ich Familienvater bin, werden die Belastungen größer und damit meine Ängste. Ich habe versucht, meine Probleme in Alkohol zu ertränken. Ich bin nicht stolz darauf, aber Medikamente haben mir auch nicht geholfen. In der Zeitung habe ich einen Artikel über Ihre Arbeit gelesen. Ich will ein guter Vater sein, meine Kinder haben mich nicht verdient. Bitte helfen Sie mir. Lassen Sie mich Teil Ihrer Studie werden.
Hochachtungsvoll
Lars Maertens« // 0157 9470137

»Der Gedanke ist völlig absurd«, kommentiert Amendt die Zeilen scharf. »Wir haben mit Primaten gearbeitet, genauer gesagt: mit Makaken, nicht mit Menschen.«

Wieder landet der Papierstapel auf dem Schreibtisch. Diesmal aufgeschlagen und mit meinem Finger darauf. »Dann ist das hier also das Hirn eines Affen und nicht das meines Vaters?«

Amendt hält den Blick stur auf mich gerichtet, so als wollte er sein erlesenes akademisches Augenpaar nicht mit garst'gem Zeilenschmutz verunreinigen. Bis er es doch tut. Er liest und liest und liest, und je mehr er liest, desto kleiner wird er auf seinem Stuhl, desto mehr Farbe weicht aus seinem Gesicht, desto schwerer wiegt das Schweigen, in das er sich hüllt. »Das gibt es nicht«, stolpern die Worte schließlich über seine Lippen. »Das kann ich nicht glauben. Theo muss … das ist …« Er bricht ab, versinkt immer mehr in sich. Jeglicher Anflug seiner blasierten Art ist verschwunden. Er wirkt wie eine ausgeblasene Kerze.

»Professor?«, setze ich das brennende Streichholz an. »Was steht da?«

Sein Mund macht eine Kurve nach unten. »Dass Theo zu weit

gegangen ist.« Mit einem Ruck erhebt er sich, geht zu dem Wandregal und holt eine Flasche Whisky samt Glas hinter einem Almanach hervor. »Er war immer schon der Ehrgeizigere von uns beiden«, fährt er fort, während er sich drei Finger breit einschenkt. »Theo wollte nichts weniger, als die Welt revolutionieren. Zwangsstörungen, Depressionen, Schizophrenie – all diese Leiden werden mit langwierigen, oft lebenslangen medikamentösen Therapien behandelt, die Dutzende Nebenwirkungen haben und meistens nur die Symptome eindämmen. Theo wollte diese Krankheiten ein für alle Mal heilen: Ein, zwei Bestrahlungen, nebenwirkungsfrei, schmerzfrei, es wäre zu schön gewesen. Er wollte es so unbedingt … Und den Ruhm wollte er auch. Vielleicht hat er deswegen diesen Neuro Hub konstruiert. ›Der Gedankenleser‹ … tsss. Ich hätte es wissen müssen. Ich hätte es sehen müssen.«

Ungeduldig beobachte ich, wie er den Whisky hinunterstürzt und sich nachschenkt.

»Das menschliche Gehirn ähnelt dem von Makaken stark«, fährt er mit kehliger Stimme fort und klopft sich dabei auf die Brust. »Deswegen werden sie in der Forschung eingesetzt. Dennoch sind die Abweichungen beträchtlich. Theo hat immer wieder mokiert, dass die Unterschiede zum Menschen zu groß seien, er wollte …«

»Professor!«

Er zuckt zusammen.

»Was. Steht. Da.«

Amendt sinkt auf den Sessel, stellt Flasche und Glas neben den Papierstapel und lässt einige Sekunden verstreichen. Dann: »Er muss Ihren Vater nachts behandelt haben, unbemerkt, kurz vor der Schließung des Forschungszentrums. Das hier sind offenbar Aufzeichnungen der Bestrahlungen.«

»Was besagen diese Aufzeichnungen?«

»Die erste Bestrahlung lief noch gut, auch die zweite scheint keine Komplikationen oder Nebenwirkungen hervorgerufen zu haben.«

»Was waren das für Nebenwirkungen?«

»Wir hatten ausschließlich schwer traumatisierte Primaten. Ehemalige Versuchstiere, körperlich und seelisch von jahrelangen Experimenten und Einzelkäfighaltung gezeichnet. Sie waren depressiv, lethargisch, litten an Angststörungen, Zwangsstörungen – genau das wollten wir heilen. Anfangs hatten wir auch gute Ergebnisse erzielt, doch dann ...« Amendt schluckt. »Die Bestrahlung hatte unerwartete Auswirkungen im Bereich des orbitofrontalen Kortex. Die Impulskontrolle war gestört, die Affen wurden lebendiger, aber auch aggressiver. Sehr viel aggressiver. Sie haben sich gegenseitig angegriffen, das Personal, sie waren unberechenbar. Es ging sogar so weit, dass sich einige von ihnen selbst zerfleischt haben.«

Der letzte Satz kommt Amendt so leise über die Lippen, als würde ihm jedes Dezibel körperliche Schmerzen bereiten. Dabei ist es mein Leben, das von Wort zu Wort mehr in Stücke gerissen wird.

»Offenbar hat Theo ab der dritten Sitzung gemerkt, dass die Therapie bei Ihrem Vater Ähnliches hervorrufen wird. Man erkennt auf den MRT-Bildern bereits die Wucherungen im Erinnerungszentrum und im Bereich der Impulskontrolle. Die vierte Behandlung ... Die Strahlendosis war viel zu hoch, das Areal zu breit – es macht aus medizinischer Sicht keinen Sinn.«

»Was macht denn Sinn?«, höre ich mich fragen, obwohl ich die Frage genauso gut selbst beantworten kann. Aber ich will es hören. Ich will es verdammt noch mal hören.

»So eine Dosis überlebt man nicht.«

Ich nicke. Ich zittere. Ich schwanke. Alles vibriert, zerfällt, löst sich auf – alles. Meine Geschichte. Der Fluch meines Lebens.

Maertens: ein Name, ein Brandmal. Der Apfel fällt nicht weit vom Stamm. Das verseuchte Blut. *Verrücktes Maertensblut.* Alles. Und der Hass. Besonders der Hass.

Aus Liebe wird Hass, aber aus Hass niemals Liebe. Mir bleibt nichts mehr, nicht einmal der Hass auf mein Schicksal und das Leben. Er hat mich geschmiedet. Er hat mich angetrieben. Er hat mich vergiftet und entstellt. Und alles nur, weil der lebende Beweis nicht leben durfte. Aber Lars hat überlebt. Dann ist er nach Hause gegangen, hat seine Frau abgeschlachtet und seine zwei Kinder. Er hätte auch mich getötet, wenn ihn die Kugel nicht gerichtet hätte.

Es hat mich immer beschäftigt, warum mein Vater bei seinen letzten Worten gebetet hat. Er war nicht religiös, hat nie auch nur ein leises Amen fallen lassen, kein einziges Mal. Ich habe es mir damit erklärt, dass am Ende alle zu Gott finden. Dabei ist die Erklärung viel trivialer: Mein Vater war nicht mein Vater. Er war ein komplett anderer Mensch. Ein wild gewordener Affe. Ein Monster, erschaffen von einem anderen Monster: Theo Linde.

LARS MAERTENS

Donnerstag, 23. Januar, 09:10 Uhr

Die Tür schwingt auf. Ich trete ein. »Hallo?«

Sekunden vergehen. Niemand antwortet, doch ich höre, dass jemand da ist. Zögernd gehe ich zur Garderobe, streife mir die Schuhe ab. »Hallo-ho?« Irgendwo im hinteren Teil des Hauses wird ein Fernseher ausgeschaltet, und kleine Füße trappeln über Dielen. Plötzlich steht ein Junge im Türrahmen. Es ist nicht der Junge aus meinen Träumen, aber er sieht ihm ähnlich. »Hallo«, sage ich mit freudig zitternder Stimme.

Er wirft seinen Kopf nach hinten und grinst ins Unbestimmte. »Papa ist wieder da«, quakt er laut los. »Papa ist wieder da.«

»Hast du mich vermisst?«

Sein Zahnlückengrinsen wird noch breiter. »Nein!«

Ich stutze. »Aber ...«

»Mama!«, ruft er lauthals und tippelt davon. »Mama, Mama, Papa ist wieder da.«

Irritiert folge ich ihm, lasse meinen Blick über die Dinge gleiten, die ein Haus zu einem Heim machen. Offenbar habe ich auch eine Tochter. Offenbar verdiene ich nicht besonders gut. Aber ich habe einen Kamin. Und ich habe eine Frau. Sie steht in der Küche vor dem Herd, den Rücken zu mir gewandt. Ich räuspere mich. »Schatz«, beginne ich sachte, um sie nicht zu sehr zu erschrecken. »Ich bin wieder da.«

Ungerührt verharrt sie in Position, stochert bloß in der brutzelnden Pfanne herum.

»Schatz«, versuche ich es erneut. »Ich bin's. Ich bin zurück. Ich ...«

»Das ist kaum zu übersehen«, nimmt sie mir das Wort aus dem Mund. Sie sieht nicht einmal auf. »Geh und schlaf deinen Rausch aus.«

Mein Magen krampft sich zusammen.

»Und wasch dich. Dein Gestank ist ja bestialisch.« Sie nimmt die Pfanne von der Platte, schmeißt den Kochlöffel in die Spüle und bedenkt mich mit einem Blick, der das letzte bisschen Hoffnung in mir begräbt, dass es sich um einen schlechten Scherz oder eine Verwechslung handeln könnte: Sie kennt mich. Aber sie kann mich offenbar nicht ausstehen.

»Papa stinkt, Papa stinkt.« Der Junge flitzt um mich herum.

Was ist hier los? Was zur Hölle ist hier los? Das ist mein Haus, das weiß ich jetzt, aber es ist, als wäre es bloß die Kulisse meines Lebens, und jemand hat die Rollen ausgetauscht. Das ist nicht meine Frau, die mir einen heißen Kakao kocht, nicht mein Sohn, der zu mir aufsieht – das sind bösartige Doppelgänger. Anders kann ich mir das nicht erklären: Sie müssen mich doch vermisst haben, sie müssen mich lieben, das ist meine Familie, mein Sohn, meine Frau – wie können sie so zu mir sein?

»Papa ist doof, Papa ist doof!«, quakt der Junge jetzt und tanzt dabei.

»Bitte, sei ein bisschen leiser, ich habe starke Kopfschmerzen.«

»Dann sauf nicht so viel«, quittiert die böse Frau mein Leid. Sie kann nicht meine Frau sein. Das ist unmöglich mein Junge. Das ist alles falsch, so falsch!

»Boah, Papa.«

Ich reiße den Kopf herum, verliere beinahe das Gleichgewicht.

Ein Mädchen steht vor mir, rümpft die Nase. »Du bist ja voll ekelhaft.«

»Ich muss tagelang weg gewesen sein«, stottere ich entgeistert. »Habt ihr euch nicht gefragt, wo ich bin?«

»Wo sollst du schon großartig sein außer bei deinen Saufbrüdern?«

»Papa ist doof, Papa ist doof!«

»Ich wurde entführt!«, protestiere ich.

»Klar«, wiehert das Mädchen los. »Papa wurde von Aliens entführt, Mama. Haben sie dort schmutzige Experimente mit dir gemacht?«

Die Frau lacht. Das Mädchen lacht. Der Junge lacht. »Papa ist doof, Papa ist doof!«, kräht er immer wieder und kritzelt jetzt sogar mit einem Filzstift auf mein Hosenbein.

»Bitte, leise, mein Kopf.« Das kann alles unmöglich sein. Muss Einbildung … muss Albtraum … muss aufwachen … Wo ist mein Junge? Wo ist der Junge auf dem Eis?

»Trink halt zur Abwechslung Wasser statt Schapps.«

Dieses Gelächter.

»Ich brauche Hilfe!«

»Und ich brauche Haushaltsgeld. Aber wahrscheinlich bist du mal wieder blank.«

Dieses entsetzliche Gelächter.

»Hast du endlich Hartz überwiesen bekommen? Wir haben kaum noch Essen im Kühlschrank!«

Dieses Dröhnen in meinem Schädel.

»Papa ist doof, Papa ist doof!«

Die Stimmen, alle gleichzeitig, alle so laut, so drängend, so bohrend. »Hört auf«, flehe ich sie an. »Bitte! Ruft einen Arzt!« Diese Schmerzen, ich halte es kaum noch aus. Benommen wanke ich ein paar Schritte durch den Raum, stütze mich an die Küchentheke. Macht, dass es weggeht. Macht, dass es aufhört. Macht, dass ich aus diesem Albtraum aufwache. Das kann nicht sein, das kann es nicht geben, das ist alles falsch.

»Papa ist doof, Papa ist doof!«

Das ist nicht mein Junge! Mein Sohn liebt mich! Wir wollten gemeinsam aufs Eis gehen, ich wollte ihm Hockey beibringen und danach vor dem Kamin Kakao trinken. Ich wollte eine Zukunft haben, Hoffnung, Liebe! Aber das ist ein Albtraum. Ein Albtraum in einem Albtraum in einem Albtraum. »Geht weg«, höre ich meine Stimme knurren. »Alle weg, verschwindet.«

»Hat der Herr sonst noch Wünsche?«

Das ist nicht real. Wieder nur eine Halluzination. Ich muss zu meinem echten Jungen. Wir werden spielen, bis uns die Finger abfrieren. Wir werden Kakao trinken, das haben wir uns verdient. Ich habe mir das verdient.

»Gib mir mal lieber das Brotmesser. Paul kommt gleich mit Thea, und es ist noch nichts fertig.«

Ich blicke auf. Vor mir steht ein Messerblock.

»Bitte tu uns allen den Gefallen und verschwinde einfach wieder, ja?«

Meine Hand umschließt den Griff, zieht das Messer heraus.

»Nicht das Fleischmesser – das Brotmesser, du Idiot!«

Es muss aufhören. Es muss endlich aufhören!

»Papa ist doof, Papa ist doof!«

Das Messer fühlt sich ganz leicht an.

»Was machst du da?«

Ruhe! Frieden!

»Lauf, Emil, lauf weg!«

Der Albtraum muss enden. Ich muss enden. Alles muss enden.

»Lars! Bitte! Nein!«

Niemand kennt Verzweiflung wie ich. Niemand. Verzweiflung ist, wenn sämtliche Momente deines Lebens vergiftet wurden, wenn du nur noch aus Schmerz und Leid bestehst und jegliche Hoffnung erloschen ist. Wenn der Abgrund nicht nur vor dir und hinter dir und um dich herum klafft, sondern auch in dir. Wenn der Gedanke an den eigenen Tod keinen Funken Schrecken mehr in sich birgt. Wenn aus Verzweiflung Hass wird und aus Hass diese eine, diese unbändige, ungerichtete Wut erwächst, die alles und jeden in blutrote Schatten taucht und deinem Dasein nur noch eine Berechtigung gibt: Zerstörung. Vernichtung. Meine Seele schreit es. Mein Körper gehorcht. Und jeder verbleibende Augenblick, jeder Hieb, jeder Stich, jedes Mal, wenn sich die Klinge in Eingeweide frisst, sehe ich ihn: meinen Jungen, wie er weint. Wie er auf dem vereisten Neckar steht, mit gefrorenen Tränen und Wimpern aus Raureif. Nun habe ich auch ihn verloren: meinen wahren Sohn.

»NEIN!«

Ungläubig blinzle ich der Gestalt entgegen. Ich bin so erschöpft, so unendlich müde, sehe alles nur noch verschwommen, aber da steht jemand, jemand Neues: eine junge Frau und ein Polizist.

»Was hast du getan?«

Irritiert folge ich ihren Blicken, kneife die Augenlider zusammen, reiße sie wieder auf, doch alles bleibt, wie es ist: Der falsche Junge liegt in meinen Armen. Blut quillt aus seinem Leib, er atmet schnell, viel zu schnell.

»Was zum Teufel hast du getan?«

Das ist mein Werk. Es ist Zeit für den letzten Schritt. Wie ferngesteuert ziehe ich das Messer aus dem zuckenden Körper. Schwarze Flecken tanzen vor dem Rot. Die Luft flirrt.

»Bleib stehen!«

Der Polizist hat eine Waffe. Er wird sie einsetzen. Er wird mich damit richten und meinem Leid ein Ende setzen.

»Stopp!«

Kein Halten. Kein Ausweg. Schieß! Warum schießt er nicht? Er steht einfach nur da, rührt keinen Finger.

»Bitte! Lars!«

Ich reiße das Messer hoch. Der Polizist starrt mich bloß an. *SCHIESS! BEENDE MEIN LEBEN, SONST BEENDE ICH …*

Ein Schuss explodiert. Dann Stille. *Endlich!* Meine Beine tragen mich noch ein paar ziellose Schritte, bis ich zusammenbreche. Das Messer landet klackernd auf dem Fliesenboden. Ein schwaches Lächeln sprießt auf meinen Lippen. Der Polizist hat mich erlös-

Mein Blick fällt auf seine Hände. Sie sind leer. Neben ihm steht die Frau – die Mündung der Pistole ist immer noch auf mich gerichtet. Sie war es. Sie hat abgedrückt. Sie ist meine Erlösung.

MAERTENS

Samstag, 25. Januar, 19:14 Uhr

Der Hass auf meinen Vater war mein Antrieb. Die Liebe zu ihm meine Scham. Jetzt ist da nur noch Chaos und Überforderung. Als würde mein Innerstes vor aller Augen entblößt im grellen Schein der Wahrheit klaffen und vor sich hin rotten.

»Ich hätte es sehen müssen«, murmelt Amendt und schenkt uns zwei Gläser Single Malt ein. »Theo wollte das Scheitern des Experiments damals nicht hinnehmen und alles verschweigen, um mehr Forschungsgeld zu akquirieren und weiterzumachen, die Methode anzupassen. Es hat mich Stunden gekostet, ihn zu überreden, die Ergebnisse doch zu publizieren. Ich dachte, er wäre zur Vernunft gekommen. Offensichtlich habe ich mich getäuscht.«

Wie betäubt sitze ich da, stürze den Whisky hinunter, höre kaum noch zu.

»Verrückt« war das Wort, das jeder mit meinem Vater verband. Es lieferte die Antworten auf sämtliche Fragen, die nach dem Massaker offen blieben. Und ich habe es genauso geglaubt wie alle anderen. Dabei habe ich ihn damals gesehen, diesen Blick in seinen Augen: Es lag nichts Väterliches darin, nichts, das mich an ihn erinnert hätte. Nur nackte Leere und Verzweiflung.

Mein Smartphone vibriert: Wischer. Als ich es vorhin bei ihm versucht habe, kam nur die Mailbox. »Es hat sich im Prinzip schon erledigt«, eröffne ich mit belegter Stimme. »Es ging um

Lindes Zeit am Kümmelbacher Hof, aber Professor Amendt klärt mich gerade auf.«

»Ah, schöne Grüße an Gunther.«

Ich hebe den Blick. Amendt sieht mich fragend an. »Martin Wischer«, raune ich ihm zu. »Schöne Grüße.«

»Was wollten Sie denn wissen?«

Gedankenversunken betrachte ich den Brief meines Vaters auf Amendts Schreibtisch. Es war ein Hilferuf. Vielleicht war es nicht der einzige. »Es geht um ein Schreiben an Linde. Ein Mann bat ihn um Hilfe und wollte Teil der Studie werden. Haben Sie so etwas in der Art mitbekommen?«

Ein Zischen dringt durch die Leitung. Offenbar steht Wischer gerade am Herd. »Puh, also, da müsste ich das E-Post-Archiv durchwühlen.«

»Das E-Post-Archiv?«, frage ich und erhebe mich vom Stuhl, um mir die Beine zu vertreten.

»Wir haben damals die gesamte Korrespondenz digitalisiert. Über Postscan, das ist ein Dienst der Post. Hilft ungemein, wenn man als einziger Mitarbeiter unzählige Schreiben zu Forschungsgeldern und bürokratischen Auflagen bearbeiten muss. Alle Briefe ans Forschungszentrum gibt es als digitale Kopie. Die Festplatten habe ich noch.«

»Lässt sich dieses digitale Archiv durchsuchen?«

»Eine Texterkennung ist implementiert, ja.«

»Dann suchen Sie mir doch alle Briefe raus, die irgendwie nach einem Hilferuf klingen. Und wenn Sie schon dabei sind: Suchen Sie nach dem Stichwort ›Lars Maertens‹. Kann ich morgen bei Ihnen vorbeikommen?

Am anderen Ende der Leitung wird es still. Dann: »Haben Sie gerade Maertens gesagt?«

»Das erkläre ich Ihnen morgen, ja? So gegen Vormittag?«

»Okay«, entgegnet er zögerlich, wechselt im nächsten Atemzug jedoch den Tonfall. »Können Sie Gunther etwas ausrichten?«

Ich wende mich Amendt zu, der gerade mein Glas auffüllt. »Schießen Sie los.«

»Sagen Sie einfach nur: Ich wusste es. Er wird schon verstehen.«

»Mach ich«, antworte ich knapp. Dann lege ich auf. »Ich soll Ihnen ausrichten, dass er *es* wusste.«

Amendt schmunzelt und schenkt sich selbst ebenfalls tüchtig nach. »Hätten alle auf Martin gehört, wäre uns vieles erspart geblieben.«

»Warum hat denn niemand auf ihn gehört? Er konnte doch nachweisen, dass die Berechnungen des Neuro Hub falsch waren.«

»Niemand wollte es hören. Weil Wischer ein Grünschnabel war und Linde eine Koryphäe, damals eine sehr mächtige Koryphäe. Hinter vorgehaltener Hand wurde in der Community durchaus gemunkelt, dass Lindes Wundermaschine zumindest fragwürdig sei, aber keiner hat den Mund aufgemacht. Alle sind darauf angewiesen, dass Anträge positiv begutachtet werden, dass Forschungsgelder fließen – eine Krähe hackt der anderen kein Auge aus, so ist das eben, auch in der Forschung.«

»Und Sie haben mitgekräht.«

Amendts Gesicht versteinert. »Ich war einer der wenigen, die Martin angehört haben, doch mir waren die Hände gebunden. Linde wurde damals so bejubelt, er war unantastbar.«

»Aber mich hätten Sie warnen müssen! Sie haben mich sehenden Auges ins Verderben geschickt.«

Amendt verschränkt die Arme vor der Brust und sieht mich unverwandt an. »Ich habe Ihnen doch gesagt, dass seine Methoden umstritten sind, erinnern Sie sich? Sie wollten es genauso wenig hören wie alle anderen.«

»Umstritten, pah«, schnaube ich aus, stürze den Whisky hinunter und halte ihm mein leeres Glas hin. »Gönnen Sie mir noch einen auf dem Weg?«

Amendt zögert einen Moment, greift dann nach der Flasche und schenkt ein. »Sie wollen zu Theo?«

Ich nicke schwerfällig.

»Erwarten Sie sich nicht zu viel. Das Galantamin wirkt keine Wunder.«

»Damit wird er sich erinnern«, murmle ich und grapsche den gehefteten Papierstapel vom Schreibtisch. Und wenn ich die Wahrheit aus ihm herausprügeln muss.

Mit dem Whisky in der Hand stapfe ich aus Amendts Büro über den Flur in Richtung des Zimmers, in dem Linde und Blanchard zur besseren Überwachung zusammen untergebracht wurden. Als mich der Wachmann sieht, nickt er mir kurz zu und lässt mich ohne Weiteres passieren. Offenbar hat ihm niemand gesagt, dass ich kein Polizist mehr bin.

Der Raum schläft. Schweigend betrete ich das Zimmer, schließe die Tür hinter mir, verharre. Nervös knete ich meine Finger, lasse meinen Blick zwischen den beiden Betten hin und her wandern. Rechts liegt der Mann, der mich und meine Familie ins Verderben geschickt hat. Links der Mann, den ich ins Verderben geschickt habe. Nero. Blanchard. Opfer meiner Unfähigkeit. Ein lebendiger Geist in einem leblosen Körper. Kaum vorstellbar, was in ihm vorgehen muss, wenn er meine Stimme hört – die Stimme seines Folterknechtes. Wahrscheinlich wünscht er mir in jeder wachen Sekunde das Gleiche, das ihm widerfahren ist. Nichts anderes hätte ich verdient. Nichts anderes hätte *er* verdient.

Mein Blick springt nach rechts. Linde. Der Blender. Der Mörder. Doktor Frankenstein. Er schläft selig wie ein Kind. Seine Unbekümmertheit schürt meine Wut noch mehr. Ich stelle das Whiskyglas auf einen Tisch zwischen den Betten, lasse meine Knöchel knacken, räuspere mich laut. Nichts.

»Professor!«

Keine Reaktion. Er schläft und träumt seine sorglosen Träume. Von Erfindungen, die ihn berühmt machen, Wundertherapien, die Menschen heilen. Keine Schatten. Nur Licht. Ich sehe es in seinem Gesicht. Da ist kein Anflug von Scham, kein Hauch von Reue, nichts. Wären da nicht die Handschellen, mit denen er ans Bett gefesselt wurde, könnte man meinen, er hätte bloß eine Blinddarm-OP hinter sich. Vielleicht denkt er das sogar selbst, wenn er erwacht. Der Mistkerl hat bestimmt wieder alles vergessen.

»Professor, wachen Sie auf.«

Er rührt sich nicht.

Ich nehme den Whisky vom Tisch, kippe ihn in einem Zug hinunter und werfe das Glas mit voller Wucht auf den Boden. Jetzt ist er wach.

»Was ... was ... was ist?«

Die Splitter knirschen unter meinen Sohlen. Er sieht mich an, als würde er mich wieder nicht erkennen. Ich werde dafür sorgen, dass er mich erkennt.

»Sagen Sie es mir«, knurre ich ihn an und werfe die Aktenmappe auf seine Brust. »Was steht da? Hm?«

Linde richtet sich in seinem Bett auf, betrachtet irritiert die Papiere. »Was reden Sie da?«

»Mein Vater hat seine Familie abgeschlachtet – wegen Ihnen. Sie haben sein Gehirn geröstet! ›Sehr geehrter Herr Professor Linde, bitte nehmen Sie mich in Ihre Studie auf, hochachtungsvoll Lars Maertens!‹ Er wollte Ihre Hilfe, und Sie haben ihn benutzt.«

Linde schüttelt den Kopf, gibt wieder den verwirrten alten Mann. Keine Chance, mein Freund. So kommst du mir nicht davon.

»Lesen Sie«, blaffe ich ihn an. »Das ist sein Brief! An Sie! Das sind Ihre Aufzeichnungen über die Experimente, die wir in Ihrem Keller gefunden haben!«

»Welche Experimente? Ich kenne Ihren Vater nicht. Ich habe nie irgendwelche Briefe gelesen, unser Assistent hat sich um so etwas gekümmert ... Martin Wischer!«

Natürlich: Die Unschuld in Person weiß von nichts. Aber es ist mir egal, ob er es wirklich vergessen hat oder ob er nur so tut, als ob – so lasse ich ihn nicht davonkommen. Er wird sich erinnern. Und wenn ich es ihm ins Hirn hämmern muss.

»Helfen die Medikamente nicht?«, säusle ich mit einer Stimme, die vor falschem Mitleid nur so trieft. »Sind die Gedächtnislücken schlimmer geworden? Doktor Amendt meinte, es wird noch viel schlimmer. Sie werden bald alles vergessen, ihr ganzes Leben, wie ausgelöscht, puff, einfach weg. Sie werden vergessen, wie man schreibt, wie man spricht, wie man es auf die Reihe bekommt, sich nicht in die Hose zu pissen ... Aber wissen Sie was? Eines werden Sie nicht vergessen, das lasse ich nicht zu, verstehen Sie? Ich werde wiederkommen. Ich werde Sie besuchen, egal, wo. Und ich werde Sie immer daran erinnern, was Sie getan haben, Tag für Tag für Tag. Sie werden noch in der letzten Sekunde Ihres beschissenen Lebens wissen, wen Sie in den Tod getrieben haben, Professor, haben Sie verstanden? Von jetzt an bin ich Ihr Gedächtnis. Und ich weiche nicht von Ihrer Seite.«

»Bitte ... ich weiß nicht, wovon Sie reden«, winselt Linde wie ein geprügelter Köter, rafft die Zettel zusammen und stiert darauf. »Ich versuche ja, mich zu erinnern, aber ich erkenne nichts wieder.«

»Von wegen«, fauche ich zurück, will weiter auf ihn einreden, als mein Smartphone vibriert.

Eine Nachricht von Wischer. »Habe den Brief gefunden, ist angehängt.«

Ich klicke auf die Datei, vergrößere sie, lese, so als würde sich dadurch etwas ändern. Als würden dieselben Worte eine andere Geschichte erzählen. Doch da steht es, schwarz auf weiß und in bester Auflösung. »Sehr geehrter Herr Professor Linde, sehr …«
Ich stocke. Ungläubig glotze ich auf das Display, dann auf den Brief in Lindes Hand. Was zum …? Sie unterscheiden sich. Das ergibt doch keinen Sinn! Fahrig entreiße ich Linde den Ausdruck, versuche, die Worte zu lesen, aber sie zerfransen vor meinen Augen. Mir wird übel. Der Raum um mich herum beginnt, sich zu drehen, alles gerät in Bewegung, der Boden, die Decke …

»Geht es Ihnen gut?«, höre ich Lindes Stimme, so als wäre er tausend Kilometer entfernt.

Schnauze!, will ich antworten, aber es gelingt mir nicht. Was ist nur plötzlich los mit mir? Ist das ein Schlaganfall? Keuchend klammere ich mich am Nachttisch fest, bis meine Kraft nicht einmal dafür ausreicht. Ich gehe zu Boden, lehne mit dem Rücken an Lindes Bett. Neben mir baumelt der Notfallknopf, aber ich kann meinen Arm nicht heben. Ich kann nichts mehr.

Schwer atmend starre ich vor mich hin. Linde brabbelt irgendetwas. Der Raum wabert, verschiebt sich – ich verschiebe mich. Ich kippe zur Seite, kann nichts dagegen tun. Panisch tastet mein Blick die Umgebung ab, hangelt sich entlang der Glassplitter am Boden über den Bettpfosten hinauf zu dem gipsweißen Laken, das unter Neros Matratze festgesteckt wurde. Gedanken entstehen, verklumpen augenblicklich. Mein Herzschlag verebbt. Und das Letzte, was ich sehe, bevor ich nichts mehr sehe, ist, wie sie sich erhebt, zitternd, aber bestimmt. Wie sie sich schwerfällig und schlingernd nach oben kämpft, tastet, greift, das Unmögliche möglich macht. Ich sehe es mit meinen eigenen Augen: Seine Hand bewegt sich.

Nero.

Er ist erwacht.

LARS MAERTENS

Donnerstag, 23. Januar, 09:44 Uhr

Es ist erfüllend zu bekommen, was man will, selbst wenn es der eigene Tod ist.

Tod bedeutet Ende. Ende bedeutet kein Schmerz, kein Leid, keine Tränen und keine falsche Hoffnung. Tod bedeutet Erlösung. Die Frau hat mich erlöst.

Ich möchte ihr danken, doch meine Lippen bringen kein Wort hervor. Kraft und Energie und Leben strömen aus mir heraus, durchtränken den Stoff an meinem Leib, zwingen mich, die Augen zu schließen, aber das ist nicht schlimm. Es ist gut. Das Brennen in meiner Brust ist Freiheit. Es nimmt mir sogar das entsetzliche Dröhnen in meinem Schädel. Dieses Pochen, das mir seit Tagen den Verstand raubt, wird weniger. Der Druck lässt nach, und zum ersten Mal, seit ich in dieser Hölle erwacht bin, schleichen sich klare Gedanken ein.

Gestochen scharfe Bilder tanzen vor meinen geschlossenen Lidern: meine Mutter, mein Vater, meine erste Liebe – jetzt fällt mir alles ein. Die Schatten, die meine Erinnerungen so fest umschlossen haben, beginnen sich zu lichten, nach und nach gewinne ich mehr Momente meiner Vergangenheit zurück. Selbst mein Junge ist wieder da. Wir stehen auf dem Eis, spielen Hockey mit Ästen, die wir kaum noch halten können, so blau gefroren sind unsere Hände. Mein Junge, Paul! Ich liebe dich. Ich …

»Papa!«

Das Wort durchzuckt mich wie ein elektrischer Schlag. Mit

letzter Kraft reiße ich die Lider auf, erblicke meinen Jungen, der über mich gebeugt meinen Puls fühlt. Einen Lidschlag später ist es der Polizist. Und dann sind es beide gleichzeitig. *Paul ... der Polizist ist Paul.* Seine Tränen tropfen auf mich nieder, ich spüre sie kaum, ich spüre fast gar nichts mehr außer Kälte.

»Was hast du getan?«

Was habe ich getan? Ich weiß es wieder. Ich weiß alles, doch nicht alles lässt sich fassen. Die Bilder fegen wie ein Sturm über mich hinweg, die schrecklichen wie die schönen. Mein Junge auf dem Eis. Mein toter Junge in meinen Armen. Meine Frau, der ich ein Messer in den Hals ramme, unser erster Kuss unter einer Birke, unser erster Streit, unser erster Sohn ... Paul. Es tut mir so leid, Paul, so unendlich leid, möchte ich sagen, doch meine Lippen bleiben stumm. Der Puls in meinem Bauch ist kaum noch wahrnehmbar, der Schmerz verflogen, und mit ihm schwinden auch die Bilder, die Gedanken, ich. Alles driftet von mir, rast fernab von Raum und Zeit ins Nichts, und in diesem wirren Durcheinander aus Erinnerungen und Gefühlen schält sich ein letzter, ungerufener Eindruck heraus: ein weißer Kittel. Der Doktor. Der Doktor aus der Zeitung. Ich wollte seine Hilfe, um ein besserer Mensch zu werden. Und er ließ mich zum Sterben in diesem Verlies verrotten. Er darf nicht damit davonkommen. Paul ist Polizist. Er ist ein kluger Junge, er wird verstehen, doch meine Lippen versagen mir den Dienst. Eigentlich bin ich nicht mehr da, bin nur noch Kälte, nur Überrest. Aber manchmal schlummert selbst in jahrtausendtoten Sternen ein letztes Glimmen Leben.

Mein Mund klappt auf. Eine träge Zunge tippt unbeholfen gegen die Schneidezähne. »... Doktor ...« *Es ist so schwer, so verdammt schwer.* Ein weiteres Wort! Ein einziges! Die Ohnmacht greift nach mir, macht mir das Wort streitig ... Komm schon! Ich muss es schaffen, muss das Wort an die Oberfläche boxen, treten, kämpfen! Wieder teilen sich meine Lippen, wieder wellt sich meine Zunge, wieder strömt Luft aus meiner Kehle, und dann ertönt es, kaum hörbar, mein letztes Wort auf Erden.

»... Amen ...«

Dann wird alles schwarz. Mein Kopf rollt zur Seite. Ich kann nichts mehr sehen, nichts mehr hören, nichts mehr fühlen. Die Welt erlischt in Kälte. Und irgendwo, tief in mir drinnen, hinter dem letzten Aufflackern meiner sterbenden Seele, wo sich das Sein vom Dasein löst, wird etwas, für das es keinen Namen gibt, der Ironie meines Abgangs gewahr.

Mein versponnener Kopf hat mich mein ganzes Leben lang in Endlosschleifen gezwungen – nie habe ich etwas fertig bekommen, kein einziges Mal. Und jetzt ist es mir nicht einmal vergönnt, mein letztes Wort auf Erden vollständig auszusprechen.

Zwei Buchstaben. Eine Unendlichkeit weit entfernt.

Zwei Buchstaben. Zwei verdammte Buchstaben, und Paul hätte verstanden.

Zwei Buchstaben ...

LINDE

Samstag, 25. Januar, 19:59 Uhr

Das muss er sein: der finale Schritt ins Nichts.

Mit Fortschreiten der Lewy-Körper-Demenz werden die Symptome schlimmer. Eine der schrecklichsten sind die Wahnvorstellungen. Lebensechte Halluzinationen. So wie diese hier. Es muss Einbildung sein, anders ist dieser Wahnsinn nicht zu erklären. Der Kommissar ... Zuerst mit diesen wirren Anschuldigungen, jetzt kippt er einfach um, rührt sich nicht, dafür er: Nero. Er bäumt sich auf, seine Arme rudern durch die Luft, er stöhnt, reißt am Verband – das ist unmöglich. Kein völlig abgekapselter Locked-in-Patient ist je wieder erwacht. Das muss ein psychotischer Schub sein.

Die Tür schwingt auf.

»Gunther«, flüstere ich. »Hilf mir. Ich verliere den Verstand.«

»Hast du schon«, kanzelt er mein Flehen einfach ab und eilt zielstrebig zu Nero.

»Bitte, hilf mir! Das ist ...« Ich stocke. Wenn es Einbildung ist, warum reagiert Gunther dann auf Nero? Ist er Teil meines Wahns?

Gunther holt eine Spritze aus seiner Kitteltasche, zieht sie auf.

»Was machst du da?« Fassungslos verfolge ich, wie er Nero zurück aufs Bett drückt und ihm die Nadel setzt. »Was gibst du ihm?«

»Eine Mixtur aus Natriumthiopental, Pancuronium und Kaliumchlorid.«

Neros Hände sinken nieder, sein Körper entkrampft, bis keine Muskelregung mehr sichtbar ist. Was zum Teufel passiert hier?

»Ich verstehe nicht ... Wieso versetzt du ihn in ein künstliches Koma?«

»Die letzte Dosis war wohl zu niedrig«, antwortet Gunther in einem beiläufigen Ton, als hätte er bloß den Bus verpasst. Unbeeindruckt hantiert er an den Geräten herum, überprüft die Werte, deckt Nero wieder zu. »Eigentlich sollte er nicht aufwachen. Zum Glück bin ich rechtzeitig gekommen.«

»Aber ... er ist doch komplett eingeschlossen.«

Mit einem Ruck wendet er sich mir zu, schnaubt aus. »Das ist typisch für dich, Theo. Nach allem, was du inzwischen über dich weißt, hältst du dich immer noch für so schlau. Dieser Mann hatte nie das Locked-in-Syndrom. Ich halte ihn im künstlichen Koma. Du bist darauf hereingefallen, so wie alle anderen auch. Der Kommissar wollte eine Augenbewegung gesehen haben, die nicht da war. Du hast dich von ein paar gefälschten Werten blenden lassen, und deine schwachsinnige Maschine hat den Rest erledigt.«

Mein Mund klappt auf, doch die Worte wollen nicht kommen. Zu viele Gedanken wirbeln gleichzeitig durch meinen Kopf, zu viele Fragen toben und tanzen und blockieren sich gegenseitig. Ich verstehe nichts. Es muss ein Albtraum sein, eine Wahnvorstellung. Jetzt sehe ich noch, wie Gunther sich über den Kommissar beugt, seinen Puls überprüft und dessen Smartphone an sich nimmt. Bestimmt träume ich, aber bald schon werde ich aufwachen. Dann werde ich wieder klar sein, zumindest für den Moment.

»Tatsächlich«, sagt Gunther und zoomt etwas auf dem Display heran. »›Sehr geehrter Herr Professor Linde, sehr geehrter Herr Professor Amendt ...‹. Es gab digitale Kopien der Briefe, wusstest du davon? Ich wusste es nicht, aber ich hätte es mir denken können, so penibel, wie Wischer war. Dann hätte ich mir die Arbeit ersparen können, meinen Namen auf der Kopie zu löschen.«

Kopie? Anschreiben? Ich verstehe es einfach nicht. Ich will auch gar nichts verstehen, ich will einfach nur, dass dieser Wahnsinn aufhört. Wie betäubt starre ich auf den Kommissar, der regungslos am Boden liegt. Alles wirkt so echt. Und wenn es doch keine Einbildung ist? »Was ist mit ihm?«

Gunther zuckt die Schultern. »Er hat einen ähnlichen Mix bekommen wie sein Freund hier, aber das wirst du ohnehin bald vergessen haben.«

Verdattert beobachte ich, wie Gunther Maertens' schlaffen Körper in die stabile Seitenlage bringt. Er hat denselben verbissenen Ausdruck im Gesicht, mit dem er damals immer herumgelaufen ist, als die Affen im Kümmelbacher Zentrum zunehmend rabiater wurden. Dieselbe glühende Wut, mit der er auf mich eingeredet hat. Ich erinnere mich klar und deutlich: Er wollte die Ergebnisse zurückhalten, er wollte weitermachen, er wollte …

Mein Blick fällt auf die Papiere, die mir der Kommissar an den Kopf geworfen hat. Ich überfliege die Zeilen erneut. Und plötzlich wird mir klar, dass nichts von diesem Wahnsinn Einbildung ist. Es ist Realität. »Du hast damals seinen Vater behandelt«, wispere ich atemlos. »Du hast ihn umgebracht. Und jetzt willst du den Kommissar umbringen.«

Gunther zuckt mit den Achseln. »Und alles nur wegen einer digitalen Kopie. Was Kleinigkeiten oft ausmachen, nicht?« Unbeeindruckt hantiert er weiter an Maertens herum, zieht sein Bein in den rechten Winkel, betrachtet sein Werk kurz und scheint zufrieden. »Pass auf, Theo.« Er richtet sich auf, wischt sich die Hände am Kittel ab und bedenkt mich mit diesem herablassenden Blick, den früher nur die Affen in den Käfigen zu spüren bekommen haben. »Ich werde jetzt den Notrufknopf betätigen, die Pfleger kommen, und ich erzähle, dass der Kommissar schlagartig starke Kopfschmerzen bekam, ins Taumeln geriet und umgekippt ist – ein Schlaganfall vermutlich. Wir werden ihn rausbringen, und du sitzt da wie ein braver Patient und schweigst, verstanden?«

»Warum hast du das getan? Du hast doch gesehen, was es mit den Affen gemacht hat – wieso musstest du einen Menschen bestrahlen?«

Sein Mund formt sich zu einem bitteren Lächeln. »Man schreibt keine Geschichte, wenn man aufgibt, Theo. Mut schreibt Geschichte. Gerade du müsstest das verstehen. Und jetzt sei brav und schweig.«

Ich schlucke schwer. »Warum sollte ich schweigen?«

Wieder ernte ich ein Schulterzucken. »Es wäre besser für dich. Du hast die Wahl zwischen einem gnädigen Ende oder einem qualvollen, unendlich erniedrigenden Dahinsiechen. Ich dachte dabei an Pentobarbital, was meinen Sie, Herr Kollege? Im Blut nicht nachweisbar, jedoch äußerst wirksam: Deine Demenz wird sich so schlagartig verschlimmern, dass selbst drastische Mittel wie Elektroschocks gerechtfertigt wären. Sie bringen wenig außer Leid, aber du kennst ja bestimmt die Studienlage. Willst du das, Theo? Willst du als sabberndes Häufchen Elend enden?«

Mein Blickfeld verschwimmt. Tränen kriechen über meine Wangen, und ich schäme mich ihrer. Meine Angst ist das Letzte, was ich Gunther gönne, aber ich bin zu schwach, um mich ihrer zu erwehren. »Das ist mir egal«, presse ich zwischen den Zähnen hervor, doch das EKG-Gerät verrät mit jedem drängenden Piepsen, dass dem nicht so ist.

»Dann sprich«, entgegnet Gunther amüsiert und fischt nach dem Notfallknopf an meinem Bett. »Erzähl allen, was hier passiert ist. Der Entführer und Mörder Theo Quacksalber Linde hat mal wieder etwas Abenteuerliches gesehen. Was war es diesmal, hm? Ein Unfall, der ein Mordanschlag war? Bist du einer Verschwörung auf der Spur, einer ganz großen Sache?« Er drückt den Alarmknopf, beugt sich so weit zu mir herunter, dass sein Gesicht dicht neben meinem schwebt, und flüstert: »Glaubst du wirklich, dass man dir jemals wieder auch nur ein Wort glaubt?«

Eine Sekunde verstreicht. Noch eine und noch eine. Dann wird die Tür aufgerissen. Ein Pfleger stürmt herein, alarmiert sofort weitere Mitarbeiter. Gunther ruft ihnen irgendetwas zu, alle stürzen sich auf den Kommissar, Kommandos schallen lautstark durch den Raum, während ich reglos und stumm dasitze. Gunther hat recht. Niemand wird mir glauben. Ich war einst der renommierteste Hirnforscher Deutschlands. Jetzt bin ich nur noch eins: ein verwirrter alter Mörder.

Sie hieven Maertens auf ein Bett, schieben ihn auf den Flur. Das Zimmer leert sich. Nur Gunther bleibt in der Tür stehen und wendet sich mir noch einmal zu. Er lächelt. Und seine Lippen formen ein Wort.

Brav.

Bis ich wieder klar denken kann, ist der Trubel vor meinem Zimmer längst verhallt. Brav. Dieser Dreckskerl. Auch wenn mir niemand glauben wird – ich muss es zumindest versuchen. Ich muss alles aufschreiben, jemanden informieren, warnen, aber wen? Vielleich die Pfleger? Die werden es nur Gunther melden. Der Wachposten vor der Tür!

Ich will aufstehen, kann nicht. Verdammte Handschellen. »Hey!«, rufe ich laut aus. »Polizei! Kommen Sie rein! Maertens hatte keinen Schlaganfall! Er wurde betäubt! Gunther wird ihn umbringen. Hallo? Hören Sie mich?« Angestrengt recke ich den Hals, spähe zur Tür, aber nichts rührt sich. Wahrscheinlich hält mich der Posten für verrückt. Es ist genau, wie Gunther sagt: Ich bin ein durchgeknallter Mörder, ein dementer Greis – wer soll mir glauben? Vielleicht … Das ist es: Ich darf nicht ich sein!

Ein anonymer Hinweis an die Polizei, das müssen sie ernst nehmen.

Wo ist mein Handy? Natürlich weg. Sie haben mich ans Bett gekettet und mir alles genommen. Mein Blick fliegt durch den Raum, bleibt am Patiententerminal hängen. Ein Hoch auf die moderne Technik: Bequem vom Bett aus Fernsehen, im Internet surfen, Radio hören und telefonieren. Hastig ziehe ich den Bildschirm zu mir, reiße den Hörer von der Station und wähle die 110.

Nichts passiert.

»Die Nummer, die Sie gewählt haben, ist aus Sicherheitsgründen gesperrt.«

Verdammt. Die 112? Auch blockiert. Wahrscheinlich rufen zu viele Patienten den Rettungsdienst, weil die Schwester nicht schnell genug mit den Tabletten antrabt. Wen kann ich sonst anrufen? Wer fällt mir ein? Meine Finger schweben über den Nummerntasten. Es gibt niemanden. Alle Bekannten und Wegbegleiter wissen aus den Medien, was ich getan habe, sie halten mich für das Letzte, sie werden mir nicht zuhören. Mal davon abgesehen, kenne ich keine einzige Telefonnummer auswendig. Was soll ich nur tun? Gunther wird bestimmt gleich zurückkommen, er …

Nummern? Nummern!

Fahrig schoppe ich den Krankenhauskittel hoch, stiere auf meinen Unterarm, überlege. Das ist meine einzige Chance.

Vielleicht habe ich da draußen keine Freunde.

Aber ich habe unzählige Feinde.

LINDE

Samstag, 25. Januar, 22:36 Uhr

Die Sekunden schreiten gnadenlos voran. Zeit ist mein schlimmster Feind.

Wiederhole es, Theo! Merke es dir: Gunther hat Maertens' Vater umgebracht. Er hat ihn heimlich behandelt und dann mit einer letalen Dosis bestrahlt. Er wollte die Beweise vernichten und will es jetzt auch: Er wird Maertens töten, vergiss das nicht. Halte die Information fest. Wiederhole es: Gunther hat Maertens' Vater umgebracht. Er hat ihn ...

»Na, alter Kompagnon? Erinnerst du dich an mich?«

Ich reiße den Kopf hoch. Gunther. Er ist zurückgekommen.

»Die Wache vor der Tür ist kurz einen Kaffee holen gegangen«, sagt er mit stoischer Ruhe und löscht das Licht, so dass nur noch der Mond und die Notbeleuchtung den Raum erhellen. »Ich habe ihm versichert, dass ich dich im Auge behalte.«

»Was hast du mit Maertens gemacht?«

»Du erinnerst dich also, sehr schön. Die Medikation zeigt Wirkung.« Er tritt ans Fenster, wirft einen kurzen Blick hinaus und wendet sich dann mir zu. »Wir haben ihn ins Notaufnahmen-MRT geschoben. Er hat Glück gehabt: Ein Schlaganfall mitten im Krankenhaus, und dazu findet ihn auch noch der Direktor der Neurologischen Klinik – Fortuna ist ihm hold. Gott sei Dank habe ich das geplatzte Hirnaneurysma sofort erkannt, irgendein Wald-und-Wiesen-Radiologe hätte es vielleicht übersehen. Er wird gerade für die Operation vorbereitet.«

»Ich nehme an, du nimmst dich der OP persönlich an, und Fortuna ist abgemeldet.«

Er lüpft eine Augenbraue. »Fehler passieren. Selbst uns Göttern in Weiß.«

»Ein Mord, um einen anderen zu verdecken. Du bist wirklich das Letzte.«

»Ich werde dazu gezwungen. Der Kommissar hätte das originale Schreiben seines Vaters gesehen und sich unweigerlich gefragt, weshalb in der Kopie mein Name fehlt. Es gibt gar keinen anderen Schluss, als dass die Kopie gefälscht wurde, und es gibt auch wenig Spielraum, wer das getan haben sollte und warum.«

»Warum hast du es denn gefälscht? Du konntest doch unmöglich wissen, was jetzt – mehr als zehn Jahre später, passieren wird.«

»Natürlich nicht. Ich habe damals auch nicht damit gerechnet, dass Lars Maertens überleben würde. Die letzte Bestrahlung war so stark, dass sie ihn hätte töten sollen – so war zumindest der Plan. Wahrscheinlich hätte man seine Leiche erst Jahre später in dem stillgelegten Trakt des Forschungszentrums gefunden und es für den bedauerlichen Unfall eines notorischen Trinkers gehalten, der sich in seinem Delirium eingeschlossen hatte. Ich hätte niemals damit gerechnet, dass es ihm gelingt zu entkommen, und schon gar nicht, dass er seine Familie abschlachten würde. Das Experiment hielt leider einige Überraschungen bereit. Ich hatte auch Sorge, dass die Polizei es schafft, die Spur irgendwie zu mir zurückzuverfolgen. Für gewöhnlich werden bei Obduktionen keine Strahlenschäden abgeklärt, aber hundertprozentig sicher konnte ich nicht sein. Also habe ich die Brotkrumen zu dir gelegt. Alles, was ich tun musste, war, meinen Namen auf dem Anschreiben mit einem weißen Blatt Papier zu überdecken, die Kopie des Briefes zusammen mit den Aufzeichnungen in deine Unterlagen zu schmuggeln, und schon warst du derjenige, zu dem die Spur führte. Und jetzt, Jahre später, frisst mir ausgerechnet Maertens' Sohn die Krumen aus der Hand.«

»Aber er wollte sie nicht so recht schlucken.«

Gunther schnalzt mit der Zunge. »Wer kann schon ahnen, dass Wischer digitale Kopien hat. Zum Glück habe ich einen guten Draht zu Martin. Ich werde später bei ihm vorbeischauen. Mal sehen, wie der Besuch verläuft.«

Meine Hand ballt sich zur Faust. »Wie viele Menschen sollen noch sterben, nur damit du davonkommst?«

»Fressen oder gefressen werden, Theo. So war es immer, und so wird es immer sein. Das hast du damals schon nicht begriffen und unser beider Zukunft leichtfertig verspielt.«

»Die Behandlung hat nicht funktion-«

»Weil du aufgegeben hast!«, fährt er mir empört ins Wort. »Es hätte wirken können, wir hätten Geschichte geschrieben, die ganz große Geschichte. Psychische Krankheiten mit nur wenigen Bestrahlungen heilen – das schreit nach einem Nobelpreis, Theo, unsere Namen wären um die Welt gegangen. Aber du musstest ja unbedingt den Fehlschlag publizieren. Du hast unsere Zukunft weggeschmissen für diesen Lustknaben und deine Schwachsinnsmaschine.«

Mir stockt der Atem. »Du wusstest von Lukas?«

»Kenne deine Freunde, denn sie können deine größten Feinde werden. Ich wusste alles über dich, mein Freund. Ich habe euch beobachtet, bin Lukas gefolgt, habe ein paar hübsche Fotos geknipst. Eigentlich wollte ich dich damit erpressen, aber als er diesen Unfall hatte, wurde mir die Sache zu heikel. Aus heutiger Sicht muss ich sagen, eine weise Entscheidung. Wahrscheinlich hättest du mich entführt und in irgendeinem Verschlag verenden lassen.«

Fassungslos starre ich ihn an, versuche, seine Worte zu verarbeiten. Lukas hatte Angst, er fühlte sich beobachtet – das war

Gunther. Er hat ihn verfolgt, vielleicht sogar ... »Du!«, platzt es aus mir heraus. »Du hast Lukas den Hang hinabgestoßen!«

Gunther verdreht die Augen. »Das hättest du wohl gerne, nicht wahr?« Kopfschüttelnd kommt er auf mich zu und vergräbt die Hände in seinen Kitteltaschen. »Nein, Theo, damit habe ich nichts zu tun. Ich habe lediglich deine Maskerade auffliegen lassen. Der ›Gedankenleser‹ – pah! Von wegen.«

»Darum geht es dir? Die Schlagzeilen? Die Zeitungsartikel? Du bist eifersüchtig?«

»Eifersüchtig?« Er reißt die Augenbrauen hoch. »Auf dich? Du bist ein Scharlatan, Theo, ein Rattenfänger, auf den die Medien reingefallen sind.«

»Ich bin also der Scharlatan und du das verkannte Genie, verstehe. Aber sag mir eins: Warum hast du nicht ohne mich weitergemacht? Wieso hast du die Studie nicht alleine fortgesetzt?«

Sein Gesicht wird hart.

»Weil du ein Mitläufer bist«, beantworte ich meine Frage selbst. »Du hast in deinem Leben nie etwas Eigenes auf die Beine gestellt! Du hast diesen armen Teufel bestrahlt, und als das Scheitern sichtbar wurde, was hast du da getan, hm? Hast du dein Hirn benutzt, um ihm zu helfen? Um die Methode zu verbessern? Nein, denn dazu fehlt dir der Verstand, die Ideen, der Mut, einfach alles. Du kennst nur Zerstörung. Die Beweise vernichten und deinen Arsch in einen sicheren Job retten – mehr hast du nicht fertiggebracht.«

Gunthers rabenschwarze Pupillen fixieren mich eisern. Ich rechne jeden Moment damit, dass er mir ein Skalpell in den Hals rammt, als die Härte plötzlich aus seinem Gesicht weicht. »Weißt du was?«, entgegnet er mit seinem gewohnt blasierten Lächeln um den Mund. »Vielleicht warst du tatsächlich der bessere Wissenschaftler von uns beiden. Aber Ideenreichtum? Mut? Keiner unserer ach so geschätzten Kollegen hat es gewagt, dich auffliegen zu lassen, alle haben sich weggeduckt vor dem großen Theo Linde. Aber ich nicht. In dem Moment, als der Kommissar auf die Intensivstation kam und die Geschichte von dem Entführer und dem verbliebenen Opfer erzählt hat, wusste ich, was zu tun ist. Niemand wollte sehen, dass deine Maschine nicht funktioniert. Ich habe dafür gesorgt, dass sie hinsehen müssen! Der Locked-in-Patient, der keiner ist und dessen Antworten keinen Sinn ergeben – quod erat demonstrandum: Der Gott in Weiß ist ein Betrüger. Alles, was danach kam, war reines Vergnügen. Du und dein wirrer Geist haben dem Ganzen den Feinschliff verpasst: Dass du diese Leute selbst entführt hast – diese Fügung des Schicksals, dieses i-Tüpfelchen, das war derart grandios, ich habe mich köstlich unterhalten. Danke, Theo. Ich wollte deinen Namen bloß in den Dreck ziehen, aber du hast es geschafft, dass er für immer und ewig als Schandmal dienen wird. Frankenstein, Mengele, Linde. Das Triumvirat des Grauens.«

Ich will etwas entgegnen, belasse es dabei. Es wurde alles gesagt, was gesagt werden muss. »Und jetzt?«, frage ich mit heiserer Stimme. »Für einen Mann, der auf Nummer sicher geht, hältst du ziemlich lange Reden.«

»Wie gesagt, mein alter Kompagnon, dir wird ohnehin niemand glauben. Aber du hast recht: Vorsicht ist besser als Nachsicht.« Etwas blitzt in seiner Hand auf. Eine Nadel.

»Pentobarbital, nehme ich an?«

Er hebt die Spritze an, hält sie ins Mondlicht und drückt die Luft aus dem Mantel. »Hast du noch etwas zu sagen, bevor sich der kümmerliche Rest deines Verstandes verabschiedet?«

Ich schlucke. »Danke.«

Gunther hält inne. »Danke? Für was?«

»Für die Behandlung. Das Galantamin hat mir geholfen. Ich habe nicht vergessen. Und ich habe dafür gesorgt, dass niemand es vergisst.«

»Wie meinst du ...«

Draußen werden Stimmen laut.

Gunther wirbelt herum, starrt irritiert zur Tür. Er sollte lieber auf das Patiententerminal schauen, dann würde er merken, dass der Telefonhörer nicht auf der Basisstation liegt und die ganze Zeit über eine Verbindung besteht. Aber dafür ist es ohnehin zu spät.

»Klopf, klopf«, dringt es mit slawischem Zungenschlag aus dem Hörer. Im nächsten Moment schwingt die Tür auf, und die passende Visage dazu erscheint.

»Professorchen«, wendet sich der Mann mit einem höhnischen Grinsen an mich und nimmt sein Smartphone vom Ohr. »Bin ich froh, dass Sie mich doch noch angerufen haben. Wir haben ja so viel zu besprechen.«

Gunthers überhebliche Miene verfällt. Er lässt die Spritze in seiner Kitteltasche verschwinden, versucht, sich nichts anmerken zu lassen. »Wer sind Sie?«, fragt er fassungslos. »Was wollen Sie hier?«

»Milan Eić«, stellt sich mein persönlicher Schatten vor – er trägt dieselbe Bomberjacke wie vor der Uni. »Ich berate den Professor in finanziellen Dingen. Sie müssen der Doktor sein, der den Kommissar auf die Bretter geschickt hat, richtig?«

Gunther zuckt zusammen.

»So verwundert? Haben Sie nicht bemerkt, dass wir die ganze Zeit telefonieren? Der Professor meinte, er hätte da eine Sache, die mich interessieren könnte, und ich muss sagen ...« Er bricht ab, wischt über sein Smartphone, und plötzlich ertönt Gunthers Stimme: »Fressen oder gefressen werden, Theo. So war es schon immer, und so wird es immer sein.« Er fixiert Gunther. »Es klingt tatsächlich sehr interessant.«

»Was wollen Sie«, knurrt Gunther verächtlich. »Geld?«

»Wenn es nach mir ginge, ja.«

Mein Herz setzt einen Schlag aus. Was soll das, das war nicht die Abmachung.

»Wenn es nach mir ginge …«, fährt Milan fort und blickt mich mit seinen verschatteten Augen an, »… würde ich Sie einfach erpressen, und unser Professor hier macht ein laaaaaanges Nickerchen.«

Die Abmachung war, dass ich meinen Aufenthaltsort verrate und mich selbst ausliefere, im Gegenzug sollten sie Gunther stoppen und die Aufnahme der Polizei übergeben. Aber Halsabschneider wie er halten sich an keine Abmachungen. Wie konnte ich nur so naiv sein?

Die Tür schwingt erneut auf. Zwei Schlägervisagen quetschen sich herein, schleifen den reglosen Wachposten hinter sich her. Weitere Hünen folgen. Offenbar sind sie im Dutzend angerückt.

»Sie tanzen uns schon viel zu lange auf der Nase herum, Professorchen.« Milan bugsiert Gunther ruppig zur Seite und tritt an mein Bett. Wieder blitzt etwas im Mondlicht auf. Doch diesmal ist es keine Spritze. »Wenn es nach mir ginge, würde unser Weg hier und jetzt enden«, raunt er mir zu und schiebt den Schlüssel ins Schloss. »Aber es geht leider nicht nach mir.« Er öffnet meine Handschellen. »Mitkommen. Alle beide. Gospodar želi da te vidi.«

MAERTENS

Samstag, 25. Januar, 23:11 Uhr

Am Ende einer riesigen dunklen Höhle wallen träge Geräuschwolken gegen nackten Fels. Ab und an schießen Klangspitzen daraus hervor. Mal ist es ein Piepen. Mal ein Wummern. Gelegentlich bilde ich mir ein, Stimmen zu hören, aber ich verstehe nicht, was sie sagen. Ich verstehe gar nichts. Ich bin mir nicht einmal sicher, ob ich noch lebe. Ist das der Tod? Fühlt er sich so an? Erstarrt und erkaltet bis in alle Ewigkeit?

Aber warum spüre ich dann meinen Körper? Nicht viel, nur ein bisschen. Etwas kratzt an meiner Hülle – an meinem Kopf, glaube ich. Als würde mir jemand die Haare abrasieren. Schemen aus Licht und Schatten tanzen auf meinen Augenlidern, sogar riechen kann ich noch. Ist das Desinfektionsmittel? Bin ich in einem Krankenhaus? Ich will die Augen öffnen, aber ich kann nicht, will mich aufbäumen und bleibe trotzdem liegen. Mein Körper ist starr und bleischwer. Er fühlt sich an wie damals: am Tag, an dem meine Familie starb.

Der Tag, an dem auch ich sterben sollte.

Ich konnte mich genauso wenig bewegen wie jetzt. Ich konnte sehen, wie der kleine Körper meines Bruders in seinen Armen lag, wie immer mehr Blut aus seinen Wunden zu Boden troff und das Zucken seiner Glieder schwächer wurde. Ich konnte den Angstschweiß im Raum riechen. Aber ich konnte mich nicht regen. Nicht die kleinste Muskelregung. Selbst als mein Vater das Messer erhob und es gegen mich richtete, blieb ich starr. Ich, der Polizist, der seine Dienstwaffe nur einen Handgriff entfernt im Holster hatte, stand wie betäubt da. Er hätte mich abgestochen wie den Rest der Familie, und ich hätte es zugelassen. Weil Liebe schwächt. Liebe macht angreifbar, sie tötet, und du lässt es zu, denn sie ist stärker als der Wille zu leben. Sie ist Medizin und Gift zugleich.

Ich habe meinen Vater geliebt. Danach habe ich nie wieder geliebt. Ich habe jede Gefühlsregung in mir abgetötet, keine Emotionen zugelassen, alle Brücken abgebrannt. Ein Leben unter dem selbst auferlegten Diktat der Gleichgültigkeit. Die Kälte war meine einzige Waffe gegen den Albtraum, der mich seither verfolgt. Sie wurde ein immer größerer Teil von mir, bis nichts anderes übrig blieb und sich alle von mir abwandten. Kollegen. Freunde. Thea ...

Vielleicht ist das doch der Tod. Verdammt dazu, das Joch des irdischen Lebens weiterzutragen. Bis ans Ende aller Tage zu bereuen, dass ich Thea habe gehen lassen. Sie zog damals meine Dienstwaffe aus dem Holster. Sie erschoss meinen Vater. Sie hat getan, was getan werden musste. Es war das einzig Richtige. Aber die Tragweite dessen, was sie getan hat, lag jenseits von Richtig und Falsch. Sah ich sie, sah ich meinen Vater sterben. Die Bilder kamen automatisch, waren einfach da, losgelöst von aller Vernunft, eingebrannt auf meiner Netzhaut. Um sie loszuwerden, musste ich den einzigen Menschen loswerden, der noch lebte und der einen Platz in meinem Herzen hatte. Thea.

»Gospodar.«

Das Wort explodiert in mir, schlägt eine Bresche in die Dunkelheit, reißt mich aus dem Malstrom meiner Gedanken. *Gospodar ...* das ist eine uralte slawische Bezeichnung für Fürst oder Hausvater. Das letzte Mal habe ich dieses Wort vor Jahren gehört, von Thea. Sie nannte ihren Vater so. Alle nannten ihn so, er war das Oberhaupt der Eić-Familie. Warum begegnet es mir ausgerechnet jetzt? Kann es sein, dass ...

Etwas in mir gerät in Bewegung. Mein Herz beginnt zu rasen, die Geräuschwolke um mich herum zerfällt in ihre Bestandteile und wird zu einem Summen, Piepen, Knacken; ich höre mehr und mehr Stimmen. Zunächst nur Silbenklumpen, fasrige Wortfetzen: »Adrenalin«, rollt es über mich hinweg. »Platz da.« Die Geräusche werden jetzt immer prägnanter. Die Dunkelheit um mich herum verblasst. Schemen der Welt brechen durch. Und plötzlich umgibt mich die nackte Kälte eines Krankenhauszimmers. Klarheit überfällt mich: Linde, Amendt, mein Vater – ich weiß wieder, wie ich hier gelandet bin und warum. Aber das, was meine Augen erfassen, ergibt dennoch keinen Sinn.

Thea. Ich sehe Thea.

Ich sehe Thea und hinter ihr Milan mit ein paar seiner Schläger. Ich sehe Pfleger und Krankenschwestern, die mich mit offenem Mund anstarren. In der Ecke kniet der Professor. Neben ihm ... »Amendt«, kommt es mir heiser über die Lippen. »Er hat meinen Vater umgebracht. Er hat ...« Meine Stimme versagt. Das Piepen um mich herum beschleunigt sich.

»Ruhig, Paul, mach langsam.«

Theas Stimme. Ihre Hand auf meiner. Sie ist es wirklich.

»Was ... was machst du hier?«

»Deinen Arsch retten. Wie immer.«

»Meinen ...« Mir wird schwindelig.

»Was ist mit ihm?« Theas Tonfall bekommt einen Einschlag, den ich nicht kenne. Scharf. Befehlsgewohnt. Dominant.

»Das ist normal, wenn jemand so plötzlich aus dem künstlichen Koma geholt wird«, höre ich Amendt antworten. Einer der Pfleger beginnt eifrig zu nicken, alle anderen steigen mit ein.

Sie will sich von mir lösen, doch ich lasse ihre Hand nicht los. Ich habe Angst, dass sie sich jeden Moment in Luft auflösen könnte.

»Alles gut, Paul«, redet sie mir zu und streicht sanft über meine Schläfe. »Ich kümmere mich um dich.«

»Gospodaru, trebali bismo požuriti.«

Ich blicke auf. Eine neue Schlägervisage ist aufgetaucht und …

»Uskoro ćemo završiti.«

… Thea antwortet? »Du?«, frage ich perplex. »Gospodar? Du? Du bist das Oberhaupt des Eić-Clans? Du wolltest doch nie etwas mit den Machenschaften deiner Familie zu tun haben.«

»Nein. Eigentlich wollte ich mein Studium beenden, ein bisschen Geld verdienen, einen angehenden Polizisten heiraten und Kinder mit ihm bekommen. Aber der Polizist wollte nicht. Pläne ändern sich. Ansichten auch.«

Völlig verdattert starre ich sie an, sekundenlang, als mein Blick auf das Medaillon fällt, das ich ihr damals geschenkt habe und in dem sie das Bild ihrer Tochter aufbewahrt. »Du hast doch Familie, ein kleines Mädchen.«

Sie verdreht die Augen. »Typisch«, entgegnet sie patzig. »Alle meine Vorgänger hatten auch Familie und Kinder, aber da hat es niemanden gestört, denn es waren ja Männer. Der Eić-Clan wurde immer von Männern angeführt, und weißt du was: Das war scheiße! Meine Brüder, meine Cousins, mein Vater, alle waren sie ständig im Knast oder knapp davor, alle haben diese Familie wie eine Verbrecherbande geführt und nicht wie eine Organisation. Es war Zeit für einen neuen Weg. Meinen Weg.«

Mein Blick springt zu Milan, der zähneknirschend hinter ihr steht, aber keinerlei Anstalten macht, ihr zu widersprechen. *Gospodar … sie ist es tatsächlich.* Die halbe Heidelberger Polizei wird von meiner Ex an der Nase herumgeführt. Wenn ich doch gestorben bin, muss das der Himmel sein, und Gott hat Humor.

»Ljudi postaju nervozni.« Ein weiterer Hüne steht in der Tür.

Thea räuspert sich. »Das Personal wird nervös, wir sollten gehen. Aber vorher müssen wir noch etwas klären.« Sie nickt in Richtung Linde und Amendt, die auf dem Boden knien, flankiert von zwei Schlägertypen. Einer davon trägt seine Jacke offen. Er versucht nicht einmal, die Glock zu verbergen. »Was machen wir mit den beiden?«

»Was meinst du damit?«

Es verstreichen einige Sekunden, in denen mich Thea einfach nur ansieht. Dann: »Raus! Nur die beiden Eierköpfe bleiben.«

Alle gehorchen ihr aufs Wort. Milan und die Schlägertruppe dirigieren das Personal hinaus, schließen die Tür hinter sich. Linde und Amendt sehen verstohlen auf. Jetzt erst bemerke ich, dass die beiden mit Handschellen aneinandergekettet sind.

»Wir haben eine Tonaufnahme, auf der Doktor Tod hier über die Experimente an Lars und den Anschlag auf dich plaudert«, erklärt Thea und verschränkt dabei die Arme vor der Brust. »Fragt sich nur, ob sein Anwalt besser ist als der Staatsanwalt. Es gibt natürlich auch Möglichkeiten ohne Anwälte.«

»Nein, bitte«, heult Amendt auf, will aufstehen, doch die Pranken seines Bewachers halten ihn zurück. »Es tut mir leid, wirklich! Ich werde alles gestehen, ich verspreche es!«

Wie betäubt verfolge ich sein Flehen, versuche, einen klaren Gedanken zu fassen, doch mein gepeinigter Verstand möchte sich am liebsten in einer Ecke zusammenrollen und weinen. Etwas in mir schreit danach, Thea freie Hand zu lassen, aber das ist nicht die einzige Stimme. Die andere hat einen Amtseid geschworen. Und auch wenn ich kein Polizist mehr bin, fühle ich mich dem immer noch verpflichtet. Teilweise ...

»Paul?«, bohrt Thea nach. »Wir haben nicht viel Zei-«

Die Tür wird aufgerissen. Milan platzt herein. »Es muss einen stillen Alarm geben«, keucht er atemlos. »Die Bullen sind da.«

Thea wirft mir einen raschen Blick zu, nickt dann in Richtung Linde und Amendt. »Einpacken.« Die Schläger hieven sie hoch, zerren sie an den Handschellen mit sich.

»Thea, warte!«, rufe ich ihr nach, aber sie ignoriert mich. Draußen setzt Trubel ein. Nervosität zeichnet ihr Gesicht. Und kaum, als sie zur Tür hinaus sind, kommt noch etwas hinzu: Angst.

»Polizei!«, peitscht es durch den Flur. »Stehen bleiben.«

Jede Bewegung erstarrt. Von meinem Bett aus sehe ich, wie es in Thea arbeitet. Wie die Schlägertruppe sich verstohlene Blicke zuwirft. Vor allem aber sehe ich eines: Milans Hand. Sie wandert hinter seinen Rücken.

»Auf den Boden!«

Thea bemerkt es auch. Sie zischt ihm etwas zu, doch Milans Hand wandert weiter.

»Ich sagte, auf den Boden mit euch!«

Mein Herz macht einen Satz. Sie werden schießen. Das geht nicht gut aus, für niemanden. »Maertens«, brülle ich mit allem, was ich an Kraft aufbringen kann. »Kommissar Maertens! Nehmt die Waffen runter, ich kann das klären!« Doch die Spannung ist zu groß. Meine Stimme verglüht. Und Milans Finger verschwinden unter seinem Sakko.

»Thea!« Unsere Blicke treffen sich. Die Welt verstummt. Eine unendlich lange Sekunde verstreicht. *Nein. Nicht so. Nicht jetzt. Ich darf sie nicht wieder verlieren!*

Ein Lichtreflex auf gebürstetem Stahl. Milan reißt eine Pistole hoch. Und das Unabwendbare setzt ein.

Schüsse explodieren, einer, zwei, dann nur noch Garbendonner. Schrotflinten und Halbautomatik aus naher Distanz. Glas und Blut und Mauerwerk spritzen, Leiber gehen zu Boden, Leben enden. Tod auf dem Präsentierteller. Chaos überall. *Wo ist sie?*

Neben mir reißt ein Querschläger einen Brocken Putz aus der Wand. Ich rolle mich aus dem Bett, verheddere mich in Schläuchen und Kabeln, reiße mich los, krieche über den Boden in Richtung Blutbad. »Thea!«

Immer noch Schüsse. Scheiben gehen zu Bruch. Die entstellte

Fratze eines der Schläger gafft mich mit leeren Augen an. Schreie gellen auf. Ein Alarm schrillt. Thea, wo ist sie? Ich sehe sie nicht. Ein weiterer Mann geht zu Boden, sackt direkt vor mir zusammen. Mit aller Kraft stemme ich mich hoch.

»Keine Bewegung!«

Ein Knie bohrt sich in mein Kreuz, drückt mich unerbittlich nieder. Jemand packt meine Hände, dreht sie auf den Rücken, fixiert mich, während ich schwer atmend in Milans lebloses Gesicht starre. Um mich herum stapeln sich Körper. Doch nicht ihrer. Nicht sie. Nicht Thea.

Und sie ist nicht die Einzige, die fehlt.

LINDE

Samstag, 25. Januar, 23:55 Uhr

Blut. Überall Blut.

Mein Herz rast. Meine Füße machen, was ihnen die Bewegung vorgibt, aber sie funktionieren nicht richtig, ich torkle, stolpere.

»Weiter!«

Gunther reißt mich mit. Wann hört dieser Albtraum endlich auf? Endlose Gänge. Das ohrenbetäubende Schrillen des Alarms. Menschen strömen aus den Zimmern, rennen wild durcheinander, rempeln sich nieder – Panik macht blind. Sie bemerken nicht einmal die Pistole in Gunthers Hand.

»Weg da!«, brüllt er geifernd und fuchtelt damit herum, aber sie beachten ihn gar nicht, stoßen uns beiseite. Wir sind die Einzigen, die gegen den Strom flüchten.

»Gunther! Komm zur Vernunft!«

Er reagiert nicht. Verbissen bahnt er sich seinen Weg, zerrt an den Handschellen, die uns aneinanderketten, stürmt zum Fenster, doch auch auf der Südseite bietet sich das gleiche Bild: Einsatzwagen, so weit das Auge reicht. Das blaue Lichtermeer erstreckt sich von der Hofmeisterstraße über den gesamten Vorplatz. Feuerwehr, Polizei … Es gibt kein Entkommen.

»Das ist doch zwecklos«, rede ich weiter auf ihn ein, während er keuchend aus dem Fenster blickt. »Du musst dich stellen.«

»Ich muss gar nichts.«

Die Kette der Handschellen spannt. Wir hasten ins Treppenhaus.

»Wo willst du denn hin?«

Keine Antwort.

Alle rasen hinunter, wir hinauf. Mit bloßen Füßen stolpere ich die Treppe hoch, der Krankenhauskittel schlottert um meinen Körper.

»Komm schon!«, fährt mich Gunther an. »Hör auf, dich so schwer zu machen.«

»Sonst was?«

Er wirbelt herum, setzt mir die Pistole an die Brust, die er einem der angeschossenen Schlägertypen abgeknöpft hat. In seiner Hand wirkt das Ding so unwirklich, dass ich beinahe lachen muss.

»Du bist Arzt und kein Cowboy! Du hast doch keine Ahnung von Waffen!«

Gunther fletscht die Zähne, lässt den Lauf durch die Luft schnellen und richtet sie gegen den Menschenstrom. »Bist du dir da sicher?«

Ich presse die Lippen zusammen. In die Ecke gedrängt, zeigt sich der Mensch von seiner schlimmsten Seite.

Wir hasten weiter. Wo will er nur hin? Über das Dach flüchten? Das ergibt doch keinen Sinn. Es gibt keinen Ausweg: Die Polizei wird ihn früher oder später stellen, dann hat dieser Wahnsinn …

Ein Schild zieht an mir vorbei. Ich schlucke. Es gibt doch einen Ausweg. Und wir laufen geradewegs darauf zu.

Die Tür fliegt auf. Eisige Nachtluft schlägt mir entgegen und fährt mir unter den Krankenhauskittel. Für einen Moment hoffe ich, dass Gunther keinen Plan hat. Doch die Hoffnung stirbt jäh. Der Plan befindet sich im Anflug.

Der Wind wird stärker. Die Rotorblätter schneiden durch die Luft, bringen den Boden unter meinen Fußsohlen zum Beben.

Gunther muss den Rettungshubschrauber vom Fenster aus gesehen haben. Eigentlich sollte ein Team der Notfallambulanz auf den Patienten warten, aber das Chaos hat dafür gesorgt, dass nur wir hier sind. Ein Geisteskranker und ein Geisteskranker mit geladener Pistole.

Gunther stürmt über das Helipad. Kaum, dass die Kufen des Hubschraubers aufsetzen, wird die Seitentür aufgerissen.

»Männlich, vierundzwanzig, Verkehrsunfall!«, brüllt uns ein Rettungssanitäter entgegen, ohne aufzuschauen. »Wurde aufgespießt. Penetrierendes Thoraxtrauma, dazu Schädel-« Er springt aus dem Helikopter, stockt. »Wo ist das Team?«, fragt er perplex und reckt den Hals. »Wir haben doch gefunkt.«

Gunther reißt die Waffe hoch. »Weg da!«

Verstört weicht der Sanitäter zurück, sieht sich hektisch um. »Was ... aber ... Der Mann muss sofort in den OP!«

»Ich sagte: weg! Alle! Raus!«

Die Sanitäter sehen sich verzweifelt an. »Wir schaffen den Patienten schnell rüber, okay? Wir müssen nur das Bett ...«

»Zu lange!« Die Pistole schnellt durch die Luft. Ein Schuss explodiert. Irgendwo im Innenraum des Hubschraubers sprühen Funken auf. »Ein letztes Mal!« Gunther lädt erneut durch. »Raus hier!«

Die Verzweiflung der Sanitäter ist greifbar, aber sie haben keine andere Wahl. Mit gebleckten Zähnen klettern sie aus dem Bauch des Hubschraubers. Der Letzte von ihnen hält einen Infusionsbeutel hoch, drückt ihn mir in die Hand. Er will mir etwas sagen, doch ich verstehe es nicht, das Fauchen der Rotoren ist zu laut. Dann werde ich wieder weitergezerrt.

Gunther steigt über die Landekufe in die enge Passagierkabine, ich klettere hinterher. Er stürzt zum Piloten, hält ihm die Waffe an den Kopf. »In die Luft! Sofort!«

Mein Zeh berührt noch den Boden, als wir abheben. Halb

draußen, halb drinnen klammere ich mich an irgendwelche Gerätschaften, um nicht in die Tiefe zu stürzen, während Gunther irgendetwas ins Cockpit schreit. Der Infusionsbeutel liegt auf dem Boden der Kabine. Ich muss es schaffen, dem Patienten eine …

Der Patient!

Mein Herz setzt für einen Schlag aus. Dieselbe blonde Mähne, dieselben feinen Gesichtszüge: *mein schlafender Prinz.* Der Mann vor mir, aus dessen Körper Dutzende Schläuche ragen – er sieht aus wie Lukas.

Gunther brüllt in meine Richtung. Irgendetwas fängt an, lautstark zu piepen, der Lärm wird unerträglich, aber Lukas' Anblick schluckt die Welt und alles um mich herum, und ich habe nur Augen und Ohren für ihn. Mein Blick wandert seinen Oberkörper entlang. Penetrierendes Thoraxtrauma … Offenbar wurde seine Brust von einer Stahlstange durchbohrt. Er wird nicht mehr lange überleben. Mein Ein und Alles, meine einzige Liebe. Sein Gesicht, dieser Schmerz, die Erinnerung … Es überwältigt mich. Sein Anblick überschreibt die Realität, verdrängt meine Panik, macht sie wirkungslos.

»Theo, verdammt! Komm hoch!«

Das Spannende am Leben ist, dass man nicht weiß, wie es verläuft. Wenn man sein Schicksal kennt, wird alles sinnlos. Ich kenne mein Ende. Ich weiß, dass es nicht schön wird. Ich werde alles vergessen, meine schönsten Momente und auch meine schrecklichen Taten, aber das bedeutet nicht, dass die Welt vergisst. Vielleicht kann ich dafür sorgen, dass sie mich wenigstens ein bisschen so in Erinnerung behält, wie ich mich selbst gesehen habe. Ich wollte immer nur helfen. Ich wollte das Richtige tun. Ich werde das Richtige tun.

»Theo!«, reißt mich Gunthers Stimme aus den Gedanken. »Mach verdammt noch mal die Tür zu!«

Mein Blick senkt sich in die Tiefe. Und plötzlich ist da kein Abgrund mehr, kein blau schimmerndes Lichtermeer der Einsatzwagen, keine eisige Nacht, sondern ein schwüler, verregneter Sommernachmittag. Ich bin ein kleiner Junge der Märchen und Kaubonbons mit Brausefüllung liebt. Mein Vater ruft mich in sein Arbeitszimmer und gibt mir mit seiner trockenen Staubstimme ein Rätsel auf: »Was bin ich? Ich verschlinge alles und jeden: Vögel, Tiere, Bäume, Blumen.«

»Was zur Hölle faselst du da?«

»Ich fresse Eisen, zermalme den härtesten Stein, zerstöre jedes Schwert, zerbreche jeden Schrein, raffe Könige dahin, zertrümmere ihre Paläste, trage mächtigen Fels fort als leichte Last – was bin ich?«

»Halt endlich die Schnauze!«

Auf meinen Lippen sprießt ein bitteres Lächeln. Ein letzter Atemzug. Ein letzter Kraftakt. Ein letzter Gedanke: *Alles steht in Balance. Nichts geht verloren. Niemand geht für immer. Unsere zweite Chance ist gekommen, Lukas. Wir werden uns wiedersehen.*

Die Kette der Handschellen spannt.

Gunther begreift, was ich vorhabe, doch es ist zu spät.

Mein Gewicht reißt ihn mit. Ich falle in die Tiefe, und Gunther fällt mit mir. Mein Schicksal ist besiegelt. Ich besiege seins.

Was bin ich?

Ich bin die Zeit.

Und ich bin abgelaufen.

TEIL FÜNF

Zwei Monate später

MAERTENS

Freitag, 28. März, 10:47 Uhr

Sie nennen ihn den Hain der Namenlosen.

Der Abschnitt liegt etwas abseits, am Rande des Heidelberger Bergfriedhofs. Hier liegen all jene begraben, die nicht gefunden werden wollen oder deren Geschichte so tragisch ist, dass sie nicht gefunden werden sollen. Hier haben sie Lars beigesetzt. Ohne Zeremonie. Ohne Kränze. Ohne Namen.

Die Behörden hatten damals Angst, dass die Leute über den Friedhof herfallen würden, um sein Grab zu schänden. Maertens steht für Mörder wie Tempo für Taschentücher ... Der Name ist ein Brandmal, selbst jetzt, da alles ans Licht gekommen ist.

Die Experten haben mir versichert, dass eine Exhumierung des Leichnams nach so langer Zeit keine Erkenntnisse bringen würde, die sich nicht auch aus Amendts Unterlagen und aus der Studie ergeben. Fest steht: Mein Vater war kein Monster, er wurde zu einem gemacht. Die Schäden in seinem Gehirn waren enorm, er muss unvorstellbare Schmerzen durchlitten haben. Er hatte starke innere Blutungen im Schädel, Wucherungen, die Hirnareale abgedrückt haben – die Experten waren verwundert, wie er die Strahlendosis überhaupt überleben konnte. Doch bei einem waren sie sich sicher: Er konnte nicht mehr er selbst sein. Er war ein anderer. Aber das interessiert natürlich niemanden.

Kein Wort darüber in der Presse, nicht in den Zeitungen, nicht im Fernsehen, nirgends. Es gab eine kleine Meldung auf einem unwichtigen Online-Portal, das war's. Mein Vater wird in den

Geschichten und Köpfen der Leute weiterhin als Schlächter von Heidelberg kursieren, unser Name bleibt ein Synonym für das Grauen. Mord und Totschlag verkaufen sich eben, wohingegen die Diskussion darüber, ob der freie Wille eines Menschen nur Illusion sein könnte, wenn das zerfressene Hirn den Blutrausch diktiert, eindeutig zu wenig Potential für knackige Schlagzeilen bietet. So ist es nun mal, damit muss ich mich abfinden. Er wird weiterhin an seinen grausamen Taten gemessen, auch wenn er keine Kontrolle über sich hatte. Selbst mir fällt es schwer, darüber hinwegzusehen.

»Glaub ja nicht, dass all deine Sünden reingewaschen sind«, knurre ich das wettergegerbte Holzkreuz an. »Du warst trotz allem ein ziemlich beschissener Vater.« Trotzig zupfe ich den Kragen meines Mantels höher und vergrabe dann die Hände tief in den Taschen. Das Grab sieht schäbig aus. In all den Jahren war ich nur ein einziges Mal hier. »Weißt du, dass sie Lisa und Emil auch anonym begraben mussten? Und Mutter? Die Behörden hatten Angst, dass deren Gräber genau so geschändet werden, weil der Mob denken könnte, dass du bei ihnen liegst. Unser Name ist ein Fluch! Unser Name und du, ihr habt mein gesamtes Leben ruiniert, und jetzt habe ich nicht einmal mehr jemanden, dem ich die Schuld dafür geben kann. Du bist tot. Dieser Drecksack Amendt ist tot. Alle haben sich verpisst, nur ich bin noch da und rede mit einem Stück Holz.«

Ein knappes Lachen entfährt mir. Lars hätte das Kreuz gehasst. Der Querbalken wurde schief angenagelt – so etwas konnte ihn in den Wahnsinn treiben. Er wäre losgezogen, um Werkzeug und anderes Holz zu besorgen, hätte nichts Passendes gefunden und das Projekt »neues Kreuz« wäre für immer liegen geblieben, genau wie alles andere in seinem Leben: das Projekt »Job finden«, das Projekt »Job behalten«, das Projekt »Sohn erziehen« oder das Projekt »Hockeyschläger kaufen«. Er hat es versucht, aber als wir diesen einen Winter auf dem zugefrorenen Neckar dahingeschlittert sind, hielten wir trotzdem nur knorrige Äste in den Händen, mit denen wir Steine über das Eis schubsten. Es war bitterkalt, wir lagen ständig auf dem Boden und hatten überall blaue Flecken. Er hat mir nichts beigebracht, aber es war einer meiner schönsten Tage mit ihm. Es war einer der schönsten Tage in meinem ganzen Leben.

»Ich werde dich umbetten lassen«, sage ich und wische mir mit dem Handrücken über die feuchten Wangen. »In ein richtiges Grab. Du bekommst wieder einen Namen, genau so wie Mutter und Emil und Lisa. Und ich werde eure Geschichte auf den Grabstein meißeln lassen – ich weiß noch nicht, wie, vielleicht mit einem QR-Code zu einer Website oder einem riesigen, riesigen Stein, aber ich will, dass jeder erfährt, was wirklich passiert ist. Und wenn sie trotzdem über das Grab herfallen, werde ich kommen und es wieder herrichten.«

Der Erinnerungsalarm meines Smartphones geht los. Ich stelle ihn ab, stopfe das Teil in meine Hosentasche und atme tief durch. »Du hast den Tod verdient, aber nicht deinen Ruf.« Ich werfe einen letzten Blick auf das Kreuz, beuge mich vor und biege den Querbalken, so gut es geht, gerade. Dann gehe ich ab.

»Wir sehen uns«, murmle ich nach ein paar Schritten und bin mir selbst nicht sicher, wie ich es meine.

MAERTENS

Freitag, 28. März, 11:08 Uhr

Derselbe Abschnitt, anderes Grab.

Auch Linde wurde anonym begraben. Seine letzte Ruhestätte ist allerdings noch schmuckloser als die meines Vaters. Es gibt nicht einmal ein Kreuz, nur ein wenig aufgeschüttete Erde mit ein paar Grasbüscheln darauf und eine Grabnummer, die auf einem Holzpflock vermerkt wurde.

»122-4-17«, seufzt eine Stimme hinter mir. »Gab es keinen einfacheren Treffpunkt? Vielleicht beim Kriegerdenkmal gleich rechts, Reihe eins?«

»Ich dachte, ein wenig ab vom Schuss wäre passend für eine flüchtige Verbrecherin«, entgegne ich mit zynischem Unterton, drehe mich zu Thea um, stocke. Ich hatte damit gerechnet, dass sie ihr Aussehen verändert, aber nicht, dass sie ihre Tochter mitbringt.

»Keine Angst, Iva weiß Bescheid«, erklärt Thea freimütig – offenbar steht mir die Verwunderung ins Gesicht geschrieben. »Du kannst einem zehnjährigen Mädchen nichts vormachen, schon gar nicht, wenn es von einem Tag auf den anderen nicht mehr zur Schule darf, plötzlich woanders wohnt und sich die Haare färben muss.«

Ich setze ein verkrampftes Lächeln auf, blicke zu ihr hinab. »Sieht gut aus … die neue Frisur«, stottere ich unbeholfen.

Das Mädchen verzieht das Gesicht und reißt an Theas Arm. »Kann ich das Handy haben, Mama?«

Thea öffnet ihre Handtasche und hält es ihr hin. »Aber nur zum Spielen, nicht das Internet einschalten, du weißt!«

Trotzig reißt ihr die Kleine das Smartphone aus der Hand und hockt sich ein paar Meter weiter auf einen Stein.

»Wir haben uns eine Blondierung geteilt«, kommentiert Thea seufzend ihren Sprössling. »Eigentlich steht ihr Honigblond.«

Dir auch, denke ich. *Dir steht alles.* Aber darum geht es nicht. »Was macht sie hier?«, zische ich sie an. »Wieso hast du sie nicht bei deinem Mann gelassen?«

»Es gibt keinen Mann mehr, bei dem ich sie lassen könnte.« Thea hält einen Moment inne, stupst die riesige schwarze Sonnenbrille ihren Nasenrücken hoch und schnalzt dann mit der Zunge. »Er war schon weg, noch bevor die Polizei unser Haus auf den Kopf gestellt hat.«

Betreten blicke ich zu Boden. »Das tut mir leid.«

»Ich schätze, das habe ich verdient. Aber Iva … Sie kann nichts dafür. Ich wünschte, ich hätte ihr das alles ersparen können.«

Wie angewurzelt stehe ich da, ringe nach Worten, die nicht kommen wollen. Thea hat mir im Krankenhaus den Arsch gerettet. Sie hat ihren Deckmantel fallen lassen, der sie und ihre kleine Familie geschützt hat – für mich. Sie konnte nichts dafür, dass die Situation derart eskaliert ist. Fast alle ihre Brüder und Cousins wurden bei der Schießerei getötet, der Rest sitzt im Knast. Und jetzt steht sie ganz oben auf der Fahndungsliste der meistgesuchten Straftäter Deutschlands: Thea, eine geborene Eić und offenbar eine geborene Anführerin. Unter ihr ist der Clan mächtiger geworden als unter all ihren männlichen Vorgängern. »Wo versteckst du dich mit Iva?«, frage ich irgendwann, um die unangenehme Stille zu beenden.

»In einem Versteck«, entgegnet Thea knapp. »Aber wir werden bald von hier verschwinden.«

»In die alte Heimat?« Meine Frage schwebt in der Luft, bedarf jedoch keiner Antwort. Natürlich wird sie irgendwo auf dem Balkan untertauchen. Wo soll sie anders hin? »Du weißt, dass du international zur Fahndung ausgeschrieben bist? Die lassen nicht locker: Du hast die letzten Jahre über ein beeindruckendes kriminelles Netzwerk aufgezogen: Erpressung, Drogen, Waff-«

»Angebot und Nachfrage«, kanzelt sie meine Predigt ab. »Wenn einer nicht liefert, tut es der andere.«

»So einfach kommst du aus der Nummer nicht raus, Thea. Selbst Interpol sucht dich. Du wirst niemals sicher sein.«

»Da, wo ich hingehe, gibt es kein Interpol. Es gibt Felder und Schweine und Scheunen und Grillen, die so laut zirpen, dass du dir die Ruhe einer deutschen Kleinstadt zurückwünschst. Es ist nicht perfekt und alles andere als das, was ich mir für meine Tochter gewünscht habe, aber zumindest nimmt sie mir niemand weg.«

Ich wende mich ab, um die Reaktion in meinem Gesicht zu verbergen. Thea war schon immer eine selbstbewusste Frau, aber das übersteigt mein Vorstellungsvermögen. Neben mir steht das Oberhaupt eines Syndikats, und ich dachte die ganze Zeit über, sie wäre eine Mutti, die zu Hause hockt und ihrer Tochter mit den Hausaufgaben hilft. Nicht einmal jetzt braucht sie meine Hilfe. »Warum wolltest du dann dieses Treffen?«, plappert mein Mund meinen Gedanken hinterher. »Wenn du keine Unterstützung bei der Flucht brauchst, wieso riskierst du, in der Öffentlichkeit gesehen zu werden?«

Sie leckt sich über die Lippen, scheint zu überlegen. Keine Ahnung, was in ihr vorgeht – hinter ihrer Sonnenbrille könnte sich alles Mögliche abspielen. Vielleicht braucht sie ja doch meine …

»Ich wollte fragen, ob du mitkommen willst.«

Der Satz ballt sich zu einem riesigen Brocken und fährt mir bleischwer in den Magen. »Was?« Ich habe mit vielem gerechnet, aber nicht damit. »Mitkommen?«

Thea nimmt ihre Sonnenbrille ab und leckt sich erneut über die Lippen. »Du bist deinen Job los, soweit ich weiß, wird gegen dich Anklage erhoben ... Was hält dich hier?«

Niemals hätte ich damit gerechnet, niemals ... »Verantwortung«, nuschle ich kaum verständlich, ringe um Fassung.

»Du meinst den Mann, den du ins Koma geschossen hast?«

Wut und Frust steigen in mir hoch, doch ich kämpfe dagegen an, verdränge die Gefühle wieder und halte Kurs. Es ist ohnehin zu spät. »Blanchard ist erwacht«, erkläre ich mit brüchiger Stimme, räuspere mich mehrmals. »Amendt hatte ihn die ganze Zeit über im künstlichen Koma gehalten. Er ist auf einem Auge blind und wird es vermutlich immer bleiben. Auch seine Motorik ... Er lernt gerade wieder zu gehen. Die Ärzte sind guter Dinge, aber er wird nie mehr der Alte sein. Wegen mir. Ich kann nicht gutmachen, was passiert ist, doch ich muss es zumindest versuchen. Es ist meine Verantwortung.«

»Verantwortung«, wiederholt sie das Wort in einem Tonfall, den ich nicht deuten kann. »Ganz der treue Gesetzesdiener: Sie schmeißen dich raus, und du bleibst dennoch auf der Linie von Recht und Ordnung.«

Erneut wende ich den Blick ab und fixiere Lindes Grab. Man weiß nicht, wo es anfängt und wo es aufhört. In dem verwilderten Gestrüpp dahinter hat jemand eine rostige Gießkanne und allerlei Unrat entsorgt – einfach letztklassig. Amendt dagegen wurde in seiner Familiengruft beigesetzt. Sein Name war in der Öffentlichkeit kaum Thema, kein Schwein interessiert sich dafür, was er getan hat.

»Liegt hier dein Vater?«, ertönt Theas Stimme plötzlich dicht neben mir.

Ich will antworten, doch ich spüre, dass statt Worten Tränen fließen würden.

»Hör zu, Paul, ich habe es dir damals schon gesagt: Er hätte dich umgebracht! Er kam mit dem Messer auf uns zu, du hast dich nicht gerührt, ich musste handeln, ich musste schießen! Ich wollte ihn nicht töten, ich …«

»Ist gut, Thea. Ich habe dir längst verziehen. Du hast mich damals gerettet, und du hast mich wieder gerettet.«

»Aber …« Sie kommt noch näher an mich heran, nimmt meine Hand in ihre. »Was ist dann? Warum weinst du?«

Meine Lippen teilen sich, bleiben stumm. So war das nicht geplant, so war das alles nicht geplant. Aber es ist nun mal, wie es ist. Selbst wenn ich meine Dämonen besiegt hätte und nur noch zur Hälfte der wäre, den das Leben aus mir gemacht hat – ich würde es wieder tun, weil ich nicht anders kann. Weil mir nichts anderes bleibt, als mich an das zu klammern, was mich an der Oberfläche hält. Ganz der treue Gesetzesdiener … »Siehst du den Brunnen? Am Ende des Weges?«

Thea folgt irritiert meinem Blick, nickt zögerlich.

Ich fische die rostige Gießkanne aus dem Busch, halte sie ihr hin. »Schick Iva Wasser holen. Bitte.«

Es dauert einige Momente, bis sie begreift. Momente, in denen alles um uns herum dunkler zu werden scheint, in denen sich die Zeit zur Unendlichkeit dehnt und jede getroffene Entscheidung an Plausibilität verliert. Momente, in denen all die Brüche und Kerben und Narben unserer Seele an die Oberfläche gespült werden und unser sonst so geschliffener Blick stumpf und farblos gerät. Und genau in diesem Moment fällt mir auf, dass Thea alles an sich geändert hat, nur eines ist geblieben: Sie trägt immer noch das Medaillon, das ich ihr damals in einem anderen Leben geschenkt habe.

»Iva«, reißt mich Theas Stimme aus den Gedanken. »Da hinten ist eine Wasserleitung. Kannst du bitte die Kanne füllen?«

Das Mädchen verdreht die Augen, protestiert, stampft wütend auf und zieht schließlich doch los.

Schweigend sehen wir ihr hinterher.

»Wo sind sie?«, fragt Thea irgendwann mit Tränen unter den Lidern.

Ich senke den Kopf, stoße einen Seufzer aus. »Eine Spezialeinheit wartet da drüben in dem Mausoleum, die andere hinter der Anhöhe dort vorne. Der gesamte Friedhof ist umstellt. Sie warten auf mein Zeichen.«

»Bist du verkabelt?«

»Nein. Das war eine meiner Bedingungen. So kann ich behaupten, dass du dich mit mir treffen wolltest, um dich freiwillig zu stellen. Das wird dir zugutekommen.«

Thea stößt ein verkrampftes Lachen aus. »Und was waren deine anderen Bedingungen? Konntest du wenigstens etwas für dich rausholen?«

»Die Staatsanwaltschaft lässt einige Anklagepunkte gegen mich fallen, ich bekomme eine Bewährungsstrafe, darf aber im Dienst bleiben – natürlich nicht hier. Es wird gerade eine neue Sondereinheit in Hamburg gegründet, da vielleicht.«

»Ganz der treue Gesetzesdiener«, wiederholt sie kopfschüttelnd und wendet sich mir zu.

»Es tut mir leid, Thea.«

»Mir tut es leid.« Sie angelt nach dem Medaillon an ihrer Brust, reißt es mit einem Ruck ab und betrachtet es eine Zeitlang. »Kümmer dich um Iva.«

»Ich werde alles tun, damit es ihr gut geht. Wir werden deinen Mann finden. Ich bin mir sicher, dass er seine Entscheidung überdenkt und sich um sie …«

»Mein Mann war bloß ein Strohmann. Eine Attrappe, die Frauen in meinem Kulturkreis brauchen, damit ihre Kinder nicht als Bastarde abgestempelt werden.«

Irritiert schüttle ich den Kopf. »Ich … verstehe nicht.«

Thea verdreht die Augen. »Iva ist zehn. Sie kam am Samstag,

den 25. Oktober 2014 zur Welt. Rechne neun Monate zurück und überlege, was wir beide da getan haben, dann kennst du die Antwort.«

Eine Sekunde verstreicht, noch eine und noch eine. Es könnte auch ein Jahr vergehen, ich weiß es nicht, ich verliere jegliches Gefühl für Zeit und Raum, schwebe im Nichts zwischen den Welten, und eine unsichtbare Kraft umschlingt meine Kehle. Als sich der Griff lockert, bringe ich dennoch nicht viel über die Lippen. »Sie ist ... aber ... warum hast du ...«

»... nichts gesagt?« Thea legt den Kopf schief und funkelt mich an. »Was hätte ich denn sagen sollen? Du warst ein lebender Toter, der niemanden an sich herangelassen hat, und das bist du immer noch. Glaubst du, ich will mit so jemanden ein Kind großziehen?«

Ich reiße den Kopf herum, stiere in Richtung des Mädchens, das genervt mit der Gießkanne hantiert, die so voll ist, dass sie ständig überläuft. »Ich ... ich ... ich kann das nicht ... ich ...«

»Nein, das kannst du wirklich nicht«, unterbricht mich Thea wieder. »Aber ich fürchte, es bleibt dir nichts anderes über.«

Iva hat inzwischen die Lust am Wasserschleppen verloren, posiert jetzt neben der umgekippten Gießkanne und knipst Selfies.

»Mach dir keine Sorgen. Ich habe gehört, die Pubertät soll die leichteste Phase sein.« Thea klopft mir noch einmal auf die Schulter, drückt mir das Medaillon in die Hand und geht dann mit erhobenen Armen in Richtung des Mausoleums.

Wie erschlagen bleibe ich zurück, starre in meine Handfläche.

Damals trug sie ein Bild von mir an ihrer Brust.

Ich klappe das Medaillon auf.

Jetzt ist da ein Bild ihrer Tochter ...

Mein Daumennagel fährt unter das Foto, dreht es um.

Dahinter ist immer noch dasselbe Bild von mir.

EPILOG

Ein Jahr später

MAERTENS

Mittwoch, 1. April, 07:05 Uhr

Draußen hupt es. Schon wieder.

»Zu spät, zu spät, ich bin zu spät«, zische ich mir selbst zu und kippe den kalt gewordenen Kaffee hinunter. Natürlich komme ich an meinem ersten Arbeitstag zu spät, wie sollte es auch anders sein? In letzter Zeit komme ich immer zu spät.

Hektisch sammle ich die angebissenen Brötchenreste und die Schüssel mit den durchgeweichten Frühstücksflocken vom Küchentisch und lasse alles im Geschirrspüler verschwinden. Draußen hupt es erneut.

»Ja, ja, ich komme.« Wer auch immer die neue Teamleitung ist – er oder sie hat offensichtlich keine Geduld und kein Herz für alleinerziehende Väter. Früher hätte ich gewusst, von wem ich mir in Zukunft die Leviten lesen lassen muss. Jetzt bin ich froh, wenn ich meinen zweiten Schuh finde.

Aktentasche, Jacke – dann hätten wir ja alles. Mit offenen Schnürsenkeln stürme ich zur Tür hinaus in den Garten, mache einen großen Bogen um die herumliegenden Teile für die Schaukel, die ich schon längst aufgebaut haben wollte, und ...

»Sie sind es tatsächlich.«

Abrupt bleibe ich stehen und mustere die Frau, die sich aus dem Inneren des Autos schwingt. »Stefanie? Sie sind die neue Teamleitung?«

»Und Sie sind tatsächlich *der* Paul Maertens. Ich hatte ja gehofft, es handle sich um eine zufällige Namensgleichheit.«

Ich verziehe das Gesicht. »Sehr witzig.«

Sie zwinkert mir zu, lässt ihren Blick über den verwilderten Vorgarten streifen. »Gerade umgezogen?«

»Vor drei Monaten.«

Nicken. »Wollten Sie nicht nach Hamburg? In irgendeine Sondereinheit?«

»Wollte ich, aber ich kann hier nicht weg. Außerdem musste ich wegen der Kleinen Stunden reduzieren, und in Teilzeit unterwandert man schlecht das Rotlichtmilieu.«

Wieder Nicken. Diesmal langsamer, genüsslich, mit begleitendem Lüpfen der Augenbraue. »Ein Mädchen, richtig?«

»Ja, aber es fühlt sich an wie zehn.« An manchen Abenden fühlt es sich sogar an wie eine ganze Heerschar an Kindern, die in mein Leben eingefallen ist, um es völlig auf den Kopf zu stellen. Die Hälfte der Zeit liegen Iva und ich uns in den Haaren, und sie bedeckt mich mit Vorwürfen. Sie ist stur, tut nie, was ich ihr sage, und sie nennt mich ihren »Erzeuger« statt Papa, aber das ist wohl normal, wenn man bedenkt, dass sie ihre Mutter wegen mir erst in vier oder fünf Jahren in Freiheit wiedersehen kann.

Was zum Teufel? »Ich glaub, mein Schwein pfeift!«, platzt es aus mir heraus. »Was machst du hier? Ich hab dich doch vor fünfzehn Minuten losgeschickt: Du solltest längst im Schulbus sitzen.«

Iva schlendert unbeeindruckt auf uns zu und späht unter ihrer immer noch honigblond gefärbten Lockenmähne hervor. »Verpasst«, erklärt sie knapp. Sie verwendet für ihre Ausführungen fast nie mehr als ein Wort, höchstens zwei.

»Verpasst? Wie kann das sein? Du bist doch pünktlich losgegangen!«

Achselzucken. Immer nur Achselzucken.

Ich schwöre, sie wird das erste elfjährige Mädchen mit diagnostiziertem Bandscheibenvorfall, so oft, wie sie ihre Schultern hochreißt. »Du hättest es locker geschafft, den Bus zu erreichen – das geht so nicht! Du musst zur Schule!«

Schultern rauf. Schultern runter. »Und was willst du jetzt machen? Mich in den Knast stecken wie Mama?«

Puls rauf. Leider nicht runter. »Iva, bitte, nicht schon wieder dieses Thema.«

»Waren Sie auch dabei, als meine Mama verhaftet wurde?« Jetzt ignoriert sie mich. War ja klar.

»Ja«, antwortet Stefanie äußerst überzeugend, obwohl ich mir ziemlich sicher bin, dass sie nicht dabei war. »Sie sah sehr hübsch aus.«

»Meine Mama ist auch hübsch.«

Ich werfe einen Blick auf die Uhr. Der nächste Bus kommt erst in einer halben Stunde, viel zu spät für die Schule. Eigentlich hätte ich längst Dienstbeginn gehabt, aber ... »Könnten wir vielleicht einen kleinen Umweg machen, bevor wir auf die Wache fahren?«

Stefanie schmunzelt. »Na klar. Spring am besten hinten rein.«

»Ich muss aber vorher noch aufs Klo.«

»Du warst doch erst!«

»Darf man nur einmal pro Stunde müssen oder wie?«

»Nein, du weißt, wie ich das ... ach!« Ich breche ab. Ich seufze. Ich kapituliere. »Geh. Aber beeil dich.«

Iva geht und beeilt sich nicht. Sie schlendert seelenruhig durch den Garten, kickt kurz gegen einen herumliegenden Stein und verschwindet dann im Haus. Wahrscheinlich bleibt sie länger.

»Es tut mir leid«, entschuldige ich mich bei Stefanie. »Es ist ... momentan etwas schwierig.«

Sie presst die Lippen zu einem Strich und blickt zu Boden.

Aus Verlegenheit bringe ich es zunächst nicht über die Lippen, aber dann frage ich doch: »Wie kriegt man das hin?«

»Was meinen Sie?«

»Alles. Den Alltag, das Leben, wie kriegt man das hin mit einem Kind?«

Stefanie sieht mich verwundert an, überlegt dann einen Moment. »Man kriegt es nicht hin. Man tut einfach, was man kann.«

Ich nicke, betrachte das neue Haus und den neuen Garten und mein neues Leben, das so anders ist als mein Leben davor. Die Schatten vergangener Tage fallen nicht mehr so oft auf mich wie früher, aber hin und wieder sehe ich sie: die leblosen Körper meines kleinen Bruders und meiner Schwester, und der Schmerz führt immer noch eine scharfe Klinge. Doch eines ist anders geworden: Ich sehe sie nicht mehr in Lars' Armen sterben. Mein Gedächtnis muss irgendwie überschrieben worden sein – manchmal sehe ich Amendt, manchmal eine undefinierbare Gestalt, und manchmal ist da einfach niemand. Wäre Linde noch am Leben, er könnte mir die neurologische Mechanik dahinter bestimmt erklären. Aber eigentlich muss ich es nicht verstehen. Ich muss es nur akzeptieren und weitermachen. Für mich. Für Thea. Für Iva.

»Würden Sie tauschen wollen?«, reißt mich Stefanies Stimme aus den Gedanken.

»Wie meinen Sie das?«

»Wünschen Sie sich manchmal Ihr altes Leben zurück?«

Iva kommt aus dem Haus, knallt die Tür hinter sich zu und stapft auf uns zu. Es ist anstrengend mit ihr, es ist sogar unfassbar anstrengend – noch nie war ich so überfordert wie in den letzten Monaten. Aber allein der Gedanke daran, dass sie aus meinem Leben verschwinden könnte, bringt mich um den Verstand. Ich kann mir nicht mehr vorstellen, ohne Iva zu sein. Ich kann mir nicht vorstellen, jemals wieder allein zu sein.

Ohne aufzublicken, marschiert sie an uns vorbei und springt auf die Rückbank. »Beeilung, Papa«, säuselt sie in einer verstellten Stimme. »Du möchtest doch nicht, dass ich zu spät zur Schule komme.« Die Tür fliegt zu.

Ich lächle.

Wünsche ich mir manchmal mein altes Leben zurück? Ich hatte kein Leben. Ich habe keinerlei Gefühle zugelassen, weil ich dachte, dass sie mich schwächen und vollends zerstören würden, dabei war es genau diese Kälte, die mich zerstört hat. Schwäche gehört dazu, so wie Furcht und Angst und Schmerz und Trauer und die Liebe zu meiner Tochter, um die ich jeden Tag kämpfe. Es ist hart, es ist anstrengend, es ist voller Höhen und Tiefen, aber das ist der Preis, den wir zahlen müssen, um die Zeit, die uns bleibt, nicht nur zu verwalten, sondern auszufüllen. Was auch immer geschieht, egal, welche Schicksalsschläge einen treffen mögen – Stillstand ist bloß ein Vorausblick auf den Tod. Sein Leben zu leben, bedeutet, es zu lieben, ohne Wenn und Aber. Erst wenn man das versteht, versteht man auch, dass man Glück weder schmieden noch suchen noch erarbeiten oder finden kann. Glück kann man nicht haben. Man kann es nur empfinden. Und dazu braucht es nicht viel. Es reicht, wenn ein kleines, störrisches Mädchen zum ersten Mal das Wort sagt, auf das man schon so lange gewartet hat.

»Papa! Jetzt steig ein, wir müssen los.«

»Ja«, sage ich und wische eine Träne von meiner Wange. »Ich komme.«

ENDE

DANKSAGUNG

Locked In ist aus einer Aneinanderreihung von Besonderheiten entstanden. Die Idee kam mir in einem Fitnessstudio, was an sich schon eine Besonderheit ist, da ich eigentlich nie in ein Fitnessstudio gehe. Doch als ich in diesem Studio mein Bauch-Beine-Po-Training zugunsten eines intensiven Studiums diverser Podcasts vertagte, stieß ich auf eine besondere Geschichte eines besonderen Professors.

Es ging um einen weltweit anerkannten Hirnforscher, der von einem jungen Wissenschaftler des Betrugs bezichtigt wurde. Es ging um eine Maschine, die Gedanken lesen können sollte, aber nur Zufallsantworten produzierte, es ging um Drohungen, Blockaden, Scheuklappenmentalität im Wissenschaftsbetrieb, und es ging um die Überzeugung eines Mannes – kurz: es ging um den Kern des Buches, das Sie gerade gelesen haben.

Und als ich da so gemütlich auf der Beinpresse fläzte und dem Podcast lauschte, schlich sich folgende Frage in meinen Kopf: Warum? Wieso hält ein Mann der Wissenschaft so sehr an seiner Überzeugung fest, die offensichtlich falsch ist? Ich habe bis heute keine Antwort darauf erhalten, habe nie die »Wahrheit« erfahren. Aber da ich zum Glück Autor bin, habe ich mir einfach eine Antwort ausgedacht. Sie trägt den Titel *Locked In* und ist ein Paradebeispiel dafür, was Autoren tun, wenn sie eigentlich auf der Beinpresse mit den Beinen pressen sollten.

Aber dieses Buch ist nicht nur durch Besonderheiten entstanden, es ist auch durch besondere Probeleser zu dem geworden, was es ist. Ich möchte mich daher an dieser Stelle bei den aufmerksamen Augen und Köpfen bedanken, die *Locked In* den nötigen Feinschliff verpasst haben. Namentlich sind das: Peggy »ein.lesewesen« Donda-Kobert, Marie »the real Heidelbergerin« Herklotz, Ulrike von Mach, Elfriede Aubrecht-Lechner und Erika »Discofisch« Mustermann (Name von der Redaktion anonymisiert). Euer wertvolles Feedback hat das Buch über meine Betriebsblindheit hinaus reifen lassen.

Und dann gibt es noch eine Besonderheit: Diese Danksagung selbst ist etwas Besonderes. Normalerweise fungiert eine Danksagung als das Ende eines Buches. In diesem Fall ist sie auch das Ende einer Reise: *Locked In* ist die letzte Station auf meiner Reise als Henri Faber. Und weil es eben kein Abschied von vielen ist, könnten die folgenden Worte etwas ausführlicher ausfallen als üblich.

Liebe Caterina. Ich könnte ein ganzes Buch mit Danksagungen an Dich füllen, es würde nur keinen Verlag finden, was Du als meine Literaturagentin besser als alle anderen weißt. Ohne dein Engagement wären meine Bücher unlesbare Pfuschwerke, in denen sich ausschließlich unsympathische Protagonisten tummeln, und am Ende explodiert alles, und alle sterben. Nur deiner intensiven Beratung ist es zu verdanken, dass meine Bücher lesbare Pfuschwerke sind, in die sich vereinzelt nette Figuren verirren, am Ende explodiert nicht alles, und es gibt Überlebende. Vielen Dank. Du hast meinen Weg von Anfang an begleitet und bereitet.

Ein Weggefährte der ersten Stunde war auch Thomas Becker, der bereits die Faber-Werbetrommel gerührt hat, als noch keine einzige Zeile von mir veröffentlicht war. Vielen Dank für deine positiven Vibes und deinen Support – ich konnte beides gut gebrauchen. Lieben Dank auch an den Faber-Fan-Shirt-Club, bestehend aus Ann & Uli, für den Zuspruch und den Enthusiasmus. Und auch ein großes Dankeschön an meinen Autorenkollegen Ivar Leon Menger für den offenen Austausch und die Anregungen.

Natürlich gibt es noch zahlreiche andere Leserinnen und Leser, Bookblogger und Buchverrückte da draußen, die einem mit all den interessanten Gesprächen und Aktionen das Autorenleben versüßen. Danke! Ihr haucht der Literaturszene Leben ein, ihr gebt dem geschriebenen Wort Raum und opfert Zeit und Geld und Energie für diese eine große Leidenschaft, die uns verbindet.

Ich möchte mich beim dtv bedanken, vor allem bei meiner Lektorin Hannelore »Hanno« Hartmann, die immer ein offenes Ohr für mich hatte und mir mit ihrem Vertrauen und den richtigen Worten zur Seite stand.

Und zum Schluss, aber nicht zuletzt möchte ich mich bei meiner Familie bedanken. Bei meiner Mutter für ihre stetige und unermüdliche Hilfe. Bei meinem Vater für seine Unterstützung. Bei Lotte, die große Teile dieses Buches mitgeschrieben hat, ohne es zu wissen. Und bei meiner Frau, der dieses Buch gewidmet ist und die mehr als ich daran glaubt. Die mehr an *mich* glaubt, als ich es selbst tue. Die mit mir durch alle Höhen und Tiefen gegangen ist, die mit mir gezittert, mitgefiebert und gelitten hat und die mich mit all ihrer Kraft unterstützt hat. Danke, Anna. Ohne dich hätte es Henri Faber nie gegeben.

Ja. Also ... das war's. Ich hätte auch gedacht, dass die letzten zwischen zwei Buchdeckel abgedruckten Sätze eines Schriftstellers anders ausfallen würden. *Von brillantem Esprit durchdrungene güldene Lettern, geschaffen, um die Menschheit mit ihrer Größe und Bedeutsamkeit bis in alle Ewigkeit und darüber hinaus in Erstaunen zu versetzen* – so in etwa hatte ich mir das vorgestellt. Aber mir fällt eigentlich nicht mehr ein als: Bleibt brav, habt euch lieb und esst mehr Gemüse. Bis irgendwann vielleicht.

Euer Henri Faber

LESEPROBE

Ein brutaler Mord.
Ein berühmter Ermittler.
Und die einzige Spur führt
zu ihm selbst.

Der Wiener Star-Ermittler Johann »Jacket« Winkler kommt an einen Tatort, der die Polizei vor ein Rätsel stellt. Das Opfer wurde grausam ermordet und mit einem mysteriösen Wort markiert: GESTEHE. Doch es ist nicht die Brutalität, die Jackets Welt ins Wanken bringt, sondern die Tatsache, dass er den Tatort kennt – aus seinem eigenen unveröffentlichten Roman, den noch niemand gelesen hat. Er trägt den Titel GESTEHE. Und Jacket ahnt: Das Morden hat gerade erst begonnen.

ISBN der gedruckten Ausgabe 978-3-423-26380-1
eBook ISBN 978-3-423-44377-7

JACKET

Dienstag, 18.10.2022 – 21:40 Uhr

Als ich in die Metternichgasse einbiege, ramme ich beinahe einen Streifenwagen. Zum einen, weil die Tabletten meine Reaktionszeit verlangsamen, zum anderen, weil diese Idioten auf meinem Parkplatz stehen. Ich fahre auf Höhe des Wagens, kurble das Fenster herunter, bedeute den beiden Polizisten, das Gleiche zu tun.

»Na, Sportsfreunde, war die Straßenverkehrsordnung bei eurer Grundausbildung nicht dabei?«

Zwei Augenbrauenpaare ziehen sich gleichzeitig zusammen, lassen unschwer erkennen, dass die beiden keinen Spaß verstehen. Nichts könnte mir egaler sein – auch eine Begleiterscheinung der Tabletten. »Halten und parken verboten, ausgenommen W 1717K«, stichle ich weiter, nicke in Richtung der Hinweistafel. »Als ich das letzte Mal nachgesehen habe, war das mein Kennzeichen.«

Beide rümpfen die Nase, mustern irritiert das Schild.

Zugegeben: Eine Halteverbotszone, in der nur ein einziger Wagen stehen darf, ist äußerst selten. Aber in dieser Stadt gibt es nichts, was es nicht gibt. Man muss nur die richtigen Leute kennen. Der Verkehrsstadtrat ist ein guter Bekannter. Den Parkplatz hat er mir letztes Jahr zu meinem vierundvierzigsten Geburtstag geschenkt.

»Stellt euch in die Einfahrt da vorne. Wenn die Besitzer die Polizei rufen, seid ihr schon da.«

Im Einsatzwagen kehrt Leben ein. Der Kollege auf dem Beifahrersitz reißt die Tür auf, schwingt sich heraus und macht ein Gesicht, als würde er für Zornesfalten werben. Erst als er mich erkennt, verändert sich seine Miene. Nicht unbedingt zum Besseren. »Jacket? Was machen Sie denn hier?«

»Ich wohne hier«, entgegne ich ungeduldig, trommle mit den Fingern auf meinem Lenkrad herum. »Wenn ihr also so freundlich wärt …«

Er starrt mich mit leerem Ausdruck an, macht keine Anstalten, den Wagen umzuparken.

Ich will schon aussteigen, um meiner Bitte Nachdruck zu verleihen, als sich im Rückspiegel eine weitere Streife breitmacht. »Herrgott noch mal«, fluche ich, lege den Gang ein und parke selbst in der Einfahrt. Der Klügere gibt bekanntlich nach.

Als ich vor ihm stehe und mir die Dienstnummer geben lassen will, hat er seinen Zorn gegen Bewunderung getauscht. »Schickes Teil«, kommentiert er knapp, nickt in Richtung meines Wagens. »Welches Modell?«

»Ein 1963er Mercury Monterey in Black-Cherry-Rot. Fährt sich wie ein Traum, schluckt Sprit wie ein Panzer.«

Er nickt abermals. Hinter ihm holen die eingetroffenen Kollegen Absperrbänder aus dem Kofferraum.

»Was ist hier eigentlich los?«, frage ich etwas gereizt. »Ich wohne in der Zehn, muss ich mir Sorgen machen?«

»Die Tote liegt in der Neun.«

»Tote?« Ich schaue zum Haus gegenüber, überlege kurz, ob ich dort jemanden kenne. Dann fällt mir eine Bewegung im Inneren des Streifenwagens auf. Der Kerl kommt mir irgendwie bekannt vor. »Und der Typ bei euch auf der Rückbank?«

»Haben wir bei der Leiche gefunden. Sagt kein Wort, starrt bloß apathisch vor sich hin.«

»Mhm. Und wie ist die Tote zur Toten geworden?«

Der Polizist nimmt einen tiefen Atemzug der lauen Nachtluft, kaut ein bisschen darauf herum, entlässt sie dann wieder mit einem Hauch schalem Kaffeegeruch. »Unglücklich gestolpert ist sie jedenfalls nicht«, sagt er schließlich schulterzuckend. »Kein schöner Anblick da oben. Aber das müssen die Kollegen von Leib-Leben klären.«

»Schon jemand da?«

»Dauert noch. Der Bereitschaftsdienst musste wohl in Quarantäne, die suchen gerade nach Ersatz.«

Ich stemme die Hände in die Hüften und überlege, wie ich aus der Nummer wieder herauskomme. Ich habe absolut keine Lust auf diese Geschichte, brauche dringend eine Runde Schlaf und habe morgen früh Termine. Aber die Chancen, mich davonzustehlen, stehen denkbar schlecht. Jeder Polizist weiß, dass ich eigentlich beim Ermittlungsbereich Leib-Leben arbeite. Und Schlaf finde ich in letzter Zeit ohnehin kaum. »Na gut«, seufze ich auf. »Funken Sie in die Zentrale, dass ich übernehme.«

Einen Moment lang reagiert er gar nicht. Dann beginnt er zu lachen, als hätte ich einen Witz gemacht.

»Was soll das?«, fahre ich ihn an.

Er verstummt abrupt, flüchtet sich ins Stottern. »Äh ... also ... ich dachte ...«

»Für die Leute da draußen bin ich der Einfachheit halber Inspektor, aber Sie wissen, dass ich eigentlich Chefinspektor bin und somit Ihr Vorgesetzter, richtig?«

»Ja schon, ich dachte nur ... «

»Was dachten Sie?« Ich trete näher, rücke ihm auf die Pelle, kann förmlich sehen, wie er sämtliche Sprüche, die ihm auf der Zunge liegen, hinunterwürgt. Aber natürlich weiß ich, welche Sprüche das sind und was er über mich denkt. Es ist das, was sie alle denken: dass ich nur noch ein Showbulle bin. Ein zahnloser Tiger, der bloß so tut, als hätte er einen Dienstausweis und Waffenschein. Für das Volk bin ich ein Held, aber meine Kollegen halten mich für eine Witzfigur, weil ich im Fernsehen auftrete und ein Buch herausgebracht habe.

»Alsdann«, zische ich scharf und setze dann wieder mein Lächeln auf. »Ich bin dicht hinter Ihnen.«

Zögernd trottet er los in Richtung Hauseingang. Ich folge ihm und begreife im nächsten Moment, dass mir mein Stolz gerade Arbeit eingebrockt hat. Aber für einen Rückzieher ist es zu spät.

Im Innenhof wird mir klar, dass ich nie auch nur einen Fuß in dieses Gebäude gesetzt habe, obwohl es gleich gegenüberliegt. Das Haus, in dem ich wohne, ist seit Jahrzehnten in Familienbesitz, ich lebe dort schon eine halbe Ewigkeit, aber ich war noch nie in einem der anliegenden Häuser. Trotzdem finde ich mich sofort zurecht. Im Grunde gleichen sich diese Wiener Altbauten wie ein Ei dem anderen. Dieses scheint jedoch nie in den Genuss einer Modernisierung gekommen zu sein, es wirkt ziemlich mitgenommen. Im dritten Stock wartet ein Beamter, von dem man Ähnliches behaupten könnte.

Kaum, dass er uns sieht, zieht ein Lächeln über sein fahles Puddinggesicht. Als wir näher kommen, verschwindet es jäh.

»Inspektor Jacket ist jetzt da«, eröffnet ihm sein Kollege verkrampft. »Er übernimmt den Fall.«

»Chefinspektor«, korrigiere ich trocken, mustere die schiefe Tür hinter dem Pudding. »Waren Sie das etwa?«

Erschrocken fährt er herum. »Ich?« Er schüttelt sich heftig. »Nein, sie war so – vermutlich schon länger. Hier wohnt niemand, wie es scheint.«

Ich betrachte das Klingelschild – kein Name. Das Gebäude wirkt generell verlassen. Leerstand, die Geißel aller Großstädter auf der Suche nach bezahlbaren vier Wänden. »Dann wollen wir uns die Sache mal ansehen«, sage ich und nicke dem Schwabbel zu. »Nach Ihnen.«

Er macht ein bedröppeltes Gesicht. »Wollen Sie nicht auf die Spurensicherung warten, damit sie den Tatort freigibt?«

»Wollen Sie mir meinen Job erklären?«, keife ich zurück, bohre meinen Blick in seinen, stoße auf wenig Widerstand. Befehlsgewohnt tut er wie ihm gesagt, hebt die Tür leicht an, schiebt sie zur Seite und zwängt sich durch den Spalt in die Wohnung.

Ich will ihm folgen, zögere. *Eine Tote mitten in einer Millionenstadt, in einem leer stehenden Gebäude*, schießt es mir durch den Kopf. Irritiert bleibe ich einen Moment stehen, überlege, verwerfe den Gedanken wieder. Lächerlich.

Drinnen ist es duster. Die Räumlichkeiten werden nur spärlich vom orangefarbenen Schein der Straßenlaternen erhellt, doch das Licht reicht aus, um zu erkennen, dass sich auch hier das typische Altbaumuster fortsetzt. Doppelflügelige Holztüren verbinden knapp vier Meter hohe Räume, ausgelegt mit einem obligatorisch knarrendem Fischgrätparkett, über dem eine stuckverzierte Decke thront. Ungewöhnlich ist nur der Zustand der Wohnung: Sie wurde ausgeschlachtet.

Das Gerippe einer längst vergangenen Ära ...

Konzentrier dich, alter Mann!

Während an der einen Seite des Flurs lose Kabel aus dem Mauerwerk hängen, ziert auf der anderen ein bronzener Kandelaber die Wand – dick mit Staub bedeckt. An der Decke befindet sich eine Hängeleuchte, eines der teuren Modelle mit gebogenen Opalgläsern, allerdings zerbrochen.

Verfallener Prunk für eine verdorbene Seele, ploppt wieder ein Gedanke auf. Er fühlt sich irgendwie bekannt an. Als hätte ich ihn bereits gedacht. So als wäre ich schon mal hier gewesen, obwohl ich genau weiß, dass ich das nicht war. Vielleicht sollte ich eine Zeit lang die Finger von den Tabletten lassen.

»Licht«, rufe ich Pudding zu.

Als Antwort bekomme ich nur seine Taschenlampe in die Hand gedrückt. »Kein Strom.«

Ich knipse das Ding an, lasse Spinnweben und nackte Wände erstrahlen, wage ein paar Schritte in die Diele hinein. In jedem abgehenden Raum steht irgendein mit grobem Leinen verhülltes Trumm. Vermutlich Restbestände des Mobiliars. Entweder die Besitzer mussten überstürzt ausziehen, oder sie sind länger verreist, und die Wohnung wurde von Plünderern heimgesucht.

»Haben wir den Namen des Gebäudeverwalters?« Meine Frage verhallt im Raum. Ich lenke den Lichtstrahl den Flur hinunter.

Wachtmeister Pudding ist bei der Eingangstür stehen geblieben, glotzt mit zusammengekniffenen Augen in meine Richtung. »Ich bleibe lieber hier«, rechtfertigt er sich. »Ich möchte den Tatort nicht verunreinigen … mit meiner DNA und so.«

»Ach, jetzt hören Sie doch auf. Denken Sie, die Laborratten von der SpuSi sind auf den Kopf gefallen? Die schließen die DNA der beteiligten Ermittler natürlich aus, sonst wäre bei jedem zweiten Leichenfund irgendein Polizist der Hauptverdächtige, weil er sich gekratzt hat.«

Er presst die Lippen zu einem dünnen Strich, hält kurz inne. Dann schlingt er die Arme ganz eng um seinen Körper und tapst los. Schweigend beobachte ich, wie er versucht, leichtfüßig über das Parkett zu staksen, bei jedem Schritt bedacht, den Boden so wenig wie nur irgend möglich zu berühren. Ich glaube, er hält sogar den Atem an, bis er einsieht, wie zwecklos sein Unterfangen ist.

»In welchem Zimmer?«, frage ich, als er japsend vor mir steht. Er deutet nach links zu einer Tür.

»Aufmachen. Ich habe keine Handschuhe dabei.«

Sein Blick bekommt etwas Flehendes.

»Ich sagte: aufmachen!«

Knarrend schwingt die Tür auf, verschwindet in der Schwärze des Raumes. Ich lasse den Lichtkegel über die Wand zu meiner Linken gleiten, erkenne schwere Brokatvorhänge, die beinahe das gesamte Licht der Straßenlaternen verschlucken. Als ich weiterwill, hält mich Pudding zurück. »Was denn jetzt?«, schnauze ich ihn an, verliere aber im nächsten Moment meinen Zorn. Etwas ist anders an ihm. Der Ausdruck in seinen Augen ... Er hat Angst. Ich folge seinem Blick, richte den Lichtstrahl auf den dunklen Fleck vor mir, erstarre.

Wenn sie dich finden, wird dein Blut überall sein, schießt es mir durch den Kopf. *Die Dielen werden sich vollgesogen haben mit deinem Lebenssaft.* Hör auf. Reiß dich zusammen!

Ich blinzle, fokussiere, versuche, die Menge abzuschätzen. Einiges muss bereits in den Ritzen versickert sein, aber ich tippe auf einen halben Liter Blut, vielleicht mehr. Die Lache mündet in einer blutigen Schleifspur, die sich tief in den Raum hineinzieht und vor den Füßen eines antiken Tisches endet.

Gebettet auf Mahagoni mit Blick ins stuckbehangene Himmelszelt.

Ich lasse den Lichtkegel die gedrechselten Tischbeine hinaufwandern, bis der Schein den Saum eines Tuches erfasst. Und dann erfasst er noch etwas: einen nackten Fuß. Der Lichtkegel schnellt zur anderen Ecke des Tisches, lässt den zweiten Fuß knochenbleich erstrahlen.

So sollen sie dich finden: entblößt, entstellt und gedemütigt.

Ein Schauer läuft mir den Rücken hinunter, breitet sich aus und fährt mir in Mark und Bein. Das kann nicht sein. Das ist unmöglich! Aber wenn doch, dann ...

Panik! Sie explodiert in mir, durchdringt alles, übernimmt die Kontrolle. Aufgebracht stürze ich in den Raum hinein, steige über die Blutlache hinweg, ignoriere den Tisch, die Leiche, balanciere zwischen all den kleinen Spritzern und Flecken hindurch. Fahrig drehe ich mich um mich selbst, lasse den Lichtkegel die Wände entlangpeitschen auf der Suche nach etwas, das nicht da sein kann, nicht da sein darf! Und dennoch erwarte ich, dass es mich jeden Moment anspringt.

»Suchen Sie etwas?«, ertönt eine Stimme hinter mir.

Ich reiße die Taschenlampe herum. »Was?«

»Ob Sie etwas suchen?«, fragt Pudding erneut.

»Ich … wollte nur sehen, wie viele Zugänge der Raum hat«, rette ich mich in eine fadenscheinige Ausrede, betrachte wieder die Wände, als …

Licht!

Blendend hell und überall. Mit zusammengekniffenen Augen stehe ich da, blinzle die nackte Glühbirne an, die von der Decke baumelt.

Draußen werden Stimmen laut. »Strom ist wieder da«, ruft jemand. Weitere Geräusche folgen: Reißverschlüsse ratschen zeitverzögert zu, Kofferschlösser schnappen auf.

»Die Spurensicherung«, sagt Puddinggesicht hinter mir, kaum hörbar. Es vergehen ein paar Sekunden. Dann: »Mein Gott, das ist ja … Wer macht so etwas?«

Die Frage ist eindeutig an mich gerichtet, aber ich ignoriere sie, sehe mir *das* nicht an. Nicht, weil ich Angst habe vor dem, was da ist – ich habe Angst vor dem, was da sein könnte. Denn noch ist es nur ein Déjà-vu, noch ist es vielleicht bloß unzuverlässige Erinnerung, Störfeuer der Synapsen, reiner Zufall. Aber wenn ich mich umdrehe, wenn ich es mit meinen eigenen Augen sehe und recht behalten sollte. Dann wird der Wahn zur Wirklichkeit. Deshalb starre ich weiter die Wand an, drehe mich nicht um, ignoriere, dass ich die Leiche der Frau nicht sehen muss, um zu wissen, was ihr angetan wurde. Ich weiß es bereits. Im Grunde weiß ich es seit Wochen.

MO

Dienstag, 18.10.2022 – 22:58 Uhr

»Stimmt so«, knurre ich den Taxifahrer an, stecke ihm den Zwanziger zu und springe aus dem Auto. Wie kann man sich eigentlich so dermaßen verfransen? Noch dazu bei so einer bekannten Adresse. Metternichgasse, das ist Botschaftsviertel, das ist Palais Rothschild, das ist gleich gegenüber vom Prunkgarten des Schloss Belvedere. Wer so wenig Ahnung von Wiens Straßen hat, sollte …

»Hier kein Durchgang!«

Verdutzt blicke ich auf, brauche eine Sekunde, bis der Groschen fällt. »Ach so, ja, warten Sie«, beginne ich, krame in meiner Jackentasche. »Bitte!«

Der Streifenpolizist mustert argwöhnisch meinen Dienstausweis, dann mich, dann wieder den Ausweis. Typisch: Seitdem ich als Kriminalbeamter die Uniform gegen den Anzug getauscht habe, schlägt mir nur Misstrauen entgegen. Als wäre die Karriereleiter für meinesgleichen *harām*. Ich hasse diese Blicke. Und noch viel mehr hasse ich es, dass ich es nicht schaffe, den Ausweis ruhig zu halten. Dieses verdammte Zittern!

Oben im Hausflur hat die Spurensicherung bereits ihr Lager aufgeschlagen. Ich schnappe mir einen der herumliegenden Overalls, schlüpfe in die Schuhüberzieher und zwänge meine schwitzigen Hände in Latexhandschuhe. »Wo sind die Masken?«, frage ich einen Kriminaltechniker, der mit Adhäsionspulver und Pinsel bewaffnet aus der Wohnung kommt.

»Und Sie sind?«

Ich seufze. Wenn in besseren Gegenden Wiens Menschen meiner Hautfarbe ohne offensichtlichen Solariums- oder Zwei-Wochen-DomRep-All-Inclusive-Hintergrund keine Tüte eines Essenslieferdienstes in der Hand haben, dann sind sie für meine Kollegen vor allem eins: verdächtig. »Bezirksinspektor Mohammad Moghaddam, Leib-Leben. Wenn Sie jetzt auch noch meinen Ausweis sehen wollen, hab ich ihn jedem Beamten gezeigt, der heute Dienst hat.«

Er beachtet mich kaum, fummelt am Verschluss eines silbernen Aluminiumkoffers herum. »Wäre es Ihnen lieber, wenn wir jeden an einen Tatort lassen, der behauptet, Polizist zu sein?«, gibt er trocken zurück, verzieht keine Miene.

»Nein, ich ...« Ach, was soll's. Entnervt zippe ich den Overall wieder auf, zücke meinen Ausweis.

»Danke«, antwortet er schlicht, ohne auch nur für eine Sekunde hinzusehen. »Otto Kremaier, Leiter Assistenzbereich 7, Tatortgruppe. Wir sind uns noch nie begegnet, richtig?«

»Ich war bisher eher im Hintergrund tätig«, weiche ich aus, nur um das Gespräch gleich wieder auf den Fall zu lenken. »Die Zentrale hat mir nur einen kurzen Überblick gegeben. Gibt es schon mehr Infos?«

»Machen Sie sich gerne selbst ein Bild«, entgegnet er monoton, holt aus einem der Koffer ein Stativ und einen Reflektorschirm, aus einem anderen eine Maske und drückt mir alles in die Hand. »Mitkommen.«

Verzweifelt versuche ich, Schritt zu halten und gleichzeitig den Mundschutz anzulegen, ohne dabei die Teile fallen zu lassen.

»Das Gebäude steht fast leer. Eine letzte verbliebene Bewohnerin hat die Polizei alarmiert, es gebe Lärm im Haus. Sie hat sich am Nachmittag schon einmal beschwert – da sie anscheinend ständig in der Wache anruft, sind die Kollegen allerdings erst bei der zweiten Beschwerde am Abend zu ihr gefahren. Vor Ort haben sie dann die Tote hier gefunden, aber dazu fragen Sie am besten die Kollegen oder Showtime. Wir haben hier alles aufgebaut und ...«

»Showtime?«, wiederhole ich irritiert und ziehe die Stirn kraus.

Als Antwort bricht Kremaier aus seiner Monotonie aus und ringt sich ein kehliges Lachen ab. »Wenn man so lange bei der Truppe ist wie ich, kennt man seine Pappenheimer unter vielen Namen. Früher hieß er bei uns ›Kommissar Showtime‹ oder ›Primetime‹, manche nannten ihn auch ›Hollywood‹. Er war schon eine Rampensau, als sich noch kein Schwein für ihn interessiert hat.«

Rampensau? Ich stehe auf dem Schlauch, begreife nicht, was Kremaier da faselt. Erst als einen Moment später seine Stimme aus dem Nebenraum dringt, geht mir ein Licht auf.

Mein Schicksal ist ein Arschloch.

Erst wirft es mir einen saftigen Knochen hin, nur um ihn mir dann wieder wegzuziehen. Das ist meine Bestimmung: scheitern, bevor ich es überhaupt versuchen durfte.

Aber warum er? Warum ausgerechnet er?

»Na, Kinder? Alle fit?« Jacket betritt den Raum, als wäre das hier kein Tatort, sondern ein Sektempfang und er der mondäne Gastgeber. »Ingo, was macht die Vorhand? Du kannst dich nicht ewig vor der Revanche drücken! Tini, wir haben uns ja ewig nicht gesehen. Wolltest du nicht ins Ausland gehen?«

Er ist mit allen sofort per Du, schwebt leichtfüßig durch die Reihen der Spurensicherer und schüttelt jedem die Hand – ohne Handschuhe! Er trägt auch keinen Overall oder Überzieher! Er steht einfach in seinem üblichen feinen Zwirn da, trampelt mit seinen blank polierten Budapestern auf den Spuren herum, und niemand tut etwas dagegen.

»Otto!« Als er uns sieht, klatscht er in die Hände und hebt die akkurat gezupften Brauen fast bis zu seinem satt gegelten Haaransatz. »Solltest du nicht längst in Rente sein? Wie viel hast du noch? Ein oder zwei Jahre?«

»Ein Jahr, acht Monate und zwölf Tage«, entgegnet Kremaier stoisch und liefert mit seiner Antwort gleich die Begründung für seine Gleichgültigkeit.

»Die werden auf Knien rutschen, dass du bleibst«, witzelt Jacket, beachtet ihn jedoch gar nicht mehr, sondern mich. »Hilf mir kurz auf die Sprünge. Wie war noch gleich dein Name?«

Das war ja klar. Er kennt ausnahmslos jeden hier im Raum per Vornamen, aber ich bin bloß ein großes Fragezeichen. Und das, obwohl wir in derselben Abteilung arbeiten.

»Mohammad Moghaddam«, stelle ich mich zähneknirschend vor. »Wir kennen uns, ich ...«

»Ach, richtig!«, tönt er lautstark, schlägt sich dabei theatralisch auf die Stirn. »Momo! Daten-Momo, der sich um die Akten kümmert! Ich hab dich gar nicht erkannt unter dem Overall und all dem Zeug.«

Mein Mund klappt auf, produziert nichts außer heißer Luft. Momo? So nennen mich die Kollegen, wenn ich nicht im Raum bin? Daten-Momo?

»Na, da haben sie aber jemanden unnötig aus den Federn geholt, was?« Er klopft mir mit einem Ausdruck der Anteilnahme auf die Schulter, zieht mich an sich. »Aber macht ja nichts, vier Augen sehen besser als zwei.«

Toll. Wirklich toll. Ich könnte jetzt gemütlich zu Hause mit Lisa im Bett liegen, stattdessen bin ich der Adjutant dieses Clowns. Ich fasse es nicht.

»Die fotografische Sicherung ist abgeschlossen«, ertönt Kremaiers Stimme. »Lassen Sie uns anfangen.«

Die Tür neben uns schwingt auf. Ich blinzle, erfasse, halte

die Luft an … Und all die Wut und der Frust in meinem Bauch implodieren zu einem stecknadelgroßen Stachel, der sich mit jedem Atemzug tiefer in mein Innerstes bohrt und sein Gift absondert. Ein toxisches Gemisch aus Reue, Scham und Entsetzen über mich selbst und über das, was ich bis gerade eben noch als wichtig erachtet habe. Aber so ist es nun mal: Erst im Angesicht des Todes merkt man, wie unbedeutend und klein und geradezu lächerlich die eigenen Probleme doch sind.

Wir betreten den Raum, als wäre er eine Kirche, in der gerade ein Gottesdienst abgehalten wird. Sekundenlang herrscht Stille, niemand sagt etwas. Dann durchbricht ein leises Klicken den Bann.

»Erste Tatortbeschau durch den Leiter des Assistenzbereichs 7, Otto Kremaier, und die Ermittler Johann *Jacket* Winkler, LKA-Abteilung Leib-Leben, und Mohammad Mo-« Kremaier unterbricht sich, richtet sein Diktiergerät auf mich.

»Moghaddam«, ergänze ich gedankenverloren, trete näher an den Tisch heran.

»… Kollege Moghaddam, ebenfalls Leib-Leben. Wir haben jetzt 23:05 Uhr, das Opfer wurde um 21:26 Uhr gefunden. Witterung draußen milde fünfzehn Grad, hier drinnen höchstens ein oder zwei Grad mehr. Der Fund war weder Wind noch Wetter ausgesetzt, Tierfraß ist ebenso unwahrscheinlich. Zur Leiche …«

Kremaier drückt die Stopptaste, legt den Kopf schief, atmet schwer aus und lässt ein paar Sekunden verstreichen, bevor er die Aufnahme fortsetzt. »Das Opfer ist weiblich, weiß, schlank, geschätzt um die vierzig, aktuell keine weiteren Personalien feststellbar. Sie wurde nackt aufgefunden, rücklings an einen Mahagonitisch gefesselt. Ausgestreckte, gespreizte Beine, die Arme ebenso arrangiert. Die Fesseln sind augenscheinlich aus Nylondraht, Farbe Petrol. Fixiert wurde sie an den Hand- und Fußgelenken und …« Er unterbricht sich wieder, geht in die Knie. »Das Opfer ist teilweise mit einem Laken verhüllt, es bedeckt einen großen Teil des Rumpfes und des Unterleibs. Wir heben das Laken nun an. Meine Herren …«

Ich nicke, greife nach der rechten unteren Ecke des Tuches.

»Meine Herren!«, wiederholt Kremaier lautstark.

Jetzt erst fällt mir auf, dass Jacket immer noch in einigem Abstand zum Tisch steht. Er fühlt sich anscheinend nicht angesprochen, hebt bloß die Hände und schüttelt sie demonstrativ.

»Sorry, keine Handschuhe.«

Kremaier verdreht die Augen, stopft das Diktiergerät in die Brusttasche seines Overalls, greift sich ein weiteres Ende des Lakens. Vorsichtig heben wir es an, gehen ein paar Schritte beiseite und legen es auf eine bereits ausgelegte Plastikfolie.

»Nichts!«

Verwundert sehe ich auf, Kremaier ebenso. Jacket hat es sich wohl anders überlegt, steht jetzt dicht am Tisch, begutachtet die Leiche, wirkt irgendwie … erleichtert.

»Nichts! Keine Schnitte, keine Verletzungen«, sagt er, mehr zu sich selbst als zu uns.

Kremaier räuspert sich, ignoriert Jackets seltsame Wortmeldung und spricht weiter aufs Band. »Das Laken ist entfernt. Das Opfer wurde auch an den Hüften mittels Nylondraht an den Tisch fixiert. Durch den Draht ist es zu Läsionen der Haut im Hüftbereich und an Händen und Füßen gekommen. Ansonsten finden sich an Unterkörper und Rumpf auf den ersten Blick keine Verletzungen. Am Hals jedoch …«

Kremaier unterbricht sich erneut, zieht einen Zollstock aus der Tasche und hält ihn vor die Wunde. »Ein knapp vier Zentimeter klaffender Schnitt, in voller Länge durchgezogen, also circa zehn Zentimeter lang. Augenscheinlich ein sehr tiefer Schnitt, genaue Tiefe muss in der Gerichtsmedizin festgestellt werden. Bei dem Blutverlust würde ich sagen: Drosselvenen und Halsschlagadern auf jeden Fall, vermutlich auch Luftröhre. Sie hat wahrscheinlich nach ein paar Sekunden das Bewusstsein verloren, und der Exitus erfolgte sehr schnell. Todeszeitraum irgendwann in den letzten vierundzwanzig Stunden, Näheres lässt sich aktuell nicht bestimmen.«

Er betrachtet die Tote noch eine Zeit lang, stoppt dann das Aufnahmegerät und verschränkt die Arme vor der Brust. »Ich denke, ich bin durch. Was meinen Sie, meine Herren?«

Ich blicke auf und mustere Jacket. Er ist wieder in seine passive Rolle gefallen, steht etwas verloren im Raum herum, schweigt. Ist das Absicht? Könnte es sein, dass ... Hält er sich zurück, um mir eine Chance zu geben?

»Das Blut«, platzt es plötzlich aus mir heraus. Vielleicht kann ich die Zügel doch noch in die Hand nehmen. Ich deute auf den Boden. »Sehen Sie? Hier drüben ist es schon ziemlich angetrocknet. Von hier geht die Schleifspur aus, aber wenn der Täter ihr sofort die Kehle durchgeschnitten hätte, müsste weitaus mehr Blut zu finden sein. Es muss noch eine Verletzung geben.« Vorsichtig beuge ich mich über den Tisch, betrachte die Tote. Die Fransen in ihrer Stirn sind sandelholzfarben, das restliche Haar ist tiefrot, fast schon bräunlich und von Blut durchtränkt. Es klebt feucht glänzend an ihrem Schädel, erinnert an Algenschlick, der ans Ufer gespült wurde. »Da ist etwas!«

Kremaier kommt um den Tisch herum, folgt meinem Blick und drückt erneut die Aufnahmetaste. »Platzwunde links, seitlich am Hinterkopf, leicht versetzt über dem Ohr. Vermutlich verursacht durch einen stumpfen Gegenstand.«

»Sind Sie sich sicher, dass es im Bereich des Unterleibs keine Verletzungen gibt?«

»Überzeugen Sie sich doch selbst.« Er tritt ans Fußende des Tisches. »Natürlich muss die Gerichtsmedizin noch einen genaueren Blick darauf werfen, aber augenscheinlich …« Er knipst seine Taschenlampe an.

Ich zögere einen Moment, stelle mich dann neben ihn. Eigentlich ist es lächerlich: Vor mir liegt der Leichnam einer nackten Frau, der die Kehle aufgeschlitzt wurde. Es ist ein grauenhafter Anblick, aber am meisten Überwindung kostet es mich, ihre Scham zu untersuchen.

Kremaier hat da weniger Probleme, leuchtet alles aus. »Keine Quetschungen, Risse oder Blutergüsse erkennbar, weder an Scheide noch After. Der ausgetretene Urin ist normal, die Muskeln erschlaffen.«

Ich nicke kurz, überlege. »Die Frau wird dort hinten niedergeschlagen«, fasse ich meine Gedanken zusammen. »Mit einem stumpfen, unbekannten Gegenstand. Sie ist vermutlich bewusstlos, aber lebt. Der Täter schleift sie hierher, zieht sie komplett aus, fesselt sie an den Tisch, und zwar sehr gründlich, und dann … schlitzt er ihr die Kehle auf.« Ich lasse den Satz im Raum verhallen, rechne mit einer Antwort, bekomme keine. »Warum macht er sich diese Mühe?«, setze ich nach. »Warum tötet er sie nicht gleich?«

Kremaier zuckt mit den Achseln. »Sie sind die Ermittler«, entgegnet er nüchtern.

Ich bin hier der Ermittler, korrigiere ich gedanklich. Das ist *mein* Fall! Jacket mischt sich immer noch nicht ein, ihn interessieren offenbar nur Talkshows und Interviews.

»Was ist damit?«, frage ich, deute auf die schwarze Mülltüte, die zusammengeknüllt in der Ecke des Raumes liegt. Ich schnappe mir die Taschenlampe, öffne die Tüte, leuchte hinein. »Sieht mir nach Klamotten aus. Das da könnte auch der Riemen einer Handtasche sein. Mal sehen, ob wir eine Geldbörse oder Ausweisdok-«

»Ich würde das lassen«, wendet Kremaier ein.

Irritiert blicke ich auf.

»Ich war mal an einem Tatort, da hat ein Ermittler fast zwei Finger verloren, weil er unbedingt in so einer Tüte wühlen musste. War 'ne Mausefalle drin, speziell präpariert mit Rasierklingen. Die Ärzte haben ihm die Finger wieder angenäht, aber gegen die Infektion konnten sie nichts machen.«

»Rost?«

»Aids. Die Klingen waren in Blut getränkt.« Kremaier kommt auf mich zu, nimmt mir seine Taschenlampe wieder ab, leuchtet ebenfalls in die Tüte. »Ingo?«, ruft er dann in Richtung seiner Kollegen. »Hol doch mal den Metalldetektor und den langen Greifer. Und den Kasten für Sprengstoffspuren.«

Ingo trabt los. Wir warten.

Ungeduldig trete ich von einem Bein auf das andere. »Wie lange dauert das in etwa?«, frage ich Kremaier.

»So lange, wie es eben dauert.«

Ich nicke, lausche, höre keinen Ingo. Muss er das Gerät erst zusammenschrauben? Ungeduldig schiele ich in die Tüte. »Wenn wir wüssten, mit wem wir es zu tun haben, würden sich vielleicht einige Fragen klären.«

Kremaier zuckt wieder mit den Achseln, tritt einen Schritt zurück. »Nur zu. Greifen Sie rein. Sind ja Ihre Finger.«

Genervt blicke ich wieder zur Tüte. Rasiermesserfallen? Sprengstoff? Das ist doch Humbug. »Wird schon schiefgehen«, murmle ich, ziehe die Tüte an den Rändern leicht auf. Man kann den Riemen der Handtasche sehen, ich müsste bloß …

»Lass mal, Momo, ich weiß, wer das ist.«

Kremaier und ich drehen uns beinahe gleichzeitig um.

Jacket steht mitten im Raum, die Hände in den Taschen vergraben, den Blick stur auf den Boden gerichtet, so als bewunderte er seine blank polierten Schuhe.

»Was war das?«, fragt Kremaier, so als hätte er ihn tatsächlich nicht verstanden. Aber ich habe verstanden. Und ich verstehe auch, was es zu bedeuten hat.

Wie konnte ich mir nur Hoffnungen machen? Wie konnte ich so naiv sein und glauben, dass Jacket mir das Feld überlassen würde? Er hat sich lediglich zurückgehalten, um mit mir zu spielen.

»Ich weiß, wer das ist«, höre ich ihn erneut sagen, während sich meine Hände zu Fäusten ballen. »Und ich weiß auch, wer sie getötet hat.«